读客

读客中国史入门文库

顺着文库编号读历史，中国史来龙去脉无比清晰！

红顶商人

讲透中国传统商人生存之道的至高经典

从店伙计到大清首富花了30年，从首富到倾家荡产只花了3天。
经商的看到生存的安全边界；从政的看到权力的雷区所在。

胡雪岩

高　阳 著

5

隐患埋于巅峰

江苏凤凰文艺出版社
JIANGSU PHOENIX LITERATURE AND ART PUBLISHING

原著作名《灯火楼台（上）》

目　录

前 记

同光年间有“财神”之号的胡光墉，与王有龄、左宗棠遇合之奇，为拙作《胡雪岩》《红顶商人》的主要题材[①]。《灯火楼台》接续《红顶商人》，写胡雪岩的结局。

胡雪岩事业的巅峰，亦正是左宗棠“西征”收功、新疆底定、晋封二等侯，一生勋业的巅峰，时在光绪四年春天。

饮水思源，没有胡雪岩筹饷及后勤支持之功，左宗棠的“西征”不可能获致辉煌的成就。因此，这年四月十四日，左宗棠会陕西巡抚谭钟麟，联衔出奏，请“破格奖叙道员胡光墉”，历举他的功劳，计九款之多。前面五款是历年各省水陆灾荒，胡雪岩奉母命捐银赈济的实绩，因而为胡老太太博得一个正一品的封典，使得胡雪岩得以在杭州城内元宝街的住宅大起门楼。浙江巡抚到胡家，亦须在大门外下轿，因为巡抚的品秩只是正二品。

后四款是胡雪岩真正的功绩。一是胡雪岩在杭州设了一座字号“胡庆

① 高阳先生的胡雪岩系列作品共有6本，原著作名分别为《胡雪岩（上）》《胡雪岩（中）》《胡雪岩（下）》《红顶商人》《灯火楼台（上）》《灯火楼台（下）》。

余堂”、规模宏大、声名媲美北京同仁堂的药店，历年西征将士日常所需的“诸葛行军散”“辟瘟丹”“神曲”“六神丸”之类的成药，治跌打损伤的膏药、金创药以及军中所用药材，都由胡雪岩捐解。

其次是胡雪岩奉左宗棠之命，在上海设立采运局，转运输将毫无延误。再次是胡雪岩经手购买外洋火器，物美价廉。泰西各国出有新式武器，随时采购，运至军前，左宗棠认为“新疆速定，虽曰兵精，亦由器利”。

最后一项最重要，即是为左宗棠筹饷。除了前后合计在一千六百万两以上的洋债及商债之外，各省的“协饷”亦由胡雪岩一手经理。协饷未到，而前线不能不关饷时，多由胡雪岩代垫。湘军、淮军多曾出现过索饷哗变事件，只有西征将士从不“闹饷”。

这份能维持西征士气的功劳，左宗棠认为“实与前敌将领无殊”。他事先曾问过胡雪岩打算得个什么奖励，回答是“想弄件黄马褂穿”，所以奏折中请予“破格优奖，赏穿黄马褂”，奉旨准如所请。胡雪岩是捐班的道员，以军功赏加布政使衔，从二品文官顶戴用珊瑚。乾隆年间的盐商有戴红顶子的，戴红顶而又穿黄马褂的，只有一个胡雪岩。

光绪六年十一月，左宗棠奉旨入觐，“钦差大臣督办新疆军务”及陕甘总督的差缺，分别由他麾下大将刘锦棠及杨昌浚接替。左宗棠于下年正月底到京，奉旨以东阁大学士管理兵部，派为军机大臣，并在总理各国事务衙门行走。当他从甘肃启程时，曾专函胡雪岩，约他灯节后在北京相晤，可是——

第一章　出将入相

光绪七年三月初七，胡雪岩终于践约抵达北京。同行的有两个洋人，一个是在华经商多年，泰来洋行的经理德国人福克；一个是英商汇丰银行的代表凯密伦。

由于这年天气格外冷，天津海口尚未解冻，所以胡雪岩是从陆路来的。浩浩荡荡十几辆车，一进右安门，直投前门外草厂十条胡同阜康钱庄。为了接待东家，“大伙”汪惟贤十天以前就预备好了。车队一到，胡雪岩与他的客人，还有古应春与办笔墨的杨师爷，被接入客厅。特为挑出来的四名伶俐的学徒，正倒洗脸水倒茶，忙个不停。胡雪岩是汪惟贤亲自照料的，他一面伺候，一面问讯旅况。

乱过一阵，坐定下来，胡雪岩贴身小厮之一的保福，捧着金水烟袋来为胡雪岩装烟，同时悄声说道：“张姨太已经打发丫头来催请了。”

“现在哪里有工夫？”话中似嫌张姨娘不懂事。

保福不作声，只望着屏风后面一个十六七岁的丫头摇一摇手，表示胡雪岩还不能进去。由南到北，通都大邑中，有阜康钱庄就有胡雪岩的一处“行馆”，且大多有女主人。住在阜康后进的张姨娘不甚得宠，所以胡雪岩有这种语气。

“大先生，”汪惟贤来请示，“是用中菜，还是大菜？”紧接着他又表功，“恐怕两位外国客人吃不来中菜，特为跟文大人借了个做大菜的厨子，都预备好了。”

所谓“文大人”指的是刑部尚书文煜，他是正蓝旗的满洲人，同治七年出任福州将军。清兵入关，在冲要之地设有驻防的将军坐镇，其中福州将军因为兼管闽海关之故，是有名的肥缺。文煜一干十年，宦囊极丰，有上百万的款子存在阜康。汪惟贤知道胡雪岩跟他是在福州的旧识，交情甚厚，所以不揣冒昧，借了他从福州带来的会做大菜——西餐的厨子，来接待福克与凯密伦。

既然预备好了，自然是吃大菜。胡雪岩本有些话要问汪惟贤，但因他也是主人的身份，按西洋规矩，与汪惟贤分坐长餐桌的两端，不便交谈。直到饭罢，两洋客由阜康中会说英语的伙计陪着去观光大栅栏以后，胡雪岩才能跟汪惟贤谈正事。

正事中最要紧的一件，便是他此行的任务——跟左宗棠谈一笔三四百万两银子的借款。胡雪岩急于想知道的是左宗棠入朝以后的境遇，“帘眷”是否仍如以前之隆，与两王——掌枢的恭亲王及光绪皇帝的生父醇亲王的关系，以及在军机中的地位，等等。必须了解得清清楚楚，他才能决定哪些话可以说，哪些事不必谈。

“我看左大人在京里顿不长的。”汪惟贤也是杭州人，跟东家打乡谈，“待不长”称之为“顿不长”。这使得胡雪岩大吃一惊。

“为啥顿不长？”

“还不是他的‘沃不烂、煮不熟’的老脾气又发作了。”

“沃不烂、煮不熟”也是杭州的俚语，有刚愎自用之意。接着，汪惟贤举左宗棠在军机处议俄约及“海防”一事，来支持他的看法。

原来新疆回乱一起，俄国以保侨为名，出兵占领了伊犁，扬言暂时接管，回乱一平，即当交还中国。及至左宗棠西征，先后克复乌鲁木齐、吐鲁番等重镇，天山南北路次第平靖，开始议及归复伊犁，要求俄国实践诺言。而俄国推三阻四、久假不归的本意，逐渐暴露。于是左宗棠挟兵力以争，相持不下。这样到了光绪四年秋天，朝议决定循正式外交途径以求了结，特派左都御史崇厚为出使俄国的钦差大臣，又赏内大臣衔，为与俄议约的全权大臣，许他便宜行事。

这年腊月，崇厚取道法德两国，抵达俄京圣彼得堡，立即与俄国外务部尚书格尔思展开谈判。谈了半年才定议，而且崇厚以“便宜行事”的“全权大臣”资格，在黑海附近的赖伐第亚签订了《中俄返还伊犁条约》，内容是割伊犁以西以南之地与俄；增开通商口岸多处；许俄人通商西安、汉中、汉口，以及松花江至伯都讷贸易自由。

消息传回国内，舆论大哗，痛责崇厚丧权辱国。而崇厚敢于订此条约，是因为背后有两个强有力的人在支持：一个是军机大臣沈桂芬，他是朝中足以与“北派”领袖李鸿藻抗衡的“南派”领袖，深得两宫太后的信任；一个是直隶总督北洋大臣李鸿章，以继承曾国藩的衣钵标榜，在军务与洋务两方面的势力，已根深蒂固，难以摇撼。在议约的半年中，崇厚随时函商，获得沈、李二人的同意，才敢放心签约，而且未经请旨，即启程回国，留参赞邵友濂署理出使大臣。

沈桂芬、李鸿章虽都赞成伊犁条约，但二人动机不同。沈桂芬是因为僵持的局面持续，朝廷即不能不派重兵防守，左宗棠的洋债就不能不借，长此以往，浩繁的军费会搞得民穷财尽，用心可说是委曲求全。

李鸿章就不同了，多少是有私心的。第一，如果中俄交恶而至于决裂，一旦开战，俄国出动海军必攻天津，身为北洋大臣的李鸿章，就不知道拿什么抵挡了；其次，左宗棠不断借洋债扩充势力，自非李鸿章所乐见，伊犁事件一结束，左宗棠班师还朝，那就无异于解甲归田了。

无奈崇厚的交涉办得实在不高明，两宫震怒，士林痛诋，连恭王与沈桂芬主持的总署——总理各国事务衙门行走的诸大臣，亦觉得过于委屈，有改议的必要。

于是朝命以出使俄国大臣崇厚不候谕旨，擅自启程回国的罪名，开缺交部严加议处。所议的俄约，交六部九卿、翰詹科道妥议具奏。这就是明朝的所谓“廷议”。

廷议的结果，崇厚所签的条约，无一可许，两宫因而召开“御前会议”。慈禧太后原想严办崇厚，加以“翰林四谏”中的宝连与黄体芳上奏力攻崇厚，而且语中侵及李鸿章与恭王，这一来，崇厚便免不了革职拿问，交刑部议罪。虽非锒铛入狱，但软禁在刑部提牢司的“火房”中，这度日如年的况味，也就可想而知了。

此举是抵触《万国公法》的，各国公使群起抗议，但朝廷不为所动，一面派使英兼使法的钦差大臣曾国藩的长子曾纪泽兼使俄，谋求改约，一面将崇厚定了“斩监”的罪名。不过，朝廷亦并未放弃和平解决的意愿。备战以外，由李鸿章策动英、法、德三国公使出面调停，免了崇厚的死刑，但仍监禁。这之后曾纪泽才在光绪六年六月，由伦敦动身赴俄。

交涉开始之时不会顺利，是可想而知的。幸而曾纪泽不愧名将之子，运用他对《万国公法》的知识、出使的经验及关系，促请英、法驻俄公使的协助，在左宗棠到京的前两天，与格尔思改定了约稿：伊犁收回，嘉峪通商不明定可通至某处，松花江通航取消，只是赔偿军费增加四百万卢布，共为九百万。

当中俄关系紧张时，李鸿章提出“海防论”的主张，与左宗棠的“陆防论”针锋相对。及至左宗棠到京入军机，先议俄约，由于曾纪泽挽回利权之多，超过朝野的期望，左宗棠亦表示满意，无甚争执，但后议李鸿章“海防”的计划，他的话就多了。左宗棠由海防谈到陆防，一转而谈西陲的形势，与他在新疆用兵的经过，滔滔不绝，目无余子。军机处只听得他一个人又说又笑，“礼绝百僚”的恭王默坐一两个时辰，连句话都插不上。

“大先生你想，”汪惟贤说，“不要说恭王，哪个都吃不消他。恭王忍了又忍，忍到后来，索性要军机章京把原折收了起来，不议了。”

“不议了？”胡雪岩诧异，“李合肥的海防，规模大得很呢！要开办北洋舰队、电报局，多少人等着吃这块大肥肉，哪里就说说算数，不议了？”

“喏，”汪惟贤放低了声音说，“毛病就出在这里。不议不可以，要议又怕我们左大人独讲空话，那就只有调虎离了山再议。”

一听这话，胡雪岩的心冷了一半。原以为有左宗棠这样一座靠山当大军机，将来要借洋债，必然由他来主持，财源滚滚不绝。如今看样子他怕又要外放，自己的想法也就落空了。而且恭王似乎有些讨厌左宗棠，此事颇为不妙。只不知醇王待他如何。

“醇王待他是好的。大先生晓得的，醇王是好武的一伙，左大人有这样的战功，醇王拿他当个英雄看，所谓惺惺相惜，常常有往来，走得很近的。醇王还要请他到神机营去看操呢！”

“你说啥？”胡雪岩问道，“醇王请左大人到神机营看操？”

“是啊。”

“你听哪个说的？”

这话有不相信的意味，而且看得出来，胡雪岩很重视这件事。汪惟贤倒有些猜不透，只好据实作答。

“我是听小军机徐老爷说的。”汪惟贤又说，“左大人是正月底到京的，二月初醇亲王就请他吃饭，逛太平湖新修好的花园，二月十几又请，当面约他看操，左大人答应了，一定去，不过日子没有定。大先生这一来，大概要定日子了。”

胡雪岩越发不解，不过他并未立即发问，先想了一下：何以醇亲王请左宗棠看操，先不能定日子，等自己一来，才可以定日子呢？

他想通了才问：“你这话是听哪个说的，徐老爷？”

“不是他还有哪个？”

胡雪岩心想，“小军机徐老爷”军机章京徐用仪，跟左宗棠的关系向来密切，左宗棠应酬京官，一直都徐用仪他经手，他要谈到左宗棠，话都是靠得住的。

胡雪岩继而转念，一客不烦二主，自己有好些事何不也委托了徐用仪？

于是立刻关照杨师爷写了个帖子，请徐用仪“小酌”，特别注明“盼即命驾，俾聆教益”，另外拣了四样杭州的名物——两只方裕和的火腿，十把舒莲记的檀香扇，四坛景阳观的酱菜，还有胡庆余堂的“本作货”辟瘟丹、虎骨木瓜烧之类，装了一网篮，伴着请帖，一起送到徐府。

日落时分，徐用仪来了，还是穿了官服来的。他的底缺是刑部主事，胡雪岩的顶戴是珊瑚顶子，官阶差着一大截，所以用的是属员参见长官的礼节。

“大人几时到京的？”徐用仪见了胡雪岩，急趋蹽步，一面说话，一面捞起袍褂下摆，打算要请安了。

徐用仪字筱云，胡雪岩跟他见过一次面，称他“筱翁”。这时胡雪岩急忙双手扶住，带着埋怨的语气说：“筱翁，筱翁，你这样子简直在骂人了。赶紧请换了衣服再说。”

徐用仪的跟班，早就挟着衣包在上等候，听得这话，便进来伺候主人更换便衣。宝蓝绸夹袍，玫瑰紫贡缎琵琶襟坎肩——这是军机章京习惯成自然而专用的服饰，在应酬场中很出风头的。

相互作了揖，上炕落座，徐用仪改了称呼：“胡大先生是哪天到的？”

“刚到。我的第一位客，就是筱翁。”

徐用仪有些受宠若惊似的，抱着拳文绉绉地说：“辱承不弃，又蒙宠赐多珍，真是既感且愧。”

“小意思，小意思，何足道哉！”胡雪岩问，“筱翁跟左大人常见？”

“天天见面的。该我的班，一天要见两回，早晨在军机处，下午在左大人的公馆贤良寺。”

“他老人家精神倒还好？”

“还好，还好。不过……”徐用仪微蹙着眉说，“好得有点过头了，反倒不大好。”

“大概是他老人家话多之故？”

“话不但多，中气还足。他在北屋高谈阔论，我们在南屋的人都听得到。”

胡雪岩点点头，暂且丢开左宗棠。“筱翁，”他说，“我在京里，两眼漆黑，全要靠你照应。”

徐用仪知道这是客气话，胡雪岩拿银子当灯笼，双眼雪亮。徐用仪当下答说：“不敢当，不敢当。如果有可以效劳的地方，不必客气，尽请吩咐。”

“太言重了。”胡雪岩说，“我是真心要拜托筱翁。想请筱翁开个单子，哪里要应酬，哪里要自己去，应酬是怎么个应酬法，都请筱翁指点。还有个不情之请，这张单子要请筱翁此刻就开。”

这是委以重任了。徐用仪自然照办，想了一下说：“第一是同乡高官，尤其是言路上的几位，要多送一点。”

“是的。请筱翁指示好了。说多少就是多少。”

浅交而如此信任，徐用仪不免起了报答知己之感。“我要冒昧请教胡大先生，”他问，“这趟进京，是不是来谈借洋款的事？”

“是的。”

“还有呢？”

“还有，想打听打听洋法缫丝，京里是怎么个宗旨？”

“这容易，我就知道，回头细谈。”徐用仪接着又说，“如果是为借洋债的事，总理衙门的章京、户部的司官，不能不应酬。我开个单子出来。”

于是端出笔砚，徐用仪就在茶几上开出一张单子，斟酌再三，在名字下写上数目，自一百至五百不等——这自然是银票的数目。

“有个人，怎么送法，要好好考究。”徐用仪搁笔说道，“如今管户部的是宝中堂，他又是总理大臣。”

清朝有“大学士管部”的制度，勋业彪炳的左宗棠，以东阁大学士奉旨“入阁办事”，自然是管兵部；宝鋆则是以武英殿大学士，继去世的文祥管户部，实掌度支大权。宝鋆对于左宗棠借重息的洋债，啧有烦言，这是胡雪岩也知道的，如今听徐用仪提到宝鋆，正说到心事上，他不由得便将身子凑了过去，声音也低了。

“我没有跟宝中堂打过交道。请教筱翁，有没有路子？”

“有条路子，我也是听说，不过可以试一试。”

“什么路子？”

“是这样的——”

法不传六耳，徐用仪说的仅仅只有胡雪岩听得见。于是，在摆点心请徐用仪时，胡雪岩抽个空将古应春找了来，有话交代。

“你对古董字玩都是内行，我想托你到琉璃厂走一趟。”

古应春不免奇怪。胡雪岩到京，正事一件未办，倒忽然有闲情逸致要物色古董字画，其故安在？

看出他心中的疑惑，胡雪岩便又说道：“我要买两样东西送人。”

原来是送礼。“送哪个？”古应春问。

胡雪岩接过他的手来，在他掌心写了个“宝”字，然后开口：“明白？”

“明白。”

“好。”胡雪岩说，“琉璃厂有一家‘海岳山房’，上海的海、岳老爷的岳。你进去找一个姓朱的伙计，是绍兴人。你问他，某某人喜欢什么。他说字画，你就要字画；他说古董，你就要古董。并要关照，东西要好，价钱不论。”

古应春将他的话细想了一遍，深深点头，表示会意：“我马上去。”等他回来，主客已经入席了，胡雪岩为古应春引见了徐用仪，然后说道：“来，来，陪筱翁多喝几杯。”接着又问，“怎么样？”

“明天看东西。”

胡雪岩知道搭上线了，便不再多问，转脸看着徐用仪说：“筱翁刚才说，如今做官有四条终南捷径，是哪四条？”

“是四种身份的人，‘帝师王佐，鬼使神差’。像李兰荪、翁叔平都是因为当皇上的师傅起家的，此谓之‘帝师’。宝中堂是恭王的死党，以前文中堂也是，这是‘王佐’。”

“文大人？”胡雪岩不觉诧异，“入阁拜相了？”

徐用仪一愣，旋即省悟：他指的是已去世的体仁阁大学士文祥，胡雪岩却以为文煜升了协办大学士。他当即答说：“尚书照例要转到吏部才会升协办，他现在是刑部尚书，还早。”

“喔，喔，”胡雪岩也想到了，“筱翁是说以前的文文忠。”文忠是文祥的谥称。

“不错。”

“筱翁，”古应春插进来说，“‘鬼使’顾名思义，是出使外国，跟洋鬼子打交道。何谓‘神差’就费解了。”

“一说破很容易明白。”徐用仪指着胡雪岩说，“刚才胡大先生跟我在谈神机营，‘神差’就是神机营的差使。因为醇王之故，在神机营当差，保举特优。不过汉人没份，就偶尔有，也是武将，文官没有在神机营当差的。”

“应春，”胡雪岩说，“刚刚我跟筱翁在谈，醇王要请左大人到神机营去看操，左大人要我来定日子。你道为啥？为的是去看操要犒赏，左大人要等我来替他预备。你倒弄个章程出来。”

古应春心想，犒赏兵丁，无非现成有阜康钱庄在此；左宗棠要支银，派人来说一声就是，不此之图，自然是认为犒赏现银不适宜，要另想别法。

“我们也不晓得人家喜欢什么东西。”古应春建议，“我看不如索性请荣大人到醇王那里去老实问一问，该怎么犒赏，听醇王的吩咐预备。”

“荣仲华早已不上醇王的门了。”

荣仲华就是荣禄，大家都知道他是醇王一手所提拔，他居然不上“举主”的门了，宁非怪事？这就连胡雪岩也好奇地要一问究竟。

“说来话长。其中还牵涉到一桩谈起来任何人都不会相信的秘密。”徐用仪放低声音问道，“你们在南边有没有听说过，西太后是什么病？”

“听说是干血痨。”胡雪岩答说，“怎么会弄出来这个毛病？”

“是——”徐用仪突然顿住，“这话以不说为宜，两位亦以不听为妙，听了不小心传出去会闯大祸，那就是我害了两位了。我们谈别的吧。”

说到紧要之处，徐用仪忽然卖起关子来，胡雪岩不免怏怏。但转念觉得徐用仪如此谨慎小心，倒是可信任的。这一转念间，他心中的不快，涣然而释。

于是又把杯闲谈了片刻，徐用仪因为初次同席，不肯多饮，要了一碗粥喝完，预备告辞了。

“惟贤！”胡雪岩问道，“预备好了没有？”

“预备好了。”

汪惟贤亲自端来一个托盘，上有十几个红封套，另外一张名单。这是要托徐用仪代为致送的“菲敬”。

“拜托，拜托！”胡雪岩拱拱手说，“其余的我亦照筱翁的意思办，或我亲自去拜候，或我派人送，尽明天一天办妥。”

“好！好！”徐用仪问，“胡大先生你明天什么时候去看左大人？”

“一早去等他。”

“那么明天我们在贤良寺见，有话到时候再说。”

“是，是！”胡雪岩一面说，一面向汪惟贤伸手，接过来一个红封套。他抽出里面的银票来看，是照他的意思，开出四百两不误，便悄悄塞到徐用仪手中，顺势捏住，不让徐用仪推辞。

“不，不！没有这个道理。”

“小意思。筱翁不收就是不拿我胡某人做朋友。”

“真是受之有愧。谢谢，谢谢。”

等客人走了，胡雪岩问起海岳山房的情形。古应春告诉他说，会到了姓朱的伙计，问起宝鋆喜欢什么，姓朱的答说都喜欢。古应春便照胡雪岩的话交代，价钱贵不要紧，只要东西好，当下约定次日上午看货。

“你早点去。看过了，马上陪洋人到贤良寺来。”胡雪岩又说，“左大人犒赏神机营，我倒想好了一个办法，不知道办得通，办不通。都等明天下午再谈吧！”说罢，打了一个呵欠。

* * *

海岳山房的朱伙计，外号“朱铁口”。他这个仿佛星相术士艺名的外号的由来是，他对古董、字画、版本的鉴别无一不精，视真必真，说伪必伪。因此，虽是受人雇用的伙计，而琉璃厂中古玩铺、南海店的掌柜，当面都尊称他为“朱先生”。

古应春做事很精细，知道了朱铁口的本事，有意拉交情，委屈自己主顾的身份，也称他为“朱先生”。朱铁口自然谦称“万不敢当”，自己建议：“叫我老朱好了。”

“恭敬不如从命。”古应春说道，“老朱，你有些什么东西给我看？”

那一声“朱先生”改变了朱铁口平时接待顾客的方式。“东西很多。”他随手捧起一方砚池说，“古老爷，你看。”

古应春看那方砚池七寸长、五寸宽、三寸高，色如猪肝，正面两边各有一行篆字，右边是“丹心贯日”，左边是“汤阴鹏举志”。

“原来是岳武穆用过的。”

“不光是岳武穆用过，明太祖还用过呢！”朱铁口微笑着说。

古应春仔细一看，砚池右侧还刻着四行楷书：“岳少保砚向供宸御，今蒙上赐臣达。古忠臣宝砚也，臣何能堪？谨矢竭忠贞，无辱此砚。洪武二年正月朔日，臣徐达谨记。”

“徐达是明朝开国元勋第一位，又是明太祖的儿女亲家，这方砚有这样的来历，明朝人的笔记当中，一定有记载的。老朱，你说是不是？”

朱铁口笑了。“听古老爷这话，就晓得是内行。真人面前不说假话，是不是中山王徐达收藏过，也不必去谈它了。”他将砚池置回原处又说，“古老爷，你请里面来坐。”

所谓“里面”是账柜后面的一间斗室，一关上门，就靠屋顶一方天窗透光进来。阳光斜射，恰好照亮靠壁的方桌。朱铁口等古应春在对面坐定，方始俯身向前，低声开口，神态顿时神秘而郑重。

“古老爷，你是哪位介绍你来的？”

“是我的东家交代我来的，没有人介绍。”

“贵东家是哪位？”

古应春有些踌躇，不知道能不能透露胡雪岩的姓名，因而久久未答。

“古老爷，”朱铁口说，“贵东家是怎么关照你的？”

“就说让我来找你老朱，问一问宝中堂喜欢什么。东西要好，价钱不在乎。”

“那就怪不得你不肯说破了，贵东家没有交代清楚。”朱铁口说，“贵东家要买古董字画送宝中堂，当然是有作用的。到底是为了啥，预备送值多少钱的东西？古老爷，你老实告诉我，我来替你盘算一下，包你一钱不落虚空地，都用在刀口上。”

古应春听出话中大有曲折，看朱铁口意思诚恳，便老实答道：“确如你所说，敝东家没有交代清楚。老朱，你能不能先把其中的奥妙告诉我，我再看能不能替敝东家作主。”

“这有何不可。”朱铁口说，“我们这里跟各王府、几位中堂府上都有往来的，说穿了——”

说穿了是卖官鬻爵，过付之处，公然受贿，有所不便，所以要有人居间来遮蔽形迹。

“假使说，你古老爷想放个考官，或者少爷乡试要下场了，怕‘场中莫论文’，想买个‘关节’，就得要到打磨厂去请教江西金溪人开的卖‘闱墨’的书坊，他们会跟你讲价钱。倘或要谋缺谋差呢，就得来找我们，我们会替你去问了来告诉你，要送什么东西，自然是在我们这里买——”

“慢慢！”古应春打断他的话问，“你是说一定要在你这里买？”

“是的。”

“价钱由你开？”

“当然。”

“能不能还价？”

“能还价，怎么不能？”朱铁口说，“古老爷承你看得起，我不忍赚你的昧心钱，所以要请你告诉我，贵东家打算谋个什么差缺，我好告诉你真正的行情。”

“嗯，嗯。”古应春细想了一下，还有不甚明白的地方，便又说道，“请你举个譬方我听听。”

“譬方，你老想放上海道。我去问了来告诉你，送宝中堂一部《玉枕兰亭》就可以了。这部帖要十二万银子，你买了这部帖送进去，宝中堂知道已经到手了，就会如你所愿。其实呢，上海道的行情是十万银子，我们外加两成帽子，内扣两成回佣，一笔交易赚四万。如果主顾精明，磨来磨去讨价还价，顶多磨掉外加的那两成帽子，至于放交情，像你老这样的，我就老实告诉你，十万银子一文不能少。”

“喔，原来如此。”古应春又问，“如果不知道你们这里这条门路，另外托人去活动呢？”

“他们也会告诉你，送一部《玉枕兰亭》，而且告诉你要到哪里去买。”朱铁口又说，“这个法子是乾隆年间和珅发明的，他说送什么东西，根本就是他自己的收藏，我们去问价钱的时候，顺便就把东西带回来了。”

“多谢，多谢！我学到了一个秘诀。不过，还有一点想请教，譬如说，我倒不想讨价还价，直接想送某人多少，这又该怎么办呢？”

“这我们也有规矩的。先问你送什么人，送恭王有送恭王的东西，送宝中堂有送宝中堂的东西。譬如你说送恭王，我会告诉你，喏，这方岳少保砚，两千，那部‘阁帖’三千，一部宋版杜诗五千，你如果想送一万银子，凑起来正好。”

“有没有帽子在里头？”

“货真价实，不加帽子。”

朱铁口解释这种情形跟卖差卖缺不同，譬如上海道一缺值十万银子，收到十万，则该到手都到手了，外加帽子吃亏的是“买主”。

倘或有人想送八万，而实际上照底价只是七万银子的东西，岂不是侵吞了“卖主”应得之款？信用一失，另觅别家过付，这样好的买卖做不成，真正贪小失大，不智之甚。

“老朱，你把话都说明了，我也不能有一点骗你。敝东家不是谋差谋缺，另有缘故，想送多少我虽还不知道，不过猜想不是三五万银子的事。等我回去问清楚了，我们再进一步商量。”古应春又加重了语气说，“老朱，你请放心。除非不送，要送一定请你经手，即使敝东家想另找别家，我也不会答应的。”

看他说得如此诚恳，又看他的仪表服饰，朱铁口知道遇见阔客了。若这件事成功，掌柜起码要分他几千银子，他大可自立门户了。

他转念到此，心花怒放。“古老爷栽培，感激不尽。”朱铁口站起身来请了个安说，“古老爷想来收藏很多，不知道喜欢玩点什么，看看我能不能效劳？”

古应春心想，既然拉交情，即不能空手而回，但一时想不起要些什么，便信口问道：“有没有什么新奇的东西？”

“有。怎么没有？古老爷请到外面来看。”

朱铁口寻寻觅觅，找出来四样古玩，长圆方扁不一。长的是仿佛黄玉所制的箫，圆的是一具大明宣德年制的蟋蟀罐，方的是明朝开国元勋魏国公徐辉祖蒙御赐得以免死的铁券，扁的是康熙年所制的“葫芦器”，是一只印泥盒。

“古老爷，你倒估估看，哪一样最值钱？”

“应该是这一支玉箫。”

“玉箫？你老倒仔细看一看，是不是玉？”

古应春拿起那支箫，用手指弹了两下，其声铿然。“不是玉是什么？”他问。

“你再看。”

再看上面有题词：外不泽，中不干，受气独全，其音不窒不浮，品在佳竹以上。字是墨迹，玉器何能着墨？这就奇怪了。

“是纸箫，出在福建。”朱铁口说，“这是明朝的东西，制法现在已经失传。”

古应春大为惊异，随手摆在一旁，表示中意要买，然后问道：“老朱，你说哪样东西最难得？”

物以稀为贵，最难得的自然值钱。朱铁口小心翼翼地拿起那具蟋蟀罐，用指轻扣，渊渊作金石之声，很满意地说道：“不假，五百年前的东西。”

见此光景，古应春好奇心起，接过那具陶罐细看。罐子四周雕镂人物，罐底正中刻着“大明宣德年制”，另有一行小字“苏州陆墓邹大秀敬造”。制作虽相当精巧，但毕竟只是个蟋蟀罐，经历四五百年，也不能就算值钱的古董。

他不好意思直抒观感，只好这样问：“老朱，你说它好处在哪里？”

“好处在旧、在有土性，火气尽脱，才不伤虫。古老爷，你总斗过蛐蛐吧？”

蟋蟀在北方唤作“蛐蛐”，南方亦有此称呼。古应春虽不好此道，但斗蟋蟀博彩，输赢进出极大，他是知道的。

“一场蛐蛐斗下来，银子上千上万算。好蛐蛐说得难听些，真当它祖宗看待，上百两银子一只宣德盆，又算得了啥？”

古应春暗暗咋舌。“一只瓦罐，值一百两银子？”他问。

“是的。不过古老爷要，当然特别克己。”朱铁口说，“四样东西，一共算二百两银子好了。”

这不应该算贵。古应春一语不发，从身上掏出来一个洋式的皮夹，取出来一沓银票，凑好数目二百两，再收起皮夹。

朱铁口在一旁看得很清楚，所有的银票都是阜康所出，当下灵机一动，惊喜地说道：“原来古老爷的贵东家，就是‘胡财神’。”

胡雪岩被称为“胡财神”，已有好几年了。古应春不便否认，只低声说道：“老朱，你知道就好。放在肚子里！一张扬开来，这笔交易就做不成了。”

“我知道，我知道。这种事怎么好张扬？”

古应春点点头，关照老朱将四样古玩送到阜康，自己坐着车匆匆进城，赶到冰盏胡同贤良寺去做翻译。

* * *

贤良寺本来是雍正朝怡贤亲王的故居，屋宇精洁，花木扶疏，而且离东华门很近，上朝方便，所以封疆大吏入觐述职，都爱住在这里。左宗棠下榻之处，是其中最大的一个院落，另外开门出入。门口站着七八名壮汉，服饰随便，举止粗率，形似厮养卒，但古应春却丝毫不敢怠慢。

原来左宗棠平洪、杨，平捻军，平新疆，二十年指挥过无数战役，麾下将校，百战余生，从军功上保到总兵、提督的，不知凡几。但武人诚朴，颇有不愿赴任，而宁愿跟着左宗棠当差官，出入相从，不说破不知道他们都有红顶子，黄马褂，甚至双眼花翎。

一次，有个何总兵奉左宗棠之命，去见陕西藩司谈公事。这个藩司是满洲的世家子，架子极大，平时视部属如仆从，呼来喝去，视作当然，因而部属都敬鬼神而远之。此人本来对外事不大明白，加以部下疏远，对各方面的情形更加隔膜，不知道何总兵的来头，不过看在左宗棠的分上，接见时以平礼相待。只是他心里有个想法：我是敬其上而重其下，你就该守着你的规矩，要谦虚客气才是。

不道何总兵全不理会。“升炕”就升炕！“上座”就上座，而且跷起二郎腿，高谈阔论旁若无人。藩司心里已很讨厌了，及至“端茶”送客，何总兵昂然直出中门，将藩司抛在身后，竟似以长官自居了。是可忍，孰不可忍？藩司震怒之余，第二天谒见左宗棠时，谈及此事，愤愤不平之意，还现于辞色。

左宗棠笑一笑，将何总兵传了来训斥，他说：“你们自以为都出生入死，立过战功，在我面前随意坐卧谈笑，固无不可。藩台大人是朝廷大员，体制何等尊贵，你怎么可以放肆，当是在我面前一样，何以这样不自量。你现在赶快给藩台磕头赔罪，不然藩台发了脾气，我亦没有这张脸替你再求情。”

何总兵答应一声，跪倒在地，磕头请罪。过了一会儿，左宗棠送客，藩司一出中门就看到十几个红顶花翎黄马褂的武官手扶腰刀在那里站班，其中有一个就是何总兵。

这一下，头上蓝顶子、脑后只有一条辫子的藩司，大惊失色，手足无措。他还算见机，定定神伛偻着身子，一一请安招呼，步行到辕门外，方始上轿，但已汗透重棉了。

古应春从听说这个笑话以后，就不敢小看这些“老粗”们，当时向他们赔笑问道：“大人回来了？”其时有个差官认识古应春，上前接话：“我们大人刚回来。”他说，“胡大先生陪着洋人早就到了，派人出来问过你两次，赶快请进去吧！”

古应春到得花厅，见了胡雪岩，还来不及叙话，只见角门已开，闪出来两名差官，便知道左宗棠要来了，当即招呼两名洋人站起来迎接。

左宗棠自然是便衣，一件旧薄棉袍，头上是兰州织呢厂所出的一顶鼻烟色毡帽。胡雪岩跟古应春自然向左宗棠磕头请安，洋人则是一鞠躬，然后又跟左宗棠拉手。

上位是左宗棠独坐，问了些“哪天到的”“路上如何”“江南有什么新闻”之类的话，胡雪岩一一照答，一阵寒暄过后，谈入正题。

正题是借洋债。胡雪岩自同治五年至光绪四年，为左宗棠借过四次外债，以充“西饷”。西陲用兵，须由各省补助军饷，称为“协饷”。但协饷分年解送，而打仗不能说今年饷银用完，不打了，明年有了饷再打。因而胡雪岩想出一个借洋债的办法，最大的“银主”是英商汇丰银行。还款的方式是由江海关开出期票，而由协饷省份，主要的是江苏、浙江、广东、福建四省的督抚，盖上大印，表示承诺在到期以前，将协饷解交江海关，偿还洋商，年限总在六年上下，半年一期，付息拔本。方式是由胡雪岩秉承左宗棠的意思，找洋商谈妥细节，然后由左宗棠出奏。奏准后，以上谕饬协饷各省出具印票，交江海关，同时由总理衙门照会英国公使，转知贷款的汇丰银行照付。

这套手续很繁琐，其中还有两道关口。一道是总税务司赫德——根据中英条约，关税是用来赔偿鸦片战争失败军费的保证，因此英国人要求控制中国新开各口岸，称为“洋关”的海关，职称是税务司，都归总税务司赫德管辖。若赫德不下命令，江海关税务司不肯出票，那钱就借不成了。

再一道关口是英国驻华公使，没有他的核准，汇丰银行不能拨款；有他批准了，即等于英国政府担保汇丰银行不会吃倒账。赫德还好，因为他毕竟是中国的客卿，不能不买总理衙门的账，而且他有回佣好分，亦愿乐观其成。但英国公使这一关很啰唆，哪怕上谕批准了，各省的印票也备齐了，总理衙门跟赫德也说好了，没有英国公使点头，钱仍旧借不到。

以左宗棠天马行空的性格，这当然是件不能容忍的事，中国人借洋债，要做中国官的英国人赫德同意，更起反感。因此当德国泰来洋行的经理福克向左宗棠表示，有钱可借，手续可以节减许多，左宗棠自然是欢迎的。

福克之得以谒见左宗棠，是出于胡雪岩的推荐。那是一年前的话，西陲已经平定，左宗棠准备在陕甘大兴实业，关照胡雪岩招聘技师，胡雪岩找上了福克。在哈密行营一席之谈，左宗棠认为福克“切实而有条理”，颇为欣赏。福克便抓住机会，为德国资本找出路，当然，要谈这笔借款，仍旧需要胡雪岩。

当时正是崇厚擅自订约，被捕下狱，中俄关系搞得剑拔弩张之时，左宗棠接到一个情报，说俄国举了一笔“国债”达五千二百万两之巨，用来扩充军备。左宗棠认为中俄难免一战，将来兵连祸结，其势难以停止，亦须未雨绸缪，如果能借两三千万银子，分数十年偿还，则饷源一广，练兵必精。左宗棠写信给胡雪岩，要他跟泰来洋行谈判，而且约他在开年灯节以后，进京面谈。

不久，这件事打消了。因为由于曾纪泽斡旋，中俄形势已趋缓和，没有再大举外债的理由。

这是第一遍，第二遍旧事重提，又要借了。原来左宗棠内召入关进军机时，奉旨将他的一差一缺，分别交卸。一差是“钦差大臣督办新疆事务”，交由刘锦棠接替；一缺是“陕甘总督”，交由杨昌浚署理。刘、杨都是左宗棠麾下的大将，但资望不足，难当重任。陕甘贫瘠，全靠各省协饷，各省如果不买账，刘、杨就一筹莫展。因此，左宗棠必须为刘锦棠、杨昌浚筹好了饷，西征的功绩，才算有了着落。

照左宗棠的盘算，新疆与陕甘以玉门关为界，每年关外军饷要三百七十万，关内二百一十万，全年为五百八十万两。光绪五年起，上谕各省协饷，必须解足五百万两，相差八十万，前后套搭，总还可敷衍得过，哪知上谕归上谕，协饷归协饷，两年之间，各省协饷欠解竟达四百二十万两之巨。

为此，刘锦棠忧心忡忡，左宗棠为他出奏陈情说：“不虞兵机之迟钝，而忧饷事之艰难，深惧仔肩难卸，掣肘堪虞，将来饷不应手，必致上负圣恩，悔已无及。”这也是实在情形，即令宝鋆表示：“西饷可缓，洋款不必着急。”朝廷仍旧许他再借一笔外债，弥补协饷之不足。

胡雪岩与福克，就是为这件事来的。

胡雪岩在左宗棠面前的信用，大不如前了。一则是借洋债及商款的利息过重，人言籍籍，连左宗棠都没面子；二则是采买军火有浮报情事。但左宗棠仍旧少不了胡雪岩，而胡雪岩亦想力盖前愆，对这趟借洋债，格外尽心尽力，希望左宗棠能对他的成绩满意。

“雪岩，你信上说票要出给汇丰，怎么又是汇丰呢？”左宗棠指着福克说，“不是他们泰来洋行吗？”

“是。一大半是泰来的款子，不过要由汇丰出面。”

“这是什么讲究？”

“汇丰是洋商的领袖，要它出面，款子调度起来才容易。这好有一比，好比刘钦差、杨制台筹饷筹不动，只要大人登高一呼，马上万山响应，是一样的道理。”

左宗棠平生一癖，是喜欢人恭维，听胡雪岩这一说，心里很舒服。“雪岩，”他说，“你这一阵子倚红偎翠之余，想来还读读书吧？”

这话想来是指着“登高一呼”“万山响应”这两句成语而说的，胡雪岩笑着答道：“大人太夸奖我了，哪里谈得到读书？无非上次大人教导我，闲下来看看《唐诗三百首》，现在总算平仄也有点懂了，王黄也分得清了。”

“居然平仄也懂了，难得，难得。”左宗棠转脸看着福克说，“我本来打算借个三百万，你一定要我多借一百万，我也许了你了。你在利息上头，应该格外克己才是。”

古应春司翻译之责，福克与凯密伦各有所言，及至他再翻给左宗棠听时，已非洋人原来的话了。

福克的回答是：“不早就谈好了吗？”经古应春翻给左宗棠听是：“一分一厘。”

“还是高了。”

左宗棠的话刚完，胡雪岩便即接口：“是不是？”他向古应春说，“我早说大人不会答应的。你跟他说，无论如何不能超过一分。”

于是古应春便要求福克，就谈好的利率再减若干，福克自然不悦，便有了争执的模样。其间当然也牵涉到汇丰的利益，所以凯密伦亦有意见发表。最后，古应春说了句：“好吧！就照原议。”洋人都不响了。

“怎么样？”胡雪岩问，“肯不肯减？”

“福克跟凯密伦说，以前是一分二厘五，这回一分一厘已经减了。我跟他们说，你不能让胡先生没面子。总算勉强答应在一分以内，九厘七毫五。”

“是年息？”

“当然是年息。”

于是胡雪岩转眼看着左宗棠，一面掐指甲，一面说道：“年息九厘七毫五，合着月息只有八厘一毫二丝五。四百万两一月的息钱是三万两千五，六个月也不过二十万银子。头两年只付息，不还本，第三年起始，每年拔还一百万，四年还清。大人看，这个章程行不行？”

“一共是六年。”

“是。”胡雪岩答说，“头两年只付息，不还本，我是磨了好久才磨下来的。这一两年各省关有余力还以前的洋款，就宽裕得多了。”

“好，好！”左宗棠连赞两声，然后俯身向前，很关切地问，“要不要海关出票？”

“不要！”胡雪岩响亮地回答。

“只要陕甘出票？”

“是。只凭‘陕甘总督部堂’的关防就足够了。”

左宗棠连连点头，表示满意，但也不免感慨系之。“陕甘总督的关防，总算也值钱了！”接着他还叹口气，“唉！”

“事在人为。”胡雪岩说，“陕西、甘肃是最穷最苦最偏僻的省份。除了俄国以外，哪怕是久住中国的外国人，也不晓得陕甘在哪里。如今不同了，都晓得陕甘有位左爵爷，洋人敬重大人的威名，连带陕甘总督的关防，比直隶两江还管用。”说到这里，他转脸关照古应春，“你问他们，如果李合肥要借洋款，他们要不要直隶总督衙门的印票。”

古应春跟福克、凯密伦各说了一句不知什么话，等他们回答以后才说：“都说还是要开票。”

听得这一句，左宗棠笑逐颜开。他一直自以为勋业过于李鸿章，如今则连办洋务都凌驾而上了，这份得意，自是非同小可。

“好！我们就这样说定了。三两天后就出奏。这回宝中堂应该不会有后言了。”

胡雪岩不懂“后言”二字，不过从意思可以猜得出来，而且他也有把握能使得宝鋆服帖。因而提出最要紧的一句话。

“有一层要先跟大人回明白，如今既然仍旧要汇丰来领头调度，那就仍旧要总理衙门给英国公使一个照会。”

“这是一定的道理。我知道。”

“还有一层，要请大人的示。是不是仍旧请大人给我一道札子？”

下行公事叫“札子”，指令如何办理。左宗棠答说：“这不行！不在其位，不谋其政，你是陕西驻上海转运局的委员，应该杨制台下札子给你。”

“是！不过，我有句话，不知道该不该说？”

“你说，不要紧。”

“同样是陕甘总督衙门下的札子，分量不一样。如果是大人的札子，我办事就方便得多了。”

“呃、呃！我明白了。”

左宗棠心想，杨昌浚的威望不够，胡雪岩即不能见重于人，为他办事顺利起见，这个障碍得替他消除。

他盘算了好一会儿，有个变通办法。“这样，”他说，“只要是牵涉到洋人，总署都管得到的，我在奏折上特为你叙一笔，请旨下总理衙门札饬道员胡某某遵照办理。你看如何？”

胡雪岩喜出望外，因为这一来就是受命于恭亲王，身价又抬高了。不过，他表面上却不敢有何形色，而用微感无奈的神情说：“如果大人不便下札子给我，那也就只好请总理衙门下了。”

“好！这就说定了。”左宗棠接着又说，“雪岩，我们打个商量，西边境况很窘，刘毅斋又要撤勇，打发的盘川还不知道在哪里，你能不能先凑一百万，尽快解到杨石泉那里。”

毅斋、石泉是刘锦棠、杨昌浚的别号。胡雪岩责无旁贷，很爽快地答应了。

这时有一名听差，悄然到左宗棠身边说了句话。左宗棠问道：“这两个洋朋友，会不会用筷子？”

左宗棠打算留福克与凯密伦吃饭。胡雪岩觉得大可不必，便即答说：“大人不必费心了。”

“那么，你留下来陪我谈谈。”

“是。”

见此光景，古应春便向洋人表示，公事已经谈妥，应该告辞了。接着便站起来请了个安，洋人亦起立鞠躬。左宗棠要送客，胡雪岩劝住，说是由他代送，乘此机会可跟古应春说几句话。

“应春，你把他们送回去了，交代给陪他们的人，空出身来办两件事。”

胡雪岩交代，一件是跟汪惟贤去谈，能不能在京里与天津两处地方，筹划出一百万现银。

“这件事马上要有回音。”胡雪岩轻声说道，“左大人一开了话匣子，先讲西征功劳，再骂曾文正，这顿饭吃下来，起码三个钟头，你三点钟以前来，我一定还在这里。”

“好！还有一件呢？”

“还有一件，你倒问问福克，王府井大街的德国洋行里，有没有望远镜、挂表。如果有，你问他有多少，先把它定下来。”

“喔，”古应春明白了，是左宗棠应醇王之邀，到神机营“看操”，做犒赏用的，便即问说，“有是一定有的。不知道要多少？”

“现在还不知道。你先问了再说。”

古应春答应着，陪着洋人回阜康。下午三点钟他复又回到贤良寺，果然，那顿午饭尚未结束。他在花厅外面等待时，听得左宗棠正在谈“湖湘子弟满天山”的盛况，中气十足，毫无倦容，看来还得有些时候才会散。

古应春心想，胡雪岩急于要知道交办两事的结果，无非是即席可以向左宗棠报告。既然如此，就不必等着面谈，写个条子通知他好了。

打定主意，他便从怀中掏出一个洋纸笔记本来，撕一张纸，抽出本子上所附的铅笔，蘸一点口水，写道：“现银此间有三十万，天津约十余万。镜表各约百余具，已付定。惟大小参差不齐。”

这张字条传至席面时，为左宗棠发现问起，胡雪岩正好开口。“回大人，”他说，“京里现银可以凑五十万，一两日内就解出去，另外一半，等我回上海以后，马上去想法子。不知道来得及，来不及？”

“能有一半先解，其余慢一点不要紧。”

“是。”胡雪岩又问，“听说醇亲王要请大人到神机营去看操？”

“有这回事。”一提到此，左宗棠的精神又来了，“神机营是八旗劲旅中的精华。醇王现在以皇上本生父的身份，别样政务都不能管，只管神机营，上头对神机营的看重，可想而知。李少荃在北洋好几年了，醇王从未请他去看过操，我一到京，头一回见面，他就约我，要我定日子，他好下令会操。我心里想，人家敬重我，我不能不替醇王做面子。想等你来了商量，应该怎么样犒赏。”

“大人的意思呢？”

“我想每人犒赏五两银子，按人数照算。”

“神机营的士兵，不过万把人，五六万银子的事，我替大人预备好了。”胡雪岩又说，“不过现银只能犒赏士兵，对官长似乎不大妥当。”

“是啊！我也是这么想。”

“我看送东西好了。送当然也要实用，而且是军用。我有个主意，大人看能不能用。”

“你说。”

“每人送一架望远镜，一个挂表。”

话刚完，左宗棠便击案称赞。“这两样东西好！很切实用。”他说，“神机营的官长一百多，要一百多份，不知道备得齐备不齐。”

“大人定了主意，我马上写信到上海，尽快送来。我想日子上一定来得及。”胡雪岩紧接着说，“大人去看操的日子，最好等借洋款的事办妥了再定。不然，恐怕有人会说闲话，说大人很阔，西饷一定很宽裕，洋款缓一缓不要紧。”

不等他话完，左宗棠便连连点着头说：“你倒提醒了我。此事虽小，足以影响大局。我准定照你的话办。”

“是！”胡雪岩问，“大人还有什么交代？”

“一时倒想不起，想起来再跟你谈。”左宗棠说，“借洋款的章程，你马上写个节略来，我尽明天一天办好奏稿递上去，倘或顺利的话，大概三五天就定局了。”

“是！”胡雪岩说道，“明天我想跟大人告一天假，办办私事。后天来伺候。”

“后天如果没事也不必来。有事我会随时派人来招呼你，你尽管办你自己的事去好了。”

于是胡雪岩告辞回阜康，先请杨师爷将借洋款的条件写成一个节略，即刻派人送到贤良寺，然后向古应春细问到海岳山房接头的经过。

“应春，你知道的，为了去年买水雷的价钱，福德多嘴泄了底，左大人对我已经起疑心了。这件事我心里很难过，所以这趟借洋款，除了大家该得的好处以外，我不但分文不要，而且预备贴几万银子，一定要把这件事办成功。办成功不算，还要办得漂亮，要叫左大人心里舒服。倘或宝中堂啰唆，就算办成功，他也不会高兴，所以宝中堂那里，一定要摆平。能听他说一句‘这笔洋款借得划算’，我这几万银子，花得就值了。”

“小爷叔的心思，我是早看出来了。不过，我想也不必把钱花在宝中堂一个人身上，他手下的人也是要紧的。”古应春问道，“小爷叔预备花多少？”

“这个数。”胡雪岩将手一伸。

“那么，送四万，留一万作开销。”

“好的。你跟徐筱云去商量，看这条路子应该怎么样走通？”

第二天三月初九，徐筱云不待去请，自己来访。胡雪岩不在，由古应春接待。他告诉古应春说，左宗棠的奏稿是他办的，已经誊正呈递，不过，三五天内，绝不会有结果。因为恭亲王为福晋安葬，请了七天假，而这件大事，非恭亲王来议不可。

“这样说，宝中堂也不能起作用？”

“不，不！有作用的。恭王听他的话。而且凡是到了这个地位，不管怎么样，败事总是有余的。”

“筱翁，这么说，胡大先生要重重拜托你。海岳山房我去过了，跟老朱谈得很好。胡大先生要我跟筱翁商量，这条路子一定要走通，你看该送多少？”

“借洋款的条件比过去都好，我的奏稿上写得很切实，事情一定可成，不送亦可，要送，这就差不多了。”说着，徐用仪示以一指。

“筱翁，‘差不多’不够，要势在必成。”

“多送当然更保险，不过钱要用在刀口上。”徐用仪问说，“明天你会去贤良寺不会？”

“会去。明天我带洋人给左大人去辞行。”

“那么，我们明天中午在贤良寺见，到时候我再跟你谈。”

第二天中午胡雪岩、古应春带着两个洋人，都到了贤良寺，静等左宗棠自军机处散值回寓，以便辞行。哪知一等等到下午三点半钟，还不见人影，亦无消息。宫门申正下钥，申正就是四点钟，通常军机处自大臣至章京，最迟未正二刻，也就是两点半钟，一定已走得光光，而左宗棠到此时尚未出宫，是件令人百思不得其解的事。

“只怕宫里出事了。”胡雪岩悄悄跟古应春耳语，“莫非西太后的病，起了变化？”

一语未终，只见徐用仪匆匆而来，他也顾不得行礼，一把将胡雪岩拉到僻处，低声说道：“左大人叫我来送个信，洋人慢点走，事情或许会有波折。”

“怎么？”胡雪岩又问，“左大人何以到现在还不出宫？”

“宫里出了件意想不到的怪事。”徐用仪的声音越发低了，“今天军机没有叫起，说太后受了寒，人不舒服。大家都当是感冒，到内奏事处看药方，管事太监说没有发下来。后来听内务府的人说，是昨天下午发的病，突然之间，口吐白沫，像发羊癫风。今天到现在为止，已经请了三次脉，早晨一次，午时一次，未时一次，人只怕不中用了。”

“慢慢，筱翁，”胡雪岩问道，“你说是东太后，还是西太后？”

“是东太后。”

“东太后？”胡雪岩越发诧异。

“自然是东太后。西太后好久不视朝，因为东太后违和，军机才没有叫起。”

“喔。”胡雪岩点点头说，“我知道了。我来把洋人留下来。”

于是胡雪岩向古应春密言经过，关照他先带洋人回去，随便找个理由，请他们暂留几天。

“如果东太后真的驾崩了，宫里要办丧事，洋款的事就会搁下来。”胡雪岩问道，“应春，你看左大人会怎么办？”

“这一搁下来，”古应春答非所问地，“人家款子早已筹好了，吃利息犹在其次，倘或一搁搁得不办了，对人家怎么交代？”

“这不会的。”胡雪岩说，“吃利息还是小焉者也，刘毅斋、杨石泉筹饷如星火，这上头耽误了才是大事。”

“那么，大先生，你看左大人会怎么办呢？”

“自然是独断独行，办了再说。”

以左宗棠的性情，这是可能的，但古应春终有疑惑，因为四百万银子到底不是个小数目，左宗棠即令有魄力，也不敢如此擅专。

左宗棠是过了四点才回贤良寺的，一到就传胡雪岩。“国将大变！”他一开口就发感慨，接着又说，“应变要早。你告诉福克他们，事情就算定局了，请他们一回上海就预备款子，印票现成，我带得有盖了陕甘总督关防的空白文书，一填就是，让他们带了去。”

果如胡雪岩所料，但他不能不为左宗棠的前程着想。“大人，”他很直爽地说，“数目太大，将来宝大人会不会说闲话？”

“说闲话也是没法子的事。”左宗棠又说，“将在外君命有所不受。现在连‘君命’都没有，我辈身为勋臣，与国同休戚，不能不从权处置。”

“大人，我倒有个想法。这件事，大人何妨跟醇王说一说，醇王是带兵的，总知道‘闹饷’不是闹着玩的。”

“通极！”左宗棠拍着膝盖说，“有他知道这回事，谅宝佩蘅也不敢再说闲话。”

宝佩蘅就是宝鋆。胡雪岩心想，要他不说闲话，只有找海岳山房朱铁口，否则即使不敢说闲话，也尽有刁难的手段。

“我得躺一会儿。”左宗棠说，“今天晚上，说不定宫里会出大事。”

“是。”胡雪岩乘机打听，“刚才徐筱云来传大人的话，说起东太后政躬违和，仿佛来势不轻呢？”

“岂止来势不轻，牙齿都撬不开了。”

“那么，到底是什么病呢？”

“谁知道？”左宗棠将两手一拍，“牝鸡司晨，终非佳事。”

胡雪岩听不懂他说的什么，站起身来告辞。“明天再来伺候。”他请了个安。

“明天，明天还不知道怎么样呢？”

第二章　深宫疑云

左宗棠只睡得两个时辰，刚交子时便让老仆左贵推醒了："军机徐老爷有急信。"

说着，他将左宗棠扶了起来，另有一仆擎着烛台，照着他看信。信封上浓墨淋漓地写着"飞递左爵相亲钧启"。抽出信笺，上面只有八个字：东朝上宾，请速入宫。

原来这天军机章京换班，徐用仪值夜，所以消息来得快。左宗棠遇到这种意外变故，最能沉得住气，下床看到红烛，便指着说道："明天得换白的。"

"老爷，"左贵服侍左宗棠多年，称呼一直未改，他怕自己听错了，侧耳问道，"换白蜡？"

"对了。这会儿别多问！传轿，我马上进宫。"

进宫时为丑正，乾清门未开，都在内务府朝房聚集。左宗棠一看，近支亲贵有惇亲王、醇亲王、惠亲王，御前大臣有伯彦讷谟诂、奕劻，军机大臣有宝鋆、李鸿藻、王文韶。此外便是六部尚书、"毓庆宫行走"的师傅、南书房翰林。

国家大事，权在军机，军机领班的恭王不在，便该左宗棠为首，他此刻才发觉自己的地位特殊。他初次当京官，朝中典故茫然莫晓，且又遇着意想不到的情况，虽说他善能应变，但亦有手足无措、尴尬万分之感。

正要开口动问，只见徐用仪疾趋而前，借搀扶的机会，贴身说道：“听宝中堂的。”

争胜好强的左宗棠，到此亦不能不退让一步，与三王略略招呼后，向宝鋆拱拱手说：“我初遇大丧，军机职司何事，都请佩翁主持。”

“这是责无旁贷的事。”

一语未毕，有人来报，乾清门开了。于是惇王领头，入乾清门先到“内奏事处”——章奏出纳皆经此处。照规矩，帝后违和，脉案药方亦存内奏事处，王公大臣谁都可以看的。

药方一共五张，最后一张注明“酉刻”，是左宗棠出宫以后请脉所开的，说是“六脉将脱，药不能下。”

“宾天是什么时候？”惇王在问。

“戌时。”

戌时是晚上八点钟。左宗棠心里在想，接到徐用仪的信是十一点钟，计算他得知消息不会早于十点钟，相隔两个钟头，在这段辰光之中，不知道钟粹宫中是何境况。

“大人！”徐用仪牵着他的袖子说，“请到南书房。”

宫中定制，凡有大丧，都以乾清门内西边的南书房为“治丧办事处”。一到了那里，第一件事便是将官帽上的顶戴与红缨子都摘下来，然后各自按爵位官阶大小，找适当的座位坐下来。

“真是想不到的事！”醇王向宝鋆问道，“得赶紧把六爷追回来。”

“六爷”是指恭王。“已经派人去了。”宝鋆答说，“大概明天下午才能回来。”

“得找个人来问一问才好。”惇王说道，“譬如有没有遗言？”

“不会有的。”惠王接口，“中午的方子已经说‘神识不清’，以后牙关都撬不开口，怎么能开口说话？”

惇王默然，举座不语，但每人心里都有一个疑问：到底是什么病？

“要问什么病，实在没有病。”徐用仪左右看了一下，下人都在廊上，客厅中除了胡雪岩的贴身跟班以外，别无闲人，方始低声说道，“是中了毒。”

此言一出，胡雪岩跟古应春互看了一眼。原来胡雪岩因为创设胡庆余堂药号，自然而然地对药性医道都不太外行，看了从内奏事处抄出来的五张药方，又打听了慈安太后前一日御朝的情形，向古应春谈起，唯一可能的死因是中毒。此刻是证实了，只不知如何中的毒。

“毒是下在点心里头的。”徐用仪说，“东太后有歇午觉的习惯，睡醒以后，经常要吃甜点心。初九那天，午觉醒来，西太后派梳头太监李莲英，进了一盘松仁百果蜜糕，刚蒸出来又香又甜，东太后一连吃了三块，不到半个钟头，病就发作了。”

胡雪岩骇然。“是西太后下的毒？”他问，“为什么呢？”

“这话说来就长了——”

慈禧太后一直有桩耿耿于怀，说什么也无法自我譬解的事，就是为什么她该低于慈安太后一等，而这一等非同小可。皇后母仪天下，生日称为“千秋”，受群臣在宫门外朝贺。下皇后一等的皇贵妃无此荣耀，甚至姓氏亦不为群臣所知。

东西两宫——慈安、慈禧由“选秀女”进身，家世是一样的，慈安之父为广西右江道，慈禧之父是安徽池太广道。起初身份虽同，但当文宗元后既崩，立第二后时，选中了慈安，便使得那时封号为“懿贵妃”的慈禧愤不能平。因为慈安无子而她有子，且是唯一的皇子，不是她的肚子争气，大清朝的帝系，将从咸丰而绝。由此可知，她是大有功于宗社的人，有功之人反遭贬损，这口气如何咽得下？

可是文宗却又是一种想法，正因为她生了皇子，才断送了被立为皇后的希望。原来慈禧精明能干、争胜揽权的性格，文宗已看得很清楚，自知在世之日无多，一旦驾崩，幼主嗣位，皇后成为太后，倘或骄纵不法，无人可制。

纵然如此，仍有隐忧。因为母以子贵，慈禧将来仍旧会成为太后，两宫并尊，而慈安赋性忠厚，必受欺侮。这重心事，文宗偶尔与他的宠臣肃顺吐露，肃顺便劝文宗行“钩弋夫人”的故事。

“钩弋夫人”是汉武帝的宠姬。汉武帝六十三岁时，钩弋夫人为他生了一个儿子，取名弗陵，生得茁壮聪明，他颇为钟爱。汉武帝晚年多病，年长诸子，看来多不成材，几经考虑，决定传位幼子弗陵。但顾虑得幼主在位，母后年轻，每每会骄淫乱政，春秋战国不乏其例，秦始皇初年的情形更当引以为鉴，因而狠心将钩弋夫人处死，以绝后患。

文宗也觉得肃顺的建议不错，但却缺乏汉武帝的那一副铁石心肠。到得病入膏肓，势将不起时，他特为用朱笔亲书密谕一道，交付慈安，大意是“西宫援母以子贵之义，不得不并尊为太后，然其人绝非可倚信者，即不有事，汝亦当专决。彼果安分无过，当始终曲全恩礼，若其失行彰著，汝可召集群臣，将朕此言宣示，立即赐死，以杜后患”。

不但有朱谕，而且还口头叮嘱：倘或需要用这道密旨时，应该如何召集群臣，如何宣示，又如何可能有人为西宫求情，而决不可稍为之动，必须当机立断，斩草除根。慈安含泪倾听，将朱谕珍重密藏，心里却从未想过有用得到它的一天。

事隔二十年，慈禧已经四十六岁。这年，光绪六年二月初，她忽然得了重病，脉案对病因的叙述含糊不清，而所开药方，则属于专治胎前产后诸症的“四物汤”，群臣皆为之困惑不解。据御医庄守和、李德立向人透露，说是“血崩”，但用血崩的药，却并不对症。

于是降旨征医。直隶总督荐山东泰武临道无锡薛福辰，山西巡抚曾国荃荐太原府阳曲县知县杭州汪守正，此两人都是世家子弟，饱读医书，精研方脉，六月间先后到京，一经“请脉”，都知病根所在，不约而同地表示慈禧太后患的是“骨蒸”，其实是“蓐劳”，产后失血过多，成了俗语所说的“干血痨”，用温补甘平之法，病势日有起色。到了这年年底，已无危险，只待调养了。

宅心仁厚的慈安太后，自然亦为之庆幸。有一天——就在几天以前，她在她所住的钟粹宫邀慈禧共餐，还喝了酒，到得席散，暗示宫女尽皆回避，促膝深谈，作了一番规劝。

据私下窥视的宫女所传出的消息，说是慈安真的动了感情。她们首先追叙当年文宗逃难到热河的种种苦楚，文宗崩后，“孤儿寡妇”受肃顺欺侮，幸而“姐妹”同心协力，诛除权臣，转危为安。接着她们又谈同治十三年间所经历的大风大浪，种种苦乐。到伤心之处，“姐妹”俩相对流涕，互为拭泪。看来慈禧也动了感情了。

于是慈安慨然说道：“我们姐妹也都老了，重新同侍先帝的日子，不会太远。二十多年相处，从来没有起过什么了不得的争执，以后当然亦是平平静静过日子。有样东西是先帝留下来的，我一直以为永远也用不着，不过我怕我一死以后，有人捡到这样东西，会疑心我们姐妹表面和好，暗底下不是那回事，那就不但你我会觉得是一大恨事，先帝亦会自悔多事。这样东西，不如今天就结束了它吧！”

说完，从怀中掏出一个信封，递到慈禧手里。打开来一看，慈禧脸色大变，原来就是文宗亲自以朱笔所写的那道密谕。

“既然无用，就烧掉了吧。”

慈安取回原件，就在烛火上点燃焚毁。慈禧做出感极而泣的神情，还须慈安多方安慰，方能收泪。

但从此慈禧只要一见了慈安，便如芒刺在背，处处小心，像唯恐不能得慈安欢心似的。这一天，就是三天前的三月初九，慈安太后终于在一盘松仁百果蜜糕上送了命。

* * *

“这样说，以后是西太后一个人作主的局面了？”胡雪岩问说，“筱翁，你看事情是比以前难办呢，还是比以前容易？”

“我看要比以前难办。”徐用仪答说，“东太后德胜于才，军机说什么就是什么，西太后才胜于德，稍微马虎一点，她就会抓住毛病，问得人无话可说。”

“这话说得不错。不过将来只要把一个人敷衍好了，事情也不至于太难。”

“呃，”徐用仪不免诧异，“胡大先生，你说要敷衍哪一个人？”

“李莲英。”胡雪岩说，“他立了这么大的功劳，当然会得宠。”

“嗯，嗯！”徐用仪说，“我倒还没有想到。”

“我也没有想到。”古应春接口说道，“我看，这条路子如果要走，就要走得早。”

徐用仪不作声，意思当然是“你们要走太监的路子，另请高明”。胡雪岩体会得他的心境，便向古应春递个眼色，暗示他不必再谈李莲英。

不过，宝鋆还是要谈的。古应春拿胡雪岩准备送五万银子、而他认为其中应该留一万银子做开销的事情，问徐用仪有何意见。

“送宝中堂不必那么多，多了他反而会疑心，以为这笔借款中，又有多少好处。钱要花在刀口上，一文抵十文用，才算本事。”

“那么，筱翁！”胡雪岩笑道，“你倒说说看，要怎么样才算花在刀口上？”

“我亦是知其然而不知其所以然。总之，如今既然左大人打算独断独行了，宝中堂那里，就不必送那么重的礼。不然就变成‘塞狗洞’了。”

“‘塞狗洞’的事，我做过很多。”胡雪岩说，“既然筱翁不赞成，我们就来想它个礼轻意思重的办法。”

“这办法不大好想。”古应春问道，“是不是跟朱铁口去谈一谈？”

“没有用。这方面的行情他不懂。”

三个人沉默了好一会儿，胡雪岩突然说道：“筱翁，你倒谈一谈，宝中堂是怎么样一个人？”

“人是很念旧的——”

因为念旧重情，宝鋆受了许多累。其中有件事，凡是浙江人无不知道。六七年前轰动海内的杨乃武与小白菜一案，将因病暴毙的小白菜之夫葛品莲当作武大郎，而诬指小白菜谋杀亲夫，又将杨乃武比作西门庆，教唆小白菜下毒的“灭门县令”刘锡彤，就是宝鋆的乡榜同年。

“宝中堂倒没有袒护刘锡彤，不过刘锡彤总以为宝中堂一向念旧，有此大军机的靠山，做错就做错了，没有什么了不起。结果是害己害人，连累宝中堂也听了好些闲话。”

“这刘锡彤呢？”胡雪岩说，“充军在哪里？”

“老早就死掉了。”徐用仪说，“你想七十岁的人还要充军，不要说关外冰天雪地吃不消，自己想想，对不起祖宗，对不起自己，哪里还有活下去的味道？”

“是啊！做人总要有味道，活下去才有劲。”胡雪岩又问，“他是哪里人？”

“靠近沧州的盐山。”

“家里还有什么人？”

“不大清楚。”徐用仪说，“他有个儿子，本来也是牵涉在杨乃武那一案里的，后来看看事情闹大了，刘锡彤叫他回盐山，哪知坐的是福星轮。”

福星轮沉没，是在中国海域中发生的第一件重大海难事件，所以徐用仪不说，也知道刘锡彤之子已经遭难。

“哪里有什么一路福星？”古应春说道，“祸福无门，唯人自召。刘锡彤居心可恶，才会遭祸。不过报应也太惨了。”

“打听打听。”胡雪岩说，“刘锡彤总算在我们杭州做过父母官，子孙如果没饭吃，应该做个好事。”

徐用仪心想，胡雪岩哪里是为刘锡彤做过余杭县知县的香火之情，无非看在宝鋆的分上，做件小小的雪中送炭之事，希望见好于宝鋆。不过他亦必须有这么个冠冕堂皇的说法，才不落痕迹，否则就会为人所讥。人情世故毕竟是他识得透。

这样转着念头，他不由得又想起一个人。“宝中堂有个弟弟叫宝森，”徐用仪问，“胡大先生知道不知道？”

“不知道。此人怎么样？”

“此人去年让言路上参了一本。参的其实不是他，是宝中堂，参宝中堂袒护亲族。不过，这一来倒霉的一定是宝森，如今境况很窘。”

“呃，筱翁，你倒谈谈他倒霉的来龙去脉。”

原来宝鋆之弟宝森，本是直隶的候补知县，既没有读多少书，也谈不到才具，而且理路不大清楚。靠他老兄的面子，总常有差使派他，有时州县出缺，派他去署理，坐堂问案，笑话百出，上官看宝鋆的分上，只有格外宽容。

后来曾国藩由两江总督调直隶，他是讲究吏治的，看宝森实在没有用处，就想照应他亦有力不从心之感。宝森几次找宝鋆，要他写八行书给曾国藩讨差使，宝鋆怕碰钉子，不肯出信。到得真的缠不过了，宝鋆说：“你到四川去吧！”宝鋆为他加捐，由候补县变成候补道，又在吏部说了情，得以分发四川。

四川总督名叫吴棠，此人于慈禧太后未入宫以前，有援之于穷途末路的大恩。慈禧之父惠征，官居安徽池太广道，是守土有责的地方官，咸丰初年，洪、杨起事，舟船东下，势如破竹，惠征望风而逃，降旨革职查办，旋即一病而亡。俗语说“太太死了压断街，老爷死了没人抬”，官场最势利不过，何况惠征是“犯官”的身份，加以外省的旗汉之别，远较京里来得分明。因此，慈禧以长女的身份，携带一妹两弟，奉母盘灵回旗时，一路遭受白眼，那种境况，真可说是凄凉万状。

一天船泊江苏淮安府桃源县，忽然有人送来一份奠仪，而且颇为丰腆，白银二百两之多。慈禧再看名帖上具衔是桃源县知县吴棠，不由得纳闷：惠征从无这样一个朋友，如说是照例的应酬，隔省的官员，了无渊源，充其量送八两银子奠仪，已是仁至义尽，这人却一送二百两，阔得出奇。慈禧判断，一定是送错了，防着人家要来索还，原封不动地摆在那里。

她的判断不误，果然是送错了。吴棠一看听差送上来的回帖，大发雷霆，幸而他有个幕友，深明人情世故，便劝他说："送错了礼没有去讨回之理，就讨，人家也未见得肯还。听说这惠道台的两位小姐，长得很齐整，而且知书识字，旗人家的闺秀，前途不可限量。东翁不如将错就错，索性送个整人情，去吊上一吊。"

吴棠心想，这不失为"失之东隅，收之桑榆"的打算，当下肃其衣冠，备了祭品，传轿打道运河码头，投了帖上船祭灵。祭毕慰问家属，慈禧的两个弟弟惠祥、照祥，都还年幼，只会陪礼，无从陪客，都是慈禧隔着白布灵幔，与吴棠对答，再三称谢。

这一下足以证明吴棠的奠仪并未送错，可以放心大胆地支用了。慈禧感激涕零之余，将吴棠的名帖放在梳头盒子里，跟妹妹相誓："倘或天可怜见，咱们姐妹也有得意的一天，可千万别忘了吴大老爷这位雪中送炭的大恩人。"

果然"皇天不负苦心人"，姐妹做了妯娌，不过十年的工夫，姐姐"以天下养"，妹妹亦贵为醇王的福晋。

辛酉政变，两宫垂帘听政，慈禧第一件快心之事，便是报恩。这时已升知府的吴棠，官符如火，一路超擢。吴棠既庸且贪，而凡有参劾吴棠的折子，一概不准。不过五六年的工夫，他继骆秉章而为四川总督。他在成都，公事委诸属下，每天开筵演戏，顿顿鱼翅鸡鸭，自我豢养成一个臃肿不堪的大胖子，四川人替他起了个外号，叫作"一品肉"。

宝鋆为老弟的打算是，唯有到"一品肉"那里当差，不必顾虑才具之短。果然，吴棠看宝鋆是大军机，一到就派了"厘金"的差使，终吴棠之任，宝森的税差没有断过，是四川官场的红员之一。

不久，吴棠殁于任上，继任川督的是杀安德海的山东巡抚丁宝桢。安德海在两宫太后口中，称为“小安子”，是慈禧太后宠信的太监，在“辛酉政变”中立过功劳，升任为长春宫的总管。他仗着慈禧太后的势力，招权纳贿，骄恣不法。有年夏天，他打着太后的旗号，擅自出京，连直隶总督曾国藩，都只能侧目而视，不敢动他。不道丁宝桢却不买账，等他一入山东境内，便派人严密监视，及至证实了他并未奉有赴江南采办的懿旨，便不客气地下令逮捕，飞章入奏，奉旨“毋庸讯问，就地正法”，随即提出牢来，在济南处决。

安德海既为慈禧所宠信，丁宝桢杀了他，就很可能得罪了慈禧。哪知事实适得其反，慈禧不但不恨，而且很感激丁宝桢。因为安德海被斩以后，丁宝桢下令暴尸三日，济南的百姓看清了安德海是没有“那话儿”的真太监。这一来，一直流传着的，安德海为慈禧面首的谣言，不攻自破。慈禧心感丁宝桢为她洗刷之德，所以吴棠出缺，将他自东抚擢为川督。当然，慈禧也有看重丁宝桢清廉刚直，用他去整饬为吴棠搞坏了的四川吏治的期望在内。

果然，丁宝桢一入川便大加整顿，贪庸疲软的劣员，参的参，调的调，官场气象一新。像宝森这样的人，当然也在淘汰之列，但想到他是宝鋆的胞弟，不免有投鼠忌器的顾虑，处置就不一样了。

像这样的情形，原有个客客气气送出门的办法，譬如督抚与两司——藩司、臬司不和，想把他们调走，而又怕伤了和气，发生纠纷，便在年终“密考”时，加上“堪任方面”的考语。既然才足以当方面之任，朝廷当然要将此人召进京去，当面察看。久而久之成了一个惯例，军机处一看督抚对两司下的是这样的考语，便知是请朝廷将两司调走，必如所请，因为封疆大吏的用人权是必须尊重的。

宝森只是一个候补道，不适用此例，但亦有变通之方，即以人才特荐，奏请送部引见，意思是请朝廷考虑，此人可放实缺。

那是光绪四年年底的事。其时言路上气势很盛，除了御史、给事中这些言官以外，翰林而兼“日讲起注官”，得以专折言事者，奏议尤为朝廷所重。其中言论最犀利者四人，号称“翰林四谏”。而“四谏”中又以张佩纶的一支笔最厉害，他心想宝森一无才能，只以宝鋆的关系，竟由地方大吏以人才特荐，令人不平，因而上章搏击。

上谕中嘉许张佩纶“所陈绝瞻顾，尚属敢言”。至于丁宝桢特荐宝森，究竟有何过人之长的实绩，命丁宝桢“据实具奏，毋稍回护”。原奏又说宝森并无才能，“着李鸿章查明宝森在直隶时，官声政绩究竟如何，详细具奏。”

其时宝森已经到京，兴冲冲地真的以为丁宝桢够交情帮他的忙，满心打算着引见以后，靠他老兄的关系，分发到富庶的省份，弄个实缺的道员，好好过一过官瘾——正印官的气派，跟候补道毕竟是不同的。

哪知跟宝鋆见了面，他一句话就是：“你告病吧！”

“为什么？”

“喏，你自己看去。”

很吃力地看完了张佩纶参劾的奏折，宝森倒抽一口冷气，这时才明白，丁宝桢别有用心，复奏也必是一番敷衍的空话，未见得有用。

“现在言路上嚣张得很，你碰了钉子，我也帮不上你的忙。别求荣反辱吧，你先告病，过些日子，我再替你想办法。”

日子过了两年了，宝森静极思动，常常跟宝鋆争吵，弟兄已有反目的模样。宝鋆经常望影而避，头痛不已。

“弟兄感情到了这样子，只有一个办法，把他们隔开。”胡雪岩说，“见不着面，就吵不起来了，旁人劝解，话也比较听得进去。”

“胡大先生，你的话是不错，不过，请问怎么个隔法？”

“那还不容易。把那位宝二爷请到哪里去住上几个月，意气慢慢化解了，弟兄到底是弟兄，终究会和好如初的。”

“这倒也是个办法，可惜没有人请他。”

“我请！”胡雪岩脱口而答，“如果宝二爷愿意，我把他请到上海、杭州去逛个一年半载，一切开销都是我的。”

徐用仪心想，这一来宝鋆得以耳根清净，一定会领胡雪岩的情，当下表示赞成。古应春亦认为这是个别开生面的应酬宝鋆的办法，大可行得。

至于胡雪岩与宝森素昧平生，看似无由一通款曲，其实容易得很——有跟胡雪岩交情深厚的文煜在，便是现成的一条路子。

这天文煜宴客。本来他宦囊甚丰，起居豪奢，住处又有花木园林之胜，每逢开宴，必是丝竹杂陈，此时因逢国丧，八音遏密，同时也不便大规模宴客，以防言官纠弹，只约了少数知好，清谈小酌而已。

主客是胡雪岩，其次便是宝森。主人引见以后，宝森颇道仰慕，胡雪岩更是刻意周旋，所以一见如故，谈得颇为投机。席间谈起上海“夷场”上的情形，胡雪岩与古应春大肆渲染，说得宝森向往不已。

看看是时候了，古应春便即问说：“森二爷有几年没有到上海了？”

“说起来寒碜。”宝森不好意思地，“我还没有去过呢！”

“那可真是想不到。”古应春看着胡雪岩说，“吃花酒如果有森二爷这么有趣的人在，可就更热闹了。”

宝森是所谓的“旗下大爷”，吃喝玩乐，无一不精。这两年他在京，全靠寄情声色，才能排遣失意，自从慈安太后暴崩，歌台舞榭，弦索不闻，正感到寂寞无聊，听得古应春的话，自然动心。

“如今是国丧，也能上堂子——”宝森突然缩住口，倒像说错了话似的。

原来上海人所说的“堂子”，北方称为“窑子”，但旗人口中的“堂子”，是皇室祭祖的所在，拿来作为窑子的别称，未免亵渎，因而觉得碍口。

“如今国丧，也能吃花酒？”他换了个说法。

“怎么不能？”古应春答说，“一则是天高皇帝远，再则夷场是‘化外’，不管是上海道，还是松江府，都管不到，甚至于两江总督、江苏巡抚都莫奈何。”

“真的？”宝森有些不信。

“我只谈一件事好了。”古应春问道，“听说森二爷票戏是大行家，有出‘张汶祥刺马’看过没有？”

“听说过，可没有看过。”

“那就是上海人独有的眼福、耳福，这出戏只有在上海能唱，别处是禁的。”

禁演的原因是，这出戏全非事实。两江总督马新贻已经惨死在张汶祥白刃之下，而竟说他夺人之妻，有取死之道，死而被诬、冤及泉台，知道真相而稍有血性的人，无不气愤填膺。江南大吏曾谋设法禁演，但因势力不能及于夷场，徒呼奈何。

这一实例，说明了在京八音遏密，何以在上海可以不守国丧的规矩。宝森真是想去好好逛一逛，但有些说不出口。

看出他心情的胡雪岩，便即说道：“其实不说那些花花草草的花样，森二爷也该到上海去见识见识。如今大家都讲洋务，不到上海不知道洋务该怎么讲法。宝中堂是身份、地位把他绊住了，没有机会到上海，森二爷不妨代替宝中堂去看一看。”

这为他拈出了一个正大光明的理由，宝森大为兴奋，“我也不为他，为我自己。”他说，“长点见识总是好的。将来到了上海，还要请胡大哥带一带我。”

“言重了。”胡雪岩问道，“森二爷预备什么时候去？”

“这还不能定。我得先跟本旗请假。”

在京的旗人，不能随便出京，这个规矩在雍、乾年间，极其严格，以后慢慢地也放宽了。不过宝森因为他老兄一再告诫，诸事谨慎，所以不敢造次。

这时一直未曾说话的文煜开口了，“老二，我准你的假。”原来文煜就是他正白旗的都统。

“啊，啊，对了。”宝森“啪”地一下，在自己额上打了一下，“看我这个脑筋！竟忘了本旗的长官就在眼前。”

“文大人，”胡雪岩问道，“准他多少日子的假？”

“那要问他自己。”

“我想，”宝森答说，“一个月也差不多了。”

“不够，不够。一个月连走马看花都谈不到，起码要三个月。”

“三个月就三个月。”文煜向宝森说道，“这得找个理由，你就写个呈文，说赴沪就医好了。”

宝森还在踌躇，胡雪岩抢着说道：“好了！文大人准假三个月，森二爷，这三个月归我管，你一切不必费心。我大概还有五六天耽搁，请你料理料理，我们一起走。”

邂逅初逢，即使一见如故，这样被邀到纸醉金迷之地，流连三月之久而不费分文，真也可说是难得的奇遇。因为如此，反而令人有难以接受之感，宝森只是搓着手，矜持地微笑着，不知道该怎么说才好。

“老二，”文煜知道他的心情，忍不住开口，“你久在四川，对雪岩不熟，雪岩豪爽出了名的，只要投缘，像这么请你到南边玩上几个月，算不了什么。我看你在京里也无聊得很，不如到上海去散散心。交朋友的日子很长，你也不必觉得不好意思。”

“我可真是有点儿不好意思。”宝森乘机说道，“恭敬不如从命。我先跟胡大哥道谢。”

“说这话就见外了。”胡雪岩转脸对古应春说，“叫惟贤明天派人到森二爷公馆去招呼，行李不必多带，缺什么在上海预备也很方便。”

第二天午后，汪惟贤亲自去拜访宝森，执礼甚恭，自不待言。略事寒暄，谈入正题，汪惟贤首先问说：“森二老爷预备带几个人？”

宝森不好意思，略想一想答说：“我只带一个。”

“一个怎么够？”汪惟贤屈着手指说，“打烟的一个，打杂的一个，出门跟班的一个，至少得三个人。”

“我就带一个打烟的。”宝森略有些不好意思地，“有一口嗜好，没法子。”

“这是福寿膏。”汪惟贤将手边一个长形布袋拿了起来，脱去布套，是个打磨得光可鉴人的紫檀长方盒，顺手递过去说，“森二老爷倒看看，这样东西怎么样？”

宝森接来一看，盒盖上刻着一行填彩的隶书“吹箫引凤”，便知是一支烟枪，抽开盒盖，果不其然。抽了三十年的鸦片，见过许多好烟具，这一支十三节湘妃竹的烟枪，所镶的绿玉烟嘴固然名贵，但妙处却在竹管，是用橄榄核累贯到底，核中打通，外凉内热，抽起来格外过瘾。

“好东西。”宝森爱不忍释，“总得二百两银子吧？”

“森二老爷中意，就不必问价钱了。请留着用吧！”汪惟贤不容他谦辞，紧接着又说，“敝东交代，森二老爷不必带烟盘，太累赘，都由我们预备。”

说到这样的话，倘再客气，就变得虚伪了。宝森拱拱手说：“胡大先生如此厚爱，实在心感不尽。不过，人，我准定只带一个，带多了也是累赘。”

“是，是。我们那里有人，森二老爷少带也不要紧。还有，现在是国丧，穿着朴素，森二老爷不必带绸衣服，等穿孝期满，在上海现做好了。”

他说什么，宝森应什么。等汪惟贤一走，宝森想一想不免得意，用新得的烟枪过足了瘾，看辰光未时已过，宝鋆已经下朝了，乘兴省兄，打算去谈一谈这件得意之事。

宝鋆家的门上，一看“二老爷”驾到，立即就紧张了，飞速报到上房。宝鋆刚想关照“说我头疼，已经睡了”，只见宝森已大踏步闯了进来，料想挡也挡不住。他只能叹口气，挥一挥手，命门上退了下去。

“你那件事，过一阵子再说。”宝鋆一见了他老弟的面就先开口，“这会儿办东太后的丧事，大家都忙得不可开交，我也不好意思跟人家提。”

“哪一件？”宝森要他老兄托人情的事太多了，不知他指的是哪一件，所以如此发问。

“你不是兜揽了一件帮人争产的官司吗？”

“喔，那一件。”宝森答说，“如今我可没工夫管人家的事了。”

原来宝森受人之托，有件庶出之子向嫡出长兄要求分家的官司，要求宝鋆向顺天府尹说情，将庶出之子的状子驳回。宝鋆从杨乃武那一案，受刘锡彤之累，为清议抨击以后，凡是这类牵涉刑名的案件，不愿再管。无奈宝森一再纠缠，他只能饰词敷衍，每一次要想不同的理由来拖延，深以为苦，因而此刻听得宝森的话，顿觉肩头一轻，浑身自在了。

“我特为来跟大哥说，我要到上海去一趟，总得两三个月才能回来。”

“喔，”宝鋆问道，“到上海去干什么？”

“有人请我去玩两三个月。管吃管住，外带管接管送，一共是四管，自己一个子儿都不用花。”

“好家伙。管你到上海玩两三个月，不要分文，谁那么阔啊？”

“胡雪岩。”

“原来你交上‘财神’了！”宝鋆立刻沉下脸来，“你可别胡乱许了人家什么，替我添麻烦。”

宝森愕然。“人家会有事托我？”他问，“会是什么事呢？”

“谁知道？此人的花样，其大无比，这一趟是来替左季高筹划借洋债，说不定就会托你来跟我啰唆。”

“哼！”宝森微微冷笑，“有海岳山房在那里，哪轮得到我来跟你啰唆。”

宝鋆装作不曾听见，呼噜噜地抽了几口水烟，开口问道：“你哪一天走？”

“就在这几天。”

宝鋆点点头，喊一声“来啊！”，将听差宝福唤来吩咐：“到账房里支二百银子，给二老爷送了去。”

“谢谢大哥！”宝森请个安，又说了些闲话，高高兴兴地走了。

等他的背影刚刚消失，宝福悄然而至，走到宝鋆面前说道：“朱铁口来过了，替胡大人送了一份礼来。”

“哪个胡大人？”

“有手本在这里。”

一看手本上的名字是“胡光墉”，宝鋆不由得就关切了。“送的什么？”他问。

“一个成化窑的花瓶。”

“大的还是小的？”

“大的。”

大的便是两万银子。宝鋆心想，胡雪岩既然送了两万银子，就大可不必再在宝森身上做人情，而居然做了，并且这个人情不轻，看起来是个很厚道的人。同时又想到宝森一走，耳根清净，他便对胡雪岩越有好感了。

“朱铁口走了没有？”

“还没有。”

宝鋆便将朱铁口传唤到上房问道：“那胡大人是怎么说的？”

“胡大人说想送中堂一份礼，问我有什么合适的东西？我问他打算送多重的礼？他说两万银子。我就让他买花瓶。他还托我代送，花瓶送来了，银子也交到账房里了。”

“有什么话托你转达的没有？”

“没有。我倒也问过他，他说只不过佩服中堂为国操劳，本想上门来求见请安，又怕中堂最近因为大丧太忙，不敢冒昧。”

宝鋆的顾虑消释了。这两万银子可以安心笑纳，倘或附带有一句什么请托的话，反倒不便帮忙，两万银子如果舍不得退回，良心上就不免要自责。

遣走朱铁口以后，宝鋆仍在考虑胡雪岩送的这笔重礼。不帮他的忙，良心上仍不免要自责，要帮他的忙呢，又觉得自己一向主张“西饷可缓，洋款不急”，忽然很热心地赞成左宗棠这笔洋债，出尔反尔，启人疑窦。如何得以筹划出一个两全之道，成了他这天念兹在兹的一桩心事。

第二天一早上朝，宝鋆在轿子里忽然想起宝森告诉他的丁宝桢当年的故事。丁宝桢以清廉知名，但身为总督，开府西南，朝廷的体制不能不顾。家乡贵州的亲友，翻山越岭，千辛万苦来投靠，自己没有那么多闲差使可应酬，但招待食宿、致送回乡盘缠的情谊不能不尽，这些都在他每个月一万两左右的“养廉银子”中支付，尽管量入为出，总也有青黄不接的时候。照一般督抚的惯例，方便得很，写张纸条，向藩库提银若干，困窘即时可解，至于亏空如何弥补，不必费心，有藩司，有榷税的候补道，甚至首府、首县为他想办法。但那一来，就谈不到整饬吏治了。

于是，堂堂“制台大人”也不免要向当铺求援了。可是，他又有什么东西能当到上千上万银子？想来想去只有一个当身份、当面子的办法。他取一只皮箱，随便找些旧衣服塞满上锁，再取两张封条，盖上“四川总督部堂”的大印，标明日期，在皮箱上十字交叉，满浆实贴，然后派戈什哈抬到当铺里去当。

朝奉吓一跳，从来没有听说总督也会当当的，便很客气地请问：“要当多少银子？”

“五千银子。”

朝奉又吓一跳，五千银子不是小数目，要问一问：“是什么贵重东西，能不能看一看？”

“不能看。大人亲手贴的封条，谁敢揭开来？”

“那么……”

“你不必多管。”戈什哈抢着说道，“你只凭封条好了。将来赎当的时候，只看封条完整，就是原封不动。你明白了没有？”

朝奉自然明白了，如数照当。丁宝桢倒是好主顾，下个月藩库将养廉银子送到，立刻赎当。从此丁宝桢当当，成了规矩，只凭封条不问其他。

宝鋆心想，左宗棠借洋债，如果照丁宝桢的办法，岂不省事？而且目前也正是一个机会。于是他默默盘算了一阵，到得军机处，立刻派苏拉到“南屋”去请了徐用仪来，邀到僻处，悄悄相语。

“左帅借洋款的事，接头好了没有？”

“接头好了。这一回的条件，确是比以前来得好。这也是胡雪岩力盖前愆的缘故。”徐用仪又说，“本来早就想出奏了，为有东太后的大事，不能不暂缓一缓。”

“也不必再缓。请你转告左相，要朝廷批准他借，必得交户部议奏，那就要算老账了。”宝鋆突然问道，“丁稚璜当当的故事，你听说过没有？”

徐用仪不知他忽有此问的用意，赔笑答道：“那是个有名的笑话，知道的人很多。”

“不是笑话。”宝鋆正色说道，“如果我是朝奉，看几件破烂衣服，让他当五千银子，怎么对得起东家？外头也一定有闲话，不知道我得了人家多少好处。他只有硬吃一注，不让我掀他的底牌，我拿他没办法。左相借债也是如此，生米煮成熟饭，朝廷看他的老面子，不跟他计较。你懂我的意思不？”

徐用仪怎能不懂？可是他也很圆滑，不作正面回答，只说：“中堂的美意，我相信左大人一定能够领会。”

“好。不过，”宝鋆沉着脸说，“丁稚璜当当，几乎月月如此，左相借洋债，可就是只此一回，下不为例。请你千万说清楚。”

“是。”

答应归答应，说不说又另是一回事。徐用仪退值以后，先去访胡雪岩，将宝鋆的话，告诉了他，商量最后的那句话要不要说。

“当然不必说。”胡雪岩答道，“事情明摆在那里，西征军事成功了，以后也再不会借洋款了。至于海防要借，那也不是左大人跟我的事。既然如此，何必又说这话，惹左大人不高兴？”

徐用仪听从他的主张，到了贤良寺，转达了宝鋆的意见。左宗棠本来就想这么办，但未想到宝鋆如此“大方”，欣慰之余，乘兴亲自执笔起草奏稿。

第一段当然是陈述边务之重要，以及各省协饷不能及时而至，拖欠年复一年，越积越多的困难。接下来便叙此次筹借洋款的由来，说有“德国商伙福克，在兰州织呢局闻之，自称该国有巨款可借，息耗亦轻，并可由陕甘总督出票”，因于上年腊月初三日具奏，接到户部咨复，以借数虽经奏明为四百万，惟期限、利息，以及还款来源，应该补叙说明。

但其时左宗棠已奉旨晋京，不在其位，似乎不应再谋其政，所以此处须作一番解释："臣卸篆北上时，与刘锦棠、杨昌浚晤谈，均以甫经接任，筹饷艰难，属臣代为借箸。臣虽去任在即，亦不欲贻累替人，遂飞饬办理上海采运局道员胡光墉，速向洋商议借银四百万，以应急需。抵都后，连接杨昌浚、刘锡棠来函，言及饷源已涸，春夏之交，断难接续，恳即据情入告，情词迫切异常。"

以下是根据"胡光墉偕同德国泰来行伙福克及英国汇丰行伙凯密伦"所称，开具办法：

借款数目：库平足色宝银四百万两。

期限：六年还清。

利率：年息九厘七毫五丝。

付息办法：每六个月一付，六年共十二期。

还本办法：第一、第二两年不还本，第三年起，每年还本一百万两。利息照减。

保证办法：请户部催饬各省关，将应解新旧协饷，径交上海采运局，据付息还本。如协饷不至，上海采运局无款可拨，应准洋商凭陕甘总督所出印票，向户部如期兑取。

这些条件与过去比较，好处有三：一是不需海关及有关各省督抚出票，可免周折；二是年息由一分二厘减至不足一分，合月息只八厘有零；三是头两年不还本，俾各省得以清理旧欠，"其力尚纾，并无窘迫之患"——因为如此，"已饬胡光墉、福克、凯密伦即依照定议，应仰恳天恩敕下总理衙门，札饬道员胡光墉及照会英国使臣转行汇丰银行，一体遵照，以便陕甘出票提银"。

出奏那天是四月初一，当天就奉到批复"该衙门知道"。也就是准予备案的意思，“该衙门”指总理各国事务衙门。这个衙门与军机处互为表里，办事司官亦称章京，待遇优厚，亦与军机章京相同；其中规制不同的是，军机章京分为头班、二班、轮班入直，而所办之事并无两样，总督章京则各有专司。此案归“英国股”及“德国股”所管，自有徐用仪代为接头，同时因为有汇丰银行的凯密伦同来，英国公使馆批准汇丰银行照借的手续，亦很顺利，不过三天工夫，一切都齐备了。

但赋归却还有待。原因很多，第一是南归决定坐轮船，班期有定，而最近一班船的“大餐间”已为人定下了。胡雪岩认为招待宝森，什么都是要“最好的”，宁愿再等一班，那要在十天以后。

第二是胡雪岩要订制一批膏药带回去。从经管西征粮台，在上海设转运局开始，胡雪岩无事不顺手，常是一夕之间，获利巨万。财是怎么发的，连他自己都不甚清楚，但精神却渐渐差了，饮食渐减，夜卧不安，人一天比一天瘦了下来，急得胡老太太以下，全家女眷都是到处烧香许愿，大做好事，祈求上苍保佑。然而没有什么用处。

有一次在应酬场中，胡雪岩遇见一个在湖北候补而到上海来出差的捐班知县，名叫周理堂，善于看相。周理堂遍相座客，谈言微中，看到胡雪岩，说他往后十年大运，犹胜于今，将来会有“财神”之号。

“不瞒理翁说，我的精神很坏，事情要有精神来做的，没有精神只会交墓库运，哪里会有什么大运。”

“这是因为雪翁想不开的缘故，一想开了，包你精神百倍。”

听得这话，胡雪岩先就精神一振。“理翁，倒要请教，我是怎么想不开。”他问，“要怎么样才想得开？”

“此中之理，非仓促之间能谈得透彻的。雪翁公馆在哪里，等我勾当了公事，稍微闲一闲，登门拜访，从容呈教。”

胡雪岩心想，官场上专有那种读了一本《麻衣相法》便信口开河的候补州县班子，目的是为了奉承上司，讨得欢心，企求谋得一缺半差。而看周理堂的谈吐，不像是那一流人物，他当即答说：“不敢请理翁劳步。”接着又说，“恕我冒昧，理翁这趟是啥公事？”

“今年皇上大婚，我奉抚宪之命，到上海来采办贡品，东西都看好了，无奈湖北应该汇来的款子数目弄错了。连日为此事奔走，总还要四五天首尾才会清楚。”

“喔！理翁是说公款不够？”

“是的。”

“差多少？”

“一万三千多两。”

“喔，喔，”胡雪岩问说，“总快到了吧？”

“是的。”

“那好。”

第二天上午，胡雪岩到周理堂所住的祥和客栈去拜访，只听得有人在他屋子里大办交涉，声音很熟，想不起来是什么人，及至偶然一照面，认出来了，是方九霞银楼的档手老萧。

“胡大先生，”老萧丢开周理堂奔了出来，笑嘻嘻地打了个千问，“你老怎么也来了？”

“你这话问得奇怪！”胡雪岩因为看刚才那番光景，老萧对周理堂不甚礼貌，所以有意板着脸说，“就许你来，不许我来？”

“不是这话，不是这话！”老萧急忙辩解，“我是有生意来跟周大老爷接头。”

“接头生意？莫非你不晓得和气生财？哗喇、哗喇的啥事体？”

训斥完了，胡雪岩转身与周理堂叙礼，客气而亲热，将个老萧干搁在一旁，置之不理。

倒是周理堂有点过意不去。“雪翁，你请稍坐。”他说，“我跟这萧掌柜先打个交道。”

“请便。”

有胡雪岩在座，那老萧不似刚才那样嚣张了，但话仍说得很硬。原来周理堂在方九霞定了一柄玉镶金如意，工料总计九千银子，只付了两千定金。如意制就，来催交货，周理堂无以为应。就在这时候，广西巡抚亦派人来采办贡品，因为时间迫促，颇为焦急，老萧打听到这件事，上门兜揽生意，说湖北巡抚订的玉镶金如意，愿照原价转让。如意上所錾的“天保九如”字样，以及上款都可不动，下款只改动省名、姓名便能合用，毫不费事。

广西的差官办事很干脆，也很精明，估价九千银子不贵，愿意照价收买，但必须能够证明，湖北的差官确是放弃了才能成交。

为此，老萧便来逼周理堂，限期取件，否则没收定金，作为补偿损失。周理堂手头不硬，口头上就不能不软，正在磨得心烦意乱之时，胡雪岩来了。

弄清楚了是怎么回事，胡雪岩便开口了。“老萧，”他问，“你打算怎么样？”

胡雪岩一出头，老萧便知如意算盘落空了。“胡大先生晓得的，这两天金价又涨了。”他说，“打周大老爷的这柄如意，说实话已经亏本了，而且吃本很重，再拖下去，利息上又是损失，我对我们东家不好交代。”

“那么怎么样呢？”

“我想，再等三天。”

“不必。”胡雪岩转脸对周理堂说，“理翁，这是笔小数，你为啥早不跟我讲，宁愿来受他们的气！”说着，从马褂口袋里掏出一个信封，递了过去。

周理堂抽出来一看，是一万四千两的一张银票，心里又甜又酸，几乎掉泪。

胡雪岩怕他说出什么过于谦卑的话，当着老萧面连自己也失面子，所以很快地说道：“老萧，你快回去，把金如意送来，周大老爷验收不错，自然分文不少你的。”

“是，是！”老萧诺诺连声，“马上送来，马上送来。”

“慢慢！”胡雪岩将老萧唤住，转脸说道，“理翁，我想送了来也不好，一则要担风险，再则也怕招摇。不如我陪理翁到方九霞验货，果然不错，就把余款付清了它，叫方九霞出张寄存金如意的条子，动身的时候直接送上船，岂不省事。”

“说得是。不过不敢劳雪翁相陪，我派人去办这件事就是。”

当下将他随带的一名司事找了来，拿胡雪岩的银票交了给他，一一交代清楚。等司事跟老萧一走，方始开口道谢。

“小事，小事！”胡雪岩问道，“理翁还有什么未了？”

“多谢，多谢。没有了。”周理堂紧接着问，“这笔款子，如何归还？”

“悉听尊便。”胡雪岩紧接着说，“倘或理翁没有急事要办，我想请理翁指点指点迷津，我是怎么想不开。我自己倒不觉得有什么事老挂在心里。”

“以雪翁的智慧，自己觉得，就不至于想不开了。正因为那个念头隐而不显，所以居恒郁郁。”周理堂又说，“看相这件事，本无足奇，不过在脸上看到心里，也要有些阅历。雪翁心中有贼，此贼不除，精神就好不起来。”

“喔！”胡雪岩也听说过“去山中贼易，去心中贼难”这句成语，当即问说，“我心中之贼是指啥？”

“钱。一个钱字。”周理堂问，“雪翁是不是常常想到它？”

“我是开钱庄的。”胡雪岩笑道，“我们这一行，称之为‘铜钱眼里翻筋斗’，不想到钱，想什么？”

“是不是？我说雪翁心中有贼！雪翁是大英雄，何以亦为孔方兄所困，跳不出来？”

听得这话，胡雪岩不免惭愧，想了好一会儿说：“理翁的话，我听出点味道来了。就不知道怎么才能跳得出来。要我不想到钱这一个字，只怕不容易，从小学生意就是学的这个，根深蒂固，跟本性一样了，怎么能不去想它。”

“想也可以。只要不是想赚钱，而是想花钱，就跳出来了。”

“这话，还要请理翁明示。”

“道理很简单。”周理堂说，“譬如雪翁想造一座花园，这是花钱，可是所想的是如何起造楼台，如何罗致花木，如何引泉入园，如何请人品题。这些东西想起来是很有趣的，自然而然把个‘钱’字忘掉了。当然，这也不是人人办得到的，力量不够，要为钱犯愁，反而是自寻烦恼，雪翁根本不必愁钱，当然也就不会有烦恼。”

这使得胡雪岩想起了一个人的话。此人姓雷，江西人，他家从康熙年间开始，世世代代在内务府当差，凡有宫殿营造之事，都先找他家设计，然后按照尺寸，用硬纸板烫出样子来。他是出了名的“样子雷”，真姓名反而不为人所知了。

有一年胡雪岩进京，在应酬场中认识了“样子雷”，听他谈先世的掌故。他说他家全盛时代是在乾隆十六年以后，主要的职司是扩建一座圆明园。建成了请皇帝来看，某处不妥，立即拆掉改建，改得不满意，复又拆去。这样建了拆，拆了建，不知多少遍，总之终乾隆六十年，圆明园无一日不在大兴土木之中。

乾隆年间，国库充盈，皇帝只要觉得什么事能够怡情悦性，尽可以放手去做，不必愁钱，这也许就是他能够克享天年的道理。听周理堂的话，印证乾隆皇帝的作为，胡雪岩的行事大改常度，虽仍然不忘如何赚钱，但想得更多的是如何花钱。大起园林，纵情声色，以前眠食不安，郁郁寡欢的毛病倒是消失了，却另添了一样病：肾亏。

好的是开设着一家海内第一的大药铺，连带也认识了无数名医，秘方珍药，固本培元，差能弥补。补药中最为胡雪岩所重视的是一种膏药，名称很难听，叫作“狗皮膏”，但效用神妙，有了它，胡雪岩多娶几房姬妾也不要紧了。

这狗皮膏，只有在北京一家祖传的药铺才有。胡雪岩曾不惜重金，想聘请这家药铺的主人南下，到胡庆余堂去专制狗皮膏，却未能如愿，想买他的秘方，便更是妄想了。因此，胡雪岩每逢春天，就得派专人去北京来采办狗皮膏。这年自己进京，就不必再派人了，一到就关照汪惟贤订购三百帖狗皮膏。只以一样重要药材缺货，尚未制就，而胡雪岩坚持要随身携药南归，这一来就不能不等了。

及至等到了药，却因徐用仪带来的一个消息，胡雪岩决定再在京里住一阵，要看一个人的神通到底大到如何程度。

“你带着洋人陪森二爷先走。我倒要看看他这一关过得了过不了。”胡雪岩说，“他的这套把戏，只有我顶清楚，说不定左大人会问我，也说不定另外还会有机会。”

另外会有什么机会呢？古应春明白，如果“他”倒了，不独胡雪岩去了一个商场上的劲敌，而且也可能接办招商局。

* * *

胡雪岩口中的“他”，是个常州人，名叫盛宣怀，字杏荪。他的父亲单名康，字旭人。盛康是道光二十四年的进士，由州县做起，做到汉口道告老还乡，在苏州当绅士，因为盛宣怀需要利用老父的这种身份，在江苏官场上为他打交道。

盛宣怀是一名秀才，年轻时跟有名的“孟河费家”学过医。医家要有割股之心，而盛宣怀只要有机会，就要打人家的主意，自觉不宜入这一行，所以进京捐了个主事，准备入仕。时当同治末年，直隶总督北洋大臣李鸿章大兴洋务，盛宣怀在这方面的脑筋特别快，而且记性好，口才更好，钻头觅缝，得以见了李鸿章一面，相谈之下，大蒙赏识，便加捐了“花样”，以候补道的身份，为李鸿章奏调到北洋当差，不久被派为招商局的会办，以直隶的候补道，久驻上海，亦官亦商，花样百出。

招商局创办于同治十一年，出于李鸿章的建议，为了抵制外商轮船，“拟准官造商船，由华商雇领，并准其兼运漕粮，俾有专门生意，而不为洋商所排挤”。奉旨准予试办，即由北洋拨借经费，另招商股，派浙江海运委员候补知府朱其昂筹办，定名轮船招商局，向英国买了一条轮船，开始营业。由于经营不善，不过半年工夫，老本亏得光光。胡雪岩是股东之一，也送了几万银子在里头。

同治十二年夏天，天津海关道陈钦建议李鸿章，派候补同知林槎到上海整理。陈、林都是广东人，林槎在上海自然亦是找广东同乡，一个是怡和银行的买办唐廷枢，另外一个是富商徐润，由他们募集商股四十余万两银子接办。但本有官本，且又领官款为运费，所以仍然是官督商办，由北洋控制，此所以盛宣怀得以由李鸿章派去当会办。

改组后的招商局，业务日有起色，徐润又别组保险公司，承保本局船险，假公济私，大发利市。洋商轮船公司遇到劲敌，业务大不如前，美商旗昌洋行的股票，本来票面百两，升值已近一倍，结果跌到五十几两，且有继续下跌的趋势。

于是徐润起意收买旗昌，但在盛宣怀的策划之下，变成了一个骗局。骗谁呢？骗曾当过江西巡抚、福建船政大臣的两江总督南洋大臣沈葆桢，实际上也是骗公家的钱。

盛宣怀的设计很巧妙。第一步是利用招商局的官款，秘密收买旗昌的股票。到得有相当把握，可以接收旗昌时，盛宣怀偕同唐廷枢、徐润联袂到了南京，首先要说动藩司梅启煦。

江苏有两个藩司，一个称为江苏藩司，随江苏巡抚驻苏州，一个称为江宁藩司，随两江总督驻江宁——即今南京。梅启煦的关节打通了，方始向总督衙门上了一个呈文，说旗昌洋行甘心归并，开价二百五十余万，倘能收买，获利之丰，一时难以估计。

沈葆桢亦是勇于任事之人，当时虽在病中，以大利所在，不愿延搁，在病榻召见盛宣怀、徐润等人，听取说明。这天是光绪二年十一月十三日。

盛宣怀善于玩弄数字，讲得头头是道，且有佐证，沈葆桢听得满心欢喜。招商局南洋虽亦管得到，但一向以北洋为主，所以沈葆桢表示，这件事应该会商北洋大臣，共同具奏。

“机不可失！”盛宣怀为沈葆桢解释，洋人以冬至后十日为岁终，在这年便是四天以后的十一月十七。公司主管三年更换一次，现任的主管任期到那一天为止。过了十一月十七，新任主管一到，重新谈判，便捡不到这个便宜。或者新任主管，另集巨资，重整旗鼓，招商局便会遭受威胁，唯有乘机归并旗昌，招商局始能立于不败之地。结论是：“事有经权，而况招商局在南洋通商的范围之内，大人不但当仁不让，且须当机立断。”

沈葆桢盘算之下，还有顾虑：美商的旗昌固然归并了，英商的太古、怡和又将如何?

“太古、怡和船少，不足为虑，旗昌归并以后，招商局的船有二十七号之多，助力大增，洋人做生意一向以大吃小，太古、怡和只有跟着招商局走。招商局从前吃亏的是，自己没有码头栈房，有时不能不迁就太古、怡和，现在有了旗昌的码头、栈房，不必再迁就他人，主客之势，自然就不同了。还有，船一多了，自己可以办保险，利权不外溢，就等于另开了一条财源。”

沈葆桢完全被说服了，命盛宣怀当天就回上海，跟旗昌谈判，尽量压低“受盘”的价格，先把交易敲定下来。至于收买旗昌的资本，原呈中提出官商合办之议，命盛宣怀尽力先招商股，不足之数以“官本”补足，如何筹划，另作计议。

获得这样的授权，骗局已必可实现。盛宣怀一到上海，复又调动官款，收买旗昌股票，取得百分之五十一的股权以后，一面委托一名外国律师担文，办理接管的手续，一面赶到南京，向沈葆桢复命——事情已经定局了。

据盛宣怀的书面报告，说是“议定码头、轮船、栈房、船坞、铁厂，及一切浮存料物、器皿等项一概在内，现银二百万两。其余汉口、九江、宁波、天津各码头、洋楼、栈房，作价二十二万两。”总计二百二十二万两，较原来的开价，减了三十万两之多。

至于付款的办法，在十一月十九日已先付定银二十万两，约定十二月十八日续付二十万，明年正月十七再付三十万，即行交盘。余数如何分期交付，亦已商定。

至于商股，盛宣怀说已招到一百二十二万两，短缺“官本”一百万两，盛宣怀亦已借箸代筹，某处可拨多少，一一指明，当然这也是预先跟梅启煦商量好的。

谈停当了，便须出奏，类此案例，倘为北洋主稿，便须南洋会衔，南洋主稿，自然亦须北洋会衔。盛宣怀极力申说，时机迫促，往返磋商，误了二批交款之期，所付二十万定洋将遭没收，劝沈葆桢单衔出奏，又说李鸿章与沈葆桢是同年，遇到这样的好事，只会赞成，不会反对。沈葆桢想想也不错，同意单衔出奏，在折尾上声明：“时值冻阻，不及函商北洋大臣。”

运道冰封，陆路仍可通行，显然的，这是一个很牵强的理由。沈葆桢做梦也没有想到，这是盛宣怀特设的圈套，先则以“十七之期”劝沈葆桢“当仁不让”，继而以恐误二批交银之期，会遭损失，迫使沈葆桢单衔出奏，这种种设计，都是为了要出脱李鸿章，以便将来骗局败露时，李鸿章得以未与闻共事的局外人身份，易于回护。

果然，四年以后骗局败露了，发难的是一个湖南籍的名士。国子监祭酒王先谦，上折严劾招商局管事道员盛宣怀等蒙蔽把持，营私舞弊。当时言路上很有力量，朝廷对一般“清流”的议论与主张十分重视，当即饬下两江总督“痛加整顿，逐一严查”。

其时的两江总督名叫刘坤一，湖南新宁人，对于李鸿章久怀不满。原来李鸿章自从“用沪平吴”后，一直视两江是他的地盘，官拜直隶总督北洋大臣，却能巧妙地运用洋人，以及实际上办理洋务的关系，在两江安插私人，直接指挥。最使刘坤一不能忍受的是，李鸿章的妻舅赵继元在两江的胡作非为。

赵继元是安徽太湖人，他的祖父名叫赵文楷，是嘉庆元年丙辰科的状元，赵继元本人亦点了翰林，但肚子里一团茅草，如何侥幸而得列清班，一直是个谜。不过，他本人倒也有自知之明，知道凭他的那支笔，做京官绝无出头之日，因而以翰林捐班为道员，在吏部走了门路，分发江南候补。那时的两江总督是曾国藩，当洪、杨初平时，怕功高震主，决定急流勇退，遣散湘军，扶植李鸿章的淮军来替代，所以赵继元一到江宁“禀到”，便派他一个极重要极肥的差使：两江军需总局坐办。赵继元凡事自作聪明，自恃有妹夫李鸿章作靠山，在曾国藩以后历任两江总督马新贻、李宗羲、沈葆桢都不大能指挥得动他。沈葆桢病殁，继任刘坤一，资格比较浅，就更不在他眼里了。

除了赵继元，对身在南洋而唯北洋之命是从的盛宣怀等人，刘坤一亦耿耿于怀，久已想动手了。因此，一奉朝旨，立刻派上海道刘瑞芬及上海制造局总办李兴锐“调看该局账目，逐款严查”。

刘瑞芬是安徽贵池人，出身是个秀才，同治元年从李鸿章援沪，主管军械的采购与转运，以军功保到道员，曾经督办淞沪厘金，署理过两淮盐运使，是淮军系统中很重要的文官。

刘瑞芬跟李鸿章的关系很密切，但奉命查办此案，却很认真。因为他为人比较正派，看不起盛宣怀那种奸诈取巧的小人行径，加以刘坤一为人精明，在授命之前将他找了去，率直警告，如果查得不确实，他会另外派人再查：“那时老兄面子上不好看，可别怪我。”

其实盛宣怀搞的那套把戏，知道的人很多，刘瑞芬即令想为他掩饰也办不到，及至调出账目来一看，疑问到处都是。刘瑞芬为了慎重起见，特为找了几个内行朋友来研究，其中之一就是古应春。

“账本说商股只有四万多银子，可是盛杏荪当时具禀两江，说‘已于十一月十八日公商定议，即于十九日付给定银二十万两’，这二十万两银子是哪里来的？”

“根本没有这回事。”古应春说，“只要算一算日子，就知道他是假话。”

光绪二年十一月十七日，照公历算是公元一八七七年元旦，盛宣怀当初跟沈葆桢说：“若逾十七之期，则受代人来，即无从更议。”即指新的年度开始而言。然则中历的十一月十八、十九，即是公历的正月初一、初二，洋人犹在新年假期之中，旗昌公司固然无人办事，外商银行亦一律封关，所谓“定议”，所谓“付给定银二十万两”，全属子虚乌有。

其次是各省所拨的官款，总计一百万两。照数转付旗昌洋行，银数固然分毫不短，但古应春深知内幕，指出这一笔百万银子中，盛宣怀等人中饱了四十四万两。

证据呢？“各省官款是实数，都是由阜康汇来，招商局派人来提走了白花花的现银，转存外国银行。可是，付给旗昌的，不是现款，是旗昌的股票。”古应春有《申报》为凭，载明当时旗昌股票的行情是，票面一百两，实值五十六两。

这就是说，盛宣怀只须花五十六万两银子买进旗昌的股票，便可抵一百万银子的账，岂非中饱了四十四万两。光是这两点，舞弊的证据便确实了。

彻查的结果，掀开了整个内幕，盛宣怀与徐润等人所玩的花样是：

第一，以定银二万五千两，与旗昌订定收买的草约；

第二，挪用招商局的官款，收购每一百已贬值至五十六两的旗昌股票；

第三，以对抗洋商轮船公司，挽回利权的理由，捏词已集商股一百二十二万，说动沈葆桢拨给官本；

第四，捏称已付定银二十万两，造成既成事实，并以运道冻阻，无须咨商北洋为借口，迫使沈葆桢单独负责；

第五，取得旗昌百分之五十一以上的股权，委托英籍律师担文，依法接收旗昌；

第六，官本一百万两汇到招商局后，盛宣怀等以旗昌股票，照面额十足抵换现银；

第七，应付旗昌余款，先由招商局官款中垫付四十余万两，尚短六十九万，由“官本缓息”“商股存息”，以及保险费盈余等陆续给付。事实上现银与股票之间，仍有很大的一个差额，饱入私囊。

所谓“官本缓息”是江南各省拨交招商局的官款一百九十余万两，应付利息，暂时停止，“商股存息”是商股利息暂付一半，所余一半改为股本。这样陆陆续续，东挪西凑牵扯不清，根本是一笔糊涂账。

哪知刘坤一尚未出奏，盛宣怀等人先发制人，列举了十八条申辩的理由，具禀北洋，由李鸿章抢先出奏，希望造成朝廷的先入之见，发生排拒刘坤一的意见的作用。加以盛宣怀的大肆活动，刘坤一的复奏，果然“留中”了。

李鸿章的复奏，照例要抄送南洋，刘坤一一看，真正是“歪理十八条”。他的笔下很来得，当下亲自草拟奏稿，驳斥李鸿章。首先说明：李鸿章认为刘瑞芬等，查案不无错误，为盛宣怀极力剖辩，奏请免议，此则朝廷自有权衡，非臣下所能置议。不过，刘瑞芬等所禀盛宣怀的贪诈情形，颇为明确，“有不敢不再陈于圣主之前者”。

首先要驳的是，李鸿章所陈，当初收买旗昌，请拨官本银一百万，并饬两淮盐运使劝盐商就“盐引”派搭股份，预计可得银八十万两，再通饬南洋各省藩司、各海关道，随时劝谕富商搭股，并无已集商股一百二十二万两之说。

刘坤一先引沈葆桢当年所奏，“臣于病榻传见盛宣怀等，续据禀称，各商尽力攒凑，只能集成银一百二十二万两，所短之数，拟请南洋各省，尽力筹拨一百万两”的原文，向李鸿章提出质问：“如盛宣怀无此凑集一百二十二万两之说，则沈葆桢何所据而云然？如谓此一百二十二万两即系原禀请饬藩运海关劝商搭股之项，则事既经官，沈葆桢何以不于折内明晰声叙，又何以不札饬各司道查照办理？”

李鸿章又说，藩司、运使、关道并未“帮同劝谕，各商亦未即附本，仅集股银四万余两”。虽有“官本缓息”等项，可以弥补此一百二十二万两的一部分，所短尚多，因而盛宣怀等不得不暂向钱庄借款来付旗昌，这也就是招商局利息负担甚重的由来。

对这一点，刘坤一分两方面来驳，一是由沈葆桢方面来看，倘如盛宣怀不是表明已集有商股一百二十二万两，而要动用官方力量劝谕商人附本，如此渺茫之事，沈葆桢能“轻掷百万库款”吗？

再是从盛宣怀方面来看，如果商股是照他所说的方法来凑集，那么“盐引”上派搭股份之事如何？各藩司关道劝谕富商附股，已有多少？理当具呈催问，而竟无一字之禀，甘愿以重息在外称贷，这是合理的吗？

由此分析，刘坤一作一论断：“是盛宣怀先有凑集一百二十二万两之言，故不敢复有所请，而沈葆桢信以为实，无俟他谋也。”又说，“此等重大事件，往往反复筹商，至于数目，必须斟酌尽善，而后上闻，似不得执盛宣怀等饰词而抹杀沈葆桢奏案，以刘瑞芬等为未查原卷也。沈葆桢于光绪三年陈奏饷事，论及提拨招商局之款，自悔孟浪，固有难言之隐矣。”

刘坤一接下来又说：“臣之所以奏参盛宣怀者，原不独此两端。”而是因为另有更不堪容忍的弊端，旗昌公司当时已濒临倒闭边缘，即欲收买，应照西洋“折旧”之例，为何照原价承受。刘坤一最有力的指责是：“盛宣怀等收买旗昌轮船，原谓去一劲敌，可以收回利权，乃局面愈宽，而虚糜更巨，去年系第五届，竟亏银至二十四万六千有奇，国帑高赀，势将付之乌有。随经候选道员叶廷春入局经理，是为第六届，遂余银至二十九万有奇，短长并计，实多出银五十三万二千两，其收效如是之巨而且速，悉由力求节省而来，则盛宣怀等之滥用滥支，一年之内数十万两，岂不骇人听闻，即将盛宣怀查抄，于法亦不为过，仅请予以革职，已属格外从宽。”

原来此骗局成功后，局本大增、利息日重，而旧船、码头、仓库的管理，亦须大笔费用，成了个无法收拾的烂摊子。

盛宣怀、唐廷枢计议，不如找个人来接办，以便脱身。

多方物色，找到一个江苏的候补道叶廷春，同意接手。其时为光绪四年夏天，依照西洋会计年度跨年的算法，称之为“一届”，这年是第六届。

叶廷春接办后，实事求是，力求节流，至年底盈余二十九万两，到第二年会计年度届满，实盈五十三万余两，即是刘坤一所说的“短长并计”。

盛宣怀等人的原意是，金蝉脱壳，将叶廷春当作“替死鬼”，不过叶廷春居然能将这个烂摊子经理得有声有色，贪念一动，便又设计排挤。叶廷春一看不是路，知道盛宣怀心狠手辣，又有北洋的奥援，说不定会惹祸上身，因而急流勇退，招商局便又归盛宣怀等人把持了。

刘坤一此奏，事实俱在，理由充足，盛宣怀本万无可免，哪知奏报到京，适逢慈安太后暴崩，这件案子便压了下来。胡雪岩原以为慈安的“大事”一过，会有结果，盛宣怀等人撤职，招商局或者会派他接办。可是他没有想到，盛宣怀另外走了一条路子，同时李鸿章亦正有用他之处，两下一凑，竟得化险为夷。

盛宣怀新走的一条路子，便是慈禧太后的亲信、长春宫的总管太监李莲英。此人本学的皮毛行生意，京师称之为“毛毛匠”，又以制皮需用硝，所以李莲英的外号叫作“皮硝李”。他是二十几岁时赌输了为债主所逼，无可奈何，“净身入宫”，作为逃避。原是“半路出家”，早先的许多同行、朋友，仍有往来，所以盛宣怀得以找到关系，大事结纳。

至于李鸿章有重用盛宣怀之处，是正在开办电报。早在同治三年，俄国要求自恰克图铺设陆线，直达北京，朝廷断然拒绝，俄国改变计划，采取迂回的办法，先将西伯利亚陆线延伸至海参崴，然后与丹麦大北公司合作，先在公海上敷设单心水线三条，一条是海参崴至长崎，一条是长崎至吴淞口外的大戢山岛，又一条是香港至大戢山岛，先后在同治十年完工。大戢山岛已在中国领海之内，但朝廷认为无足轻重，置之不问。

于是大北公司得寸进尺，由大戢山岛沿长江伸一条水线进来，直通上海，在黄浦滩登陆，而且公然设局营业。这一来，俄国经海参崴、长崎而达上海，对于中国的政情、商务，瞬息之间便能传到圣彼得堡。当然欧洲各国，也能经由圣彼得堡的转运，获得同样的便利。

这条名为北线。大北公司另有一条南线，由大戢山岛经厦门鼓浪屿而达香港，长九百五十海里，再由香港通新加坡、槟榔屿以达欧洲。南北两线的电报最初只用洋文，后来发明四个阿拉伯字编组的中文码，一共七千字，印刷成书，普遍发售。于是，不识洋文的中国人，也能分享电报的便利了。

其次英国亦不甘让大北公司独擅利薮，同治九年由英国公使威妥玛策动英商东方电报公司，自英国设海线经大西洋、红海及印度洋而达印度，再另组大东电报公司，由印度南境，延伸这条海线经新加坡、越南西贡等处至香港。及至正式向中国申请自香港铺线经汕头、厦门、福州、宁波至上海时，却一直未获成议。到同治十二年大北公司既在黄埔设局营业，大东公司毫不客气地自香港经福州，设海线至上海宝山，再转接至英租界，开张营业。

盛宣怀是早已看出电报这项万里一瞬、恍同晤对的通信利器，必有前途。但在内地架设陆线颇为不易，最大的障碍是，破坏了人家的风水，一定会发生冲突，即令勉强架设好了，亦会遭人拔杆剪线。所以他对此事的进行，一直心有余而力不足。

这样到了光绪五年，机会终于来了。当时因为伊犁交涉，中俄关系大为紧张，除西北以外，东北及朝鲜的情势亦颇为不稳。李鸿章统筹军务全局，看人家有电报之利，掌握军情，占尽先机，未战已先输一着，因而接纳盛宣怀的建议，延聘大北公司的技术人员，架设自大沽口北塘海口炮台起，到天津北洋公所的陆线，试办军报。效果良好。这一来，盛宣怀自然要进一步建议，创设由天津至上海的陆线电报。光绪六年七月，李鸿章上奏："用兵之道，必以神速为贵，是以泰西各国于讲求枪炮之外，水路则有快轮，陆路则有火轮车，飞行绝迹数万里。海洋欲通军信，则又有电报之法，于是和则玉帛相亲，战则兵戎相见，海围如户庭焉。近来俄罗斯、日本均效而行之，故由各国以至上海，莫不设立电报，瞬息之间，可以互相问答，独中国文书尚恃驿递，虽日行六百里加紧，亦以迟速悬殊，望尘莫及。"

最明显的实例是，曾纪泽从俄国打回来的电报，到上海只须一天，而上海至北京，由轮船传递，要六七天，如果海道不通，由陆路驿递，最快也得十天，"是上海至京仅两千数百里，较之俄国至上海数万里反迟十倍"。电报的灵捷，真令人梦想不到。

至于军务上的用途，李鸿章举大沽北塘海口炮台至天津的军报为例，说是“号召各营，顷刻响应”。这两句话对醇亲王来说，真有莫大的魅力，全力支持李鸿章的要求，亦即是接纳了盛宣怀的策划，决定建设天津至上海的陆路电线。这当然是委任盛宣怀负责筹备。

其时他在招商局舞弊的案子，已将发作，盛宣怀看得很清楚，筹办内陆电报一事办成功，可以将功折罪，但必须从速进行，而且要诸端并举。头绪搞得非常复杂，非由他一手经理，换个人就无从措手不可。这样一来即令有了处分，亦不能马上执行。只要一拖下来，等大功告成，李鸿章奏请奖叙，自然可以抵消原有的处分。

因此，盛宣怀首先在天津设立电报总局，奉到总办的差委外，立刻到上海聘请丹麦教席，在天津开办电报学堂，同时向外洋采买机器，三天一个禀帖，五天一个条陈，把场面搞得非常热闹，至于最要紧的勘察线路，却不妨慢慢进行。他知道这件事很麻烦，不愿一上来便遭遇一片反对的声浪，且等机器买到了，人也训练好了，诸事就绪，就差架线，那时用一道上谕，责成沿路各省督抚实力奉行，自然畅通无阻。

胡雪岩料事，一向总有七八分把握，在他以为盛宣怀这一关就算能过得去，“电报总局总办”这个差使，一定不保。哪知这一回的预料，完全落空。

依然是徐用仪那里来的消息，刘坤一的奏折，让慈禧太后塞在抽斗里了。凡是外省的奏折，由各省驻京的“提塘官”，直接送交内奏事处，用黄匣呈送御前——目前是送到长春宫由慈禧太后先看，在软而厚的折子上，用指甲掐出记号，内奏事处的太监看掐痕用朱笔代批，不外乎“知道了”“该部知道”“交议”以及请安折子上批一个“安”字之类。凡是重要事件，一定“交议”，亦就是交军机处议奏，在第二天一清早发交值班的军机章京，名为“早事”。奏折留中，“早事”不下，军机处根本不知有此一折，自然也就无从催问。当然也可以假作不知，故意不问，盛宣怀在军机处都打点到了，所以绝无人谈论刘坤一有这么一个复奏。

能使得慈禧太后做此釜底抽薪的措施，有人说是李莲英的功劳，但据徐用仪说，却得力于醇王的庇护，而醇王的肯出大力，主要还是盛宣怀那三寸不烂之舌厉害。

由于李莲英的保荐，醇王特地在宣武门内太平湖的府邸接见盛宣怀。原来从光绪皇帝接位以后，醇王是“皇帝本生父”的身份，大家怕他以“太上皇”自居，所以近支亲贵及朝中重臣，都认为他不宜过问政务，投闲置散，只管着神机营，六七年下来，不免静极思动。如今慈安太后驾崩，慈禧太后大权独揽，而恭王当政二十年，已有倦勤的模样，看样子起而代之的日子已不会远。一旦接了军机处，必定同时也接总理衙门，当今政事，最要紧的是洋务，听说盛宣怀在这方面是个难得的人才，又听说电报是最得力的“耳目”，究竟如何得力，却还茫然不解，因而听得李鸿章谈起盛宣怀的能干，以及筹办电报总局如何尽心尽力，当即欣然表示：“我很想找他来谈一谈。”

盛宣怀以前虽没有见过醇王，但醇王信任的一个门客“张师爷”，却早为盛宣怀所结纳，逢年过节，必有礼物，不一定贵重，但样数很多，而且常常有新奇之物，显得情意殷勤。张师爷对盛宣怀颇有好感，所以在他未见醇王以前，特别关照两点：第一，醇王跟恭王不同，恭王认为中国要跟西洋学，醇王不以为中国人不如洋人；第二，醇王虽然好武，但自己觉得书也读得很好，诗文都不差，所以说话时要当心，千万不能让他觉得人家以为他但明武略，并无文采。

盛宣怀心领神会，想起素有往来的工部尚书翁同龢，身为帝师，与醇王走得很近，常常吟诗唱和，便去抄了些醇王的诗稿来，念熟了好几首，以备“不时之需”。

在府中抚松草堂，盛宣怀大礼谒见了醇王，自然是站着回话，略略报了履历，静听醇王发问。

“那电报到底是怎么回事？”

“回王爷的话，电报本身并没有什么了不起，全靠活用，所谓‘运用之妙，存乎一心’，如此而已。”

醇王听他能引用岳武穆的话，不免另眼相看，便即问说：“你也读过兵书？”

“在王爷面前，怎么敢说读过兵书？不过英法内犯，文宗显皇帝西狩，忧国忧民，竟至于驾崩。那时如果不是王爷神武，力擒三凶，大局真不堪设想了。”盛宣怀略停一下又说，“那时有血气的人，谁不想湔雪国耻，宣怀也就是在那时候，自不量力，看过一两部兵书。”

所谓“力擒三凶”，是指“辛酉政变”时，醇王受密命在热河回銮途中，夜擒肃顺，到京以后，又主持逮捕怡亲王载垣、郑亲王端华。那是醇王早年很得意的事，听盛宣怀提到，不由得就面露笑容了。

“宣怀在想，当年英法内犯时，如果也像去年那样，由大沽口到天津架设了电线，大局就完全不同了。”

“喔？”醇王很注意地问，“你倒说说其中的道理。”

“有了电报，就是敌暗我明了。兵贵神速，制胜的要诀在‘出其不意，攻其不备’，洋人刚刚上岸，两眼漆黑，全靠他的器械精良，往前硬闯。可是他的耳目不灵，就可以智取，譬如他们有多少人，枪炮有多少，打算往哪一路进攻，我们打听好了，发电报过来，就可以在险要之处，部署埋伏，杀他个片甲不留。”

“啊，啊！”醇王不断握拳，仿佛不胜扼腕似的。

“僧忠亲王的神武，天下闻名，八里桥那一仗，非战之罪，当时如果有电报，洋人绝不能侥幸。”

“我想想。”醇王闭上眼，过了好一会儿才睁开来，“照你的说法，洋人的兵轮来了，如果炮台挡不住，一上了岸，行踪就完全在我掌握之中，简直是寸步难行了？”

“是！王爷真是明见万里。有了电报，不但洋人内犯，寸步难行，就是海口的炮台也挡得住。譬如说，登州到大沽口，沿线如果有电报，就可以把洋人兵轮的方向、大小，还有天气好坏，逐段报了过来，以逸待劳，有备无患，哪里会有挡不住的道理？”

“嗯，嗯。这道理也通。”醇王问道，“电报还有什么用处？”

“用处要自己想，中国人的脑筋比洋人好，所以想得到的用处比洋人多。不过利用电报也可以做坏事，所以请王爷千万记住，将来管电报的人，一定要是王爷信得过的亲信。”

“喔，”醇王问道，“怎么能用电报做坏事？”

“要提防捏造消息。”盛宣怀说，“打仗的时候，谎报军情，是件不得了的事。”

“说得不错，这一层倒真要当心。”醇王又问，“用电报还能做什么坏事？”

“有。”盛宣怀想了一下，“我说个笑话给王爷听。”

在他人看是笑话，身历其境的人却是欲哭无泪。数年前有个姓胡的候补道，被派到外国去当参赞，无意间得罪了同僚，一个姓吕的庶务。吕庶务在使馆经手采买，营私舞弊，为胡参赞在不经意中所揭发，于是公使以此人“水土不服”为理由，奏请调遣回国，仍回原省候补。京中照准的公事一到，吕庶务方知其事，私下打听，才知道是吃了胡参赞的亏，自然恨之入骨。

这姓吕的城府极深，表面声色不动，对胡参赞的态度，一如平时，仿佛根本就不知道他之回国，是由于胡参赞多嘴的缘故。临行之时，吕庶务问胡参赞是否要带家信。万里重洋，难得有便人回国，使馆同事都托他带家信、带物品，胡参赞如果独成例外，显得彼此倒像有什么芥蒂似的，所以也写了家信，另外还买了两个表，托他顺便带回国去转寄。

姓吕的是捐班知县，原在江苏候补，胡参赞家住吴江，密迩苏州，因此，信上虽写了吴江的地址，并且关照只须托民信局转递即可，而姓吕的情意殷勤，特为跑了一趟吴江，拜见胡参赞的封翁，大谈异国风光。胡封翁心系远人，得到这些亲切珍贵的信息，自然很高兴，也很感激，写给胡参赞的家信中，对这位“吕公”盛赞不已。姓吕的得暇便去看胡封翁，走动得很勤。胡参赞也常跟姓吕的通信，竟结成了至好。

此人之谋报复，是一开头就打定了主意的，但采取什么手段，却须看情况，视机会而定。不过他也深知情况愈了解，机会就愈容易找的道理，认为只要常去胡家，熟悉了全家上下，就一定会有机会。果然，机会来了。

这机会其实也就是利用他所了解的情况。胡封翁在家具有绝对的权威地位，全家亦无不重视“老太爷”的一言一动。有一次胡封翁“发痧”，这不是什么大不了的事，但已闹得天翻地覆。姓吕的看在眼里，不由得在肚子里做功夫。几经考虑，定下了一计，只是要等，等胡封翁生病。

两年前的夏天，天时不正，疫疠流行，胡家病倒了好几个人，胡封翁并未感染时疫，只是年纪大了，看家有病人，且不只一个，内心不免抑郁，因而眠食不安，精神大不如前。姓吕的便写了一封极恳切的信给胡参赞，细述胡封翁的颓唐老境，却又劝慰胡参赞，“为国宣劳，自有天助”，全家孝顺，对老人照顾得极周到，何况还有朋友在，缓急之济，必当全力相助，胡参赞大可放心。

估量这封信已寄到了胡参赞手里了，同时判断胡参赞亦已接到家书，所述胡封翁的情形，跟他的话绝无矛盾时，他发了一个电报，只有八个字：“老伯病故，速定行止。”胡参赞自然深信不疑，所谓“速定行止”，意思是催他回来奔丧。胡参赞便向公使陈明，公使电奏，参赞丁忧，请予开缺，并声明派何人代理参赞的职务。哪知电奏到达上海之日，姓吕的又发了一个电报，更正前电。

可是已经奏了丁忧开缺，却无法更正。胡参赞吃了一个哑巴亏，只有请公使备交呈报总理衙门，转咨吏部备案，否则将来到了胡封翁寿终正寝时，胡参赞连发丧守制都不能，那才真的成了空前绝后的笑话。

醇王由于这个笑话的启发，想到了许多事该警惕。“水能载舟，亦能覆舟，电报亦是如此，非得托付给很妥当的人不可，否则机密容易外泄。”他说，“疆臣窥探朝廷意旨，尚且不可，何况廷寄未到，已先有所知，得以事先弥缝，那一来朝廷的号令不行，国将不国，太可怕了。”

听得这话，盛宣怀以言多必失自警，同时觉得有消除醇王的恐惧，只让他想到电报的好处的必要。

于是他略想一想答说：“王爷想得深、想得透，不是我们知识浅薄的人所能及。不过由王爷的开示，宣怀倒想起西洋的一个法子，不知道有用没有用？”

“什么法子？”

“就是密码。”盛宣怀答说，“现在汉字的电报，每个字四码，有现成的书，照码译字，那是明码，如果事先约定，码子怎么拿它变化一下，譬如加多少码、或者减多少码，只有彼此知道，机密就不容易外泄了。”

“原来还有这个法子！”醇王问道，“这个加码、减码的法子，是不是跟“套格”差不多？”

“比套格方便得多了。”

所谓“套格”是挖出若干空格的一张厚纸。使用的方法是，通信双方预先约定，用多大的纸、每页几行、每行几字，其次是看用哪种套格，挖空的位置在何处。然后就要花心思了，犹如科场考试的“关节”那样，把要说的一两句话，嵌在一大篇不相干的废话之中。收信的人，将套格在原信上一覆，空格中露出来的字，连缀成文，就是对方要说的话。

“套格”确有保密的功效，但用起来很不方便，第一，必得肚子里有墨水，嵌字贵乎嵌得很自然，不用套格绝不知其中的奥妙；第二是，不能畅所欲言，数百言的一封长函中，也许只说得五六句话。

“比较起来，加码、减码就方便得太多了。”盛宣怀又说，“还有一层，套格一定要预先做好，送交对方，加码减码，只要先有一句话的约定，可以做成好多密码本，当然头两个字要用明码，不然对方就不知道要用哪一个密码本了。”

“这话我不大懂。”盛宣怀字杏荪，醇王很客气地称他，“杏翁，请你说清楚一点儿。”

“是。譬如说吧，王爷交代我‘天地玄黄’四个密码本——实际上是交代一句话，‘天’字减一百二，‘地’字减三百三，‘玄’字加一百二，‘黄’字加三百三。到得王爷给我密码时，头两个明码是‘地密’，我就知道，下面所有的数码都要减三百三十，原码一千五百八十九，其实是一千二百五十九，找到这个码子的字，才是王爷要用的字。”

“那么，旁人只要知道了加减多少，密码不就不密了吗？”

“是，是！王爷一语破的。”盛宣怀答说，“所以最保密的办法，就是自己编一本密码本，不按部首，随意乱编。这个密码本一样也可以加减数码，密上加密，就更保险了。”

接着盛宣怀又讲了许多使用电报的方法与诀窍，譬如像“洪状元”洪钧发明的韵目代日，配合十二地支，用两个字来表明月日，如“寅东”就是正月初一，正月建寅，东为“一东”，当然也可以再加上时辰，“寅东寅”为正月初一寅时，第二个寅字与第一个寅字的用法不同，一望而知，不会弄错。

“听君一席话，胜读十年书。”醇王完全为电报着迷了，“杏翁，”他说，“你能不能把电报怎么发、怎么收，演练给我看看？”

“王爷怎么说‘能不能’？王爷吩咐，宣怀自然遵办，不过先得预备预备。”

“要预备多少日子？”

看他迫不及待的模样，盛宣怀计算了一下，允以五日为期。辞出王府，立即遣派专人到天津，调了两名电报学堂的教习，带同得力学生及工匠，运用收发报机、发电机之类，在醇王府中，临时架线，布置妥当，恰好是第五天自设的限期。

醇王府的范围很广，花园题名“适园”，正厅名为“颐寿堂”，是恭王所题，内悬同治皇帝御笔“宣德七德”的匾额。

这是极严肃的所在，堂前立有“神杆”，不便再设电杆，所以在颐寿堂后拉线，一端通往堂东的风月双清楼，一端通往抚松草堂。醇王自己在风月双清楼写了一通很长的电码交发，盛宣怀亲自在抚松草堂照料，收到电码，交由两名学生分译。

这两个学生程度很不坏，电码更是熟得不须翻书，便能识字，一个念，一个写，盛宣怀站在他们身后细看，只见写的是：“京华盛冠盖，车马纷长衢。十日黄尘中，女足女足意不舒。何期朝事繁，忽见林壑疏。朱邸开名园，别在城西隅。东风二三月，杂花千万株。俯檐弄嘉禽，出沼窥文鱼。追陪竟日夕，暂欲忘簪裾。此少荃相国春日游适园诗也。即录送风月双清楼。九思堂主人。”

“少荃相国”指李鸿章，“九思堂主人”是醇王的别署，都容易明白，然而“女足女足意不舒”这句诗竟不成话说了。盛宣怀便指着字面问：“这是不是错了？”

“不错。”

“可是意思不通。”

笔录的那学生想了一下，将“女足女足”四字涂去，另写了“娖娖”二字。盛宣怀恍然大悟，六千八百九十九字的《电报新书》中，并无“娖”字，所以醇王用测字法，写成“女足”。

这是不得已，但也是情理中的一个小小的变通办法。醇王对于自己初次使用电报，遇到难题，而能应变，且为人所接受，证明他的变通办法是行得通的这一点，非常得意。同时电报在他的感觉中，不仅是可靠的，也是可亲的了。

这使他记起许多往事，有些得自传闻，有些则是亲身的经历。清宫中对秘密通讯的方法，一向重视，尤其是在得失荣辱，甚至生死存亡，决于俄顷的紧要关头，能够运用独特的秘密通信方法，或者防患未然，或者求得外援，那出入是太大了。

在他的记忆中，早年听说过康熙末年夺嫡的许多故事，有的使用“矾书”，有的用罗马字代替满洲话的“字头”来拼音。“九阿哥”胤禟的门客中，有一个是“东正教”的教士，因而发明了用俄文拼音来表达满洲话，传递反抗雍正的信息，虽为雍正截获了，却不知说些什么，因而胤禟所部署的

“造反”的策略，始终是个谜。

醇王亲身所经历的是“辛酉政变”。那时肃顺等人将两宫太后与诸王隔离开来，尤其是对恭王，监视更严，以至于不得已用太监安德海使一条苦肉计，伪装他犯了严重的过失，痛责一顿板子，打发回京，实际上是携带两宫太后的密旨，面交恭王。如果当时有电报，能用密码通信，调遣神机营到热河“勤王”，可以堂而皇之地逮捕“三凶”，根本就不必他采取半夜里带人到旅舍，将肃顺从他的姨太太身边拉起来那种有欠光明磊落的手段。

就这样，由于醇王直接向慈禧太后进言，说盛宣怀目前总办电报局的差使，极其要紧，且亦无人替代，不宜对他有所处分。而况就算他有过失，能将电报办好了，亦足以将功折罪。同时李莲英亦一再说盛宣怀如何有良心，一定会感恩图报，如何能干，可资以为耳目，终于使得慈禧太后决定将刘坤一的奏折“留中不发”，只是由总理衙门给了北洋一道咨文，饬令盛宣怀不得干预招商局局务。

获知了这些内幕，胡雪岩内心中激起了很大的波澜。数年以来，他虽看出盛宣怀机诈百出，不是个好惹的人，但总觉得此人还不成气候，无需过虑，而此刻他觉得遇到了一个劲敌了。

“将来上海、天津的电报一通，盛杏荪在管这件事，消息比我们灵通，已经占先一着。”胡雪岩对汪惟贤说，“这还在其次，更要防他在电报上动手脚，弄些伪消息、伪行情过来，一相信了它，岂不大上其当。这一点，你要格外当心。”

“我知道。”汪惟贤答说，“电报学堂我也有熟人，到时候我会想办法，也弄它几套密码出来，行情我们自己报。”

“不错。将来丝的行情，一定要自己报。”

第三章　元宝街

八月初，在西湖上正是“一年好景君须记，最是橙黄橘绿时”，在上海已略感厌倦酒绿灯红、脂香粉腻的宝森，为胡雪岩接到了杭州。

他是由古应春陪着来的。船到望仙桥埠头上，早有一乘绿呢、一乘蓝呢的大轿在等候，另外一匹顶马、两匹跟马，四名兵丁，都穿着布政司的号衣，四散排开，挡住了行人，留出一片空地，容宝森登岸。

船家将船泊稳，搭好跳板，船家与岸上胡家的听差合作，伸出一条粗竹竿，捏稳两端，高及腰际。宝森以竹竿做扶手，自跳板登上埠头，立即便有一个穿得极体面的中年人，含笑迎上前来。宝森在上海也见过此人，名叫陶敦甫，字厚斋，捐了个候补知县，做胡雪岩的清客，专责是接待宾客。

“森二爷到底到了，胡大先生盼望了好几天了。森二爷路上还舒服？”

“舒服得很。”宝森舒了口气，游目四顾，看过往辐辏的行人，不由得赞叹，“都说杭州是洞天福地，真是名不虚传。”

“森二爷只看到今天的热闹，哪知道十六七年前满目凄凉，惨不忍睹。”

“长毛”两番破杭州，被灾独重，善后复兴之功，推胡雪岩为首。陶敦甫做清客捧宾客以外，亦须不忘捧东主，但以不着痕迹为贵。听得这话，宝森连连点头：“雪岩之有今日，实在是积德之报。”他跟胡雪岩的交情已很厚了，所以径以雪岩相称。

陶敦甫觑空跟古应春招呼过了，请宝森坐上胡雪岩自用的绿呢大轿，古应春坐蓝呢轿，由顶马引导前行。陶敦甫乘一顶小轿自间道先赶往“元宝街”等候。

“元宝街”满铺青石板，足容四马并行，街中突起，两头低下，形似元宝心，因而得名。不过，胡雪岩当初铺这条街时，却并未想到这个能配合他的“财神”之号的俗气的街名，只是为了便于排水，当然，四周的阴沟经过细心修建，畅通无阻，每遇夏日暴雨，他处积水两三尺，元宝街却只要雨停，便即水消。

由望仙桥到元宝街，只是一盏茶的工夫，坐在绿呢轿中的宝森，由左右玻璃窗中望出去，只见五六丈高的一大圈围墙墙脚基石，竟有一人多高。大轿抬入可容两乘轿子进出的大门，穿过门楼，抬入二门歇轿，胡雪岩已站在大厅滴水檐前等候了。

“森二爷，”胡雪岩拱拱手说，“一路好吧？”

“很好，很好。”宝森扶着他的手臂，偏着脸细看了一下说，“雪岩，一个多月不见，你又发福了。”

“托福，托福。请里面坐。”

宝森点点头，已把脸仰了起来，倒不是他摆架子不理人，而是因为胡家的厅堂过于宏敞，必须仰着脸才能看清楚。

未看大厅，先回顾天井，天井有七开间大，而且极深，为的是可以搭台唱戏。大厅当然也是七开间，估计可摆三十桌席，由于高敞之故，堂奥虽深，却很明亮。正中树一方蓝地金底、四周龙纹的大立匾，窠巢大书“积善衍庆”四个黑字，正中上端一颗大方印，一望即知是御玺，上下款却因相距得远，看不清楚，不知是慈禧皇太后，还是先帝的御笔。

转眼看去，东西两面板壁上，各悬一方五尺高、丈余宽的紫檀挂屏，西面是一幅青绿山水，东面是贝子奕谟的书法《滕王阁序》，旁有两扇屏门，料想其中当是家祠，旗人向来重礼节，当即表示，理当瞻拜。

胡雪岩自然连称“不敢当”。

只是宝森意思诚敬，当下唤人开了屏门，点燃香烛，宝森向神龛中“胡氏列祖神位”恭恭敬敬地磕了三个头，胡雪岩一旁陪礼，最后又向宝森磕头道谢。

“还要见见老太太。”

“改天吧！”胡雪岩说，“家母今天到天竺烧香去了。”

“森二爷刚到，先请歇一歇。”陶敦甫插嘴说道，“我来引路。”

于是出了大厅，由西面走廊绕出去，往北一折，一带粉墙上开着个月洞门，上榜“芝径”二字，迎门一座玲珑剔透的假山，陶敦甫由东面绕了过去，豁然开朗。宝森放眼一望，但见树木掩映，楼阁参差，窗子上的五色玻璃，为偏西的日光照耀得光怪陆离，真有目迷五色之感。

“请过桥来！”

宝森跟着陶敦甫经过一道三曲的石桥，踏上一座极大的白石露台，中间便是三开间大，正方的楠木“四面厅”，上悬一方黄杨木蓝字的匾额，榜书“迎紫”二字。

进门又是一番光景。用紫檀隔板隔出两开大小的一个长方形房间，里面是西式布置，四周红色丝绒的安乐椅，配着白色髹金漆的茶儿，中间一张与茶儿同一质料式样的大餐台，上面已摆好了八只纯银的高脚果盘。

等主客坐定，随即有两个面目姣好的丫头来奉茶敬烟，至此才是开始寒暄的时候。

“森二爷这一晌的酒兴怎么样？”

“很好哇！”宝森笑道，“从天津上船那天起，酒兴就没有坏过。”

“要这样才好。”胡雪岩问古应春，“森二爷怎么没有把花想容带来？”

“多谢，多谢！”宝森抢着回答，“我到府上来作客，没有把她带来的道理。”

原来花想容是“长三”上的“红倌人”，为宝森所眷，胡雪岩邀他来一赏西湖秋色，原曾在信上写明，不妨挟美以俱，而宝森却认为于礼不合，没有带花想容来。

接下来便纵谈上海声色与新奇之事，宝森兴味盎然地说他开了多少眼界，看了外国的马戏、东洋女子“天胜娘”的戏法。他们一面谈，一面不断有丫头送点心来。宝森喜欢甜食，最中意又香又糯用冰糖煮的桂花栗子。

“雪岩，”宝森是衷心向往，“我看当皇上都没有你舒服，简直是神仙嘛！”他指着窗外，耸起于假山上的那座“百狮楼”，忽然想起一句唐诗，便念了出来，“楼阁玲珑五云起。”

“森二爷谈诗，我就接不上话了。”胡雪岩转脸说道，“厚斋，你看哪一天，把我们杭州城里那几位大诗翁请了来，陪森二爷谈谈。”

“不，不！”宝森急忙摇手，“我哪里会作诗？千万不必，免得我受窘。”

看他是真心话，胡雪岩一笑置之，不再多说。陶敦甫怕场面冷落，便即问说：“森二爷，上海消息灵通，不知道刘制台的参案怎么样了？”

听得这话，宝森突然站了起来。“嘿！”他蓦地里一拍双掌，声音极大，加以动作近乎粗鲁，倒让大家都吓一跳，再看到他脸上有掩抑不住的笑容，便越发奇怪了。

“森二爷，”胡雪岩说，“请坐下来，慢慢谈起。”

“谈起刘岘庄的参案，可真是大快人心！”他摩腹说道，“我肚子里的积滞都消了——”

刘岘庄便是两江总督刘坤一。自从出了盛宣怀的案子，李鸿章便觉得此人在两江，对他是一大妨碍，而盛宣怀更是耿耿在心，企图中伤。但刘坤一的官声不错，封疆大吏又不比京官，号称“都老爷”的监察御史见闻不足，无法参他，就上折参劾，慈禧太后亦未必见听。几经筹划，认为只有一个人够资格参他，而且一定见效。

此人就是“彭郎夺得小姑回”的彭玉麟，湘军水师的领袖。洪、杨既平，彭玉麟淡于名利，外不愿当督抚，内不愿当尚书，于是有人建议，长江水师龙蛇混杂，盐枭勾结，为害地方不浅，彭玉麟清刚正直，嫉恶如仇，在长江威望素著，不如仿照旗营“专操大臣”的制度，派他专门巡阅长江水师，得以专折奏事，并颁给“王命旗牌”，遇有不法官吏，得以便宜行事。彭玉麟接受了这个差使，一年一次巡阅长江水师，其余的日子，便住在西湖上，与他的孙儿女亲家俞曲园唱酬盘桓，消闲如鹤。

不过到得彭玉麟出巡时，威名所播，确能使贪官墨吏相顾敛迹。他所管的事，亦不限于整顿水师纪律，长江沿岸各地他看不顺眼的事都要管，职权仿佛明朝“代天巡狩”的巡按御史。曾经在武昌请王命旗牌立斩不法的水师总兵谭祖纶，至于地方官经他参劾，革职查办的，亦颇不乏人。总之，只要彭玉麟参谁，谁就非倒霉不可。

盛宣怀想到了这个人，李鸿章亦认为可加利用，于是摭拾浮言，激动了彭玉麟的脾气，真个以密折严劾刘坤一。大致是：第一，鸦片瘾大，又好逸乐，精神不济，无力整顿公事；第二，姨太太很多，稀见宾客，又纵容家丁，收受门包；第三点最厉害，亦是彭玉麟亲眼所见，最感不满而又是他应该管的事，“沿江炮台，多不可用，每一发炮，烟气眯目，甚或坍毁”。

密折到京，慈禧太后召见军机，决定派彭玉麟进一步密查，同时内召来京觐见，打算不让他回任了。据说恭王曾经跟李鸿章商量过这件事，其时陕甘总督改派曾国荃，而曾国荃嫌地方太苦，又怕无法指挥左宗棠的嫡系部队，一直不愿就任，使得朝廷深感为难——不如乘此机会，改派刘坤一当陕甘总督。

至于两江总督则以清望素著的四川总督丁宝桢调补，遗缺由李鸿章的胞兄李瀚章接任。

这是李鸿章的一把如意算盘。原来清朝的制度，封疆大吏划疆而治，总督往往亦仅管得一省，不比明朝的总督、巡抚是有流动性的。这种制度之形成，当然有许多原因，其中之一是，皇帝认为各有专责，易于考察，也就是易于驾驭。因此，尽管常有“不分畛域”的上谕，实际上限制甚严，不准有越权的行为。及至洪、杨乱起，这个相沿两百年而不替的传统被打破了。

清朝在道光以前，凡有大征伐、调兵遣将，权皆操之于皇帝，军饷亦由国库拨发，统帅功成还朝，缴还兵权，受赏而回本职，并无私有的军队。但自曾国藩创立湘军，而军饷又须带兵将帅就地自筹以后，整个情况大变，变成官不符职、守非其地、财难己用、兵为私有。曾国荃进围金陵时，他的官衔是浙江按察使，一省司法长官，带兵打仗，岂非“官不符职”？而打仗又非为浙江守土之责，这就是“守非其地”。

“财难己用”就更微妙了，本秦人视越，肥瘠漠不相关，但在左宗棠西征时，却非希望浙江丰收不可，因为浙江按月要交西征协饷十四万银子，而本省修理海塘，反须另筹财源。

至于“兵为私有”，则以湘、淮两军原为子弟兵，父子兄弟叔侄，递相率领，成为规例，淮军的这个传统，更是牢不可破。

因为打破了疆域与职守的限制，李鸿章才能运用手腕，伸张其势力于两江，即南洋。直督兼北洋大臣，江督兼南洋大臣，李鸿章一直强调，无论筹办防务或者与外洋通商，南北洋必须联络一致，不分彼此。话是如此，却只有北洋侵南洋之权，南洋的势力达不到北洋，因为北洋近在畿辅，得地利之便，可直接与各国驻华公使联络交涉，这样，有关南洋的通商事务，自然而然地由北洋代办了。同时“总理各国事务衙门”，为了在交涉上留有缓冲的余地，往往先委托北洋从事初步谈判，保留着最后的裁决权，这一来使得李鸿章更易于扩张势力。

如此这般，李鸿章就不能不关心两江总督的人选了。最好是能听他指挥，其次也要能合作的。像刘坤一这样，李鸿章就觉得有许多不便，因而希望丁宝桢接任江督。丁宝桢是他会试的同年，李鸿章一直很拉拢他，丁宝桢每次奉召述职时，京中上自王邸军机，下至同乡京官都要打点，无不是由李鸿章预备了整箱的现银。这样的交情，他相信丁宝桢调任江督，一定能跟他合作无间。至于李瀚章，除了贪黩之外，别无他能，而四川经丁宝桢整顿以后，是个可以卧治的省份，李鸿章是想为他老兄找个奉母养老的好地方。

这把算盘打得极精，哪知真如俗语所说的“人有千算，天有一算”，彭玉麟的复奏到京，大出李鸿章的意外，竟是痛劾李鸿章的至亲赵继元。

赵继元是安徽太湖人，他的祖父叫赵文楷，嘉庆元年的状元。赵继元本人也是个翰林，但肚子里一团茅草，“散馆”时考列三等，分到部里当司官。做官要凭本事、讲资格，赵继元倒有自知之明，自顾当司官既不能“掌印”，而两榜出身虽可派为考官，却又须先经考试，这一关又是过不去的，不如当外官为妙。

于是他加捐了一个道员，走门路分发两江。江督正是李鸿章的老师曾国藩，爱屋及乌，所以赵继元一到江宁“禀到”，立即“挂牌”派了他军需总办的肥差。

从此赵继元便把持着两江军需总局，历任总督都看李鸿章的面子，隐忍不言。这一次到底由彭玉麟无情地揭发了他的劣迹，复奏中说：“两江军需总局，原系总督札委局员，会同司道主持。自赵继元入局，恃以庶常散馆，捐升道员出身，又系李鸿章之妻兄，卖弄聪明，妄以知兵自许，由是局员营员派往修筑炮台者，皆唯赵继元之言是听。赵继元轻前两江总督李宗羲为不知兵，忠厚和平，事多蔑视，甚至督臣有要务札饬总局，赵继元竟敢违抗不遵，直行己意。李宗羲旋以病告去，赵继元更大权独揽，目空一切。炮台坍塌，守台官屡请查看修补，皆为赵继元蒙蔽不行。”

李宗羲字雨亭，四川开县人，道光二十七年进士，是李鸿章的同年。同治十二年曾国藩殁于两江总督任上，由于李鸿章的推荐，李宗羲竟能继任此一要缺。其人才具平常，李鸿章可以遥制，两江诸般设施，每听北洋指挥。盛宣怀以直隶候补道得以派到招商局去当会办，便是李宗羲任内之事。这样的一个人，赵继元自然不会将他放在眼里。

至于对刘坤一，据彭玉麟在复奏中说：“臣恐刘坤一为其所误，力言其人不可用。刘坤一札调出局，改派总理营务，亦可谓优待之矣，而赵继元敢于公庭大众向该督力争，仍旧帮理局务。本不知兵，亦无远识，嗜好复深，徒恃势揽权，妄自尊大，始则炫其长，后则自护其短，专以节省军费为口实，惑众而阻群言。”

彭玉麟说，在赵继元看，跟洋人如果发生了纠纷，到头来无非归之于“和”之一字。既然如此，“江防”也好，“海防”也好，都是白费心血，不过朝廷这样交代，不能不敷衍而已。

但是真的节省经费、粉饰表面，也还罢了。实际上浪费甚多，只是当用不用而已。彭玉麟认为赵继元持这种论调，是件极危险的事，防务废弛，尽属虚文，一旦有警，无可倚恃，必至贻误大计。最后又说：“黜陟之柄，操自朝廷，差委之权，归于总督，臣不敢擅便，惟既有见闻，不忍瞻徇缄默，恐终掣实心办事者之肘，而无以儆局员肆妄之心。”这意思是很明白的，如果他有权，即时会将赵继元撤差革职。

此奏一上，慈禧太后震怒，初揽大权，正想整饬纲纪立威之时，当即批了个“劣迹昭著，即行革职”，再一次为彭玉麟显一显威风。

这一来，李鸿章亦大伤面子，不便对两江总督的人选，再表示意见，那把如意算盘，竟完全落空了。

听宝森谈完这段刚出炉的新闻，胡雪岩便即问道：“这么说，刘岘帅还会回任？”

“回任大概不会了。”

“那么是谁来呢？”

“当然是曾九帅。”

“曾九帅”便是曾国荃。江宁是他在同治三年攻下来的，加以湘军旧部遍布两江——上江安徽、下江江苏，所以每逢江督出缺，总有人把他列入继任人选。这一回，看起来真的要轮到“曾九帅”了。

结果却大出众人意料之外，在朝廷内研商此项人事时，宝鋆提出反对意见。

“曾九不相宜。”宝鋆说道，“他嫌陕甘太苦不肯去，最后拿富庶的两江给他，且不说人心不服，而且开挟持之渐，朝廷以后用人就难了。”

宝鋆是恭王的智囊，恭王听他说得不错，便即问道：“那么，你看是让谁去呢？”

“现成有一个人在那里，左季高。”

“啊，啊！好。”恭王深深点头。

原来左宗棠在军机处，主意太多，而又往往言大而夸，不切实际，宝鋆一直在排挤他。左宗棠一气之下，上折告病，请开缺回籍养疴，朝廷赏了他两个月的假。恭王毕竟忠厚，虽也讨厌左宗棠喋喋不休，但挤得他不安于位，也不免内疚神明，如今有两江这个“善地”让他去养老，可以略补疚歉，因而深为赞成。

于是九月初六那天，由恭王面奏，说海防之议方兴，势在必行，主其事者是北洋、南洋两大臣，北洋有李鸿章在，可以放心，南洋需要有威望素著的重臣主持，几经考虑，认为以左宗棠为最适宜。而且，江南政风疲软，亦须像左宗棠那样有魄力的人去当总督，才能大事整顿。

慈禧太后亦很讨厌左宗棠的口没遮拦，什么事想到就说，毫无顾忌。不过她很念旧，总想到左宗棠是艰难百战、立过大功劳的人，既然不宜于在朝，应该给他一个好地方让他去养老，所以同意了军机的建议，外放左宗棠为两江总督。

* * *

这个消息传到时，恰好胡雪岩陪着畅游了西湖上六桥三竺之胜的宝森回到上海。对胡雪岩来说，这自然是个喜讯，不由得又在心里激起了好些雄图壮志。

照例的，胡雪岩每一趟到上海，起码有半个月的工夫，要应付为他接风而日夜排满了的饭局，第一是官场，第二是商场，最后才轮到至亲好友。古应春和七姑奶奶是“自己人”，挨到他们做主人请客，已经是十月初，将近慈禧太后万寿的日子了。

这天请了两桌客，陪客也都是“自己人”。其中有刘不才，他如今管着胡庆余堂药店，这一回到上海是要转道北方去采办明年要用的药材；还有宓本常，他是阜康雪记银号上海总号的“大伙”。

此外也都是胡雪岩私人资本开设的丝号、典当的档手。

酒阑人散，为时尚早，胡雪岩想趁此机会跟古应春夫妇好好谈一谈自己这几天的见闻与想法，所以决定留宿在古家。

古家原替他预备得有宿处，是二楼后房极大的一个套间。一切现成，便将胡雪岩的轿夫与跟班都打发了回去，只留下一个名叫阿成的贴身的小跟班，随他住在古家。

“应春，这回湘阴放两江，等于合肥掼了一大跤，你看，我们有点啥事情好做？”

“小爷叔，”古应春答说，“我看你现在先不必打什么主意，不妨看看再说。”

“为啥？”

“事情明摆在那里，合肥、湘阴一向是对头，湘阴这趟放两江，第一，他不会像以前的几位制台那样，让北洋来管南洋的事；其次，湘阴跟刘岘帅是湖南同乡，刘岘帅吃了合肥的亏，湘阴只要有机会，自然要替他报复。这是湘阴这方面，再说合肥那方面，当然也要防备。论手段是合肥厉害，说不定先发制人，我们要防到‘吃夹档’。”

“‘吃夹档’？”胡雪岩愕然，他想不通左李相争，何以他会受池鱼之殃？

“两方面钩心斗角，不外乎两条计策，一种是有靠山的，擒贼擒王，一种是有帮手的，剪除羽翼。湘阴是后面一种，小爷叔，合肥要动湘阴，先要剪除羽翼，只怕你是首当其冲。”

胡雪岩悚然动容，但亦不免困惑。“莫非你要叫我朝合肥递降表？”他问，“我要这样做，怎么对得起湘阴？”

“递降表当然说怎么样也不行的。我看，小爷叔要联络联络邵小村。”

邵小村名友濂，浙江余姚人，也算是洋务人才，一向跟李鸿章接近，新近放的上海道——上海道本来是李鸿章的亲信刘瑞芬，因为刘坤一参盛宣怀一案，刘瑞芬秉公办理，因而得罪了李鸿章，设法将他调为江西藩司。刘去邵来，足以看出上海道这个管着江海关的肥缺，等于是由李鸿章在管辖。

“联络邵小村，不就是要吊合肥的膀子？莫非真的要磕了头才算递降表？”

“吊膀子”是市井俚语，语虽粗俗，但说得却很透彻。古应春默然半晌，突然提出一个惊人的建议。

“小爷叔，一不做，二不休，你索性花上二三十万银子，把邵小村攻掉！”

这一下，胡雪岩更觉错愕莫名，“你是说，要我去当上海道？”他问。

“是啊！”

胡雪岩无从置答，站起来踱着方步盘算了好一会儿，突然喊道：“七姐，七姐！”

七姑奶奶正在剥蟹粉预备消夜点心，听得招呼，匆匆忙忙出来问道：“小爷叔叫我？”

“应春要我去做上海道。你看他这个主意，行得通，行不通？”

七姑奶奶愣了一下。“怎么一桩事情，我还弄不清楚呢？”她看着她丈夫问，“上海道不是新换的人吗？”

这一下倒提醒了古应春，自觉虑事不周，邵友濂到任未几，倘非有重大过失，绝无开缺之理，因而点点头答说：“看起来不大行得通。”

“而且，我也不是做官的人。”胡雪岩问，“你看我是起得来早去站班的人吗？”

胡雪岩虽戴“红顶”，但毕竟是“商人”。如今发了大财，起居豪奢，过于王侯，分内该当可摆的官派，也不过是他排场的一部分。倘说补了实缺，做此官，行此礼，且不说像候补道那样巴结长官，遇到督抚公出，早早赶到地方去站班伺候，冀邀一盼，至少大员过境，上海道以地方官的身份送往迎来，就是他视为畏途的差使。

七姑奶奶有些弄明白了，她也是听古应春说过，邵友濂是李鸿章的人，跟胡雪岩是左宗棠的人，算是敌对的。现在古应春建议胡雪岩去当上海道，取邵而代之，不是上海道对胡雪岩有何好处，只是要攻掉邵友濂而已。

“不管行得通行不通，也不管小爷叔舒服惯，吃不吃得来做官的苦头，根本上就不该动这个念头！”

七姑奶奶说话向来爽直而深刻，因此，何以不该动这个念头，在古应春与胡雪岩都要求她提出解释。

“我倒先请问你，”七姑奶奶问她丈夫，“上海道是不是天下第一肥缺？”

“这还用你问？”

七姑奶奶不理他，仍旧管自己问：“小爷叔是不是天下第一首富？”

这就更不用问了。“不然怎么叫‘财神’呢？”古应春答说，“你不要乱扯了。”

“不是我乱扯。如果小爷叔当了上海道，就有人会乱扯。小爷叔是做生意发的财，偏偏有人说他是做官发的财，而偏偏上海道又是有名的肥缺，你说，对敲竹杠的‘都老爷’，如果应酬得不周到，硬说小爷叔的钱是做贪官来的，那一下跳到黄河都洗不清了。”

这一说，吓出古应春一身冷汗，如果胡雪岩当了上海道，真的说不定会替他惹来抄家之祸。

“应春，你听听。”胡雪岩说，“这就是为啥我要请教七姐的道理。”

“小爷叔，你不要替我戴高帽子！倒是有句话，我——”七姑奶奶突然顿住，停了一会儿才说，“慢慢再谈吧！”说完，转身走了。

胡雪岩并不曾留意于她那欲言又止的态度，重拾话题说道：“对邵小村，敷衍我不肯，要攻掉他，大可不必。那么，应春，你说，如何是好？”

“当然只有不即不离。”

“也就是一切照常？”

“是的。”

“那好。我们回头再来谈湘阴来了以后的做法。”胡雪岩说，“我想湘阴来后，我可以对怡和下杀手了。”

怡和是指英商怡和洋行。这家洋行的在华贸易，发展得很快，跟胡雪岩的关系是亦友亦敌。胡雪岩为左宗棠采办军需，特别是西洋新式的军火，颇得力于怡和的供应，但在从事丝的出口方面，怡和是胡雪岩的第一劲敌。

本来胡雪岩做丝生意，“动洋庄”是以怡和为对象。但怡和认为透过胡雪岩来买丝，价格上太吃亏，不如自己派人下乡收购，出价比胡雪岩高，养蚕人家自然乐意卖出，而在怡和，仍旧比向胡雪岩买丝来得划算。换句话说，养蚕人家跟怡和直接交易，彼此分享了胡雪岩的中间利益。

不过，这一点胡雪岩倒不大在乎，因为他讲究公平交易，而且口头上常挂一句话，“有饭大家吃”。养蚕人家的新丝能卖得好价钱，于他有益无损——青黄不接，或者急景凋年辰光放出去的账，能够顺利收回，岂非一件好事。

只是眼前有一样情况，非速谋对策不可。光绪五年，怡和洋行在苏州河边设了一家缫丝厂，而今年，光绪七年，有个湖州人黄佐卿也开了一家，字号名为公和永，还有一家公平缫丝厂，由英商公平洋行投资，亦在密锣紧鼓地筹备之中。

怡和与公和永这两家缫丝厂，都还没有开工，主要的原因是反对的人太多。一部机器抵得上三十个人，换句话说，机器开工一日的产量，用人工要一个月。这一来，浙西农村中，多少丝户的生计，有断绝之虞。因此丝业公所发起抵制，实际上是胡雪岩发起的抵制，丝业公所的管事，都唯他马首是瞻。

但这三家新式缫丝厂，势成骑虎，尤其是怡和、公平两家，倘或不办新式缫丝厂，他们在欧洲的客户，都会转向日本去买高质量的丝。

因为如此，三家新式缫丝厂居然联成一起，共同聘请意大利人麦登斯为总工程师，指导三厂的技师，操作购自意大利或法国的机器，同时派人下乡，预付价款，买明年的新丝。这一下，可以说与胡雪岩发起的抵制，进入短兵相接的局面了。

胡雪岩手下的谋士，对这件事分成两派，大多数赞成抵制，少部分主张顺应潮流，古应春就曾很恳切地劝过他。

“小爷叔，如今不是天朝大国的日子了，天外有天，人外有人，再狠也不能不看看潮流。机器缫丝，不断不毛，雪白发亮，跟发黄的土丝摆在一起看，真像大小姐跟烧火丫头站在一起，不能比了。这是没法子的事，当年英国发明蒸汽机，还不是多少人反对，可是到后来呢？”

“你说的道理不错，不过乡下那许多丝户，手里没有‘生活’做，叫他们吃什么？”胡雪岩说，“我尽我的心，能保护住他一天，我尽一天的心。真的潮流冲得他们立脚不住，我良心上也过得去了。”

这不是讲良心的事！古应春心里在想，如果真的能将三厂打倒，关门拍卖机器，那时不妨找几个人合伙接手，捡个现成的大便宜。当然，胡雪岩如果愿意，让他占大股，不过此时还不宜说破。

于是古应春一变而为很热心地策划抵制的步骤，最紧要的一着是控制原料。胡雪岩以同样的价钱买丝，凭过去的关系，当然比工厂有利。无奈怡和、公平两厂财力雄厚，后又提高收购价格。胡雪岩一看情势不妙，灵机一动，大量出货，及至怡和、公平两行高价购入，行情转平，胡雪岩抢先补进，一出一进狠赚了一笔。

这第一回合，怡和、公平吃了亏，手中虽有存货，初期开工，不愁没有原料，但以后势必难乎为继。而就在这时候，胡雪岩又有机会了。

机会就是左宗棠来当两江总督。“应春，”他说，“我们现在讲公平交易。怡和、公平用机器，我们用手，你说公平不公平？”

“这不公平是没法子的事。”

“怎么会没有法子？当然有，只看当道肯不肯做，如果是合肥只想跟洋人拉交情，不肯做，湘阴就肯做了。等我来说动他。”

“小爷叔，”古应春笑了，“说了半天，到底什么事肯做不肯做？”

“加茧捐。要教他们成本上涨，无利可图，那就一定要关门大吉了。”

这茧捐当然是有差别的，否则成本同样增加，还是竞争不过人家。古应春觉得用这一着对付洋商，确是很厉害，但须防洋商策动总税务司英国人赫德，经由李鸿章的关系，向总理衙门提出交涉。

“不会的。”胡雪岩另有一套看法，“合肥碰了两个钉子，不会再像从前那样多管闲事了。再说，我们江浙的丝业，跟他北洋风马牛不相及，他就要想管闲事，你想，湘阴会买他的账吗？”

正谈到这里，七姑奶奶来招呼吃消夜。古家是很洋派的，饭厅中正摆一张桃花心木的长餐桌，六把法国宫廷式的椅子，不过座位还是照中国规矩，拿长餐桌两端的主位当作上座，古应春夫妇分坐他的左右首作陪，弄成个反客为主的局面。

消夜粥菜是火腿、皮蛋、肉松、虾子腐乳以及糟油萝卜之类的酱菜，在水晶吊灯照耀之下，色彩鲜艳，颇能逗人食欲。“我想吃点酒。”胡雪岩说，“这两天筋骨有点发酸。”筋骨发酸便得喝“虎骨木瓜烧”，这是胡庆余堂所产驰名南北的药酒。胡雪岩的酒量很浅，所以七姑奶奶只替他在高脚玻璃杯中倒了半杯。

“七姐，”胡雪岩衔杯问道，“你啥辰光到杭州去？老太太一直在牵记你。”

“我也牵记老太太。”七姑奶奶答说，“年里恐怕抽不出工夫，开了春一定去。”

“喔，有件事我要跟你们商量。明年老太太六十九，后年整七十，我想趁湘阴在这里，九也要做，十也要做。”

胡雪岩的门客与属下，早就在谈论，胡老太太七十整寿，要大大热闹一番。如今胡雪岩要借左宗棠两江总督的风光，明年就为胡老太太做生日，这一点七姑奶奶倒不反对，不过俗语有“做九不做十”之说，如果“九也要做，十也要做”就不免过分了。

七姑奶奶心里是这样想，可是不论如何，总是胡雪岩的一番孝心，不便说什么煞风景的话，只是这样答说：“九也好，十也好，只要老太太高兴就好。”

“场面撑起来不容易，收起来也很难。”胡雪岩说，“这几年洋务发达，洋人带来的东西不少，有好的，也有坏的，学好的少，学坏的多，如果本来就坏，再学了洋人那套我们中国人不懂的花样，要起坏来，真是让他卖到金山去当猪仔，都还不知道是怎么样到了外国的。七姐，你说可怕不可怕？”

七姑奶奶不明他的用意，含含糊糊答一声：“嗯。”

“前一晌有个人来跟我告帮。”胡雪岩又说，“告帮就告帮好了，这个人的说法，另有一套。他说，‘胡大先生，你该当做的不做，外头就会说你的闲话，你犯不着。’我说：‘人生在世，忠孝为本，除此以外，有啥是该当做的事？我只要五伦上不亏，不管做啥，没有人好批评我。’他说：‘不然。五伦之外，有一件事是你胡大先生该当做的事。’我问：‘是啥？’你们道他怎么说？他说：‘花钱。’”

此人的说法是，胡雪岩以豪奢出名，所以遇到花钱的事，就是他该做的事。否则就不成其为胡雪岩了。接下来此人便要借五百两银子，问他作何用途，却无以为答。

“我也晓得他要去还赌账，如果老实跟我说，小数目也无所谓。哪晓得他说：‘胡大先生，你不要问我啥用途，跟你借钱，是用不着要理由的。大家都说你一生慷慨，冤枉钱也不知道花了多少。你现在为五百两银子要问我的用途，传出去就显得你胡大先生一钿不落虚空，不是肯花冤枉钱的人。’你们想，我要不要光火？”

“当然要光火。”古应春答说，“这明明是要挟，意思是不借给他，他就要到处去说坏话。可恶！”

“可恶之极！”胡雪岩接着往下谈，“我心里在想，不借给他，用不着说，当然没有好话，借给他呢？此人说话向来刻薄，一定得便宜卖乖，说是‘你们看，我当面骂他冤大头，他还是不敢不借给我。他就是这样子不点不亮的蜡烛脾气。’你们倒替我想想，我应该怎么办？”

“叫我啊！”七姑奶奶气鼓鼓地说，“五百两银子照出，不过，他不要想用，我用他的名字捐了给善堂。”

胡雪岩叹口气。“七姐，”他说，“我当时要有你这点聪明就好了。”

“怎么？”古应春问，“小爷叔，你是怎么做错了呢？”

“我当时冷笑一声说：‘不错，我胡某人一生冤枉钱不晓得花了多少，不过独独在你身上是例外。’我身上正好有一张北京‘四大恒’的银票，数目是一千两，我说：‘今天注定要破财，也说不得了。’我点根洋火，当着他的面，把那张银票烧掉了。”

“他怎么样呢？气坏了？”

“他倒没有气坏，说出一句话来，把我气坏了。”

“他怎么说？”

“他说：‘胡大先生，你不要来这套骗小伢儿的把戏，你们阜康跟四大恒是同行，银票烧掉可以挂失的。’”

古应春夫妇默然，然后七姑奶奶说道：“小爷叔，你吃了哑巴亏了。”

确是个哑巴亏。胡雪岩根本没有想到可以“挂失”，及至此人一说破，却又决不能去挂失，否则正好坐实了此人的说法，是“骗小伢儿的把戏”。

“后来有人问我，我说有这桩事情，问我有没有挂失？我只好笑笑，答他一句‘你说呢’。”

“能有人问，还是好的，至少还有个让人家看看你小爷叔态度的机会。就怕人家不问，一听说有这件事，马上就想到一定已经挂失了，问都不用问的。”古应春说，“阿七说得不错，小爷叔，你这个哑巴亏吃得很大。”

“吃了亏要学乖。”胡雪岩接口说道，“我后来想想，这位仁兄的确是有道理，花钱的事，就是我该当做的事，根本就不应去问他的用途。如果说我花得冤枉了，那么我挣来的钱呢？在我这面说，挣钱靠眼光、靠手腕、靠精神力气，不过我也要想想亏本的人，他那面蚀本蚀得冤枉，我这面挣的就是冤枉钱。”

“小爷叔的论调，越来越玄妙了。”古应春笑道，“挣钱也有冤枉的？”

“挣了钱不会用，挣的就是冤枉钱。”胡雪岩问道，“淮扬一带有种‘磬响钱’，你们有没有听说过？”

古应春初闻此“磬响钱”三字，七姑奶奶倒听说过。有那一班锱铢必较，积资千万，而恶衣恶食，一钱如命的富商，偏偏生个败家子，无奈做老子的钱管得紧，就只好到处借债了。利息当然比向“老西儿”借印子钱还要凶，却有一样好处，在败家子还不起钱的时候，决不会来催讨。

“那么要到什么时候还呢？”七姑奶奶自问自答地为古应春解释，“要到他老子死的那天。人一咽气，头一件事是请个和尚来念‘倒头经’，和尚手里的磬一响，债主就上门了，所以叫作磬响钱。”

“与其不孝子孙来花，不如自己花，自我得之，自我失之，本来也无所谓。不过，小爷叔，你说花钱的事，就是该当你做的事，这话，”古应春很含蓄地说，“只怕也还有斟酌的余地。”

“我想过好几遍了，既然人家叫我‘财神’，我就是应该散财的，不然就有烦恼。”胡雪岩急转直下地回入本题，“譬如说明年老太太六十九，我一定要做。不做，忌我的人就有话说了，怎么说呢？说胡某人一向好面子，如今两江总督是左大人，正好借他的威风来耍一耍排场，不做不是他不想做，是左大人对他不比从前了，胡老太太做生日，礼是当然要送的，不过普普通通一份寿礼，想要如何替他做面子，是不会有的事。倒不如自己识相为妙。七姐，你说，如果我不做，是不是会有这种情形？”

七姑奶不能不承认，却换了一种说法：“做九原是好做的。”

“明年做了九，后年还要做。”胡雪岩又说，“如果不做，又有人说闲话了，说胡老太太做七十岁是早已定规了的。只为想借左大人招摇，所以提前一年。做过了也就算了，他这两年的境况不比从前，能省就省了。七姐，你要晓得，这比明年不做还要坏！”

“为什么呢？”

“这点你还不明白？”古应春接口，“这句话一传开来，阜康的存款就要打折扣了。”

“岂止打折扣？”胡雪岩掉了句文，“牵一发而动全身，马上就是一个大风浪。”

七姑奶奶无法想象，会是怎样的一种“大风浪”，只是看胡雪岩脸上有难得一见的警惕之色，忍不住将她藏之心中已久的一句话说了出来。

“小爷叔，我也要劝你，好收收了。不过，我这句话，跟老太太说的，意思稍微有点不同，老太太是说排场能收则收，不必再摆开来，我说的收一收是能不做的生意不做，该做的生意要好好儿做。”

此言一出，首先古应春觉得十分刺耳，不免责备：“你这话是怎么说的？小爷叔做生意，还要你来批评？”

“应春！”胡雪岩伸手按着他摆在桌上的手，拦住他的话说，“现在肯同我说真话的，只有七姐。我要听！”说着还重重地点一点头。

古应春原是觉得胡雪岩的性情，跟以前不大一样了，怕七姑奶奶言语过于率真，惹他心中不快，即或不言，总是件扫兴的事。既然他乐闻逆耳之言，他当然没有再阻挠的必要，不过仍旧向妻子抛了个眼色，示意她措词要婉转。

“有些话我摆在肚皮里好久了，想说没有机会。既然小爷叔要听，我就实话直说了，得罪人我也不怕，只要小爷叔有一句两句听进去，就算人家记我的恨，我也是犯得着的。”

由这一段开场白，胡雪岩便知她要批评他所用的人。对这一点，他很在意，也很自负，他认为他之有今日立下这番乾嘉年间，扬州盐商全盛时期都及不上的局面，得力于他能识人，更能用人，这当然要明察暗访，才能知道一个人的长处何在，毛病在哪里。不过，他听人月旦人物，胸中却自有丘壑。首先要看批评人的人，自己有没有可批评之处，然后才来衡量那些批评，哪一句是可以听的，哪一句是对方希望他能听的。七姑奶奶是极少数他认为应该佩服的人之一，她对人的批评，不但要听，而且唯恐她言之不尽，因而觉得有鼓励她的必要。

“七姐，没有人会记你的恨，因为没有人会晓得你同我说的话。你有见到的地方，尽管说，就是我有错处，你亦不必客气，你说了实话，我只有感激，决不错怪你。”

有这样诚恳的表示，反使得七姑奶奶觉得光是批评某些人，犹不足以尽其忠悃，要批评就要从根本上去批评毛病的由来。

“小爷叔，说实话，跟前个十来年比起来，我对你的敬重打折扣了。不过小爷叔，我对你的关心，是有增无减。思前想后，有时候为你想得一夜困不着。”

这话说得胡雪岩悚然动容。“七姐，”他说，“我们是患难之交，我最佩服你是女中丈夫。我自己也知道，我做人处世，没有十几年前那样，处处为人着想，不过，总还不算对不起人。场面虽然扯得大，用的人是得力的，里里外外都绷得牢，不晓得七姐是为啥为我愁得一夜困不着。”

“我愁的是树大招风。小爷叔，你是丈八灯台，多少人沾你的光，照出一条路来，走得又快又稳，可惜你照不见自己。”

“丈八灯台”这句俗语，是如此用法，胡雪岩觉得格外贴切，因而也就更重视她的下文了。

“七姐，亏得还有你看得清楚。今天没有外人，请你老实说，我有哪些毛病要改？”七姑奶奶沉吟不语。她本想着，你认为你用的人都得力，里外都能绷得住，这一点就要改。不过这好像一概抹杀，会惹胡雪岩起反感，何况事实上也有困难，如果他这样说一句，“照你说起来，我用的人统统要换过，请问，一时三刻哪里去找这么多人？找来的人是不是个个靠得住？”这就无词以答了。

古应春多少看出她的心思，怕她说得过分，徒乱人意，无益实际，便暗示她说：“阿七，你谈一两件小事，小爷叔心里自然有数。”

“好！”七姑奶奶接受了这个建议，略想一想说道，“小爷叔，我讲两件你自己不知道，人家替你得罪了人，都记在你账上的事。”

* * *

第一件事是造假山。花园落成以后，胡雪岩对其中的假山不满意，决心改造。请了几个专工此道的人来看，画了图样，亦不见得有何出色之处，最后打听到京中有个大名家。此人姓应，单名一个崇字，河南人，咸丰初年是怡亲王载垣门下的清客。辛酉政变，载垣家破人亡，应崇眼看他起高楼，眼看他楼坍了，感慨甚深，因而遁入西山，闭门课子，不闻外事。好在当年载垣炙手可热时，应崇曾获厚赠，粗茶淡饭的生计，维持个几年还不至于拮据。

这应崇本来不想出山，但禁不起胡雪岩卑词厚币，加以派去延请的刘不才，能言善道，终于将他请到了杭州。

实地看了已造好的假山，又看了好些绘而未用的图样，应崇觉得也不算太坏，只需修改，不必重造。但胡雪岩不以为然，坚持全盘更新。应崇心想，这是钱太多的缘故，不过，这话不便说破，交浅言深，会使得胡雪岩误会他胸中本无丘壑，所以不敢拆了重造。

也就是这好强争胜的一念，应崇关起门来，一个月不下楼，画成了一幅草图，却还不肯出以示人，每天在六桥三竺之间，策杖徜徉，或者深入南北高峰，探幽搜奇，回来挑灯展图，仔细修改。到得三个月后，终于杀青了。

这一套图一共十七张，一幅总图、十六幅分图，奇岩怪壑，百折千回，方丈之地，以小见大，令人拍案叫绝。胡雪岩大喜过望，设盛筵款待，当面约请监工，应崇也答应了。

造假山当然要选奇石。杭州是南宋的都城，名园甚多，也有废弃了的，应崇一一看过，却都不甚当意。这天到了贡院西桥，一处废园，据说原是严嵩的干儿子赵文华的祠堂，其中有块卧倒在地的石头，却大有可观。

论石之美，有个三字诀，叫作“瘦、绉、透”，应崇看这块石头虽一半埋在土中，但露出地面的部分，足以当此三字，判断另一半亦复如是。

正在反复观赏之时，只见有个须眉全白老者，短衣草鞋，手里捏着一支湘妃竹的旱烟袋，意态萧闲地踱了过来。应崇看他打扮不似缙绅先生，那气度却似退归林下的大老，顿时肃然起敬地问讯。

“老先生尊姓？”

“不敢当。我姓赵。足下贵姓？”

“敝姓应。”应崇问道，“请问赵老先生，这废园可有人管？”

“怎么没有？我就是。”

“喔！失敬，失敬。”应崇连连拱手。

赵老者一面擎着旱烟袋还礼，一面问道：“足下要找管园的，有何见教？”

“想请教请教这块石头。”

赵老者点点头，将应崇自上而下端详了一番问道：“足下想来亦有‘米颠之癖’。既承下问，不敢不告，提起这块石头，大有来历，原是从大梁艮岳运来的。”

原来是宋徽宗艮岳的旧物，千里迢迢，从开封运来，亘历六七百年之久，名贵可知。

“足下恐怕还不知道这块石头真正的妙处。”赵老者回头喊道，“小四儿，拿根‘浪竿’来！”

晾衣服用的竹竿，杭州叫作“浪竿”。小四儿知道要“浪竿”作何用途，取了来一言不发，从石头的一端伸进竹竿去——这时应崇才发现石头中间有个碗大的孔，贯通两头，竹竿很容易地从另一面冒出头来。

“这才是真正的‘一线天’。”应崇很快地想到这块石头叠在假山上，到得正午，阳光直射入山洞，圆圆的一道光柱，岂非很别致的一景。

“赵老，”应崇率直问道，“这块石头能不能割爱？”

赵老者又细看了他几眼，开口问道：“足下是自己起造园林，还是为人物色材料？”

“实不相瞒，我是应胡财神之邀，替他来改造花园。得此奇石，我的图样又要修改了。”

“原来是他！”赵老者摇摇头说，“我不造这个孽。”

应崇愕然。“赵老，”他问，“这话怎么说？”

“说起来，这位胡大先生倒是值得佩服的，好事也做得不少。可惜，这几年来骄奢淫逸，大改本性，都是他手下那班卑鄙小人奉承得他不知道天高地厚。从来勤俭兴家，骄奢必败，只看这块石头，当年道君皇帝，如果不是要起艮岳，弄出什么‘花石纲’来，金兵哪里到得了汴梁？足下既以此为业，想来平生也替达官贵人造过不少花园，不知道这几家的主人，有哪几家是有贤子孙的？至于这位胡大先生，尾大不掉，真是他的好朋友要劝劝他，趁早收山，倘或依旧撺掇他挥霍无度，迟早有受良心责备之一日。”

这番侃侃而谈，使得应崇汗流浃背，深悔出山之非计。但事已如此，总不能说退还聘金，收回图样，只好托词家乡有急事，坚辞监工的职务。

胡雪岩再三挽留留不住，只好请他荐贤自代。应崇却不过情，而且毕竟是一番心血所寄，也怕为俗手埋没，看胡家的清客中，有个名叫曾笑苏的，对此道不算外行，有时谈起来颇有创见，因而说了句：“曾笑苏堪当此任。”

胡雪岩用人，一定要先摸清此人的本事，随即将曾笑苏请了来，当着应崇的面，要他细看图样，然后问道：“照应先生的图样，不晓得要多少日子，才能完工？”

“这，”曾笑苏笑道，“当着大行家在这里，哪有我置喙的余地。”

“不敢，不敢！”应崇接口，同时抛了个眼色给他，“笑苏兄，请你估计。”

曾笑苏会意，监工这个有油水的好差使，多半可以捞得到手了，当下聚精会神地盘算了好一会儿，方始问道：“大先生想多少日子完工？”

“五十天如何？”

“五十天就得要用一百二十个人。”曾笑苏屈着手指计算，“照图施工，四处山洞，每洞工匠二十名，下余四十名，专运石料。舂浆五天，施工二十天，预备改作十天，结顶十天。如果一切顺利，四十五天可以完工。大先生要大宴宾客，日子挑在五十天以后好了。”

胡雪岩不置可否，转脸问道：“应先生看怎么样？”

“算得很精明。不过稍微紧了一点，施工的时候，稍一放松，五十天就不够用了。”

“原有五天的余裕打在里面。”曾笑苏答说，“应先生，你老有所不知，倘或是在别处施工，也许石料不齐、人手不足，我不敢说哪天一定可以完工，在我们胡大先生府上，要人有人、要钱有钱、要料有料，五十天完工，是有把握的。”

“说得是。”

有应崇这句话，就像朝廷逢到子午卯酉大比之年，放各省乡试主考，先钦派两榜出身的大员，将够资格派充考官的京官集合起来考上一考，合格了方能放出去当正副主考那样，曾笑苏能充任监工之职，已由应崇认可，胡雪岩自是信任不疑。

于是择吉开工，一百二十名工匠，在早经将原有假山拆掉的空地上，分做十二圈，开始舂浆，事先有总管胡云福关照：“舂浆不能出声，老太太讨厌那种声音。”

原来其中有个讲究。所谓舂浆的浆，杭州人称之为“臱浆”，专有一种树叶子，用水一泡，稠稠地像妇女梳头用的刨花水，然后用石灰、黄泥掺和，加入这种稠汁，就可以开始舂了。

舂浆的法子是这样的。几个人绕着石灰、黄泥围成一圈，每人手里一把齐腰的丁字锤。锤身是饭碗粗的一根栗木柱，柱底镶半圆形的铁锤，柱顶有条两尺长镶得很牢固的横木，以便把握。

到得围拢站齐，为头的一声讯号，往后退步，腰身挺起，顺势将丁字锤往上一翻，翻到朝天往下落，同时进步弯腰，锤头重重舂在石灰、黄泥土上——另有人不断地用木勺舀着稠汁往上浇。起始是白灰、黄泥灼然可见，后来浑然融合，舂得愈久，韧性愈佳。杭州人修造坟墓，棺木四周，必实以袅浆，干燥以后，坚硬异常，真正是“刀枪不入”。杭州盗墓之风不炽，即因得力于袅浆。至于有那要迁葬的，另有一个破袅浆之法，法子是打开坟头，遍浇烈性烧酒，用火点燃，等酒尽火熄，泥质发脆，自能下锄。

从前明太祖造南京城，责成元末巨富沈万三施工，城墙用巨石堆砌，接缝用糯米熬浆黏合，所以能历数百年不坏，袅浆居然亦有此功用。最要紧的是，舂得匀、舂得久，这和领头人的讯号关系不浅，而讯号无非“邪许”之声，从宣泄劳苦的“力笨之歌”中，音节上自然有指挥下锤轻重徐疾，计算锤数，以及移动步伐“尺寸”的作用在内。舂袅浆的人，一面舂，一面慢慢向右转，为的是求均匀，同时亦为计算工夫的一种方法——大致总要转到十二至十六圈，那袅浆的功用，才能发挥到顶点。

除了修造坟墓以外，袅浆另外的用途，就是起造假山。石料与石料的接合，非用袅浆，不能坚固。但这一有特殊音节的“邪许”之声，春秋之季每闻于定山，自然而然地使人意识到附近又有一座新坟在造。

胡老太太年纪大了，恶闻此声，所以由胡云福交代下来，不准出声。

这一来便如军队失去号令，自然混乱不齐，手脚慢了。曾笑苏求功心切，不免责骂叱喝，工匠敢怒不敢言，到得散工出门，议论纷纷，不说曾笑苏不体恤人，却说胡家刻薄。

刻薄之事，不是没有，只是胡雪岩根本不知。从来大户人家有所兴作，包工或者工头，总难免偷工减料。起造假山，料无可减，工却可偷。只以曾笑苏颇为精明，工头不敢虚报人数，只以学徒下手混充熟练的工匠。头两天还好，到第三天情形就不大对了，曾笑苏挖空心思，定了个规矩：工钱不许先支，当日发给。散工时，园门口置特制的八尺多高条凳一张，每班十二人，上置十二份工钱，各人自取，不得接手代递，手不够长拿不到的，就算白做。不但未成年的学徒，只好眼泪汪汪，空手出门，就是身矮的，也是徒呼奈何。曾笑苏还得意洋洋地表功，道是“身长力不亏。矮子纵有气力也有限，试问堆假山没有力气，有何用处？这是存优汰劣的不二法门”。

可是外头的舆论就不堪闻问了，传来传去，说是胡雪岩仗势欺人，叫人做了工，不发工钱。有人不信，说“胡大先生做好事出名的，哪里会有这样刻薄？”无奈人证俱在，想替他说好话的人，也开不得口了。

还有件事，更为荒唐。一年胡雪岩为亡父冥寿做佛事，时逢初冬，施衣施食，只要自己舍得下脸的，都可以排队来领，每人蓝布棉袄一件，饭碗大的白面馒头四个。棉袄、馒头都经胡雪岩自己看过、尝过，毫不马虎。这场好事，应该做得很好，不道有人咬牙切齿在痛骂。

说来说去，还是胡雪岩用人不当，主事的胆大妄为。原来有那贪小的，排了一次队，第二次再来，多领一份。这往宽处说，他也是花了工夫气力，多换得一份施舍，不算白捡便宜，就算从严，训斥几句，亦就至矣尽矣。谁知主事者别出心裁，等人头一次来领了棉袄、馒头，到出口处有一班“待诏”在等着——剃头匠别称“待诏”，每人一把剃刀，头发剃去一块，作为已领施舍的记号，倘或不愿，除非不领。

“小爷叔，”七姑奶奶谈到这件事，犹有余愤，“你倒想想，有的天不亮去排队，轮到日中才轮到，料不到有这么一个规矩，要不领呢，白吃一场辛苦，于心不甘，要领呢，头发缺一块，挂了块穿舍衣的招牌在那里，真叫人进退两难，有个不咬牙切齿的吗？”

这几句话说得胡雪岩脸上红一阵、青一阵，深秋天气，背上却湿漉漉地冒汗。“七姐，”他说，“你说的情形，我一点都不知道。我回去要查，查出来我要狗血喷头，骂他一顿。”

“你也不必去查。这个人已经不在小爷叔你那里了，我才说的。”

“这样说，还有这样子的人在那里？”

七姑奶奶默然，也就是默认。古应春觉得话既说到如此，就索性再劝一劝他。

古应春追随胡雪岩多年，当初创业维艰的经过大多熟悉，所以劝他的话不但很多，而且也很深刻。“小爷叔，”他说，“你的事业当中，典当在你看，完全是为了方便穷人，不想赚钱。话是这样说，天下哪有不赚钱的典当？不过，因为你有这番意思在那里，明明应该赚的也不赚了。小爷叔，这一层，不知道你想过没有？”

“我想过。我同他们说，钱庄是有钱人的当铺，当铺是穷人的钱庄。有钱的人，我来对付，他‘当信用’‘当交情’，能不能当，能当多少，我大致有数。穷人太多，我照顾不到，都托你们了，大家要凭天良。我想，那班‘徽州朋友’我待他们不坏，应该不至于没良心。”

当铺朝奉都出在徽州，所以胡雪岩称之为“徽州朋友”。古应春听他这一番话，便知他对自己的典当的积弊一无所知，同时也觉得自己的看法对胡雪岩确实有用。

“小爷叔，你有多少爿典当，你自己知道不知道？”

胡雪岩一愣，搔搔头说：“二十家总有吧？”

“小爷叔，”七姑奶奶怂恿着说，“你倒算算看！从杭州算起。”

从杭州算起，首先便是“公济”，这是胡雪岩所设的第一家当铺，然后是“广顺”，武林门外拱宸桥，运河起点上专为方便漕帮的“泰安”……浙江的杭州、湖州、嘉兴、海宁、金华、衢州，江苏的苏州、镇江，还有湖北、湖南，一共二十三家。

当铺的资本称为“架本”，向例不用银数，而以钱数计算。一千文准银一两，一万银子便称为一万千文。典当有大有小，架本少则五万千文，大则二十万千文。通扯以十万计，二十三家典当的架本便是两百三十万银子，如果以“架货”折价，至少要加一倍。

“小爷叔，架本总共算它四百五十万银子好了，做生意打他一分息，算低了吧，一个月就是四万五千银子，怎么样用也用不完。小爷叔，若叫我，别样生意都不必做，光是经营这二十三家典当好了。”

胡雪岩心想一个月四万五，一年就是五十四万，在他记忆中，每年年底结总账，典当部分的盈余，从未超过二十万，照此说来，每年有三十多万银子，为“徽州朋友”吞掉了。

“我一个月的开销，连应酬统统算在内，也不过四五万银子。典当弄好了，我可以立于不败之地。”胡雪岩问道，“应春，你看我应该从哪里下手来整顿？”

“自然是从盘查着手。”

“查了一家再查一家呢？还是一声号令一起查？”

“自然是一起查。”

“你是不是在信口开河？”七姑奶奶插嘴道，“二十三家典当一起查，人手呢？不光是查账，还要查架子上的货，不是外行做得了的。”

“七姐，”胡雪岩拦住她的话说，“应春出这个主意，当然有他的诀窍。”

“小爷叔说得对！”古应春得意地说，“我有个诀窍，不但快，而且切实，而且还不会得罪人。这话怎么说呢？譬如一家一家查，当然就要从靠不住的那几家先下手，为的是叫他措手不及，但这一来，查出毛病来不必说，倘或倒是干干净净的，人家心里就会不舒服，以后就不容易得力了。”

“闲话少说。”七姑奶奶性急，“你既然有诀窍，赶快说啊！”

“这个诀窍，不着痕迹。小爷叔，我劝你来个大扳位，二十三家的‘管总’‘管包’，统统调动。调动要办移交，接手的有责任，自然不敢马虎，这一来账目、架货的虚实，不就都盘查清楚了？”

“这个法子倒真巧妙。不过以小调大，没有话说，以大调小，难免会有闲话。”

“这也有个法子。典当大小，拿它分成三等，同等的抽签互换，好坏相差有限，各凭运气，大家也就没话说了。”

“再说，”七姑奶奶有补充的意见，“真正几个得力、做得好的，小爷叔不妨私下安慰奖赏他们。”

“说得是，我回杭州就办。”

第四章　美人计

胡雪岩在上海，一直等，直到得到左宗棠的确实信息。左宗棠已于十月十八日出京，但不是由天津乘海轮南下，经上海转江宁去接两江总督的任，而是先回湖南扫墓，预计要到年底快封印时，才会到任。胡雪岩本打算在上海迎接左宗棠，等他动身赴江宁后再回杭州，但见此光景，决定先回去了再来。

回到杭州的第二天，他就将公济典的管总唐子韶约了来，将打算全盘调动二十三家典当的管总、趁彼此移交的机会自然而然地作一次大清查的计划，告诉了他。

“子韶，”他说，“我这二十三家典当，你算是他们的头儿。这件事，我要请你来做，你去拟个章程来，顶好在年里办妥当，明年开头，家家都是一本新账，界限分明，清清楚楚。你说呢！”

唐子韶一愣，心里七上八下，念头很多，定一定神说：“大先生，年底下，景况好的要来赎当头，年过不去的，要求当当，生意正忙的时候，来个大调动，不弄得天下大乱？”

“这话倒也不错。不过章程可以先拟，叫大家预备起来，一过了年，逢到淡月，再来调动。”

“是的。这样子才是正办。”

奉命回来，唐子韶立即找到管包潘茂承，关起门来密谈。原来唐、潘勾结舞弊，已历多年，毛病最多的是满当的衣服——公济典因为满当的衣服太多，特为设了一家估衣铺，招牌叫作“公济衣庄”，各典满当的衣服，都发到衣庄去叫卖，但有的衣服原封不动，有的则是掉了包的：明明一件八成新“萝卜丝”的羊裘，送到衣庄，变了一件“光板”。当铺“写票”向来将值钱的东西写得一文不值，明明是个金打簧表，当票上却写的是“黄铜烂表一个”。那笔龙飞凤舞的狂草，除了朝奉自己，无人能识。正因为如此“写票”记账，所以从无顾客提过抗议，而满当之物要调包，亦就无从查考了。

公济典调包掉得最凶，紫貂换成紫羔，纺绸换成竹衣，若拿来跟公济衣庄的进货账一对，清弊毕现，那时就会弄得难看了。

谈来谈去，唯一的挽救之道，便是从根本打消这个计划。但除了以年底生意忙碌，不宜大事更张的说法，将此事缓得一缓以外，别无可以驳倒此一计划的理由。潘茂承一筹莫展，唐子韶却想到了一个万不得已的主意，不过这个主意只能悄悄去做，决不能声张，而且能不能做，还要看自己的姨太太肯不肯。

原来唐子韶是徽州人，徽州朝奉到外地谋生，都不带家眷，胡雪岩看他客中寂寞，三年前送了他一个名叫月如的丫头做姨太太。月如自从嫁了唐子韶，不到半年工夫，竟似脱胎换骨变了另一个人。她的头发本来发黄，变黑变多了；皮肤本来粗糙，变白变细了；身材本来不坏，此时越发显得蜂腰丰臀，逗人遐思；尤其是那双眼睛，本来呆滞失神，老像没有睡足似的，忽然变得水汪汪的，顾盼之间，仿佛一道闪光，摄人心魄。

为此，胡雪岩颇为动心，言谈神气之间，每每流露出跃跃欲试之情，唐子韶早已发觉，只是装作不知而已。如今事急无奈，才想到这条美人计，若能说服月如，事成一半了。

事先经过一番盘算，唐子韶决定胁以利害。“月如，”他说，“祸事临头了。”

“祸事？”月如自不免吃惊，急急问说，“你闯了什么祸？”

“也可以说是我自己闯的祸。”他指着月如头上插的一支翠玉钗，手上戴的一个祖母绿的戒指问道，“你知不知道，这些东西哪里来的？”

“不是满当货吗？”

“不错，应该是满当货，我当作原主来赎了回去了。”唐子韶说，“这就算做手脚舞弊，查出来不得了。”

“不会的，大先生为人顶厚道，你跟他老实说一声，认个错，他不会为难你的。”

“没有用，不是我一个人的事，一定会查出来。到那时候，不用大先生开口请我走路，我自己也没有这张脸再在杭州混了，只好回家吃老米饭。”唐子韶紧接着又哭丧着脸说，“在我自己是自作孽，心里难过的是害了你。”

“害了我？”月如大惊，“怎么会害了我？”

“你想，第一，作弊抓到，自然要赔，你的首饰只怕一样都不会剩；第二，你跟我回徽州要吃苦。那种苦，你怎么吃得来？”

月如平时听唐子韶谈过家乡的情形，徽州在万山丛中，地少人多，出产不丰，所以男人都出外经商，女人就要做男人做的事，挑水劈柴，样样都来，比江浙哪个地方的女人都来得辛苦。而况，她又想到自己的身份，见了唐子韶的元配，要她做低服小，早晚伺候，更是件宁死也不愿的事。

转念到此，她不由得大为着急。“你也真是！”她埋怨着说，“正薪俸以外，每个月分‘存箱’‘使用’‘公抽’‘当厘’‘赎厘’，外快已经不少了，年底还有分红，舒舒服服的日子不过，何苦又另外去搞花样？”

月如嫁过来虽只三年，但当铺的规矩，已经很熟悉了。典当从“内缺”的管总、管包、管钱、管账，到“外快”站柜台的朝奉，以下“中缺”的写票、清票、卷包、挂牌，还有学徒，每月正薪以外，还有“外快”可分。贵重衣服，须加意保管，例收当本百分之一的酬劳，称为“存箱”。满当货卖出，抽取六厘，归伙友所得，称为“使用”。典当宽限，例不过五，赎当时不超过五天，不另计息，但如超过六天，要付两个月利息——遇到这种情形，多出来的一个月利息亦归伙友，称为“公抽”。至于“当厘”是照当本抽一厘，“赎厘”是照赎本抽三厘，譬如这个月当本支出十万两银子，赎本收回五万银子，就有一百两银子的“当厘”，一百五十两银子的“赎厘”。这些外快汇总后，每月公分，但各人所得多寡的比例不同。唐子韶是管总，当然得大份，每个月少则五六十两，多则上百，日子过得着实宽裕。

唐子韶自然亦有悔意，不过——“事情做也已经做了，你埋怨也没用。”他说，“如今只有想法子来补救。你如果愿意，我再来动脑筋。”

“我愿意有什么用？”

“当然有用。只要你说一句，愿意不愿？”

“哪里会不愿意？你倒说，为啥只要我说一句愿意，就有用处？”

“这因为，你身上就有一样有用处的东西，只问你肯不肯借出来用一用？你要肯，拿出来就是。”

月如将他的话，细细体味了一会儿，恍然大悟，板起脸问：“你要我借给哪个用？”

“还有哪个？自然是胡大先生。”

“哼！”月如冷笑，“我就晓得你会出这种不要脸的主意！”

“人要脸，树要皮，我哪里会不要脸？不过事急无奈，与其让同行骂我不要脸，不如在胡大先生面前不要脸。你说，我的打算莫非错了？”

“你的打算没有错。不过，你不要脸，我要脸。”

“这件事，他知、你知、我知，没有第四个人晓得，你的脸面一定保得住。”

月如不作声，显然是同意了。

* * *

“大先生。”唐子韶说，“这件事我想要跟蓉斋商量，他的脑筋好，一定有妥当办法想出来。”

蓉斋姓施，此人是湖州德清城内公顺典的总管。他为人极其能干，公顺典在他一手经营下，每年盈余总是居首。论规模大小，公顺典本来在二十三家典当中排列第五、第六，如今是最大的一家，架本积到三十万千文之多。胡雪岩心想，唐子韶要跟施蓉斋去商量，是办事的正道，所以毫不迟疑地同意了。

“大先生，有没有话要我带给蓉斋？”

“有的。”胡雪岩问道，“你哪一天走？”

“我随时可以走。”

“好的。等我想一想再告诉你。”

“这样好了，”唐子韶问，“大先生哪天中午有空？”

这要问胡雪岩十二个姨太太中，排行第五的宋娘子，胡雪岩有应酬都归她管。当下叫丫头去问，回话是一连十天都不定，而且抄了一张单子来，哪天人家请，哪天请人家，写得清清楚楚。

“你问我哪天中午有空，为啥？”

“是月如，总想弄几个菜孝敬大先生。我想不如请大先生来便饭，有什么交代蓉斋的话，顺便就可以告诉我了。”

听这一说，胡雪岩心里高兴，因为这不但可以看看月如，而且他也很想吃月如所做的菜，于是拿起单子来，仔细看了一会儿，说：“后天中午的两个饭局，我都可以不去。就是后天中午好了。”

“是，是。”唐子韶又说，“请大先生点几个菜。”

原来月如本在厨房中帮忙，她虽非灶下婢，也只是往来奔走，传递食盒，但她生性聪明，耳濡目染，也做得一手好菜。当初胡雪岩挑这个貌不出众的丫头送唐子韶，就因为他讲究饮馔，而她善于烹调之故。这三年来，唐子韶拿《三荒十月愆余》《随园食单》中开列的食谱讲给月如听，她如法炮制，复加改良，颇有几味连胡家的厨子都佩服的拿手菜。只是月如颇自矜其手艺，不肯轻易出手，因而不大为人所知而已。

“月如的菜，样样都好，不过有几样做起来很费事。”

“不要紧。大先生尽管吩咐。”

胡雪岩点点头说：“做一样核桃腰子。”

这就是颇费工夫的一样菜。先拿羊腰或猪腰用盐水加生姜煮熟，去膜切片，再挑好核桃肉剥衣捣烂，与腰片拌匀，下锅用极小的火，不停手地炒，直到核桃出油，渗入腰片，再用好酱油、陈酒、香料烹透。是下酒的妙物。

“还有呢？”

“有一回月如做来孝敬老太太的蒸蛋，也不错。”

“喔，那是三鲜蛋，不费事，还有呢？”

“我就想到这两样。”胡雪岩又说，“菜千万不要多，多了糟蹋。再说，一个人的工夫到底有限，菜多了，照顾不到，味道总不免要差。”

“是，是。后天中午，请大先生早早赏光。”

唐子韶就住在公济典后面，分租了人家一进房子，三楼三底，前后厢房。后厢房朝东的一间，月如用来做厨房；楼上外面两间打通，做起坐之用；最里面一间，才是卧室。

胡雪岩一到，便被接到楼上去坐。雪白的铜火盆，生得极旺，窗子是新糊的，虽关紧了，但屋子里仍旧雪亮。胡雪岩卸了玄狐袍子，只穿一身丝绵袄，仍旧在出汗。

坐定不久，楼梯声响。上来的月如，上身穿一件紫色湖绉袄裤，下面是散脚的贡呢夹裤——胡雪岩最讨厌年轻妇女着裙子，胡家除了胡老太太，全都是袄裤，月如也是如此。

见了胡雪岩，月如裣衽为礼。她对胡雪岩的称呼一直未改，仍旧叫“老爷”。她说：“发福了，气色更加好，红光满面。”

“红光是太热的缘故。”胡雪岩摸着脸说。

“老爷穿的是丝绵，怪不得了。”月如转脸向唐子韶说，“你快去看看，老爷的衣包里面，带了夹袄裤没有？”

“对，对，”唐子韶猛然拍一下自己的额角，“我早该想到的。”说着，起身就走。

于是，月如坐下来问老太太、太太、当家的大姨太太——她姓罗行四，家住螺蛳门外，因而称之为“螺蛳太太”——再就是少爷、小姐，一一问到，唐子韶已经从胡雪岩的跟班手里，将衣包取来了。

“老爷，”月如接过衣包说道，“我伺候你来换。”

当着唐子韶，自然不便让她来执此役，胡雪岩连连说道：“不敢当，不敢当。我自己来。”

“那就到里面来换。”

月如将胡雪岩引入她的卧室，随手将房门掩上。胡雪岩便坐在床沿上，脱棉换夹。易衣既毕，少不得打量打量周围。家具之中只有一张床最讲究，是张红木大床，极厚的褥子，簇新的丝绵被，雪白的枕头套，旁边摆着一枚蜡黄的佛手。佛手拿起来闻一闻，有些桂花香，想来是沾了月如的梳头油的缘故。

“换好了没有？”房门外面在问。

“换好了。”

“换好，我来收拾。”接着，房门“呀”的一声推开，月如进来将换下的丝绵袄裤折齐包好。

胡雪岩这时已走到外面，正在吸水烟的唐子韶站起来问道：“大先生，是不是马上开饭？”

“好了就吃。”胡雪岩问道，“你啥辰光到湖州？”

“今天下半天就走。”

“喔，那我要把交代蓉斋的话告诉你。第一，今年丝的市面不大好，养蚕人家，今年这个年，恐怕很难过，你叫他关照柜台上，看货稍微放宽些。”

“是的。”

“第二，满当的丝不要卖——”

“满当的丝，大半会发黄，”唐子韶抢着说，“不卖掉，越摆越黄，更加不值钱了。”

“要卖，”胡雪岩说，“也要先把路脚打听打听清楚，如果是上海缫丝厂的人来收，决不可卖给他们。”

“是的。”唐子韶答应着，却又下了一句转语，“其实，他们如果蓄心来收，防亦无从防起。”

“何以见得？”

“他们可以收了当票来赎啊！”

“我就是要这样子。”胡雪岩说，“人家赎不起当头，当票能卖几个钱，也是好的。”

“大先生真是菩萨心肠。”唐子韶感叹着说。

“也不是啥菩萨心肠，自己没有啥损失，能帮人的忙，何乐不为？说老实话，一个人有了身价，惠而不费的事，不知道有多少好做，只在有心没有心而已。”

“大先生是好心，可惜有些人不知道。”

“何必要人家晓得？惠而不费而要人家说一声好，是做官的诀窍。但做生意要老老实实，那样做法，晓得的人在背后批评一句沽名钓誉，你的金字招牌就挂不牢了。”

“是，是。大先生真见得到。不过——”

“你不要‘白果’、红枣的，谈得忘记辰光！”月如大声打断他的话，“开饭了。”

抬头看时，面前已摆满了一桌的菜，除了胡雪岩所点的核桃炙腰与三鲜蛋以外，另外蒸的是松子鸡，炒的是冬笋鱼，烩的是火腿黄芽菜，再就是一大碗鱼圆莼菜汤与杭州到冬天家家要制的腌菜。

“老爷吃啥酒？”月如说道，“花雕已经烫在那里了。”

“好，就吃花雕。”

斟上酒来，月如又来布菜，“我怕方裕和的火腿，老爷吃厌了。”她说，“今天用的是宣威腿。”

“你的话也说得过分了，好火腿是吃不厌的。”胡雪岩挟了一块宣威腿，放在口中，一面咀嚼，一面说道，“谈起宣威腿，我倒说个笑话你们听听。盛杏荪最喜欢吃宣威腿，有人拍他马屁，特为托人从云南带了两条宣威腿，送到他电报局，礼帖上写的是‘宣威腿一双’，这一来已犯了他的忌讳。”

“盛杏荪名字叫盛宣怀。”唐子韶乘间为月如解释。

“犯他的忌讳，他自然不高兴啰？”月如问说。

“是啊！”胡雪岩答道，“当时他就发脾气：‘什么宣威不宣威腿的？拿走！拿走！’过了几天，他想起来了，把电报局的饭司务叫了来问：‘我的腿呢？’饭司务听懂了，当时回报他：‘大人的两条腿，自己不要，局里的各位老爷把大人的两条腿吃掉了。’”

胡雪岩说得极快，像绕口令似的，逗得月如咯咯地笑个不停。“笑话还没有完。”胡雪岩又说，“盛杏荪这个人很刻薄，专门做得便宜卖乖的事。有人恨在心里，存心寻他的开心，叫人送了一份礼去，礼帖上还是‘宣腿一双’。看那两条火腿，墨黑，大小比不上金华腿，更不要说宣威腿了。盛杏荪心想，这是啥火腿？就叫了饭司务来看。”

“饭司务懂不懂呢？”月如又问。

“饭司务当然识货，当时就说：‘大人，你的这两条腿是狗腿！’”

这一来，月如自然又大笑，笑停了说，“原来是‘戌腿’！我也只听说，没有见过。”

“本来就难得见的。”唐子韶说，“一缸火腿当中，只摆一条‘戌腿’，为的是取它的香味。”

“狗肉是真香。可惜老太太不准进门。”胡雪岩转脸看着月如说，“老太太常常提起你炖的蛋，你明天再弄一碗去孝敬孝敬她。”

“唷！老太太真是抬举我。她老人家喜欢，我天天做了送去。”

“蒸蛋要现蒸现吃。”唐子韶有个更好的办法，“倒不如你把诀窍传授了小刘妈，老太太想吃就有，多少好？”

原来胡家也仿佛宫中那样，有好几个小厨房，胡老太太专用的小厨房，归小刘妈管，诀窍传了给她，就省事得多了。

“子韶这话，通极。”胡雪岩深以为然，“月如，我倒要问你，凡是蒸蛋，不管你加多少好作料，端上桌来，总归上清下浑，作料沉在碗底，结成绷硬一块。只有你蒸的这碗三鲜蛋，作料都匀开在蛋里面，嫩而不老，诀窍在哪里？”

“诀窍是分两次蒸——”

月如的方法是，第一次用鸡蛋三枚，加去油的汤一茶杯、盐少许，打透蒸熟，就像极嫩的水豆腐，这时才加作料、火腿屑、冬菇屑、虾仁之类，另外再打一个生鸡蛋，连同蒸好的嫩蛋，一起打匀，看浓淡酌量加冬菇汤。这样上笼蒸出来的蛋，就是此刻胡雪岩所吃的三鲜蛋。

“凡事说破不得。”唐子韶笑道，“说破了就不值钱了。”

“不然。”胡雪岩说，“光晓得诀窍，不用心、不下工夫，弄出来也是个‘三不像’，更不必说胜过人家。月如，你说我这话是不是？”

月如听了他的话，心里很舒服，绽开的笑容很甜。“老爷这么说，就趁热再吃点。”说着，她用汤匙舀了一匙，伸到胡雪岩口边。

“我自己来。”胡雪岩捏住她的手，不让她将汤匙送入他口中。

见此光景，唐子韶便回头关照侍席的丫头：“你替我盛碗饭来，吃完了，我要赶上船，辰光已经很局促了。”

“两点钟。”

“呃，这倒是要快了。已经一点过头了。现在小火轮拖航船，一拖七八条，到时候不等的。”

于是唐子韶匆匆吃完了饭，向胡雪岩告辞，月如要送他下楼，到得楼梯口，却让唐子韶拦住了。

“你陪陪大先生。辰光够的，航船一定赶得上。去了总有三天耽搁，你火烛小心。”

“我晓得，你放心去好了。”月如又叫那丫头，“你送老爷下楼，就到厨房里去帮陈妈的忙，这里有我。”

月如说完了，却仍站在原处，直待脚步声消失，方始回身，顺手把楼梯间的门关上，活络门闩一拨，顿时内外隔绝。

胡雪岩心中一动，这倒有点像《金瓶梅》开头的那种情形了。“胡大先生”变了“西门大官人”，不过唐子韶虽说看起来像王婆，倘或航船赶不上，回家来撞见了，一下变成了武大郎，那不是开玩笑的事。

“会不会唐子韶起黑心，做好仙人跳的圈套要我来钻？”胡雪岩在心中自问，同时抬眼去看月如的脸色。

她的脸色很平静，使得胡雪岩心里也平静了，想想唐子韶即令“起黑心”，也还没有这样的胆子。月如更没有理由陪唐子韶扮演仙人跳，看起来是有所求，出此下策，没有什么大不了的。

这样想着，胡雪岩心思便野了。“月如，”他说，“我好懊恼，不该把你许给老唐的。”

“为啥？”

“还要我问？”胡雪岩捏着她的手说，“你是不是装糊涂？”

“我不是装糊涂，我是怨我自己命苦。一样是做小，为啥不配住‘十二楼’？”

胡雪岩造了一座走马楼，共分十二区，安置十二个姨太太，所以这座走马楼又称十二楼。

听她话中有怨怼之意，胡雪岩便即说道：“你也不要怪我。哪晓得你今天会是这样子的！”

“我怎样？月如还不是月如？”

“苏秦不是旧苏秦。女大十八变，不过人家没有你变得厉害。你除了——”胡雪岩将话咽住了。

月如却要追问：“除了什么？除了会弄几样菜，没有一样中老爷的意的。”

“样样中意。除了——”

“喏，说说又不说了。我顶不欢喜话说半句。”

“你不动气，我就说。你美中不足的是，一双大脚。”

“脚大有什么，李中堂的老太太就是一双大脚。”

李中堂是指李鸿章。据说李瀚章当湖广总督时，迎养老母，李鸿章亦先期由天津赶到武昌去迎接。官船靠岸，码头上挤满了一城文武。上岸到总督衙门，顶马、跟马几十匹，职事衔牌加上“导子”，长到前面鸣锣喝道，后面听不见。李太夫人的绿呢大轿，左右扶轿杠的是两个当总督的儿子，倾巷来观的武昌百姓，无不羡慕，说“李老太太真好福气。”

那李老太太自然也很得意，得意忘形，不知不觉间将脚尖伸出轿帘以外。原来李老太太是天足，看热闹的百姓，不免窃窃私议。李鸿章发觉了，自不免有些窘，当下向轿中说道：“娘，请你把脚收进去，露出来不雅观。”

谁知一句话恼了李老太太，实在也是因为她最恨人家说她大脚，不免恼羞成怒，当时大声说道：“你老子不嫌我大脚，你倒来嫌我！”

这是很有名的一个笑话，所以月如也知道，胡雪岩便即笑笑说道：“好，好，我不嫌你。”

“实在也没啥好嫌的。你不晓得大脚的好处。”

“喔，你倒说说看。”

月如眨着眼思索着，突然脸一红，而且白了他一眼说：“偏不告诉你。”

胡雪岩心里有点发痒，笑嘻嘻地说道：“你倒把脚伸出来让我看看。”

“不要！”月如答得很简洁，同时将一双脚往椅子后面缩了去。

于是胡雪岩又想到了《金瓶梅》，很想照西门庆的办法，故意拂落筷子，俯身去捡时，便好捏一捏她的脚。不道念头还未转定，月如却开口说话了。

“我的一双脚，你总看得见的。”

“喔，”胡雪岩问，“啥辰光？”

月如不答话。

“月如，”胡雪岩伸过手去，握着她的手说，“你坐过来，我有话跟你说。”

“你坐在那里，不也好说？”

“不！这话要‘咬耳朵’才有味道。”

杭州话“咬耳朵”是耳语之意，“又没有人，要咬啥耳朵？”月如话虽如此，还是将一张红木圆凳移了过来，坐在胡雪岩身边。

胡雪岩将左手伸了过去，揽着她那又细又软的腰，凑过头去，先好好闻一闻她的头发，然后低声说道：“你现在就去洗脚，好不好？”

“不好！”月如很快地回答。

“咦！不是你自己说的？”

“不错，我说过的。不过不是今天。”

“那么，哪一天呢？”

月如不答，但任由胡雪岩越搂越紧，却并无挣拒之意，好久，才说了声：“好热。”接着她略略坐直了身子，伸左手去摘衣钮，从领子到腋下那一颗，都解开了，衣襟半掀，芗泽微闻。胡雪岩坐在她的右面，要探摸她的胸前，只是一举手之劳，但他宁愿先把话问清楚。

“你为什么不说话？”

“叫我说啥？螺蛳太太晓得了，我怎么还有脸到元宝街？”

“她从哪里去晓得？跟我出来的人，个个都是嘴紧的人。”

月如又不作声了，看样子是肯了，胡雪岩便耐心地等着。

“我炖了鸭粥在那里，要不要吃一碗？”

“等歇再吃。”胡雪岩站起身来，顺手拉了她一把。

月如收拾了床铺，又洗了手，然后开楼门叫丫头从厨房里将一锅鸭粥端了来。随即遣走丫头，亲手盛了一碗捧给胡雪岩，她自己也盛了半碗，在一旁相陪。

“老爷，”月如闲闲问道，“是不是说二十三家的管总，要来个大扳位？”

“是啊！老唐到德清就是商量这件事去的。”

“你预备把老唐调到哪里？”

“这还不晓得。”

“怎么你会不晓得呢？”

“‘凭天断’我怎么会晓得？”

“啥叫‘凭天断’？”

“抽签。”胡雪岩答说，“二十三家典当分作大中小三等，分等抽签。譬如顶大的有八家，这八家的管总合在一起抽签，抽到哪里是哪里。”

“这样说，老唐抽到苏州到苏州，抽到镇江到镇江？”

“不错。”

听得这话，月如将筷子一放，掩着脸踉踉跄跄地奔回卧室。胡雪岩大吃一惊，随即也跟了进去，只见她伏在床上，双肩耸动着在哭。

“月如，月如！”

他尽管推着她的身子，她却不理，但哭声仿佛止住了。

“你到底为啥？无事端端地哭得好伤心。”

“我怎么不要伤心？”月如脸朝里床口发怨言，“你死没良心！把我骗到手，尝过新鲜了，马上想这么一个法子！叫老唐带着我充军充到外县，你好眼不见为净！”

“这是从哪里说起？”胡雪岩不由得失笑，“我做梦也没有想到，你会把毫不相干的两桩事情扯在一起！”

“哪里是毫不相干？老唐调到外县，我自然要跟了去，你好像一点都不在乎，玩过就算数了。”

这番指摘，不能说她没有道理，胡雪岩细想了一会儿说道：“你也不一定要跟老唐去，我替你另外买一幢房子。”

“做你的小公馆？”

“也不是啥小公馆……”

胡雪岩有些词穷了，月如却毫不放松。

“不是小公馆是啥呢？”她说，“就算作为是老唐买的房子，我一个人住在杭州，别人问起来，我怎么回复人家？而且你要来了，总归有人晓得的，跟你的人不说，自然会有人到螺蛳太太面前去说，总有一天带了人打上门来。那时候我除了投河跳井，没有第二条路好走。”

话说得驳不倒，胡雪岩愣了好半晌说：“月如，你晓得的，二十三家管总调动的事在前，我们今天会睡在一床，是我连昨天都没有想到的事。本来是两桩不搭界的事情，现在倒好像扯在一起了。你倒说说看，有啥好办法？”

月如故意沉吟了一会儿，方始说道：“办法是有。先要问你，你是只想今天捡捡便宜呢，还是仍旧要我？”

“仍旧要你。”

“那就只有一个办法，原样不动。”

“怎么叫原样不动？”

“别家的管总，你尽管去调动，老唐仍旧管公济。”月如又说，“老唐是帮你管典当的头脑，跟别家不同，他不动是说得过去的。”

“那怎么说得过去？一有了例外，大家不服。”

“那就大家不动。”月如又说，“我是不懂做生意，不过照我想，做生意全靠人头熟，忽然之间到了陌生地方，两只眼睛墨黑，等到你看清楚，生意已经让别家抢走了。”

胡雪岩心里七上八下，盘算来盘算去，苦无兼顾的善策，最后叹口气说：“只好大家不动。”

唐子韶的“美人计”，元宝街的下人很快地都知道了，不过胡老太太治家极严，将“来说是非者，便是是非人”这句俗语，奉为金科玉律，所以没有人敢到十二楼去说这个秘密。

但近处未传，远处却传到了，古应春以抑郁的语气，将这件事告诉了七姑奶奶，而七姑奶奶不信。

“小爷叔不是这种人。如果为了女人会把生意上商量好的事，推翻不算，小爷叔哪里会有今天这种场面，老早败下来了。”

“我懒得跟你争。好在他就要来接左大人了，你不妨当面问问他。”

“我当然要当面问他。”七姑奶奶继续为胡雪岩辩护，“二十三家典当管总仍然照旧，一定有他的道理。小爷叔的打算不会错的。”

第二天，胡雪岩就到了，仍旧住在古家，应酬到半夜十一点多钟才跟古应春一起回家，七姑奶奶照例预备了消夜在等他们。

把杯闲谈之际，七姑奶奶闲闲问道：“小爷叔，你二十三家典当管总调动的计划，听说打消了，是为啥？”

“嗐，七姐，请你不要问了。”

一听这话，七姑奶奶勃然变色，立即问说：“为啥不要问？”

“七姐，有趣的事，大家谈谈，没趣的事谈起来，连带你也不高兴，何苦？”

“这样说，是真的了。真的是姓唐的做了圈套，请你胡大先生去钻。小爷叔，你怎么会做这种糊涂事？”

说到“糊涂”二字，七姑奶奶嘴已经歪了，眼睛也斜了，脸红如火。古应春叫声“不好！”赶紧上前去扶。七姑奶奶已在凳子上坐不住，一头栽在地上，幸好地上铺了极厚的波斯羊毛地毯，头没有摔破。

“是中风！”胡雪岩跳起身来喊道，“来人！”

于是他一面叫进人来，扶起七姑奶奶，一面打发人去延医——胡雪岩关照去请在咸丰年间曾入宫请脉，号称“太医”的曹郎中，但古应春相信西医，且有一个熟识的医生，名叫艾礼脱，所以另外派人去请。

时已夜半，叩门将医生从床上叫起来，自然得费些工夫。古应春倒还沉得住气，反是胡雪岩异样地焦急不安，望着躺在软榻上，闭着眼“呼噜、呼噜”只在喉间作痰响的七姑奶奶，搓着手蹀躞不停。他知道七姑奶奶是听到他做了没出息的事，气恼过度，致生此变。倘或不治，则“我虽不杀伯仁，伯仁由我而死”，他会一辈子疚歉在心，日子还过得下去？

好不容易将医生等到了。先来的是艾礼脱，他一看姑奶奶躺在那里，用英语跟古应春说中风的病人不宜横卧。古应春随即叫两名仆妇把七姑奶奶扶了起来，靠在安乐椅上，左右扶持。西医看病，没有“男女授受不亲”那一套，艾礼脱打开皮包，取出听诊器挂在耳朵上，关照古应春解开七姑奶奶的衣钮，拿听筒按在她胸前听心跳。诊断完了，撬开牙关，用温开水设法将他带来的药丸，让七姑奶奶吞了下去。然后他告诉古应春，六小时以后，如能苏醒，性命可保，他天亮后再来复诊。正在谈着，曹郎中到了，艾礼脱脸色不大好看，抗议式地对古应春说，看西医就不能看中医。这一下，让古应春为难了，跟胡雪岩商量，应该怎么办。

“你相信西医，自然是你作主。曹郎中，病情他照看，方子由他照开，不吃他的药就是了。”

“不错，不错！这法子好。”古应春照他的话办。

艾礼脱的本领不错，到了天亮，七姑奶奶居然张开眼睛了，但胡雪岩却倦得睁不开眼睛。

“小爷叔，你赶紧去睡一觉，下午还要去接左大人。”古应春说，“尽管放心去睡，到时候我会叫你。”

“能放心睡得着倒好了。”

“小爷叔，死生有命，而且看样子也好转了，你不必担心。”

话虽如此，可胡雪岩如何放心得下？双眼虽涩重得睁不开，睡却睡不好，时时惊醒，不到中午就起身了。

“艾礼脱又来看病，说大致不要紧了，不过风瘫恐怕不免。带病延年，活上十几年的也多的是。”古应春说道，“小爷叔办正事去吧，可惜我不能陪你，见了左大人，代我说一声。”

“好，好！我会说。”

* * *

左宗棠等过了慈禧太后的万寿，方始出京，奉准回籍扫墓。十一月二十五日他到湖南省城长沙，第一件事是去拜访郭嵩焘。

郭嵩焘与左宗棠有一段重重纠结的恩怨。咸丰八年，当时左宗棠在湖南巡抚骆秉章幕府中，一切独断独行。一天骆秉章在签押房里看书，忽然听见辕门放铳，看辰光不是每天正午的“午时炮”，便问是怎么回事。听差告诉他：“左师爷拜折。”连上奏折他都不知道，湖南巡抚等于左宗棠在做，因而得了个外号，叫作“左都御史”。巡抚照例挂“右副都御史”衔，叫左宗棠为左都御史，意思是说他比“右副都御史”巡抚的权还要重。

其时有个湖南永州镇总兵樊燮，湖北恩施人，声名不佳。有一次樊燮去见左宗棠，谈到永州的防务情形，樊燮一问三不知，而且礼貌上不大周到，左宗棠大为光火，当时甩了他一个大嘴巴，而且立即办了个奏稿，痛劾樊燮“贪纵不法，声名恶劣”，其中有“目不识丁”的考语，也不告诉骆秉章就发出去了。樊燮是否“贪纵不法”，犹待查明，但“目不识丁”何能当总兵官？当下先革职、后查办。这“目不识丁”四字，在樊燮心里，比烙铁烫出来的还要深刻。他“解甲归田”以后，好在克扣下来的军饷很不少，当下延聘名师教他的独子读书，书房里“天地君亲师”的木牌旁边，贴一张梅红笺，写的就是“目不识丁”四字。他告诉他的儿子说：“左宗棠不过是个举人，就这么样的神气，你将来不中进士，就不是我的儿子。”他这个儿子倒也很争气，后来不但中了进士，而且点了翰林，早年就是名士。此人就是樊增祥。

一方面教子，一方面还要报仇，樊燮走门路，告到骆秉章的上司湖广总督官文那里，又派人进京，在都察院递呈鸣冤。官文为此案出奏，有一句很厉害的话，叫作“一官两印”，意思是说有两个人在做湖南巡抚。名器尚不可假人，而况是封疆大吏，这件事便很严重了。

其时郭嵩焘是南书房翰林，他跟左宗棠的胞兄左宗植是儿女亲家，与左宗棠当然很熟，深知他才气过人，便跟同为南书房的翰林潘祖荫说：“左季高如果不在湖南，湖南一定保不住，东南大局，不复可问。我跟他同乡，又是姻亲，不便进言，老兄何妨上个折子。”

潘祖荫听他的话，果然上了个折子，铺叙他的功绩以后，作了个结论：“国家不可一日无湖南，即湖南不可一日无左宗棠。”咸丰一看，为之动容，当即传旨问曾国藩，左宗棠是仍旧在湖南好呢，还是调到曾国藩大营中，以便尽其所长？曾国藩回奏，左宗棠“刚明耐苦，晓畅兵机”。于是左宗棠奉旨随同曾国藩襄办军务。

左宗棠因祸得福，多亏得潘祖荫、郭嵩焘，但他对潘、郭的态度，大不相同。左宗棠除了在“三节两寿”必送潘祖荫一份极厚的礼金以外，还知道潘祖荫好收藏金石碑版，当陕甘总督时，凡是关中有新出土的碑，初拓本一定专差赍送潘祖荫，有时甚至连原碑都送到潘家。

郭嵩焘是在洪、杨平后，奉旨出任广东巡抚。两广总督名瑞麟，与巡抚同驻广州，督抚同城，常不和睦。瑞麟贪而无能，但为内务府出身，有事可直接诉诸两宫太后，靠山很硬，所以郭嵩焘深受其掣肘之苦而无可如何。

处境本已很难的郭嵩焘，万想不到多年好友，且是自己曾加以援手的左宗棠还跟他为难。为了协饷，左宗棠除致函指责以外，还四次上奏折指摘郭嵩焘措施如何不然。郭、左失和的原因，有种种传说，流传最盛的一个说法是：当郭嵩焘放广东巡抚时，湘阴文庙忽产灵芝，郭嵩焘的胞弟郭昆焘写给老兄，以为是他开府的吉兆，但左宗棠得知其事，大为不悦，说：“文庙产灵芝，如果是吉兆，亦当应在我封爵一事上面，与郭家何干？”由此生了意见。

其实，湘阴文庙产灵芝，是常有之事，左宗棠亦不致小气到连这种事都要争。真正的原因是，洪、杨军兴以后，带兵大员的就地筹饷。真所谓“有土斯有财”，李鸿章最懂得这个道理，所以始终霸住江苏，尤其是上海这个地盘不放。左宗棠却只得浙江一省，每苦不足，看出广东是大有生发之地，所以狠狠心不顾感谊友情，一再攻讦郭嵩焘。最后终于如愿以偿，由他的大将蒋益澧接了郭嵩焘的手。不过蒋益澧的广东巡抚，干不多久就被调走了。

郭嵩焘因此郁郁不得志。光绪建元，起用在籍大员，他跟曾国荃同被征召至京。曾国荃放了陕西巡抚，因为不愿与陕甘总督左宗棠共事，改任河东河道总督。郭嵩焘则奉派为福建按察史，这在当过巡抚的人来说，是很委屈的，不过他还是接了事。不久，诏命开缺，郭嵩焘以侍郎候补，充任出使英国钦差大臣。

其时云南发生英国公使翻译马嘉理，赴滇缅边境迎接来自印度的探险队，不意为官兵所戕，因而引起很严重的交涉。英国公使威妥玛表示，郭嵩焘出使英国，如果在国书上表明中国认错字样，可即赴任，否则应候云南案结后再赴英国。总署诸大臣都认为中国不能认错，郭嵩焘亦不能出国，应奉旨署理兵部侍郎，并在总署行走。

郭嵩焘对办洋务，一面主张公平合理，认为非此不足以折服洋人。他认为马嘉理被戕一案，云南巡抚岑毓英不能说没有责任。当案发以后，岑毓英意存掩护，又不查明杀害情由，据实奏报，一味诿罪于深山中的野人，而朝中士大夫又因为官兵所杀的是洋人，群起袒护岑毓英，以至于英国更觉不平，态度亦日趋强硬。这件纠纷固结不解，全由不讲公平、不讲事理之故，因而奉命入总署之日，郭嵩焘便单衔上奏，请旨“将岑毓英先后酿成事端之处，交部严加议处，以为恃虚骄之气，而不务沉心观理、考察详情，以贻累国家者戒。”

郭嵩焘平时讲洋务，本已为守旧的“卫道君子”所不满，如今居然参劾杀洋人的岑毓英，在他们看，显然是私通外国，因而引起了公愤，连他平素往来密切的朋友、门生，对他亦很不谅解，湖南则有许多人不认他是同乡。

此外京师有人做了一副对联骂他："出乎其类，拔乎其萃，不容于尧舜之世；未能事人，焉能事鬼，何必去父母之邦？"

到得第二年七月底，中英订立《烟台条约》，"滇案"解决，郭嵩焘可以启程赴英国了。这在当时称为"放洋"，而"放洋"以前又发生了一件很不愉快的事。

有个广东人叫刘锡鸿，原任刑部员外郎，此人是郭嵩焘在广东的旧识，和他谈起洋务来颇为投机。此时刘锡鸿希望跟郭嵩焘一起放洋。但谈洋务是一回事，办洋务又是一回事，郭嵩焘认为刘锡鸿脾气太刚，好意气用事，而办洋务是"水磨工夫"，颇不相宜。哪知刘锡鸿不死心，托出郭嵩焘的一个好友朱孙诒来关说。朱孙诒向郭嵩焘说："你批评他不宜办洋务的话，我都跟他说了，他亦很有自知之明，表示一切不问，你只当带一个可以谈谈、以解异国寂寞的朋友好了。"

听得这样说，郭嵩焘可怜刘锡鸿穷困不得意，便上奏保他充任参赞。刘锡鸿是个司员，而且只是六品的员外郎，论资格只能当参赞。

不过上谕下来，竟是"刑部员外郎刘锡鸿着即开缺，以五品京堂候补，并加三品衔，充出使英国副使"。这种例子，殊为少见，其中有个内幕：军机大臣李鸿藻对郭嵩焘的态度有些怀疑，怕他出使后，处处帮英国人讲话，因而提拔刘锡鸿，以副使的身份去钳制正使。

这刘锡鸿是个不明事理的人，以为李鸿藻派他去当"打手"，所以谢恩以后，便去看郭嵩焘，责问他为何不保他当副使而当参赞，说他不够朋友。另外还有很难听的话，等于是骂了郭嵩焘一顿。

郭嵩焘气得半死，总是遇到这种恩将仇报的人，只好自怨命中注定。后来刘锡鸿果然处处跟他为难，而且大吵大闹，不顾体统。郭嵩焘写信给李鸿章，形容共事为"鬼嗥于室，狐啸于梁"，公使馆的上下不安，可想而知。

其时刘锡鸿已调充驻德公使，可以单衔上奏，彼此互劾，而由于刘锡鸿有李鸿藻撑腰，占了上风。李鸿藻的门下赫赫有名的"翰林四谏"之一张佩纶，上奏"请撤回驻英使臣"。郭嵩焘大为泄气，一再求去，终于在光绪五年七月改派曾国藩的长子曾纪泽接替郭嵩焘。不过刘锡鸿亦同时垮台，改派郭嵩焘所欣赏的李凤苞使德。这是李鸿章力争的结果。

郭嵩焘在英国博得极好的声望，所以于郭之去，英国多表惋惜。郭嵩焘元配早死，继室下堂，只带了个姓梁的姨太太赴英，照她的身份是不能觐见维多利亚女王的，竟亦破例特许。但在英国如此，回国后郭嵩焘自知李鸿藻这班人不会放过他，而且他已六十二岁，因而决意引退。他一到上海即称病，不回京复命，而请开缺，终得如愿以偿，回湖南后住在长沙。他身虽在野，但并不消极，关于时政，特别是洋务方面，常跟李鸿章、曾国荃书信往来，细作讨论，日子过得也还闲适。

这一年，光绪七年，郭嵩焘年初年尾有两件比较快意之事。一件是二月间，调回国充任通政使司参议的刘锡鸿，因为李鸿章敲掉了他的“洋饭碗”记恨在心，奏劾李鸿章跋扈不臣，俨然帝制。李鸿章正在红的时候，刘锡鸿自不量力，出以此举，自然是自讨没趣，上谕斥责其“信口诬蔑，交部议处”。结果竟落得个革职的处分。

再一件就是左宗棠来拜访。左宗棠排场阔极，顶马、跟马、高脚牌，前呼后拥的一顶绿呢大轿。绿呢大轿内中坐的是头戴宝石顶、双眼花翎，身穿四开褉袍黄马褂，鼻架一副大墨晶镜的东阁大学士恪靖侯。首府长沙知府及首县长沙知县，早就在郭嵩焘家附近清道等候。湖南省的藩、臬两司，候补道等，亦来站班。可是郭家双扉紧闭，拒而不纳，左宗棠只好在大门口下轿，由戴红顶子的“材官”上门投帖。

“不敢当，不敢当！”郭家的门上到左宗棠面前，打千说道，“请大人回驾。”

左宗棠早已料到有此一着，一点都不生气，和颜悦色地答说：“你跟你家老爷去回，说我是来看五十年的故人，便衣不恭敬，所以穿了官服来的。”

门上一进去，久无消息。首县看“爵相”下不了台，便硬闯进去跟郭嵩焘打躬作揖，说是“如果不见，全城文武亦都僵在那里了，请他体恤下情”。总算说动了郭嵩焘，开正门迎接，不过他自己只是站在大厅上等候。

“老哥！”左宗棠见面便说，“宗棠无状，特来请罪。”接着，他拂一拂马蹄袖，捞起四开襖袍下摆，跪了下去。

“不敢，不敢！”郭嵩焘也只好下跪答礼。

随从官员，将主客二人都搀扶了起来，左宗棠便自责当年的不是，也不解释是为了军饷，“有土斯有财”的缘故，只连声说：“是我该死，是我荒唐。”

左宗棠一向健谈，谈西征，谈边防，谈京里的新闻，又从曾国藩谈起往事，一直到中午都没有告辞的意思，郭嵩焘也不便像督抚会客那样“端茶碗送客”，便只好留饭。

随从倒是有首县的办差，从长沙第一家大馆子玉楼东去叫了酒席来，在附近的关帝庙接待，左宗棠却必须是郭嵩焘的家庖，才是待客之道。好在湘军出身的达官，除了胡林翼以外，都不甚讲究饮食。左宗棠喜欢吃狗肉，称之为“地羊”，有此一味，加上腊味，再炒一盘去骨的东安鸡，在他便是盛馔了。

一顿饭吃到未末申初，左宗棠方始兴尽告辞。临行时做个手势，材官递上一个红封套，左宗棠双手奉上，口中说道：“不腆之仪，聊助卒岁，务请赏收。”

郭嵩焘不肯收，左宗棠非送不可。当着好些湖南的文武官儿，郭嵩焘觉得起了争执，有失体统，便收了下来，不过心里已经打算好了。他拆开封套一看，是阜康钱庄所出的一万两银票，当即提起笔来批上“注销”二字，拿个信封装了，送到左宗棠的行辕。照道理是要回拜的，郭嵩焘也免了这套俗礼。左宗棠到头来，还是讨了个没趣。

十二月初二到湘阴，当天晚上，就收到一道由湖南巡抚衙门派专差送来的军机处的“廷寄”。

廷寄中说，有人参劾湖广总督李瀚章“任用私人，纵容劣员，该省防军缺额，虚糜帑金，贻害地方，李瀚章本人黩货无厌，民怨日深”。原奏胪列了李瀚章许多劣迹，其中情节重大者四款：

一、湖北全省厘金，岁收三四百万，报部则仅四万；

二、竹木税年收百万，报部仅三万。湖广总督衙门每日用银七百五十两，即在此中开支，年耗帑银二十七万余两；

三、以公家轮船，载运私货，公然贩卖；

四、李瀚章在扬州、芜湖均设有当铺。

清朝的规制，凡是督抚被参，视情节轻重作不同的处置。情节较重者，常由京里特派大员前往查办。大员至少是尚书，且须是资格较被参督抚更深的。为了防备被参督抚事先湮灭证据，所以明发上谕中只说派某人往某地出差，而所谓“某地”绝非被参督抚所管的省份。譬如说派到四川出差，湖北是必经之地，特派大员一到武昌便立即传旨，随带司员马上动手，封库的封库，查账的查账，来他一个措手不及。

情节轻微，或者有意把案情看得不重，便就近派官阶资格较高者查办或查复。左宗棠奉到的上谕是：“将所奏各节，确切查明，据实具奏。”这是查复，不是查办，可是左宗棠不理这一套。

十二月十三日到武昌时，李瀚章已经接到李鸿章的通知，知道左宗棠要来查案，须先示意布政使衔候补道杨宗濂告假回籍。此人在咸丰末年，以户部员外郎在原籍江苏金坛办团练。同治元年，江苏士绅凑集了十八万银子，雇用英国轮船到安庆，接淮军到上海打长毛时，杨宗濂就是往来奔走接头的人。以此渊源，杨宗濂与李鸿章的关系很深。李鸿章剿捻军那两年，杨宗濂替他管过营务处，以后便一直在湖北当道员。李氏兄弟相继督鄂，杨宗濂由“李二先生”的部属变为“李大先生”的部属，管理“新关”汉口。

“关差”一向是好差使。汉口是长江的第一个大码头，收入以竹木税为大宗。西南深山中的木材，以湘西辰州为集散地，扎成“木排”，由沅江入洞庭湖，经岳阳入长江，在汉口交易。左宗棠早就听湘西的“排客”谈过新关汉口收竹木税的种种弊端，所以一到武昌，就要找杨宗濂。

由于是奉旨查案，所以左宗棠跟李瀚章不作私人的交往，在行辕以一角公文“请饬杨宗濂到案备询”咨湖广总督衙门，而复文是“该员业已告假回籍，无从传饬”。

这一下左宗棠大为光火，一面给汉黄德道及武昌府下“札子”，“催令杨宗濂迅赴江宁问话”，一面出奏：“臣前次回湘，路过新关，杨宗濂避而未见，此次又先期告假回籍。是否有规避，虽未可知，而查询杨宗濂素日声名平常、性情浮动，则众论相同，无代其剖白者。”至于经收竹木税有无弊端，“应俟查取票根底簿，传杨宗濂到案质询，方昭核实”。接着左宗棠声明，因为须赴两江接任，所以传杨宗濂到江宁备询，同时以“贪鄙狡诈”的考语，请旨将杨宗濂“先行革职，听候查办”。

此外，汉黄德道何维键、候补知府李谦都是李瀚章的私人，左宗棠亦毫不客气，对何维键以“庸软无能”四字考语，奏请“开缺送部引见”，意思是请慈禧太后亲自考查；对李谦则谓之“性善圆通，难期振作”，请旨交湖北巡抚彭祖贤“察看”。

奏折还将李瀚章训了一顿。左宗棠说，李瀚章一门，遭逢圣时，功名大显，亲党交游，能自立的亦颇不乏人。不过依附者亦很多，当时随从立功，身致富贵者，又各有其亲友辗转依附，久而久之恃势妄为。官府处置为难，不能不作姑息，乡里受其欺凌，亦唯有敢怒而不敢言。由于“贤者不肯规之以正、懦者畏其忌嫉，谣诼纷兴、事端迭起，洵非家门之福；宜以身作则，毋与乡邦人士争势竞利，遇事敛抑，免为怨府；其李鸿章、李瀚章所难尽言者，臣等忝仕疆圻，亦当尽心化诲，俾知以义为利，如思保世承家为报国之本，则李氏亲友之福，亦李鸿章、李瀚章一门之福也”。

话说得很不客气，但左宗棠自以为对李瀚章多所开脱，帮了他很大的忙。十二月十九日拜发奏折以后，左宗棠随即坐长江轮船，鼓棹东下，到江宁拜印接任。

因为如此，胡雪岩扑了个空。左宗棠原先的计划是，回湖南原籍祭祖扫墓以后，南下由广东至福建，自厦门坐特派的南洋兵舰到上海，再转江宁接任。这是左宗棠为了一履旧日百战立功之地，同时还有“南洋大臣”巡海之意。不想一到湘阴，奉旨查复李瀚章纵容劣员一案，前后耽误了十一天，左宗棠不能不走捷径，在年前赶到江宁接任。

“既然如此，小爷叔你回杭州过年吧。”古应春说，“过了年，我陪小爷叔专程到南京去一趟。”

“也只好这样子。不过，七姐的病，我实在不放心。”

“不要紧的。人是醒过来了，只要慢慢调养，逐渐会好的。医生说，中风这种病，全靠调理。将来总归带病延年了。”

胡雪岩跟七姑奶奶情如兄妹，看她人虽醒了，却还不能说话，不过人是认得的，一见自己便双泪交流，嘴唇翕动，不知多少有苦难言，胡雪岩忍不住也掉眼泪。

“小爷叔，小爷叔，千万不要如此。”古应春劝道，“这样子反让病人心里难过。”

胡雪岩点点头，抹掉眼泪，强作欢颜，坐在病榻前向七姑奶奶说道：“七姐，年底下事情太多，我不能不走。你慢慢调养，我记得你的八字上，说你四十四岁有一关，来势虽凶，但凶而不险，过了这一关，寿至七十八。今年年内春，算壬午年，你正好四十四，你这一关应过了，明年秋天，老太太等你来吃寿酒。”

七姑奶奶口不能言，却听得懂，只在枕上摆头，表示会意。

“还有句话，七姐，那种荒唐事情，偶尔一回，以后决不会再做了。”

七姑奶奶致疾之由，便是由于气恼胡雪岩的荒唐，所以这句对她是最好的安慰。七姑奶奶居然含着泪笑了。

胡雪岩离了病榻，打点回乡。当天晚上，古应春为胡雪岩饯行，只为七姑奶奶在病中，所以在家由厨娘备了几味精致的肴馔，也不邀陪客，只是两人对酌。

在餐桌上，采运局的司事送来了一封信。信是左宗棠自湘阴所发，告诉胡雪岩因为奉旨赴武昌办案，原来的行程取消，武昌事毕，径赴江宁，约胡雪岩灯节以后在江宁相会。

此外左宗棠又托胡雪岩查一件事，说是“江苏司关厘局，及鄂湘皖西为督销局，每月均有专拨之饷，其细数如何，乞为密访见示”。

胡雪岩看完信，沉吟了好一会儿说：“我看，左大人对李合肥要动手了。”

“喔，小爷叔看出苗头来了？”古应春问道，“怎么样动手法？”

“这还言之过早。而且动手也要看机会，不过左大人现在已经有这个意思了。”

原来，李鸿章的淮军有好些部队驻扎在江苏。湘淮军都是子弟兵，先命将，后招募，募兵成营，即以统率将官之名命名。吴长庆所部名“庆字营”，有一营在江苏；“刘六麻子”刘铭传虽已挟其宦囊，在合肥原籍构筑“大潜山房”，饮酒赋诗，大过儒将的瘾，但“铭字营”的番号依旧。李鸿章拿他们一分为二，一部分由记名提督刘盛休统带，驻山东张秋一带，防守运河要口；一部分交福建提督唐定奎率领，驻防江苏、靖江两县。另有铭字先锋马队之营，驻扎江苏宿迁，主要的任务亦是防运河沿岸一带有警，如有可以迅速赴援。

李鸿章的淮军中，亦有原为湘军的将领。此人名叫郭松林，他的旧部名为“武毅军”，有十营为江防军，亦驻江阴、靖江境内；有五营为海防军，驻扎上海、宝山两县境内。

这些部队，都由江苏发饷。所谓“司关厘局”，司指藩司，关指海关，厘指厘金，局指捐局、税局以及淮盐督销局。

两淮出盐，盐课收入为两江一大财源。但上江安徽、下江江苏两省的人吃不完两淮的盐，所以淮盐有指定的销售地区，称为“引局”，分布在鄂、湘、西、皖四个省份。“西”非山西而是江西。这四省都有淮盐督销局，收入亦归两江。

“也不回杭州查，也不叫采运局去办，我有个极方便的法子。叫老宓写信到各处问一问，就差不多了。”

胡雪岩口中的“老宓”，名叫宓本常，宁波人，他是阜丰雪记沪庄的档手。沪庄是阜丰总号，由他分函各地阜丰联号一查“司关厘局”近几个月汇款到淮军后路粮台的数目、每个月的负担，大致就可以算出来了。这确是个很方便的办法。

“不过，”古应春说，“既然左大人是要攻李合肥，这件事就要隐密。这样子做法，会不会有风声传出去？”

“有啥风声传出去？”胡雪岩说，“譬如，你是南昌阜丰的档手，我问你江西淮盐督销局每个月汇到江宁淮军后路粮台的款子有多少，你怎么会想到这是左大人要查了有作用的？”

“不错，不错。我是知道了有这么件事，才会顾虑。若不知道，我做梦也想不到的。不过，小爷叔，既然各处都是汇到江宁，那又何必费事？只要江宁阜丰查一查，总账不就出来了？”

“啊！啊！”胡雪岩在自己额头上拍了一下，“脑筋不灵了！‘脱裤子放屁’，真是多余的。”

于是第二天在上船之前，胡雪岩就办好了这件事，只不过写两封信。一封写给左宗棠，说江苏各处解交淮军后路粮台的款项，似乎除了委托阜丰以外，别无更简易的通汇之法，所以已发函江宁阜丰开单径呈辕门，如有缺漏，另再设法查报；此外叙明，准明年灯节以后，到江宁叩谒。另一封写给江宁阜丰的档手，令照办其事。

“小爷叔，”古应春问，“开年什么时候来？”

“总在上灯前后。”

“好！到时候我陪小爷叔一起到南京。”

“我当然巴不得你陪了我去，不过，也要看七姐的情形。”

“那时候一定不要紧了。”古应春又说，“阿七得病，小爷叔回去了不必提。过年了，何必让老太太记挂。”

胡雪岩不答，沉吟了好一会儿，叹口气说：“我实在没有想到，七姐为了我，会这样子在意。”

古应春欲言又止，考虑了一会儿，终于说了出来：“小爷叔，既然你看出来了，我就索性说吧！阿七为小爷叔担心，也不是一天两天的事了。她常说，树大招风。小爷叔无心结下的怨家，大概不少。这倒还在其次，这几年小爷叔用的人，大不如前，有的本事有限，有的品性不好。她说，她还真不知道小爷叔的眼光为啥不大灵了，是事情太多太杂，还是精神不济照顾不到，或者别有缘故？”

胡雪岩脸一红，知道“别有缘故”四字是古应春说得含蓄。这“缘故”，说来说去总由于狗皮膏药在作怪。

“七姐为我好，我晓得。不过，她实在也担心得稍微过头了。”胡雪岩又说，“等七姐稍微好一点，你同她说，她说我的毛病，我要仔仔细细想一想，结结实实拿它改掉。”

“小爷叔这么说，阿七心里一定宽得多。”古应春欣然答说。

第五章　螺蛳太太

胡雪岩这年过年的心境，不如往年。这自然是由于七姑奶奶的中风，使他有一种难以自解的疚歉之故。

不过，在表面上是看不出来的，胡家的年景，依旧花团锦簇，繁华热闹。其中最忙的要数“螺蛳太太”——这个称呼，由来已久，原本应称作“罗四太太”。她本姓罗，行四，未嫁以前，是个极能干的小家碧玉，认识她的人，不管老少，都叫她“罗四姐”，算是个尊称。这罗四姐慧眼识英雄，在胡雪岩潦倒的时候，接济过他。可惜胡雪岩已经娶了妻子，彼此虽都有爱慕之意，却无从结合。不久，长毛作乱，纷纷逃乱，音信不通，一别九年，方始重逢。

胡雪岩记得很清楚，那年是同治六年，他已经奉委主持西征采运局，长驻上海。清明之后不久，胡雪岩的旧侣张胖子去世，在静安寺做佛事，他跟古应春夫妇去祭吊时，看见有个在烧香的淡妆少妇，异常面善，却怎么样也想不起来是在哪里见过。

那少妇烧完香，带着个十三四岁的小大姐走了。胡雪岩不死心，悄悄跟在后面。他一路走，一路想，到底是什么人？

静安寺是上海第一古刹，建于吴大帝赤乌十年，地方很大，原有“静安八景”之称，但那时已只剩下“涌泉”一景。涌泉又称沸井，井中之水终年翻翻滚滚，有如水沸，上海人说它是个海眼，初礼静安寺的人，少不得都要去望一望。那少妇亦不例外。胡雪岩亦步亦趋地跟了过去，装作来看沸井的游客，驻足不行，以观动静。

“阿华，当心，当心，跌到井里，把你小命送掉！”

原来那小大姐探头下望沸井，走得很近，身子又往前倾，这个动作很危险，所以那少妇大声警告。这一口杭州话帮胡雪岩敲开了记忆之门，他又惊又喜地在想：这不是罗四姐？

本想冒叫一声，证实了再上前招呼，可游客甚多，而上海的风气虽然比较开通，但也还不到西洋人男女可以在稠人广众间公然招呼的程度，因而考虑了一下，回头关照书僮桂生，赶快将七姑奶奶所带来的小大姐叫一个来，越快越好。

桂生飞奔而去，他亦不必先告诉七姑奶奶，在七姑奶奶带来的两个小大姐中，找到跟他比较好的彩凤，说一声：“跟我来，有要紧事，快，快！”

彩凤只当他闯了什么祸，急急忙忙跟在他身后，桂生等看到胡雪岩的影子，方始停住脚。

“是我们老爷要叫你。”

“彩凤，”胡雪岩悄悄指点，“你上去问她，她是不是杭州的罗四姐。如果她说是，你就说我们奶奶是胡老爷的亲戚，请她跟你们奶奶去见一见。”

彩凤很伶俐，想了一下问：“如果她不肯去呢？”

“你就回过头来看我，她就一定肯去了。”

果然，一如胡雪岩的估计。只见彩凤上前搭话时，仿佛有难以沟通的情状，然后是彩凤先回头来看胡雪岩，接着是那少妇随着她的视线所示来搜索，遥遥望去，显得相当震动似的。

胡雪岩知道成功了，赶紧转身直奔作为堂客休憩之地的一座禅房，找到七姑奶奶的另一个小大姐，关照请她的主母出来叙话。

“七姐，我同你谈过的罗四姐，你还记得记不得？”

七姑奶奶想了一下，点点头说：“记得。”

“她今天在这里，我叫彩凤‘假传圣旨’，说你同我是亲戚，请她来见面，马上就要来了。七姐，你请她到你那里去，仔仔细细问问她，她好像居孀在那里。”

“好，好！”七姑奶奶连连答应，又问，“小爷叔，你呢？”

“我到钱庄里，有桩要紧事情料理好了，马上来。”

等胡雪岩走了好一会儿，才看到彩凤领着一个莲步姗姗、俏括括的素服少妇，扶着小大姐的肩头，冉冉而来。七姑奶奶性子急，撇开一双大脚，迎了上去。

“是不是罗四姐？”

“不敢当。我姓罗，尊姓？”

“我夫家姓古，娘家姓尤，行七，我们小爷叔叫我‘七姐’。罗四姐你也这样叫我好了。”

七姑奶奶是直性子，一股脑儿都说了出来，在罗四姐听来，却有些牛头不对马嘴。既是“小爷叔”，何以又叫她“七姐”？但这个疑团，还在其次，眼前有句最要紧的话先要问清楚，才谈得到其他。

“请问，古太太你的‘小爷叔’是哪个？”

“还有哪个？不就是你老早认识的胡雪岩，鼎鼎大名阜康钱庄的老板。”

罗四姐又惊又喜。她也听说过，阜康钱庄的老板就是从前在张胖子那里做伙计的胡雪岩。她一直想打听，但苦无机会。不想真的有这回事。

“罗四姐，”七姑奶奶说，“你听我叫他小爷叔，就晓得我们是自己人。请你一定要到我那里去坐一歇。你当年待我们小爷叔的好处，他也跟我说过。等下他也要来的。”

罗四姐心想，胡雪岩倒真是有良心的！就这一转念间，她心里顿时七上八下在翻动了。

“罗四姐，”七姑奶奶催问着，“你肯不肯赏面子？”

“唷！古太太，你的话太客气了。真正不敢当。”

于是七姑奶奶向丧家致意告辞，将罗四姐主婢二人带回家。罗四姐看过七姑奶奶家的气派，感受到七姑奶奶的热心伉爽，便决心要结交，因而改了称呼，同时深谈身世。

原来罗四姐当年随父母逃难，转徙千里，流离途中，父母双亡，孑然一身，不是了局，只有择人而事——结伴同行的一共有三家，其中两家都有个尚未婚娶的二十来岁的儿子，当然亦都时时在找机会向她献殷勤。这两家一富一穷，而罗四姐挑了穷的那家，姓程，是独子。

“七姐，他虽穷，但肯上进。只要他肯上进，我就有把握帮他出头。再说，他上头只有一个老娘，不比另外一家，父母双全，还有三个兄弟、两个妹妹，嫁过去做媳妇，一定像顶石臼做戏，吃力不讨好。”

“罗四姐，换了我，也会像你一样，宁愿挑这一位。”七姑奶奶早就发现她鬓边戴一朵白头绳结的菊花，却故意问说，“我们程姐夫呢？几时请过来见一见。”

“不在了。”罗四姐凄然说道，“是前年这个时候去世的。”

“可怜，可怜！”七姑奶奶紧握着她的手，但有无言的慰藉。

“说起来也怪我不好。”罗四姐说，“他学的是刻字匠手艺。有一回他跟我谈起，说是长毛打到杭州的前两年，乡试考举人，他跟他师父一起到考场里去刻题目纸，熬夜熬到天亮，那时心里在想：‘我也读过书，一样是熬夜，为啥不是去考举人，而是坐在这里当个低三下四的刻字匠？人家举子写错了字，顶多贴出蓝榜，我刻错一个字要打手心，吃生活。’我就说：‘你果然有心，把招牌收起来，好好儿读书。开门七件事都是我管，用不着你费心。’他真的就听我的话，三更灯火五更鸡，闷倒头读书……”

“罗四姐，”七姑奶奶打断她的话问，“你这开门七件事，怎么管法？”

“我绣花。不光是绣花，还替绣庄去收件。到后来做‘小包’，一批绣货包下来，再分给人家去做，日子过得很舒服。七姐，上海滩繁华地方，遍地银子，只要你肯花工夫去捡。不瞒你说，我就不相信，世界上有饿死的人。虽说饿死的人是有的，但那是因为有钱买不到米，不是没有铜钱买米，这不一样的。七姐，你说是不是？”

“怎么不是？”七姑奶奶笑道，“你的说法，倒跟小爷叔很像。”她紧接着又问，“后来呢？”

“后来杭州光复了。他同我说，考秀才要到杭州去考，将来举人也是到杭州考，若家一搬到杭州，我的这点基础，就要抛掉了，不如他捐个监生，下回直接进京去考举人。如果头一年秋天考中了，第二年春天再考进士；如果在浙江考中了举人，考进士还是要进京，一番手续两番做，反而不划算。我想想不错，凑了二百两银子，替他捐了个监生，他就更加用功了。唉！”罗四姐叹口气，说不下去了。

“用功用出毛病来了？”练达人情的七姑奶奶问说。

“先是吐血。”罗四姐用低幽但很平静的声音说，“他还瞒着我，吐血吐在手帕里，手帕自己去洗。脸色越来越白，到了下半天，颧骨上倒像搽了胭脂，我懵懵懂懂，还不当它一回事。有一天他有应酬回来，我替他脱袍子，随手在口袋里一摸，摸出一条上有血迹的手帕，才晓得他是痨病。”

“痨病？”七姑奶奶神色紧张，“后来呢？照样还是赶考去了？”

“没有。他这样子怎么能赶考？”

“以后呢？”

以后自然是养病。痨病俗称“馋痨病”，想吃这个，想吃那个，罗四姐总依着他的性子去办，办来了，却又浅尝即止，剩下来的不仅是食物，还有他的歉疚。

“我听人说，痨病只要胃口好，还不要紧，像他那样子，馋是馋得要命，胃口一点都没有。人一天比一天瘦，不过三个月的工夫。唉！”罗四姐又是一声长叹。

七姑奶奶觉得不必再谈她的丈夫，要关心的是罗四姐。“你现在住在哪里？”她问。

“南市。天主教堂后面。”

“日子过得很艰难吧？”

“也还好。”罗四姐淡淡地答说。

“有没有伢儿？”

“没有。”罗四姐口中干脆，内心不免抱歉。

“既无儿女，年纪也离‘老’字还早——”七姑奶奶突然咽住，毕竟还是第一次见面，哪里能谈得那么深。

看看没有话了，罗四姐便即告辞。“七姐，我要走了。”她一面说，一面站了起来，“明天我再来看你。”

“不，不！”七姑奶奶急忙拦阻，“何必等到明天？我们一见如故，你不要见外，在我这里吃了饭，我再拿马车送你回去。”

罗四姐原是没话找话，并没有想走的意思，见她留客之意甚殷，落得将顺。

“七姐的话，一点不错。”她复又坐了下来，“我也觉得我们一见如故。大概是前世的缘分。”

“罗四姐，你说到‘前世的缘分’，我就更不肯放你回去了。”七姑奶奶的心又热了，“你这样子不是个了局。守寡这回事，看起来容易，其实很难，我劝你——”

她的话没有说完，但要劝的是什么，无须明言便知。于是罗四姐很坦率地答说：“我也不想造‘节孝坊’，不过，这回是要好好挑一挑了。”

正在谈着，胡雪岩来了。

“果然是罗四姐！”他怔怔地望着她，心中百感交集，有无数的话要说，但都堵在喉头，竟不知说哪一句好。

相形之下，罗四姐反显得比较沉着，站起来说道：“从前我叫你的名字，现在不晓得叫你啥好。”

“你仍旧叫我雪岩好了。”

“这不像样。你现在是大老板，哪里好直来直去叫名字，也忒嫌没分寸。”

“这样好了。”七姑奶奶插嘴说道，“大家都叫他胡大先生，或者大先生，罗四姐，你也这样叫好了。”

“好的，好的。这是尊称。大先生，我们没有见面有九年了吧？”

胡雪岩默默算了一下。“九年！”他说，“虽说九年，但同隔世一样。杭州光复之后，左大人叫我办善后，我叫人到处访你，音信毫无，那时候你在哪里？”

“我已经在上海了。”

“喔，怎么会到了上海了呢？”

“这话说起来就长了。”

七姑奶奶心想，罗四姐这一谈身世遭遇，要费好些辰光，自己是已听说过了，不必在此白耗工夫，便即起身说道：“罗四姐，小爷叔，你们都在这里便饭，我去料理一下，你们慢慢谈。”

所谓料理，只是交代几句话的事，一是到馆子里叫菜；二是通知古应春，家中有客，胡雪岩也在，晚上有饭局最好辞掉，回家来陪客。然后，七姑奶奶坐在客厅间壁的小房间中，打开了房门，一面闭目养神，一面听他们叙旧。

“罗四姐，”她听见胡雪岩在说，“你从前帮过我许多忙。现在我总算立直了，不晓得有啥地方可以帮你的忙，请你尽管说。”

“多谢你。我也还混得落，到我混不落去的时候，再请你大先生帮忙。”

“你一个人这样混也不是一个了局。”

听得这话，七姑奶奶心中一动，悄悄起身，遥遥相望，只见胡雪岩与罗四姐四目凝视。七姑奶奶心里在想，他们那一段旧情，又挑起来了。

她猜得不错。胡雪岩觉得九年不见，罗四姐变过了。她从前是一根长辫子甩来甩去，走路腰扭得很厉害，左顾右盼，见了陌生人不会脸红的小家碧玉；如今沉静得多了，皮肤也白净得多了，瓜子形的清水脸上那一双黑白分明的眼睛，虽不似从前那么灵活，但偶尔瞟他一眼，仿佛有无数心事要倾诉似的。

最动人的是她在堕马髻旁戴一朵白头绳结的菊花——胡雪岩选色，喜欢年轻孀妇，所以这朵戴孝白菊花，最逗人遐思。

“这样好不好，”胡雪岩说，“我帮你在杭州开一家绣庄。”

“不！我不想回杭州。”

“为啥呢？”

“在上海住惯了。”

“那么，绣庄就开在上海？”

“多谢你。”罗四姐说，“等我想一想。”

七姑奶奶很想再听下去，但古应春回来了，自己不能不抢先一步截住他，略略说了生客的来历，方始带他到客厅，与罗四姐见面。

“喔，”罗四姐很大方地裣衽为礼，口中叫一声，“七姐夫。”

这样亲近的称呼，使得古应春的陌生感很快消失了，和罗四姐像跟熟人那样谈了起来。不久，馆子里送了菜来，相将入席，大家都尊罗四姐上坐，她说什么也不肯，结果依旧是胡雪岩首座。一张八仙桌，主客四人各占一方。

“罗四姐会吃酒的。”胡雪岩对七姑奶奶说，“而且酒量好得很。”

“这样说，葡萄酒是太淡了。”七姑奶奶问说，“罗四姐，你喜欢哪种酒？烫花雕来好不好？”

“谢谢。我现在酒不吃了。”

“为啥要戒酒？”七姑奶奶说，“你一个人，正要吃酒，一醉解千愁。”

“你看你！”古应春埋怨地说，“你没有吃酒，倒在说醉话了。人家罗四姐日子过得好好地，何必借酒浇愁？”

“好！算我说错了。”七姑奶奶让步，复又劝客人，“你为我开戒，我陪你吃两杯。”

“不敢当，不敢当。七姐一定要我吃，我就吃。”

“这才好。你说，吃啥酒？”

“你吃啥，我吃啥。”

“我是吃了好玩儿的，只怕你不喜欢。”

七姑奶奶到柜子里取来一瓶薄荷酒。葫芦形的瓶子，碧绿的酒，非常可爱，倒将罗四姐的酒兴引发了。

“我也吃杯薄荷酒。”胡雪岩凑趣，举杯在手，看着七姑奶奶说，“我劝罗四姐开一家绣庄，你们看好不好？”

“大先生，我想过了。”罗四姐接口说道，“多谢你的好意，我是力不从心。本钱虽归你出，也要人手，我一个人照应不过来。”

“那怕什么？请七姐帮你的忙，外场请应春照应。另外我再派两个老成靠得住的伙计给你。你做现成的老板好了。”

“吃现成饭也没啥意思。”

言语有点谈不拢。古应春觉得这件事暂时以不谈为妙，便将话扯了开去，做主人的当然要拣客人熟悉或感兴趣的话题，所以自然而然地谈到了“顾绣”。

中国的刺绣分三派，湖南湘绣、苏州苏绣以外，上海独称“顾绣”，其中源远流长，很有一段掌故，罗四姐居然能谈得很清楚。

“大家都晓得的，顾绣是从露香园顾家的一个姨太太传下来的。我现在住的地方，听他们说就是露香园的基址——”

露香园在上海城内西北角，先是明朝道州知府顾名儒所建，本名“万竹山居”。顾名儒的胞弟叫顾名世，嘉靖三十八年的进士，官拜尚宝丞，告老还乡，宦囊甚丰，看万竹山居东面的空地尚多，于是拓宽来开辟一座池塘，哪知此地本来就是池，有掘出来的一块石碑为证——碑上刻的是“露香池”三字，而且是赵子昂的手笔。因此，顾名世将万竹山居改名“露香园”，那座池塘当然一仍其旧，依然叫作“露香池”。

顾名世的姬妾很多，其中有一个姓缪，她在京城的时候学会了刺绣，而且是宫中传出来的诀窍。缪姨娘在这方面有天才，更加改良，益见精妙。五色丝线擘，细针密缕，颜色由浅入深，浑然一体，配色之美，更不在话下。最见特色的是，顾绣以针代笔，以丝线作丹青，以名迹作蓝本，山水、人物、花鸟，无不气韵生动，工细无匹，当时称为“画绣”。缪姨娘曾经仿绣赵子昂的《八骏图》，董其昌认为即使是赵子昂本人用笔，亦未见得能胜过她；又绣过一幅《停针图》，真是穷态极妍，而且无法分辨是画、是绣。后来由扬州的一位盐商，拿一个汉玉连环及南唐名家周昉作画的一幅美人图交换了去。

由于缪姨娘的教导，露香园的女眷、丫头，都会刺绣，而且极精。“画绣”之名大著，顾名世本人的名字，反而不为人所知，以至于顾名世有一次酒后大发牢骚，说自己“寄名于汝辈十指之间”。

不过称为“顾绣”是入清以后的事。顾名世有个孙女儿，嫁夫姓张，二十四岁居孀，有个一岁的儿子。她抚孤守节，全靠纤纤十指，绣件不输于缪姨娘，但除绣画以外还绣普通的花样，生意很好，“顾绣”便取“画绣”之名而代之，传遍南北。同时“顾绣”也成了上海的一样名产，家学户习，甚至男子也有学刺绣的。

罗四姐讲得头头是道，胡雪岩与七姑奶奶也听得津津有味。不过古应春却有些心不在焉，他关心的是胡雪岩这天在长三堂子中有六七处应酬，每处坐半点钟，连路上的工夫，至少亦要四个钟头，所以等罗四姐谈得告一段落，便提醒他说：“应该去了。”

一听这话，胡雪岩便皱起了眉。“可以不去的，有哪些地方？”他问。

“最好都去。万不得已，那么，有两处非去不可。”

“好吧！就去这两处。”胡雪岩问道，“罗四姐呢？应该有人送。”

“不要了。”七姑奶奶说，“城里这么远，又是晚上。”

七姑奶奶是不由分说要留客过夜了。罗四姐也想留下来，不过家里只有一个老苍头看门，她一夜不回去，害老苍头着急，亦觉于心不忍。

“这倒容易。”古应春说，“请罗四姐把府上的地址告诉我，我派人去通知。”

于是胡、古二人先行离席。七姑奶奶陪着罗四姐吃完饭，领她到专为留堂客的客房，检点了被褥用具，请罗四姐卸了妆，再舒舒服服喝茶闲谈。

一谈谈到午夜。古家照例每天必有消夜，二人正在吃粥时，古应春回来了，同行的还有胡雪岩。

“小爷叔没有回去？”七姑奶奶信口说了一句。

“我想来吃粥。”胡雪岩也信口回答。

其实，大家都明白，他是特为来看罗四姐的。卸了妆的她，梳一条松松的大辫子，穿的是散脚裤，小夹袄，照规矩是卧室中的打扮，见不得“官客”的。不过既然让官客撞见了，也就只好大大方方地，视如无事。

“你们走了哪两家？”七姑奶奶问。

“会乐里雅君老五家。还有画锦里秋月楼老四家。”古应春答说。

“秋月楼老四不是从良了吗？”七姑奶奶问说，“莫非‘溷了个浴’又出来了？”

“倒不是她要‘溷浴’，”胡雪岩答说，“是让邱家的大太太赶出来的。”

“喔。”七姑奶奶问，“老四还是那么瘦？”

“稍微发福了。”

“那好，她是要胖一点才好看。”

他们在交谈时，罗四姐的眼光不断扫来扫去，露出诧异的神色，七姑奶奶觉察到了。“罗四姐，”她问，“你逛过堂子没有？”

“没有。”罗四姐答说，“听都没有听说过。”

“女人逛堂子，只有我们这位太太。”古应春有点不好意思地说，“罗四姐，要不要让她带你去开开眼界？”

“谢谢，谢谢！”罗四姐一面笑，一面瑟缩敛手，“我不敢。”

“怕啥？”七姑奶奶鼓励她说，“不经一事，不长一智，你要到堂子里去过，才晓得为啥五六十岁的老头子，会交墓库运。你懂了其中的道理，你家老爷也就不会交墓库运了。”

“这又是啥道理呢？”

“因为你懂了，女人家要怎么个样子，才能收男人的心。他不喜欢的事情，你不要逼了他去做。他不喜欢听的话，你少说。他喜欢的事情，你也要当自己的事情那样子放在心上。到了这个地步，你尽管放他出去逛堂子，吃花酒，他一颗心还是在你身上的。”

“怪不得！”罗四姐笑道，“七姐夫这样子听你的话。”

“听她的话倒不见得。”古应春解嘲似的说，“不过大概不至于交墓库运。”

“是不是？”七姑奶奶怂恿着说，“我们去打个茶围，有兴致再吃它一台酒，你也长长见识。又不跟他们男人家在一起，怕啥？”

“我用不着长这个见识了。孤家寡人一个，这番见识也用不着。”

她说着，抬起头来，视线恰好跟胡雪岩碰个正着，赶紧避开，却又跟七姑奶奶对上了。看七姑奶奶似笑非笑的神情，罗四姐无缘无故地心虚脸红，竟有些手足无措了。

于是胡雪岩便叫一声：“七姐，应春！”接着谈一件不相干的事，目的是将他们夫妇俩的视线吸引开去，为罗四姐解围。

“我的酒不能再吃了。”罗四姐找个谈话的空隙，摸着微微发烧的脸说，“再吃要醉了。”

“不会的。酒量好坏一看就看出来了。”七姑奶奶说，“只怕是酒不对你的胃口。”

“大概是。薄荷酒带甜味，酒量好的人，都不喜欢甜味道。”古应春问道，“罗四姐，你吃两杯白兰地好不好？”

“吃两种酒会醉。”

“不会，不会！”七姑奶奶接口，“外国人一顿饭要吃好几种酒，有的酒在饭前，有的酒在饭后，杂七杂八都吃在肚皮里，也没有看他们有啥不对。”

“真的？”

看样子罗四姐并不坚拒，古应春便起身去取了一瓶三星白兰地，正拿着螺丝钻在开瓶塞时，罗四姐开口了。

“我听人家说，这种酒上面那块月牙形招头纸，拿湿手巾擦一擦，会有三个蓝印子出来。没有蓝印子的就是假酒。”

“这我们还是第一回听说，试试看。”

叫人拿块湿手巾来擦了又擦，毫无反应，罗四姐从从容容地说：“可见得听来的话靠不住。府上的酒，哪里会有假的？”

“这也不见得，要尝过才算数。”七姑奶奶起身去拿了两个水晶酒杯来，向她丈夫说，“只有你陪罗四姐了。”

“胡大先生，你呢？”罗四姐问。

“我酒量浅，你请。”

“罗四姐，”七姑奶奶又提逛堂子的事了，“怎么样，哪一天？”

“七姐，”胡雪岩玩笑地插嘴，“帮衬我打个‘镶边茶围’好不好？”

“哪个要你‘镶边’？不但不要你镶边，我们还要‘剪’你的‘边’呢！”

罗四姐看他们这样随意开玩笑，彼此都没有丝毫做作或不自然的神色，便知道他们的交情够深了。七姑奶奶不但爽朗热心，而且胡雪岩似乎也很听她的话。罗四姐心里在想，如果自己对胡雪岩有什么盘算，一定先要将七姑奶奶这一关打通。

于是，罗四姐的语气改变了，先是提到“堂子”就觉得是个不正经的地方，谈都不愿谈，这时候却自动地问道：“七姐，什么叫‘剪你的边’？”

“‘剪边’就是把人家的相好夺过来。”七姑奶奶凑过去，以一种顽皮好奇的神态，略略放低了声音说，“我带你去看看小爷叔的相好，真正苏州人，光是听她说说话，你坐下来就不想走了。”

“真正苏州人？”罗四姐不懂了，“莫非还有假的苏州人？”

“怎么没有？问起来都说是苏州木渎人，实在不过学了一口‘堂子腔’的苏白而已。”

“苏白就是苏白，什么叫堂子腔的苏白？”

“我不会说，你去听了就知道了。”

“好啊！”一直坚拒的罗四姐，趁此转圜，“几时跟七姐去开开眼界。”

“你们去是去，”古应春半真半假地警告，“当心《申报》登你们的新闻。”

“喔，”胡雪岩突然提高了声音说，“应春提到《申报》，我倒想起一件事来了。从去年冬天天津到上海的电报通了以后，我看《申报》上有些新闻是打电报回来的。盛杏荪当电报局总办，消息格外灵通，有些生意上头，我们消息比人家晚，哪怕只不过晚一步，亏就吃得很大了。所以，我有个念头，应春，你看能不能托《申报》的访员帮忙？”

“是报行情过来？”

“是啊。”

“那，我们自己派人在天津，每天用密码发过来好了。”

“那没有多少用处。”胡雪岩说，“有的行情，只有访员才打听得到。而且，也不光是市面上的行情，还有朝廷里的行情。像去年冬天，李大先生的参案——”

“李大先生”是指李鸿章。七姑奶奶的性情，外粗内细，一听谈到这些当朝大老的宦海风波，深知有许多有关系的话，不宜为不相干的人听见，传出去会惹是非，对胡雪岩及古应春都没有好处，所以悄悄拉了罗四姐，同时还做了个示意离席的眼色。

“他们这一谈就谈不完了，我们到旁边来谈我们的。”

罗四姐极其知趣，立刻迎合着七姑奶奶的意向说：“我也正有些话，不便当着他们谈。七姐，我心里头有点发慌。”

“为啥？”

罗四姐不即回答，将七姑奶奶拉到一边，在红丝绒的长“安乐椅”上并排坐了下来，一只手执着七姑奶奶的手，一只手只是摸着因酒而现红晕的脸。

“是不是身子不舒服？”七姑奶奶不安地问，“怎么好端端地，心里会发慌？”

“不是身子不舒服。”罗四姐仿佛很吃力地说，“我做梦也没有想到，忽然会有像今天这样子一天，又遇见雪岩，又结识了七姐你，好比买‘把儿柴’的人家，说道有一天中了‘白鸽票’，不晓得怎么好了。”

七姑奶奶虽是松江人，但由于胡雪岩的关系，也懂杭州话。罗四姐的意思是，升斗小民突然中了奖券，也就是拿穷儿暴富的譬喻来形容她自己的心境。七姑奶奶觉得她的话很中听，原来就觉得她很好，这下便更对劲了。

不过要找一句适当的话来回答倒很难，所以她只是笑嘻嘻地说：“怎么会呢？怎么会呢？”

“怎么不会？我一个寡妇，哪里有过这种又说又笑又吃酒的日子。他要帮我开绣庄，你要请我逛堂子，不要说今生今世，前世都不曾想到过的。”

罗四姐踌躇满志之意，溢于言表，七姑奶奶当然看得出来，抓住她一只手，合拢在自己那双只见肉、不见骨的温暖手掌中，悄悄问道：“罗四姐，他要帮你开绣庄，不过一句话的事，你的意思到底怎么样呢？”

罗四姐不答，低垂着眼，仿佛有难言之隐，无法开口似的。

“你说一句嘛！愿意就愿意，不愿意就不愿意，勉强不来的事。”

“我怎么会不愿意呢？不过，七姐，”罗四姐倏然抬眼，“我算啥呢？”

“女老板。”

“出本钱是老板，本钱又不是我的。”

七姑奶奶始而诧异，做现成的老板，一大美事，还有什么好多想的？继而她憬然有悟，脱口说道：“那么是老板娘？”

罗四姐又把头低了下去，幽幽地说：“我就怕人家是这样子想法。”

不说自己说人家，言外之意就很微妙了。遇到这种时候，七姑奶奶就不会口没遮拦了，有分寸的话，她要把握住分寸，才肯出口。

“罗四姐，”她终于开口探问了，“你年纪还轻，又没有儿女，守下去没有意思嘛。”

在吃消夜以前，罗四姐曾谈过身世，当时她含含糊糊表示过，没有儿女。此时她听七姑奶奶这样说，觉得应该及时更正，才显得诚实。

“有个女儿。”她说，“在外婆家。”

“杭州。”

“女儿不比儿子，总是人家的。将来靠女婿，他们小夫妇感情好还好，不然，这碗现成饭也很难吃。尤其是上有婆婆，亲家太太的脸嘴，实在难看。”

“我是决不会靠女婿的。”罗四姐答说，声音很平淡，但字字清楚，显得很有把握。

“那么你靠哪个呢？”

“靠自己。”

“靠自己就更要有一样靠得住的东西了。”

意在言外，七姑奶奶这是劝她接受胡雪岩的资助。但罗四姐就在这一顿消夜前后，浮动在心头的各种杂念渐渐凝结成一个宗旨：若要接受胡雪岩的好处，就不止于一家绣庄，否则宁可不受。因而她明知其意，却装作不解。

七姑奶奶当然不相信她不懂这话，沉默不答，必是别有盘算，便追问着说：“你说我的话是不是？靠自己是有志气的事，不过总也要有一样东西抓在手里。绣花这样本事，全靠年纪轻、眼睛亮、手底下准。没有几年，你就靠它不住了。”

靠得住的便是绣庄。罗四姐不会再装不懂了，想一想说：“要说开绣庄，我再辛苦两三年，邀一两个姐妹淘合伙，也开得起来。”

莫非是嫌胡雪岩的忙帮得不够？还是性情耿介，不愿受人的好处？七姑奶奶一时还看不出来，便也就保持沉默了。

“七姐，”罗四姐忽然问道，“胡家老太太还在？”

“健旺得很呢。”七姑奶奶问，“你见过？”

“见过。”

“那么，胡太太呢？也见过？”

“也见过。”罗四姐忽然幽幽地叹了口气。

这一下，七姑奶奶恍然大悟。胡雪岩未忘旧情，罗四姐旧情未忘。胡雪岩那边不会有什么障碍，如果罗四姐这方面肯委屈，倒也未始不是一件美事。

感情上的事，要两相情愿。七姑奶奶当时便作了个决定，给他们机会，让他们自己去接近。果然有缘，两情相洽，那时看情形，再来做现成媒人，也还不迟。

“阿七，”古应春在喊，“小爷叔要走了。”

七姑奶奶转脸看时，小大姐已在伺候胡雪岩穿马褂了。“小爷叔，”她说，“今天不算数，明天晚上我正正式式请罗四姐，你有没有空？”

胡雪岩尚未答话，罗四姐抢在前面谦谢。“七姐，七姐，”她说，“你太客气了。”

“不是客气，道理上应该。”七姑奶奶又说，“就算客气，也是这一回。”

罗四姐不作声了，胡雪岩便笑着向她说道：“你看，七姐就有这点本事，随随便便一句话就能够把你的嘴封住，没话可说。”

“我话还是有的，”罗四姐说，“恭敬不如从命。”

“你这话，”七姑奶奶说道，“才真的太客气了。”

“那么，我还有句不客气的话：只此一回，下不为例。”

“好，好。下不为例。”

古应春与胡雪岩互相看了一眼，有同感的默契：罗四姐也是个角色，针锋相对，口才上并不逊于七姑奶奶。

“闲话少说，”七姑奶奶问道，“小爷叔，明天晚上你到底有没有空？”

“没有空，也要抽出空来啊！”

“罗四姐，你看，你多有面子！”

“哪里，我是沾七姐你的光。”

“地方呢？”胡雪岩插嘴问说。

“你看呢？”七姑奶奶征询丈夫的意见，“我看还是在家里吧！”

“也好。”

“那就说定了。”七姑奶奶又说，“小爷叔，还有句话，我要言明在先。罗四姐今天住在我这里，明天早晨，我送她回去，下午再去接她。不过，晚上送她回家，小爷叔是你的差使了。”

这是在试探罗四姐，如果她对胡雪岩没有意思，一定会推辞。一个男人，深夜送单身女子回家，那会在邻居之中引起极多的批评，罗四姐果真以此为言，七姑奶奶是无法坚持一定要胡雪岩送的。

推辞也很容易，最简捷的办法，便是说夜深不便，仍旧想住在古家。可是，她不是这样说，说的是：“胡大先生应酬多，不要再耽误他的工夫了。”

“没有，没有！”胡雪岩赶紧接口，“明天晚上我没有应酬。”

七姑奶奶看着罗四姐笑了，这一笑倒使得她有些发窘，将视线避了开去。

* * *

第二天，七姑奶奶送罗四姐回家，她家住南市，一楼一底的石库房子，这条弄堂是小康之家集居之地。

楼上住家、楼下客厅。客厅中已坐满了人，大多挟着一个平平扁扁的包裹。有个中年妇女首先迎上来埋怨似的说：“罗四姐，你昨天一天哪里去了？我儿子要看病，急着要交货等钱用。”

“喔，”罗四姐歉然答说，“昨夜我住在我姐姐那里。”

谁也没有听说过罗四姐有个姐姐，所以不免好奇地注视七姑奶奶。只见七姑奶奶一副富态福相，衣服华丽不说，腕上一双翠镯、指上一枚黄豆大且闪光耀眼的金刚钻戒指便使得大家另眼相看了。

七姑奶奶毫无架子，而且极其爽朗。“你先不要招呼我，大家都在等你。”她对罗四姐说，“你赶紧料理，我来帮你。”

“再好没有。”罗四姐高喝，“老马、老马！”

老马是她请的帮手，五十多岁，帮她管账兼应门，有时也打打杂，人很老实，但语言木讷，行动迟缓。这么多交货领货的人，他无以应付，索性在厢房里躲了起来，此时听得招呼，方始现身。

平时收货发货，只有罗四姐跟他两个人，这天添了一个帮手，便顺利得多，但也一直到中午，方能毕事。

“真对不起。”罗四姐说，“累你忙了半天。”接着便关照老马，到馆子里叫菜，要留七姑奶奶吃饭。

“不必客气。我来认一认地方，等下再来接你。家里还有事要料理，我索性楼上都不上去了，下半天来了再来看你的卧房。”

这在罗四姐倒是求之不得的，因为卧房中难免有凌乱不宜待客之处。“既然这么说，我也不留七姐了。”她说，“下半天七姐派车子来好了，自己就不必劳驾了。明天晚上，我请七姐、七姐夫来吃便饭。不晓得七姐夫有没有空。”

“等下再说好了。”

客人一走，罗四姐便从容了。吃过饭，她有午睡的习惯，一觉醒来，想起胡雪岩晚上要来，当即唤小大姐，连老马都叫了上来，帮着拖地板、抹桌子、擦窗户。她换了干净的被褥，又把一套平时难得一用的细瓷茶具亦找了出来，另外备了四个果盘。等预备停当，便开始妆扮，好在她一向是一张清水脸，只加意梳好一个头，便可换衣服坐等了。

等到五点钟，只听楼下有人声，小大姐匆匆忙忙奔上来说：“胡老爷来了。”

罗四姐没有想到是他来接，好在都已经预备好了，不妨请他上楼来坐。于是她走到楼梯口说道：“胡大先生，怎么劳你的驾？要不要上来坐一坐。”

“好啊！”影随声现，罗四姐急忙闪到一边。江浙两省，男女之间的忌讳很多，在楼梯上，上楼时必是男先女后；但下楼正好相反，因为裙幅不能高过男人头顶，否则便有“晦气”。罗四姐也是为此而急忙闪开，等胡雪岩上了楼梯，她已经亲自打着门帘在等了。

胡雪岩进了门，先四周打量一番，点点头说：“收拾得真干净，阳光也足，是个旺地。”

“寡妇人家，又没有儿子，哪里兴旺得起来？”

胡雪岩没想到她一开口就是很直也很深的话，一时倒不知该持何态度，便只好笑笑不答。

这时小大姐已倒了茶来，罗四姐便照杭州待客之礼，将高脚果盘中的桂圆、荔枝、瓜子、松子糖之类各样抓一些，放在胡雪岩面前。他们一个说：“不好吃。”一个连声道：“谢谢。”

“罗四姐，有点小意思。你千万要给我一个面子。”胡雪岩又说，“跟我来的人，手里有个拜匣，请你关照小大姐拿上来。”

小大姐取来一个乌木嵌银丝的拜匣，上面一把小小的银锁，钥匙就系在搭扣上。打开来看，里面是三扣“经折”，一个小象牙匣子。

胡雪岩先拿起两扣，一面递给罗四姐，一面交代：“一个是源利的，一个是汪泰和的。”

源利与汪泰和是上海有名两家大商号，一家经营洋广杂货，一家是南北货行。罗四姐接过经折来看，户名是“阜康钱庄”，翻开第一页，上面用木戳子印着八个字：“凭折取货，三节结账。”意思是罗四姐不管吃的、穿的、用的，凭折到这两家商号随便索取，三节由阜康付账。

这已经是厚惠了，再看另一扣经折，罗四姐不由得心头一震。这是一扣阜康的定期存折，存银一万两，户名叫作“维记”。

“本来想用‘罗记’，但老早有了，拆开来变‘四维记’，哪晓得这个户名也有了，只好把‘四’字搁起，单用‘维记’。喏，”胡雪岩拿起小象牙匣子，“外送一个图章。”

罗四姐接过经折与牙章，放在桌上，既非辞谢，亦未表示接受，只说：“胡大先生，你真的阔了。上万银子，还说小意思。”

“我不说小意思，你怎么肯收呢？”

“我如果不收，你一定要跟我争，空费精神。”罗四姐说，“好在送不送在你，用不用在我。这三个经折，一颗图章，就放在我这里好了。”

她做事说话，一向胸有丘壑，胡雪岩认为不必再劝，便即说道：“那么，你把东西收好了，我们一起走。”

“怎么走法？”

“你下去就晓得了。”

胡雪岩是坐轿子来的，替罗四姐也备了一乘很华丽的轿子。他想得很周到，另外还加了一顶小轿，是供她的女仆或小大姐乘坐的。

胡雪岩还带了三个跟班，他们穿着簇新的蓝布夹袍，上套玄色软缎坎肩，脚下薄底快靴。由于要骑马的缘故，他们的夹袍下摆都掖在腰带中，一个个神情轩昂，礼节周到。罗四姐也很好面子，心里不由得在想，出门能带着这样子的“底下人”，主人家自然很显得威风了。

正要上轿时，罗四姐忽然想到一件事，还得回进去一次。原来她是想到应该备礼送古家，礼物现成，就是绣货。送七姑奶奶的是两床被面、一对枕头、一堂椅披、两条裙子。这已经很贵重了，但还不如送古应春的一条直幅，是照宋徽宗画的孔雀，照样绣下来的，是真正的“顾绣”。

到得古家，展现礼物，七姑奶奶非常高兴。“你这份礼很重，不过我也不客气了。”她说，“第一，我们的日子还长，总有礼尚往来的时候；第二，我是真正喜欢。”当时便先将绣花椅披陈设起来，粉红软缎，上绣牡丹，显得十分富丽。

“七姐，”罗四姐说，“你比一比这两条裙子的料子看，是我自己绣的。”

一条是红裙，上绣百蝶，色彩繁艳，炫人眼目，“好倒是好，不过我穿了，就变成‘丑人多作怪’了。”七姑奶奶说，“这条裙子，要二十岁左右的新娘子，回门的时候穿，那才真叫出色。我留起来，将来给我女儿。”

“啊！”胡雪岩从椅子上一下站了起来，大声说道，“应春，你要请我吃红蛋了？”

原来古应春夫妇，只有一个儿子，七姑奶奶却一直在说，要想生个女儿。胡雪岩看她腰身很粗，此刻再听她说这话，猜想是有喜了。

古应春笑笑不答，自然是默认了。罗四姐便握七姑奶奶的手说：“七姐，恭喜、恭喜！几个月了？”

七姑奶奶轻声答了句：“四个月。”

“四个月了！啨、啨，你赶快给我坐下来，动了胎气，不得了。”

“不要紧的。洋大夫说，平时是要常常走动走动，生起来才顺利。”

“啨！七姐，你倒真开通，有喜的事，也要请教洋大夫。”罗四姐因为七姑奶奶爽朗过人，而且也没有外人，便开玩笑地问，“莫非你的肚皮都让洋大夫摸过了？”

“是啊！不摸怎么晓得胎位正不正？”

原是说笑，不道真有其事，使得罗四姐舌挢不下，而七姑奶奶却显得毫不在乎。

“这没有啥好稀奇的，也没有啥好难为情的。”

“叫我，死都办不到。”罗四姐不断摇头。

“罗四姐！”古应春笑道，“你不要上她的当，她是故意逼你。洋大夫倒是洋大夫，不过是个女的。”

“我说呢！”罗四姐舒了口气，“洋人那只长满黑毛，好比熊掌样的手，摸到你肚皮上，你会不怕？”

七姑奶奶付之一笑，拿起另一条裙子看料子。裙子是月白软缎，下绣一圈波浪，上面还有两只不知名的鸟，花样很新，但也很大方。

“这条裙子我喜欢的，明天就来做。”七姑奶奶兴致勃勃地说，“穿在身上，裙幅一动，真像潮水一样。罗四姐，你是怎么想起来的？”

“也是我的一个主顾，张家的二少奶奶，她一肚子的墨水，跟我很投缘，去了总有半天好谈。有一天不知道怎么提起来一句古话，叫作‘裙拖六幅湘江水’，我心里一动，回来就配了这么一个花样。月白缎子不耐脏，七姐，我再给你绣一条，替换了穿。”

“这倒不必，我穿裙子的回数也不多。”

这时古应春跟胡雪岩在看那幅“顾绣”：开屏的孔雀，左右看去，色彩变幻，配上茶花、竹石，令人观玩不尽。胡雪岩便说：“何不配个框子，把它挂起来？”

“说得是。”古应春立刻叫进听差来吩咐，“配个红木框子，另外到洋行里配一面玻璃。最好今天就能配好。”

接着又看被面、看枕头，七姑奶奶自己笑自己，说是“倒像看嫁妆”。惹得婢仆们都笑了。

“饿了？”胡雪岩问，“七姐，快开饭了吧？”

“都预备好了，马上就开。”

席面仍旧像前一天一样。菜是古应春特为找了个广东厨子来做的，既好又别致，罗四姐不但大快朵颐，而且大开眼界。有道菜是两条鱼，一条红烧、一条清蒸，摆在一个双鱼形的瓷盘中，盘子也很特别，一边白、一边黄。这就不仅罗四姐，连胡雪岩都是见所未见。

“这叫‘金银鱼’，”古应春说，“进贡的。”

胡雪岩大为诧异。“哪个进贡？”他问，“鱼做好了，送到宫里，不坏也不好吃了。”

“自然是到宫里，现做现吃。”古应春说，“问到是什么人进贡，小爷叔只怕猜不到，是山东曲阜衍圣公进贡的。”

“啊！”胡雪岩想起来了，“我听说衍圣公府上，请第一等的贵客，菜叫‘府菜’，莫非就是这种菜？”

“一点不错。府菜一共有一百三十六样，菜好不稀奇，奇的是每样菜都用特制的盘碗来盛。餐具也分好几种，有金、有银、有锡、有瓷，少一样，整桌台面都没用了，所以衍圣公府上请贵客，专有个老成可靠的老家人管餐具。”

“那么进贡呢？当然是用金台面？”

“这是一定的。”古应春又说，“宫里有喜庆大典，像同治皇帝大婚，慈禧太后四十岁整生日，衍圣公都要进京去道喜，厨子、餐具、珍贵的材料都带了去。须先请旨，预备哪一天享用府菜，到时候做好送进宫。有的菜是到宫里现做，这要先跟总管太监去商量，当然也要送门包。好在衍圣公府上产业多，不在乎。”

胡雪岩听了大为向往。“应春，”他问，“你今天这个厨子，是衍圣公府出身？”

“不是，他是广东人，不过，他的爷爷倒是衍圣公府出身。这里面有段曲折，谈起来蛮有趣的。”说着，他徐徐举杯，没有下文。

“喔，”七姑奶奶性急，“有趣就快说，不要卖关子！”

“我也是前两天才听说，有点记不太清楚了，等我好好想一想。”

“慢慢想。”罗四姐挟了块鱼敬他，“讲故事要有头才好听。”

“好！先说开头，乾隆末年——”

乾隆末年，毕秋帆当山东巡抚，阮元少年得意，翰林当了没有几年，遇到“翰詹大考”，题目是乾隆亲自出的，“试帖诗”的诗题是《眼镜》。这个题目很难，因为眼镜是明朝末年方由西洋传入中土，所以古人诗文中，没有这个典故，而且限韵“他”字，是个险韵，难上加难，应考的无不愁眉苦脸。

考试结果，阮元原为一等第二名，乾隆拔置为第一，说他的赋做得好，但其实是诗做得好。内中有一联“四目何须此，重瞳不用他”，为乾隆激赏。原来乾隆得天独厚，过了八十岁还是耳聪目明，不戴眼镜，平时常向臣下自诩。因此，阮元用舜的典故“四目”“重瞳”来恭维他，这意思是说他看人看事，非常清楚，根本用不着借助于眼镜。

大考第一，向来是“连升三级”。阮元一下子由编修升为詹事府少詹，不久就放了山东学政，年纪不到三十，断弦未娶。毕秋帆便向阮元迎养在山东的“阮老太爷”说：“小女可配衍圣公，请老伯做媒。衍圣公的胞姐可配令郎，我做媒。”阮元就此成了孔家的女婿。

衍圣公府上的饮馔，是非常讲究的，因为孔子“食不厌精”，原有传统。因此，随孔小姐陪嫁过来的有四名厨子，其中有一个姓何，他的孙子，就是古应春这天邀来的何厨。

“那么，怎么会是广东人呢？”胡雪岩问。

“阮元后来当两广总督，有名的肥缺，经常宴客，菜虽不如府菜，但已经远非市面上所及。不过不能用‘府菜’的名目，有人便叫它‘满汉全席’。总督衙门的厨子，常常为人借了去做菜，这何厨的爷爷，因此落籍，成为广东人。”

正谈到这里，鱼翅上桌，只见何厨头戴红缨帽，开席前来请安。这是上头菜的规矩，主客照例要犒赏。胡雪岩出手豪阔，随手拈了张银票便是一百两银子。

“这盘鱼翅，四个人怎么吃得下？”

罗四姐说：“我真有点替七姐心痛。”

鱼翅是用二尺五口径的大银盘盛上来的，十二个人的分量，四个人享用，的确是太多了。七姑奶奶有个计较：“都是自己人，不必客气。”她说，“留起一半吧！”

就一半也还是多了些，胡雪岩吃了两小碗，摩腹说道：“我真饱了。”接着又问，“这何厨我以前怎么没有听说过？”

“最近才从广州来。”古应春答说，“自己想开馆子，还没有谈拢。”

“怎么叫还没有谈拢？”

“有人出本钱，要谈条件。”

“你倒问问他看，肯不肯到我这里来。”胡雪岩说，“我现在就少个好厨子。”

“好的。等我来问他。”

吃完饭围坐闲谈，钟打九点，七姑奶奶便催胡雪岩送罗四姐回家。在城开不夜的上海，这时还早得很，选歌征色、纸醉金迷的几处地方，如画锦里等等“市面”还只刚刚开始。不过，胡雪岩与罗四姐心里都明白，这是七姑奶奶故意让他们有接近的机会，所以都未提出异议。

临上轿时，七姑奶奶关照轿夫，将一具两屉的大食盒纳入轿箱。她交代罗四姐说：“我们家请人吃夜饭有规矩的，接下来要请吃消夜。今天我请我们小爷叔做主人，到你府上去请。食盒里一瓷坛的鱼翅，是先分出来的，不是吃剩的东西。”

“谢谢，谢谢，”罗四姐说，“算你请胡大先生，我替你代做主人好了。”

“随便你。”七姑奶奶笑道，“哪个是主，哪个是客，你们自己去商量。”

于是罗四姐开发了佣人的赏钱，与胡雪岩原轿归去。

罗四姐到家便要忙着做主人，胡雪岩将她拦住了。

“你不必忙。忙了半天，我根本吃不下，岂不是害你白忙，害我自己不安？依我说，你叫人泡壶好茶，我们谈谈天最好。”

“那么，请到楼上去坐。”

楼上明灯灿然，春风骀荡，二人四目相视，自然逗发了情思。罗四姐忽然觉得胸前有透不过气的感觉，急忙挺起胸来，微仰着脸，连连吸气，才好过些。

“你今年几岁？”她问。

“四十出头了。”

“看起来像四十不到。”罗四姐幽幽地叹了口气，“当初我那番心思，你晓得不晓得？”

“怎么不晓得？”胡雪岩说，“我只当我们没有缘分，哪晓得现在会遇见，看起来缘分还在。”

“可惜，我已经不是从前的我，人老珠黄不值钱。”

“这一点都不对，照我看，你比从前更加漂亮了。好比柿子，从前又青又硬，现在又红又软。”胡雪岩咽了口唾沫，“吃起来之甜，想都想得到的。”

罗四姐瞟了他一眼，笑着骂了句：“馋相！”

“罗四姐，”胡雪岩问道，“你记不记得，有年夏天，我替你送会钱去，只有你一个人在家？”

罗四姐当然记得，在与胡雪岩重逢那天晚上就回忆过。那天，是七月三十日地藏王菩萨生日，插了地藏香，全家都出去看放荷花灯，留她一个人看家，胡雪岩忽然闯了进来。

“你怎么来了？”

“我来送会钱。”胡雪岩说，“今天月底，不送来迟一天就算出月了。信用要紧。你们家人呢？”

“都看荷花灯去了。”罗四姐又说，“其实，你倒还是明天送来的好。因为我这笔钱转手要还人家的，左手来，右手去，清清爽爽。你今天晚上送来，过一夜，大钱不会生小钱，说不定晚上来个贼，那一来你的好意反倒害人。”

“这一层我倒没有想到，早知如此，我无论如何要凑齐了，吃过中饭就送来。”胡雪岩想了一下说，“这样子好了，钱我带回去，省得害你担心。这笔钱你要送给哪个，告诉我，明天一早，我替你去送。”

“这样太好了。”罗四姐绽开樱唇，高兴地笑着，“你替我赔脚步，我不晓得拿啥谢你？”

“先请我吃杯凉茶。”

“有，有！”

原来二人是借着插在地上的蜡烛光在天井中说话，要喝茶，便须延人堂屋。她倒了茶来，胡雪岩一吸而尽，抹抹嘴问道：“你说你不晓得拿啥谢我？”

“是啊！你自己说，只要我有。”

“你有，而且现成。”胡雪岩涎着脸，“罗四姐，你给我亲个嘴。”

“要死！”罗四姐满脸绯红，“你真下作！”

如果罗四姐板起脸叫他出去，事便不谐。但她这样薄怒薄嗔，胡雪岩就算霸王硬上弓，亦不过让她捏起粉拳在背上乱捶一通而已。

主意打定，胡雪岩一个猛虎扑羊势，搂住了罗四姐。她挣扎着说：“不要，不要！我的头发！”一听这话，胡雪岩便知道不必用强，略略松开手说道，“不会，不会。不会把你的头发弄乱。”

说着，手在她腰上紧一紧，将嘴唇凑了上去。哪知就在这时候，门外有人大喊：“罗四姐，罗四姐！”

罗四姐赶紧将他一推，自己退后两步，抹一抹衣衫，答应一声：“来了！”同时努一努嘴，示意胡雪岩躲到一旁。

来的是邻居，来问一件小事，罗四姐三言两语，在门外把他打发走了。等回进来时，罗四姐站得远远地，胡雪岩再要扑上来时，她一闪闪到方桌对面。

“你好走了。刚刚那个冒失鬼一叫，我吓得魂灵都要出窍了。”罗四姐又说，“快，快，快点走。”

两人都回忆着十年前的这一件往事，而且嘴角亦都出现了不自觉的笑意，只是罗四姐的笑意中，带着明显可见的怅惘与落寞。

“这句话有十年了吧？”

“十一年。”罗四姐答说，“那年我十六岁。”

“那么，欠了十一年的债好还了。”胡雪岩笑道，“罗四姐你欠我的啥，记得记不得？”

“不记得了。”罗四姐又说，“就记得也不想还。”

“你想赖掉了？”

“也不是想赖。”罗四姐说，“是还不到还的时候。”

“要到啥时候呢？”

“我不晓得。”罗四姐忽然问道，“你看我的本事，就只配开一家绣庄？”

问到这句话，胡雪岩的绮念一收。“我们好好来谈一谈。”他说，“你的本事，十几岁我就晓得了，那时候‘摇会’、盘利息，哪个都没有你精明。说实话，你如果是男的，我要请你管钱庄。”

“卖高帽子不要本钱的。”罗四姐笑道，“不过你说一定要男的才好管钱庄，这话我倒不大服气。”

“你不要误会。我不是说你本事不如男的，是女人家不大方便，尤其是你这样子漂亮，下面的伙计为了你争风吃醋，我的钱庄就要倒灶了。”

“要死！”罗四姐的一双脚虽非三寸金莲，但也是所谓“前面卖生姜，后面卖鸭蛋”裹了又放的半大脚，笑得有些立足不稳。她伸出一只手扶桌沿，却让胡雪岩一把抄住了。

“不要说伙计，”胡雪岩笑道，“就是我，只怕也没心思在生意上头了，一天到晚担心，哪个客人会把你讨了去。”

杭州人叫“娶亲”为“讨亲”，这最后一句话，又勾起罗四姐的心事。“不要说了！”她夺回了手，坐到一旁，幽幽地说，“总怪我自己命苦。”

“我也难过啊！”胡雪岩以同感表示安慰，“我迟两年讨老婆就好了。”

“哼！”罗四姐微微冷笑，“你嘴里说得好听。”

“好听不好听，你等着看将来。”胡雪岩说道，“言归正传，你说你的本事不止于开一爿绣庄，那么，还有啥大生意好做？你说来我听听看。”

罗四姐不作声，低着头看桌面，睫毛不住眨动，盘算得好像出神了。

“明天再说。”罗四姐抬眼说道，“你明天来吃便饭好不好？”

“怎么不好？我明天下半天早一点来，好多谈谈。”

“不！你明天来吃中饭，下半天早一点走。晚上总不方便。”

胡雪岩想了一下说：“明天中午我有两个饭局，有一个是要谈公事，不能不到。这倒麻烦了。”

“那么后天呢？”

“后天中午也有应酬，不过可以推掉的。”

“那就后天。”

胡雪岩无奈，只好答说：“后天就后天。”

“后天我弄两个杭州菜给你吃。”罗四姐又说，“现在我代七姑奶奶做主人，请你吃消夜。”

胡雪岩胃口不太好，本不想吃，但想到第二天不能会面，便有些不舍之意，借吃消夜盘桓一会儿也好，便点点头：“不必费事！”

“现成的东西。”罗四姐说，“到楼下去吃好不好？”

原要在楼上小酌才够味，但那一来比较费事，变成言行不符，胡雪岩只好站起身来，跟着罗四姐下楼。

“你吃什么酒？”

“随便。”胡雪岩说，“我又不会吃酒，完全陪你。”

“谢谢。既然你陪我，就陪我吃我自己泡的药酒。”

“喔，我倒想起来了——”

“慢点！”罗四姐说，“等我把桌子摆好了再说。”

桌子上摆出来四个碟子，火腿、脆鳝、素鸡、糟白鲞，是七姑奶奶送的。罗四姐另外捧来一个白瓷坛，倒出来的药酒，颜色不佳，但香味扑鼻，发人酒兴。

“你这酒看样子不坏，有没有方子？”

“有。名叫周公百岁酒。你要，我抄一个给你。”

“有这种方子，越多越好。”胡雪岩说，“我想开一家药店，将来要卖药酒。”

罗四姐不由得诧异。“怎么忽然想起来要开药店？”她问。

“其中有好些缘故。有个缘故是有人要我办各样成药，数量很大，我心里在想，不如自己开一家药店，既方便，又地道。”

“这个人是哪个？要那许多成药，做啥用场？”

原来左宗棠的西征将士，已发现有水土不服的现象，寄信到上海转运局，要采办大批丸散膏丹，因而触发了胡雪岩自己设一座大规模的药铺的构想。他目前已请了一道陕甘总督衙门所发、请予免税的公文，派人到生药最大的集散地，直隶安国县采办地道药材去了。

这个计划，胡雪岩最感兴趣，认为是救世济民、鼓励士气最切实的一件事，一谈起来便滔滔不绝。罗四姐很用心地倾听着，遇有他说得欠明白之处，会要言不烦地提出疑问。这表示她不但能够领会他的计划，而且也关心他的事业，胡雪岩便越加兴奋了。

一谈谈到三更天，胡雪岩发现左右邻居看她家半夜里灯火辉煌，门前轿班高声谈笑，都好奇地在张望，不免抱愧，也不好意思再作流连。

“好了，后天中午再来。”胡雪岩站起身来说，“再谈下去，邻居要骂人了。”

到得第三天上午，胡雪岩照例先到阜康钱庄办事，有人告诉他说，“维记”来提了九千两银子，开出数目大小不等的十七张庄票。胡雪岩记在心里，并未多问。

由于那天到罗四姐家，自觉太招摇了，胡雪岩这天只带了一个跟班，亦未乘轿，而是坐了一辆“亨斯美”马车在罗家弄口下车，将马车打发回去，步行赴约。本未过午，罗家客厅里还坐着七八个客户在等候发落。

“胡大先生请坐。”罗四姐大大方方地站起来说，“我马上就好了。”

“不忙，不忙！你尽管请治公。”

胡雪岩捧着一杯茶，悄悄坐在一边。看罗四姐的处事，口讲指画，十分明快，她的客户似乎也服她，说如何便如何，绝无争执，所以不过一盏茶的工夫，都打发走了。

“佩服，佩服。”胡雪岩笑道，“实在能干。”

"能干不能干还不晓得。等我替你买的地皮涨了价，你再恭维我。"

胡雪岩摸不着头脑。"罗四姐，"他问，"你在说啥？"

"等等吃饭的时候再同你讲。你请坐一坐，我要下厨房了。"

厨房里菜都预备得差不多了，炉子上炖着鱼头豆腐，"件儿肉"在蒸笼里，凉菜盐水虾、葱焖鲫鱼和素鸡是早做好了的，起油锅炸个"响铃儿"，再炒一个荠菜春笋，就可以开饭了。

"没有啥好东西请你。"罗四姐说，"不过我想，你天天鱼翅海参，大概也吃腻了，倒不如清清爽爽几样家常菜，或许反倒可以多吃一碗饭。"

"一点不错。"胡雪岩欣然落座，"本来没有啥胃口，现在倒真有点饿了。"

罗四姐笑笑不作声，只替他斟了一杯药酒，然后布菜。胡雪岩吃得很起劲，罗四姐当然也很高兴。

"你刚才说什么地皮不地皮，我没有听懂。请你再说一遍。"

罗四姐点点头。"你给我的折子，我昨天去提了九千两银子。"她问，"你晓得不晓得？"

"他们告诉我了。"

"从前年英租界改路名的辰光，我就看出来了，外国人办事按部就班，有把握的，马路修到哪里，地价涨到哪里，可惜我没有闲钱来买地皮。前两个月还有人来兜我，说山东路……"

"慢点！"胡雪岩问道，"山东路在啥地方？"

"就是庙街。"

原来英租界新造的马路，最初方便他们自己，起的是英文名字，例如领事馆集中之处，名为Consulate Road，江海关所在地名为Customs Road。上海在战国时期，原为楚国春申君黄歇的封邑，当时为了松江水患，要导流入海，春申君开了一条浦江，用他的姓，称为黄浦江，或称黄歇浦，此外春申浦、春申江、申江，种种上海的别称，都由此而来。后人为了崇功报德，曾建了一座春申侯祠，又称春申君庙，但年深月久，遗址无处可寻。

相传，建于明朝、地在三茅阁桥、供奉“三茅真君”的延真观，原来就是春申君庙。英国人便将开在那里的一条马路，称为Temple Street，译成中文便是“庙街”。

英租界的地名很乱，二部局早就想把它统一起来，将界内的马路分为两类，横的一类从东到西，用中国主要的城市命名；纵的自南至北，以中国的省份命名。因此领事馆路改名北京路，而第二个大城市是南京，便将外滩公园向西延伸的马路，改名南京路。

庙街是南北向的，改名山东路。那是前两年的事，胡雪岩未尝留意于此，所以罗四姐提起这个新地名，他茫然莫辨。但庙街他是知道的。

“呃，”他问，“有人兜你买庙街的地皮？”

“庙街现在是往南在造马路，那里的地皮，一定会涨价，所以我提了九千两银子出来，买了二十多亩地皮，已经成交了。”

胡雪岩大为诧异。求田问舍，往往经年累月，不能定局，她居然一天工夫就定局了，莫非受人哄骗不成？

罗四姐看他的脸色，猜到他的心理，“你不相信？”她问。

“不是我不相信，只觉得太快了。”胡雪岩问，“你问的地皮，有没有啥凭证？”

“怎么没有，我有‘道契’，还有‘权柄单’。”

胡雪岩更为惊异。“你连‘小过户’都弄好了？”他说，“你的本事真大。”

“你不相信，我拿东西给你看。”

于是罗四姐去取了三张“道契”来。原来鸦片战争失败，道光二十二年订立《南京条约》，开五口通商，洋人纷纷东来，但定居却成了疑问——“普天之下，莫非王土”，中国的土地是不能卖给洋人的，这就不能不想个变通办法了。

于是道光二十五年，由英国领事跟上海道定立了一份《地皮章程》，规定了一种“永租”的办法。洋人跟土地业主接头，年纳租金若干，租得地皮，起造房屋，另外付给业主约相当于年租十倍的金额，称为“押手”，实际上就是地价。

租约成立后须通知邻近的地主，由地保带领，会同上海道及领事馆所派人员，丈量确定四至界限，在契纸上附图写明白，由领事转送上海道查核。如果查明无误，即由上海道在“出租地契”加盖印信，交承租人收执，这就是所谓“道契”。

这种“道契”，产权清楚、责任确实、倘有纠葛、是非分明，相比中国的旧式地契，含糊不清、一生纠葛、涉讼经年，真是“有钱不置懊恼产”，悔不当初。因此就有人想出一个办法，请洋人出面代领道契。这原是假买假卖的花样，所以在谈妥条件，付给酬劳以后，洋人要签发一张代管产业，业主随时可以自由处置凭证，名为“权柄单”。而这种做法，称之为“挂号”，上海专有这种“挂号洋商”。地皮买卖双方订约成交之前，到“挂号洋商”那里，付费改签一张“权柄单”，原道契不必更易，照样移转给买方，一样有效。这就叫“小过户”。

罗四姐这三张道契，当然附有三张“权柄单”，是用英文所写，胡雪岩多年跟洋人打交道，略识英文，一看洋人所签的“抬头”是自己的英文名字，方始恍然，怪不得罗四姐有“我替你买的地皮”的话。

“不要，不要！地皮是你的。”胡雪岩将道契与权柄单拿到手中，“我叫人再办一次‘小过户’，过到你的名下。”

“你也不必去过户，过来过去，白白挑洋人赚手续费。不过，你把三张权柄单去拿给七姐夫看看倒是对的。他懂洋文、洋场又熟悉，看看有什么不妥当的地方，趁早好同洋人去办交涉。”

“我晓得了。”胡雪岩问道，“罗四姐，我真有点想不通，你哪里学来的本事，会买地皮，而且一天工夫把手续都办好了。说真的，叫专门搞这一行的人去办，也未见得有你这么快。”

“没有的话，洋人做事情最爽快。你们双方谈好了，到他那里去挂个号，他签个字就有多少银子进账，为啥要推三阻四？不过搞这一行的人，一定要拖两天。为啥呢？为的是显得他的脚步钱赚得辛苦。像我——”

罗四姐拿她自己的经验为证。谈妥了山东路的那块地皮，找个专门替人办“小过户”的人要去挂号，讲妥十两银子的“脚步钱”，却说须五天才能办得好。罗四姐听人讲过其中的花样，当即表示只请他去当翻译，她自己跟洋人打交道，脚步钱照付。果然，一去就办妥当了。

“我还说句笑话给你听，那个洋人还要请我吃大菜。他说他那里从来没有看见我们中国的女人家上门过。他佩服我胆子大，要请请我。”

“那么，你吃了他的大菜没有呢？”胡雪岩笑着问说。

“没有。”罗四姐说，“我说我有胆子来请他办事，没有胆子吃他的饭，同去的人翻译给他听了，洋人哈哈大笑。”

胡雪岩也笑了。“不要说洋人，我也要佩服。”他紧接着又说，“罗四姐，我现在才懂了，你是嫌开绣庄的生意太小，显不出你的本事是不是？”

“也不敢这样子说。”罗四姐反问一句，“胡大先生，你钱庄里的头寸很多，为啥不买一批地皮呢？”

“我从来没有想过买地。”

胡雪岩说他对钱的看法，与人不同。钱要像泉水一样，流动才好，买了地等涨价，就好比池塘里的水一样，要靠老天帮忙，多下几场雨，水才会涨。如果久旱不雨，池塘就干涸了。这种靠天吃饭的事，他不屑去做。

“你的说法过时了。”罗四姐居然开口批评胡雪岩，“在别处地方，买田买地，价涨得慢，脱手也不容易，钱就变了一池死水。在上海，现在外国人日日夜夜造马路，一造好，马路两边的田就好造房子，地价马上就涨了。而且买地皮的人，脱手也容易。行情俏，脱手快，地皮就不是不动产而是动产了。这跟你囤丝囤茧子有啥两样？”

一听这话，胡雪岩愣住了，想不到她有这样高明的见解，真有自愧不如之感。

“我要去了。”胡雪岩说，“吃饭吧！”

罗四姐盛了浅浅一碗饭来，胡雪岩拿汤泡了，唏哩呼噜一下子吃完，唤跟班上来，到弄口叫了一辆“野鸡马车”到转运局办公会客。

胡雪岩晚上应酬完了，半夜来看古应春夫妇。

“说件奇事给你们听，罗四姐会做地皮生意，会直接跟洋人去打交道。你们看！”

古应春看了道契跟权柄单，诧异地问道：“小爷叔，你托她买的？”

“不是！”胡雪岩将其中原委，细细说了一遍。

“这罗四姐，”七姑奶奶说道，“真正是厉害角色。小爷叔——”她欲言又止，始终没有再说下去。

胡雪岩有点听出来了，并未追问，只跟古应春谈如何再将这三块地皮再过户给罗四姐的事。

“这个挂号的洋人我知道，有时候会耍花样。索性花五十两银子办个‘大过户’好了。”

胡雪岩也不问他什么叫“大过户”，只说：“随便你。好在托了你了。”

“罗四姐的名字叫什么？”

“这，把我问倒了。”

“罗四姐就是罗四姐。”七姑奶奶说，“姓罗名四姐，有啥不可以？”

胡雪岩笑道：“真是，七姐说话，一刮两响，真正有裁断。”

古应春也笑了，不过是苦笑，搭讪着站起来说：“我来把她的名字，用英文翻出来。”

等古应春走入书房，胡雪岩移一移座位靠近七姑奶奶，轻声说道：“七姐，有件事，我想跟你商量。自从我那两个小的一场时疫去世以后，内人身子又不好，家务有时候还要靠老太太操心，实在说不过去。这罗四姐，我很喜欢她，不晓得——七姐，你看有没有法子好想？”

“我已经替你想过了，罗四姐如果肯嫁你，小爷叔，你是如虎添翼，着实还要发达。不过，她肯不肯做小，真的很难说。”

“七姐，你能不能探探她的口气？”

“不光是探口气，还要想办法。”七姑奶奶问道，“‘两头大’呢？”

“‘两头大’就要住两处，仍旧要老太太操劳。”胡雪岩又说，“只要她肯在名分上委屈，其余的，我都照原配看待她。”

“好！我有数了。我来劝她。好在婶娘贤惠，也决不会亏待她的。”

“那么……”

“好了，小爷叔！”七姑奶奶打断他的话说，“你不必再关照，这件事我比你还心急，巴不得明天就吃这杯喜酒。”

七姑奶奶言而有信，第二天上午就去看罗四姐。七姑奶奶帮罗四姐应付完了客户，便在楼上吃饭，和她随意闲谈，看她提到胡雪岩，神气中有着一种掩抑不住的仰慕与兴奋，知道大有可为，便定了一计。七姑奶奶随口说道：“你属蛇，我是晓得的。”又闲闲问道，“月份呢？”

“月份啊？”罗四姐突然笑了起来，“七姐，我的小名叫阿荷——”

“原来六月里生的。”七姑奶奶看她笑容诡异，话又未完，便又问说，“你的小名怎么不用？”

“我小的时候，男伢儿都要跟我寻开心，装出老虎吃人的样子，嘴里‘啊嗬、啊嗬’乱叫，又说我大起来一定是雌老虎，所以我一定不要用这个小名。那时候，有人有啥事情来寻我帮忙，譬如来一脚会，如果叫我阿荷，就不成功。这样子才把我罗四姐这个名字叫开来的。”

“原来还有这么一段掌故。”七姑奶奶笑道，“说起来，雌老虎也不是啥不好的绰号，至少人家晓得丈夫怕你，也就不敢来欺侮你了。”

“我倒不是这种人。为啥要丈夫怕？”罗四姐摇摇头，“从前的事不去说他了！现在更谈不到了。”

“也不见得。一定还会有人怕你。”

罗四姐欲言又止，不过到底还是微红着脸说了出来：“七姐，你说哪个会怕我？”

七姑奶奶很深沉，点点头说：“人是一定有的，照你这份人才，普普通通的人不配娶你，娶了就怕你也是白怕。”

“怎么叫白怕？”

“怕你是因为你有本事。像你这种人，一看就是有帮夫运的，不过也要本身是块好材料，帮得起来才能帮。本身窝窝囊囊，没有志气，也没有才具，你帮他出个一等一的好主意，他懒得去做，或者做不到，心里觉得亏欠你，一味是怕。这种怕，有啥用处？”

罗四姐听得很仔细，听完了还想了想。“七姐，你这话真有道理。”她说，“怕老婆都是会怕。”

“就是这个道理。”七姑奶奶把话拉回正题，“运是由命来的，走帮夫运，先要嫁个命好的人，自己的命也要好。有运无命，好比树木没有根，到头来还是空的。”

“七姐，命也靠不住。”罗四姐说，“我小的时候，人家替我算命，都说命好，你看我现在，命好在哪里？”

“喔，当初算你的命，怎么说法？”

“我也不大懂，只说甲子日、甲子时，难得的富贵命。”

“作兴富贵在后头。”

“哪里有什么后头，有儿子还有希望，好比白娘娘，吃了一世的苦，到后来儿子中了状元，总算扬眉吐气了。我呢？有啥？”

“你不会再嫁人，生一个？”七姑奶奶紧接着又说，“二马路有个吴铁口，大家都说他算命灵极了，几时我陪你去看看他。”

“七姐，你请他算过？”

“算过。”

“灵不灵呢？”

“当然灵。”七姑奶奶说，“他说我今年上半年交的是‘比劫运’，果然应验了。”

“什么叫‘比劫运’？”

“比劫运就是交朋友兄弟的运，我跟你一见就像亲姐妹一样，不是交比劫运？”

罗四姐让她说动心了。“好啊！”她问，“哪一天去？”

“吴铁口的生意闹猛得不得了！算命看流年，都要预先挂号的。等我叫人去挂号，看排定在啥辰光，我来通知你。”

七姑奶奶回到家，立刻就找她丈夫问道：“二马路的吴铁口，是不是跟你很熟？”

“吃花酒的朋友。”古应春问道，“你问他是为啥？”

“我有个八字……”

“算了，算了！”古应春兜头浇了她一盆冷水，“完全是江湖诀，见人说人话，见鬼说鬼话，你相信他就自讨苦吃了。”

“我就是要他‘见人说人话，见鬼说鬼话’。我有个八字在这里，请他先看一看，到时候要他照我的说法。”

“照你的说法？”古应春问道，“是什么人的八字？”

“罗四姐的。她属蛇，六月望生日。甲子日、甲子时。”

古应春有些会意了。“好吧！”他说，“你要他怎么说？”

“你先不要问我，我要问你两件事。第一，他肯不肯照我的话说；第二，说得圆不圆？”

“好，那么我告诉你：第一，一定肯照你的话说，不过润金要多付。”

“这是小事，就怕他说得不圆，甚至于露马脚，那就误我的大事了。”

“此人鬼聪明，决不会露马脚，至于说得圆不圆，要看对方是不是行家。”

“这是啥道理呢？”

“行家会挑他的毛病，捉他的漏洞。他们这一行有句话，叫作‘若要盘驳，性命交脱’。”

“你叫他放心，他的性命一定保得住。”

第三天下午，七姑奶奶陪了罗四姐去请教吴铁口。他住的二马路，英文名字叫作Rope Walk Road，翻译出来是“纤道路”。当初洋泾浜还可以通船，不过水浅要拉纤，这条纤路改成马路，就叫纤道路。本地人叫不来英文路名，就拿首先开辟的Garden Lane叫作大马路，往南第二条便叫二马路，以下三马路、四马路、五马路一直到洋泾浜，都是东西向。前两年大马路改名南京路，二马路改名杭州路，有人跟洋人说，南京到杭州的水路是两条，一条长江、一条运河，南京是长江下游，要挑个长江上游的大码头当路名，跟南京路才连得起来，因而改为九江路；三马路也就是“海关路”，自然成为汉口路。不过上海人叫惯了，仍旧称作大马路、二马路。

二马路开辟得早，市面早就繁华了。吴铁口“候教”之处在二马路富厚里，进弄堂右首第一家就是，两座石库房子打通，客堂很大，上面挂满了达官巨商名流送的匾额。胡雪岩也送了一块，题的是“子平绝诣”四字，挂在北面板壁上。板壁旁边有一道门，里面就是吴铁口设砚之处。

那吴铁口生得方面大耳，两撇八字胡子，年纪只有三十出头，不过戴了一副大墨晶眼镜，看上去比较老气，身上穿的是枣红缎子夹袍，外套玄色团花马褂，头上青缎小帽，帽檐上镶一块极大的玭霞，手上留着极长的指甲，左手大拇指上套一个汉玉扳指，右手无名指上还有一枚方钻白金戒指，马褂上又是黄澄澄横过胸前的一条金表链，打扮得像个花花公子。

“古太太，”吴铁口起身迎接，马褂下面垂着四个大小荷包，他摘下眼镜笑道，“你的气色真好。”

“交比劫运了，怎么不好。”七姑奶奶指着罗四姐说，“这位是我的要好姐妹，姓罗。吴先生，你叫她罗四姐好了。”

“是，是！罗四姐。两位请坐。”

红木书桌旁边，有两张凳子，一张在对面，一张在左首。七姑奶奶自己坐了对面，示意罗四姐坐在吴铁口身旁，以便交谈。

吴铁口重新戴上墨晶眼镜，在那张红木太师椅上落座，挽起衣袖，提笔在手，问明罗四姐的年月日时，在水牌上将她的“四柱”排了出来：“己巳”“辛未”“甲子”“甲子”。然后他批批点点，搁笔凝神细看。

这一看，足足看了一刻钟。罗四姐从侧面望去，只见他墨晶镜片后面的眼珠，眨得很厉害，心里不由得有些发毛。

“吴先生，”她终于忍不住了，“我的命不好？”

吴铁口摘下眼镜，看着罗四姐说：“可惜了！”接着望对面的七姑奶奶，加重语气说：“真可惜！”

“怎么？”七姑奶奶说，“吴先生，请你实说。君子问祸不问福，罗四姐很开通的，你用不着有啥忌讳。”

吴铁口重重点一点头，将眼镜放在一边，拿笔指点着说：“罗四姐，你是木命，‘日元’应下一个‘正印’，时辰上又是甲子，木‘比’‘印’庇，光看日时两柱，就是个逢凶化吉、遇难成祥的‘上造’。”

罗四姐不懂什么叫“上造”，但听得出命是好命，当即说道：“吴先生，请你再说下去。”

“木命生在夏天，又是巳火之年，这株树本来很难活，好得有子水滋润，不但可活，而且是株大树。金木水火土，五行俱备，‘财’‘官’‘印’‘食’四字全，水是正官正印。这个八字，如果是男命，就同苏州的潘文荣公一样，状元宰相，寿高八十，儿孙满堂，荣华富贵享不尽。可惜是女命！”

罗四姐尚未开口，七姑奶奶抗声说道：“女命又怎么样？状元宰相还不是女人生的？”

“古太太，你不要光火！”吴铁口从从容容地答道，“我说可惜，不是说罗四姐的命不好。这样的八字如果再说不好，天理难容了。”

听这一说，七姑奶奶才回嗔作喜。“那么，可惜在哪里呢？吴先生，”她说，“千万请你实说。”

“我本来要就命论命，实话直说的，现在倒不敢说了。”

“为啥呢？”

“古太太火气这么大，万一我说了不中听的话，古太太一个耳光劈上来，我这个台坍不起。”

“对不住，对不住！”七姑奶奶笑着道歉，“吴先生，请你放心。话说明白了，我自然不会光火。”

说完，吴铁口叫小跟班拿水烟袋来吸水烟，又叫小跟班装果盘招待堂客。七姑奶奶一面连声：“不客气，不客气。”一面却又唤小大姐取来她的银水烟袋，点上纸煤儿，好整以暇地也“呼噜呼噜”地吸将起来。

七姑奶奶跟吴铁口取得极深的默契而扮演的这出双簧，已将罗四姐迷惑住了，渴望想听“可惜”些什么。因此见此光景，她心里焦急，而且有些怪七姑奶奶不体谅她的心事，却又不便实说，只好假装咳嗽，表示为水烟的烟子呛着了，借以暗示七姑奶奶可以歇手了。

“把窗户开开。”吴铁口将水烟袋放下，重新提笔，先看七姑奶奶，将她的注意力吸引过来，方始开口说道，“女命跟男命的看法不同。女命以‘克我’为‘夫星’，所以男命的‘正官’‘偏官’，在女命中都当丈夫来看。这是一句‘总经’，要懂这个道理，才晓得罗四姐的八字为啥可惜。”

七姑奶奶略通命理，听得懂他的话，罗四姐不十分了了，但为急于听下文，也微微颔首，表示会意。

“金克木，月上的这个‘辛金’，就是‘甲木’的夫星。坏就坏在时辰上也有个甲，这有个名堂，叫作‘二女争夫’。”

七姑奶奶与罗四姐不约而同地互看了一眼，罗四姐有所示意，七姑奶奶也领会，便代她发言。

“吴先生，你是说另外有个女人，跟罗四姐争？”

“不错。”

“那么争得过，争不过呢？”

“争得过就不可惜了。”吴铁口说，“二女争夫，强者为胜。照表面看，你是甲子，我也是甲子，子水生甲木，好比小孩打架，这面大人出来帮儿子，那面也有大人出来说话，旗鼓相当扯个直。”

“嗯，嗯。”罗四姐这下心领神会，连连说道，“我懂了，我懂了。”

“罗四姐，照规矩说，时上的甲子本来争不过你的，为啥呢，你的夫星紧靠在你，近水楼台先得月，应该你占上风。可惜‘庚子望未’，辰戌丑未‘四季土’，土生金，对方就是‘财星官’，对夫星倒是大吉大利，对你大坏，坏在‘财损印’！好比小孩子打架，一方面有父母，一方面父母不在了，是个孤儿。你想，打得过人家、打不过人家？”

这番解说，听得懂的七姑奶奶觉得妙不可言：“吴先生，我看看。”

吴铁口将水牌倒了过来，微侧着向罗四姐这面，让她们都能得见。七姑奶奶细看了一会儿，指点着向罗四姐说：“你看，庚下这个未，是土，紧靠着你的那个子，是水，水克土。水是财、土是印，所以叫作财损印。没有办法，你命中注定，争不过人家。”

“争不过人家，怎么样呢？”罗四姐问。

这话当然要吴铁口来回答：“做小！”两字斩钉截铁。

罗四姐听他语声冷酷无情，大起反感，提高了声音说：“不愿意做小呢？”

“克夫。”

“克过了。”

“还是要做小！”

“偏要做大！”

“做大还是要克，嫁一个克一个。”

罗四姐脸都气白了：“我倒不相信！”

一个铁口，一个硬碰，看看要吵架了，七姑奶奶赶紧拉一拉罗四姐的衣服说：“宁可同爷强，不可同命强。你先听吴先生说，说得没有道理再驳也不迟。”

“我如果说得没有道理，古太太、罗四姐请我吃耳光不还手。”吴铁口指着水牌说，“罗四姐克过了，八字上也看得出来的，‘印’是荫覆，在家从父，出嫁从夫，这印是个靠山，丈夫去世，不就是靠山倒了？”说着，抬眼去看。

罗四姐脸色比较缓和了，七姑奶奶便说：“为啥还是要做小呢？”

“因为未土克了第一个子水，过去就克第二个子水了，逃不掉的。真的不肯做小，也没有办法，所谓‘人各有志，不能相强’。不过，这一来，前面的‘财’‘官’‘印’‘食’就不必再看了。”

“为啥不必再看？”

“人都不在了，看它何用？”

罗四姐大吃一惊。“吴先生，”她问，“你说不肯做小，命就没有了？”

“当然。未土连克子水，甲木不避，要跟它硬上，好，木克土，甲木有帮手，力量很强，不过你们倒看看未土，年上那个巳土是帮手，这还在其次，最厉害是巳火，火生土，源源不绝，请问哪方面强？五行生克，向来克不到就要被克。这块未土硬得像块石头一样，草木不生，甲木要去斗它，就好比拿木头去开山，木头敲断，山还是山。”

听得这番解说，罗四姐像斗败了的公鸡似的，刚才那种“偏要做大”的倔强之气，消失得无影无踪，但心里却仍不甘做小。

于是七姑奶奶便要从正面来谈了。“那么，做了小就不要紧了？”她问。

“不是不要紧。是要做了小，就是说肯拿辛金当夫星，然后才能谈得到前面那四个字的好处。”

“你是说，年上月上那四个字？”

“是啊！土生金好比母子，木既嫁了金，就是一家眷属，没有再克的道理——”

“吴先生，”七姑奶奶打断他的话说，“我是问那四个字的好处。”

“好处说不尽。这个八字顶好的是巳火那个‘食神’，八字不管男女，有食神一定聪明漂亮。食神足我所生，食神生巳、未两土之财，财生辛官，这就是帮夫运。换句话说，夫星显耀，全靠我生的这个食神。”

“高明、高明。”七姑奶奶转脸说道，“四姐，你还有什么话要请教吴先生？”

罗四姐迟疑了一下，使个眼色，七姑奶奶知道她要说悄悄话，随即起身走向一边。罗四姐低声说道：“七姐，你倒问他，哪种命跟我合得来的？”

“我晓得。”七姑奶奶回到座位上问道：“吴先生，如果要嫁，哪种命的人最好？”

“自然是金命。”

“土命呢？”说着，七姑奶奶微示眼色。

吴铁口机变极快，应声而答：“土生金更好。”

“喔。”七姑奶奶无所措意似的应声，然后转脸问道，“四姐，还有啥要问？”

“一时也想不起。”

说这话就表示她已经相信吴铁口是“铁口”，而且要问的心事还多。七姑奶奶觉得到此为止，自己的设计，至少已有七八分把握，应该适可而止，便招招手叫小大姐将拜匣递上来，预备取银票付润金。

“吴先生，今天真谢谢你，不过还要请你费心，细批一个终身。”

“这——”吴铁口面有难色，“这怕一时没有工夫。”

“你少吃两顿花酒，工夫就有了。”

吴铁口笑了。“这也是我命里注定的。”他半开玩笑地说，“‘满路桃花’的命，不吃花酒，就要赴阎罗王的席，划不来。”

“哼！”七姑奶奶撇撇嘴，做个不屑的神情，接着说道，“我也知道你忙，慢一点倒不要紧，批一定要批得仔细。”

“只要不限辰光，慢工出细活，一定的道理。”

“那好。”七姑奶奶一面拣银票，一面问道，“吴先生该酬谢你多少？”

“古太太，你知道我这里的规矩的。全靠托贵人的福，命不好，多送我也不算，命好，我又不好意思多要。随古太太打发好了，总归不会让我白送的。”

“白送变成‘送命’了。”七姑奶奶取了一张五十两银票，放在桌上说道，“吴先生，你不要嫌少。”

“少是少了一点。不过，我决不嫌。”

“我也晓得依罗四姐的八字，送这点钱是不够的。好在总还有来请教你的时候，将来补报。”

告辞出门，七姑奶奶邀罗四姐去吃大菜、看东洋戏法。罗四姐托辞头疼，一定要回家。七姑奶奶心里明白，吴铁口那番斩钉截铁的论断，已勾起了她无穷的心事，她要回去好好细想，因而并不坚邀，和她一起坐上自家的马车。到家以后，七姑奶奶再关照车夫送罗四姐回去。

到了晚上十点多钟，古应春与胡雪岩相偕从宝善街妓家应酬而回。胡雪岩知道七姑奶奶这天陪罗四姐去算命，是特为来听消息的。

“这个吴铁口，实在有点本事。说得连我都相信了。”

要说罗四姐非“做小”不可，原是七姑奶奶对吴铁口的要求。自己编造的假话，出于他人之口，居然信其为真，这吴铁口的一套说法，必是其妙无比。这就不但胡雪岩，连古应春亦要先闻为快了。

“想起来都要好笑。吴铁口的话很不客气，开口克夫，闭口做小，罗四姐动真气了，哪知到头来，你们晓得怎么样？”

“你不要问了。”古应春说，“只管你讲就是。”

“到头来，她私底下要我问吴铁口，应该配什么命好？吴铁口说，自然是金命。我说土命呢？”七姑奶奶说，“这种地方就真要佩服吴铁口，他懂我的意思倒不稀奇，厉害的是脱口而出，说土生金，更加好。”

“小爷叔，”古应春笑道，“看起来要好事成双了。”

“都靠七姐成全。”胡雪岩笑嘻嘻地答说。

“你听见了？”古应春对他妻子说，“一切都要看你的了。”

“事情包在我身上！不过急不得。罗四姐的心思，比哪个都灵，如果拔出苗头来，当我们在骗她，那一来，她什么话都听不进去了。所以，这件事我要等她来跟我谈，不能我跟她去谈，不然，只怕会露马脚。”

“说得不错。”胡雪岩深深点头，“我不急。”

“既然不急，小爷叔索性先回杭州，甩她一甩，事情反倒会快。”

胡雪岩略想一想答说：“我回杭州，过了节再来。”

“对！”七姑奶奶又说，“小爷叔，你不妨先预备起来，先禀告老太太。”

“老太太也晓得罗四姐的，一定会答应。”

“婶娘呢？”

“她原说过的，要寻一个帮手。”

“小爷叔，你一定要说好。”七姑奶奶郑重叮嘱，“如果婶娘不赞成，这件事我不会做的。多年的交情，为此生意见，我划不来。”

七姑奶奶能跟胡家上下都处得极好，而且深受尊敬，就是因为在这些有出入的事情上，她极有分寸。胡雪岩并不嫌她的话率直，保证跟婶娘说实话，决不会害她将来为难。

“那么，我等你的信。”

“好的。我大概过三四天就要走了。”胡雪岩说，“你看，我要不要再跟她见一次面？”

“怎么不要？不要说一次，你天天去看她也不要紧。不过千万不要提算命的话。”

一直不大开口的古应春提醒他妻子说：“满饭好吃，满话难说。你也不要自以为有十足的把握。如果罗四姐对她的终身真的有什么打算，一定也急于想跟你商量，不过，她不好意思移樽就教，应该你去看她，这才是体谅朋友的道理。”

七姑奶奶欣然接受了丈夫的建议。第二天上午她坐车去看罗四姐，到得那里，已经十点多钟，只见客堂中还坐着好些绣户，却只有老马一个人在应付。

“你们东家呢？”

“说身子不舒服，没有下楼。”老马苦笑着说，“我一个人在抓瞎。”

“我来帮忙。”

七姑奶奶在罗四姐平日所坐的位子上坐了下来。她来过几次，也曾参与其事，发料发钱、验收货色，还不算外行。有疑难之处，唤小大姐上楼问清楚了再发落。不过半个钟头，便已毕事。

“我上楼去看看。”七姑奶奶问小大姐，“哪里不舒服？”

“不是身子不舒服。”小大姐悄悄说道，“我们奶奶昨天哭了一晚上，眼睛都哭肿了。”

七姑奶奶大吃一惊，急急问道：“是啥缘故？”

“不晓得，我也不敢问。”

七姑奶奶也就不再多话，撩起裙幅上楼，只见罗四姐卧室中一片漆黑，心知她是眼睛红肿畏光，便站住了脚。这时帐子中有声音了。

“是不是七姐？”

“是啊！”

“七姐，你不要动。等我起来扶你。”

“不要，不要！我已经有点看得清楚了。”七姑奶奶扶着门框，慢慢举步。

“当心，当心！”罗四姐已经起来，拉开窗帘一角，让光线透入，自己却背过身去，“七姐，多亏你来。不然老马一个人真正弄不过来。”

“你怕光。”七姑奶奶说，“仍旧回到帐子里去吧！”

罗四姐原是如此打算，不独畏光，也是不愿让七姑奶奶看到她哭肿了眼睛，于是答应一声，仍旧上床，指挥接续而至的小大姐倒茶、预备午饭。

“你不必操心。我来了也像回到家里一样，要吃啥会交代他们的。”七姑奶奶在床前一张春凳上坐了下来，悄声说道，“到底为啥啰？”

“心里难过。”

“有啥放不开的心事？”

罗四姐不作声。七姑奶奶也就不必再往下问，探手入帐去，摸她的脸，发觉她一双眼睛肿得有杏子般大，而且泪痕犹在。

“你不能再哭了！”七姑奶奶用责备的语气说，“女人家就靠一双眼睛，身子要自己爱惜，哭瞎了怎么得了？”

“哪里就会哭瞎了？”罗四姐顾而言他地问，“七姐，你从哪里来？”

“从家里来。”七姑奶奶喊小大姐，“你去倒盆热水，拿条新手巾来，最好是新的绒布。”

这是为了替罗四姐热敷消肿。七姑奶奶一面动手，一面说话，说胡雪岩要回杭州去过节，就在这两三天要为他饯行，约罗四姐一起来吃饭。

“哪一天？”

“总要等你眼睛消了肿，能够出门的时候。”

“这也不过一两天事。”

“那么，就定在大后天好了。”七姑奶奶又说，“你早点来！早点吃完了，我请你去看戏。”

“我晓得了。”刚说得这一句，自鸣钟响了，罗四姐默数着是十二下，“我的钟慢，中午已经过了。”接着便叫小大姐，“你到馆子里去催一催，菜应该送来了。”

“已经送来了。”

“那你怎么不开口。菜冷了，还好吃？”

罗四姐接着便骂小大姐。七姑奶奶在一旁解劝，说生了气虚火上升，对眼睛不好。罗四姐方始住口。

“你把饭开到楼上来。”七姑奶奶关照，“我陪你们奶奶一起吃。”

等把饭开了上来，罗四姐也起来了，不过仍旧背光而坐，始终不让七姑奶奶看到她的那双眼睛。

“你到底是为啥伤心？”七姑奶奶说，“我看你也是蛮爽快的人，想不到也会这样想不开。”

“不是想不开，是怨自己命苦。”

“你这样的八字，还说命苦？”

“怎么不苦。七姐，你倒想，不是守寡，就要做小。我越想越不服气！我倒偏要跟命强一强。”

“你的气好像还没有消，算了，算了。后天我请你看戏消消气。”

“戏我倒不想看，不过，我一定会早去。”

"只要你早来就好。看不看戏到时候再说。"七姑奶奶问道，"小爷叔回杭州，你要不要带信带东西？"

"方便不方便？"

"当然方便。他又有人、又有船。"七姑奶奶答说，"船是他们局子里的差船，用小火轮拖的，又快又稳当。"

罗四姐点点头，不提她是否带信带物，却问到胡雪岩的"局子"。七姑奶奶便为她细谈"西征"的"上海转运局"。

"克复你们杭州的左大人，你总晓得啰？"

"晓得。"

"左大人现在陕西、甘肃当总督，带了好几万军队在那里打仗。那里地方苦得很，都靠后路粮台接济，小爷叔管了顶要紧的一个，就是上海转运局。"

"运点啥呢？"

"啥都运。顶要紧的是枪炮，左大人打胜仗，全靠小爷叔替他在上海买西洋的枪炮。"

"还有呢？"

"多哩！"七姑奶奶屈着手指说，"军装、粮食、药……"

"药也要运了去？"罗四姐打岔问说。

"怎么不要？尤其是夏天，藿香正气丸、辟瘟丹，一运就是几百上千箱。"

"怪不得。"罗四姐恍然有悟。

"怎么？"

"那天他同我谈，说要开药店。原来'肥水不落外人田'。"

"肥水不落外人田的生意还多。不过，他也不敢放手去做。"

"为啥？"罗四姐问。

"要帮手。没有帮手怎么做？"

"七姐夫不是一等一的帮手？"

“那是外头的。内里还要个好帮手。”七姑奶奶举例以明，“譬如说，端午节到了，光是送节礼，就要花多少心思，上到京里的王公大老倌，下到穷亲戚，这一张单子开出来吓坏人。漏了一个得罪人，送得轻了也得罪人。”

“送得重了也要得罪人。”罗四姐说，“而且得罪的怕还不止一个。”

“一点不错。”七姑奶奶没有再说下去。

到了为胡雪岩饯行的那一天，七姑奶奶刚吃过午饭，罗四姐就到了。她一到便问：“七姐，你有没有工夫？”

“啥事情？”

“有工夫，我想请七姐陪我去买带到杭州的东西。还有，我想请人替我写封家信。”

七姑奶奶心想，现成有老马在，家信为什么要另外请人来写？显见得其中另有道理，当时便不提购物，只谈写信。

“你要寻怎样的人替你写信？”

“顶好是——”罗四姐说，“像七姐你这样的人。”

“我肚子里这点墨水，不见得比你多，你写不来信，我也写不来。”七姑奶奶想了一下说，“这样，买东西就不必你亲自去了，要买啥你说了我叫人去办。写信，应春就要回来了，我来抓他的差。”

“这样也好。”

于是，七姑奶奶把她的管家阿福叫了来，由罗四姐关照。吃的、用的，凡是上海的洋广杂货，在内地都算难得的珍贵之物，以至于阿福不能不找纸笔来开单子。

“多谢管家。”罗四姐取出一张五十两的银票，刚要递过去，便让七姑奶奶拦住了。

“不必。我有折子。”

阿福不肯接，要看主妇的意思。七姑奶奶已猜到她所说的那个取货的折子，必是胡雪岩所送。既然她不肯用，又不愿要别人送，那就不必勉强了。

“好了，随你。”

有她这句话，阿福才接了银票去采办。

恰好古应春亦已回家，稍微休息一下，便让七姑奶奶“抓差”，为罗四姐写家信。

“这桩差使不大好办。”古应春笑道，“是像测字先生替人写家信，你说一句我写一句呢？还是你把大意告诉我，我写好了给你看，不对再改。”

“哪种方便？”

“当然是说一句写一句来得方便。”

“那么，我们照方便的做。”

“好！你请过来。”

到得书房里，古应春铺纸吮笔，先写下一句“母亲大人膝下敬禀者”，然后抬眼看着坐在书桌对面的罗四姐。

“七姐夫，请你告诉我娘，我在上海身子很好，请她不要记挂。问她的肝气病好一点没有？药不可以断。我寄五十两银子给她，吃药的钱不可以省。”

“嗯，嗯。”古应春写完了问，“还有？”

“还有，托人带去洋广杂物一网篮，亲戚家要分送的，请老人家斟酌。糖食等等，千万不可让阿巧多吃……”

“阿巧是什么人？”古应春问。

“是我女儿。”

“托什么人带去要不要写？”

“不要。”

“好。还有呢？”

“还有。”罗四姐想了一下说，“八月节，我回杭州去看她。”

“还有？”

“接到信马上给我回信。”罗四姐又说，“这封信要请乌先生写。”

“古月胡，还是口天吴？”

“不是。是乌鸦的乌。”

“喔。还有呢？”

“没有了。”

古应春写完念了一遍，罗四姐表示满意。接下来开信封，古应春问：“怎么写法？”

“请问七姐夫，照规矩应该怎么写？”

“照规矩，应该写‘敬烦某某人吉便带交某某人’下面是‘某某人拜托’。”

“光写‘敬烦吉便’可以不可以？”

当然可以。古应春是因为她说不必写明托何人带交，特意再问一遍，以便印证。现在可以断定，她是特意不提胡雪岩的名字。何以如此，就颇耐人寻味了。

罗四姐一直到临走时，才说：“胡大先生，我有一封信，一只网篮，费你的心带到杭州，派人送到我家里。”她将信递了过去。

“好！东西呢？”

“在我这里。”七姑奶奶代为答说。

“胡大先生哪天走？”

“后天。”

“那就不送你了。”罗四姐说。

“不客气，不客气。”胡雪岩问，“要带啥回来？”

“一时也想不起。”

“想起来写信给我。或者告诉七姐。”

等送罗四姐上了车，七姑奶奶一回来便迫不及待地问她丈夫：“罗四姐信上写点啥？”

“原来是应春的大笔！”胡雪岩略显惊异地说，“怪不得看起来字很熟。”

“我做了一回测字先生。”古应春说，“不过，我也很奇怪，这样一封信，平淡无奇，她为什么要托我来写。平常替她写家信的人到哪里去了？”

“当然有道理在内。”七姑奶奶追问着，“你快把信里的话告诉我。”

那封信，古应春能背得出来。他背完了说：“有一点，倒是值得推敲的，她不愿意明说，信和网篮是托小爷叔带去的。”

“她有没有说，为啥指明回信要托乌先生写？”

“没有。”

胡雪岩要问的话，另是一种。“她还有个女儿？”他说，“她没有告诉过我。”

“今天就是告诉你了。不过是借应春的嘴。”

“啊，啊！”古应春省悟了，“这就是她故意要托我来写信的道理。”

“道理还多呢！”七姑奶奶接口，“第一，要看小爷叔念不念旧？她娘，小爷叔从前总见过的，如果念旧，就会去看她。”

“当然！”胡雪岩说，“我早就想好了，信跟东西亲自送去。过节了，总还要送份礼。”

“这样做就对了。”七姑奶奶又说，“小爷叔，她还要试试你，见了她女儿怎么样？”

“嗯！”胡雪岩点点头，不置可否。

“还有呢？”古应春这天将这三个字说惯，不自觉地滑了出来。

“指明信要托乌先生写，是怕测字先生说不清楚，写不出来，马马虎虎漏掉了，只有乌先生靠得住。”

胡雪岩觉得她的推断非常正确，体味了好一会儿，感叹地说：“这罗四姐的心思真深。”

“不光是心思深，还有灵。我说送礼送得轻了得罪人，她说送得重了，也要得罪，而且得罪的不止一个。”七姑奶奶接下来说，“小爷叔，你要不要这个帮手，成功不成功，就看乌先生写信来了。”

胡雪岩心领神会，回到杭州先派人去办罗四姐所托之事，同时送了一份丰厚的节礼。然后他挑了个空闲的日子，轻装简从，潇潇洒洒地去看罗四姐的母亲。胡雪岩仍旧照从前的称呼，称她“罗大娘”。但罗大娘却不大认得出他了，陌生加上受宠若惊、惶恐不安，胡雪岩了解她的心情，跟她先谈罗四姐的近况，慢慢地追叙旧事，这才使得罗大娘的心定了下来。这心一定下来，她自然就高兴了，也感动了，不断地表示，以胡雪岩现在的身份，居然纡尊降贵，会去看她，是她想都不敢想的事。

第六章　曲折情关

十天以后，罗四姐接到了家信。罗大娘照她的话，是请乌先生代写的。这乌先生是关帝庙的庙祝，为人热心，洞明世事。他先看了罗四姐的来信，心头有个疑问：何以回信要指定他来写？再听罗大娘眉飞色舞地谈胡雪岩来看她的情形，他恍然大悟。罗四姐大约不能确定，胡雪岩会不会亲自来看罗大娘，所以信中不说信件等物托何人所带，不过胡雪岩的动静，她是很关心的。既然如此，自己就要详详细细告诉她。她之所以指明要自己替罗大娘写回信，也正是这个道理。

乌先生完全猜对了罗四姐的心思，因此，他的信也就深符她的期待了。乌先生的代笔，浅显明白，罗四姐先找老马来念给她听过，自己也好好下了一番功夫，等大致可以看得懂了，才揣着信去看七姑奶奶。

“七姐，”她说，“我有封信，请你给我看看。”

“哪个的信？”

“我娘的信。我一看信很长，当中好像提到胡大先生，我怕有要紧话在里头，不方便叫老马给我看。”

“我比你也好不了多少，你看不明白，我也未见得看得懂。不过，不要紧，一客不烦二主，当初你是托应春替你写的，现在仍旧叫他来看好了。”

“七姐夫在家？”

“在家。”七姑奶奶答说，“有个洋人要来看他，他在等。”

于是七姑奶奶将古应春找了来，拿信交了给他。他一面看，一面讲：“东西都收到了，胡大先生还送了一份很厚的礼，一共八样，火腿、茶叶、花雕……”

“这不要念了。”七姑奶奶插嘴问道，“你信里称小爷叔，是叫胡大先生？”

“是啊！杭州人之中，尊敬小爷叔的，都是这样叫他的。”

“好！你再讲下去。”

“五月初七胡大先生去看你母亲，非常客气，坐了足足有一个时辰，谈起在上海的近况——”讲到这里，古应春笑笑顿住了。

“咦！”七姑奶奶诧异地问，“啥好笑？”

“信上说，你母亲知道你认识了我们两个，说是‘欣遇贵人’。”古应春谦虚着，“实在不敢当。”

“我娘的话不错。你们两位当然是我的贵人。”罗四姐问道，“七姐夫，信上好像还提到我女儿。”

“是的。你母亲说，胡大先生很喜欢你女儿，问长问短，说了好些话。还送了一份见面礼，是一双绞丝的金镯子。”

“你看！”罗四姐对七姑奶奶说，“大先生对伢儿们给这样贵重的东西！不过，七姐，我倒不大懂了，大先生怎么会将这双镯子带在身边？莫非他去之前，就晓得我有个女儿？”

“不见得。”七姑奶奶答说，“我们小爷叔应酬多，金表、杂七杂八的东西很多，遇到要送见面礼，拿出来就是。”

“原来这样子的。”罗四姐的疑团一释，“七姐夫，请你再讲。”

“你娘说，你说要回去，她也很想念你，如果你抽不出工夫，她可到上海来看你。”

罗四姐还未开口，七姑奶奶先就喊了出来。“来嘛！”她说，“把你娘接了来歇夏，住两三个月再回去。”

“上海是比杭州要凉快些。”罗四姐点点头，“等我来想想。”

“后面还有段话，是乌先生‘附笔’，很有意思！”古应春微笑着，“他说，自从胡大先生亲临府上以后，连日‘庙中茶客议论纷纷’，都说胡大先生厚道。照他看，胡大先生是你命中的贵人，亦未可知。”

这话触及罗四姐心底深处，再沉着也不由得脸一红。七姑奶奶非常识趣，故意把话扯了开去。“什么‘庙中茶客’？”她问，“什么庙？”

“关帝庙，就在我家邻近。替我娘写这封信的乌先生，是那里的庙祝。靠他平常摆桌子卖茶、说大书，关帝庙的香火才有着落。”

正谈到此处，洋人来拜访古应春了。在他会客时，罗四姐与七姑奶奶的话题未断。罗四姐也很想接她母亲来住，但苦无便人可以护送。七姑奶奶认为这根本算不了一回事，写信给胡雪岩就是。

“不好！”罗四姐只是摇头，却不说为何不好，及至七姑奶奶追问时，她才答说，“我欠他的情太多了。”

“已经多了，何妨再欠一回。”

“我怕还不清。”

“那也有办法——”

七姑奶奶想一想，还是不必说得太露骨。罗四姐也没有再问，这件事就暂且搁下来了。

谈了些闲话，到了上灯时分，七姑奶奶提议，早点吃晚饭，饭后去看西洋来的马戏。罗四姐答应在她家吃饭，但不想去看马戏，因为散戏已晚，劳她远送回家，于心不安。

“那还不好办？你住在我这里好了。我们还可以谈谈。”

罗四姐想了一下，终于接受邀约。饭后看马戏回来，古应春也刚刚到家。

“阿七，请你替我收拾收拾行李。”他说，“今天来的洋人，是德国洋行新来的总管。他说要专程到杭州去拜访小爷叔，顺便逛逛西湖，我只好陪他走一趟。”

“怎么？”七姑奶奶高兴地说，“你要到杭州？好极，好极！你把罗四姐的老太太带了来。”

古应春愣了一下，想到罗大娘信中的话，方始会意，欣然答说：“好、好！我一定办到。”

他们夫妇已经这样作了决定，罗四姐除了道谢，别无话说。接着便谈行程，古应春计算，来去约需半个月。七姑奶奶便又出了主意。

“你索性搬到‘大英地界’来住，我们来去也方便。”她说，“寻房带搬家，有半个月尽够了。”

“嗯，嗯。等我想一想。”

“你不必想。等我来替你想。”七姑奶奶是在想，有什么熟人的房子，或租，或买，一切方便，思索了一会儿，想到了，“老宓不是在造‘弄堂房子’？”她问，“完工了没有？”

“老早完工了。”

“他那条弄堂，一共二十四家，算是条很长的弄堂。我想一定有的。”

“那好。”七姑奶奶转脸对罗四姐说，“老宓是阜康的工伙，现在也发财了。是他的房子，只要一句话，就可以搬进去住。”

“看看，看看！”罗四姐急忙否定，“我想另外寻，比较好。”

“为啥呢？”

罗四姐不答，只是摇头。七姑奶奶终于想到了，在此她跟胡雪岩的关系，正当微妙的时刻，她是有意要避嫌疑，免得太着痕迹。

七姑奶奶觉得罗四姐人虽精明能干，也很重义气交情，但不免有些做作。她是个心直口快的人，遇到这种情形，她有一套快刀斩乱麻的手法，是罗四姐所做不到的。

“我不管你那颗玲珑七巧心，九变十转地在想点啥，总而言之，言而总之一句话，你搬家是搬定了。房子呢，或租、或典、或买下来，我替你作主，你不必管。”

罗四姐反倒服帖了。“七姐，”她说，“我就听你的话，一切不管，请你费心。”

于是七姑奶奶独断独行，为她买了阜康钱庄二伙老宓新造的“弄堂房子”。这条弄堂名叫富厚里，二十四户，望衡对宇，两面可通。七姑奶奶挑定的一户，坐北朝南，楼下东西厢房，大客厅，后面是“灶披间”、下房、储藏室。扶梯设在中间，楼上大小五个房间，最大的一个，由南到北，直通到底，是个套房，足供藏娇。另外四间，一间起坐、一间饭厅、两间客房，家具摆饰，亦都是七姑奶奶亲自挑选，布置得富丽堂皇，着实令人喜爱。

前后不过十天工夫，诸事妥帖，七姑奶奶自己也很得意。第十一天早上，派马车将罗四姐接了来，告诉她说：“房子我替你弄好了。现在陪你去看看。”

一看之下，罗四姐又惊又喜，兴奋之情，溢于言表，不断地说：“太好了，太好了。只怕我没有福气，住这么好的房子。”

七姑奶奶不理她这话，光是问她还有什么不满意之处，马上可以改正。罗四姐倒也老实说了，还应该加上窗帘。

“窗帘已经量了尺寸，叫人去做了，明天就可以做好。”七姑奶奶接着又问，“你哪天搬？”

“慢点！”罗四姐拉着她并排坐下，踌躇了一下说道，“七姐，说实话，房子我是真欢喜。不过，我怕力量办不到，房子连家具，一起在内，总要四千银子吧？”

“四千不到。我有细账在那里。”七姑奶奶说，“你现在不必担心买不起。这幢房子现在算是我置的，白借给你住，到你买得起了，我照原价让给你。”

“世界上有这样的好事吗？”

“你不相信，我自己都不相信呢！”七姑奶奶笑道，“看起来，吴铁口的话要应验了。”

罗四姐记得很清楚，吴铁口断定她要“做小”，如果“偏要做大”就会“嫁一个克一个”。假使不愿“做小”，又不能“做大”，本身就会遭殃，性命不保。倘或如此，八字中前面那四个字的“财”“官”“印”“食”自然都谈不到了。所以只有心甘情愿“做小”，才会有福气。这样一想，七姑奶奶话中的意思，也就很明显了。

话虽如此，可罗四姐既不愿表示承认，也不愿表示否认。这一来，她唯一的办法便是装作未听清楚而忽略她的弦外余音，故意言他。

“七姐，搬家是件麻烦的事，恐怕——”

“你用不着顾前想后。这里家具摆设都有了，你那里的木器，能送人的送人，没人可送，叫个收旧货的来，一脚踢。收拾收拾衣服、首饰、动用器具，不过一天的工夫，有啥麻烦？”

“我那班客户呢？”

“这倒比较麻烦。”七姑奶奶沉吟了一会儿说，“我劝你也不必再做了……”

“不！”罗四姐抢着说道，“不光是为我自己。人家也是养家活口的一项行当，我不能不管。”

“那也容易，你找个能干的人，做你的替手。说不定，还可以要一笔‘顶费’。”七姑奶又说，“新旧交替，难免接不上头，老马可以慢慢搬过来。或者老马投了新东家，你就更加省事了。”

听七姑奶奶为她的打算，简捷了当却又相当周到，罗四姐实在无话可说了。“七姐，我真服了你了。”她说，“如今只剩下一件事，挑日子。”

“对。”七姑奶奶说，“到我那里去，一面挑日子，一面再好好商量。”

回到古家，略为息一息，七姑奶奶叫人取了皇历来挑日子。很不巧，一连八九天都不宜迁居，最快也得十天以后。

“那时候老太太已经来了。”七姑奶奶说，“我的想法是，顶好这三四天以内就搬停当，老太太一来就住新房子，让她老人家心里也高兴，而且也省事得多。四姐，你说呢？”

“话自然不错。不过，日子不好，没有办法。”

七姑奶奶想了一下说：“有办法。俗语道得好，拣日不如撞日。撞到哪天是哪天，你说好不好？”

“怎么撞法？”

“以老太太到上海的那天，就算你撞到的日子。老太太到了，先在我这里歇一歇脚。马上进屋，你也把要紧东西先搬运了来。晚上摆两桌酒，叫一班髦儿戏，热闹热闹，顺便就算替老太太接风，不是一举两得？”

罗四姐觉得这样安排也很好，便即问道：“七姐夫不晓得哪天回来？”

“快了。大概还有四五天工夫。”

古应春回来了。使得罗四姐深感意外的是，她的母亲没有来，倒是乌先生来了。

那乌先生有五十多岁，身材矮胖，满头白发，长一个酒糟鼻子，形容古怪，但那双眼睛极好。他看人时，眼中两道光芒射过来，能把人吸引住，自然而然地觉得此人可亲且可信赖。因此，七姑奶奶一会儿便对他有好感。

在古应春引见以后，自然有一番客套，七姑奶奶问到罗四姐的母亲何以不来，乌先生乘机道明了来意。

“罗四姐的娘因天气太热，又是吃‘观音素’，到上海来作客，种种不方便，所以不来。不过她娘倒有几句要紧话，要我私下跟她说，所以沾古先生的光，携带我到上海来开开眼界。”

“蛮好，蛮好。”七姑奶奶说，“罗四姐，我跟她一见如故，感情像亲姐妹一样，乌先生是她敬重的人，到了这里，一切不必客气。现在乌先生看，是把罗四姐接了来呢？还是你去看她。”

“他娘还有点吃的、用的东西给罗四姐，还是我去好了。”

“那么，我来送你去。”

“不敢当，不敢当，决不敢当。”

“乌先生，你不要客气。为啥要我亲自送你去呢？这有两个缘故。”说到这里，七姑奶奶转眼看着丈夫说，“你恐怕还不晓得，罗四姐搬家了，是老宓的房子，我一手替她料理的。”

“好快！”古应春说了这一句，便又对乌先生说，“罗四姐的新居在哪里，我都不知道，那就非内人送你去不可了。”

“我送了乌先生去，顺便约一约罗四姐，今天晚上替乌先生接风，请她作陪。”

听得这么说，乌先生除了一再道谢以外，再无别话，于是舍车坐轿，一起到了罗四姐那里。七姑奶奶把人带到，又约好罗四姐晚上陪乌先生来吃饭，随即匆匆忙忙赶回家，因为她急于要听古应春谈此行的经过。

“他是女家的‘大冰老爷’——”

原来胡雪岩一回杭州，略得清闲，便与老母妻子谈罗四姐的事。本来娶小纳妾，胡雪岩原是自己可以作主的，但罗四姐的情形不同，好些有关系的事，都要预先谈好。最要紧的，第一是虚名，第二是实权。杭州官宦人家的妾侍，初进门称“新姑娘”，一年半载亲党熟悉了，才会称姓，假如姓罗，便叫“罗姑娘”，三年五载以后，才换称“姨奶奶”的称呼。至于熬到“姨太太”总要进入中年，儿女成长以后。可是胡雪岩却为罗四姐提出要求，一进门就要称“太太”。

“那么，”胡老太太问道，“你的元配呢？这个也是‘太太’，那个也是‘太太’，到底是叫哪个？”

“一个叫‘二太太’好了。”

胡老太太沉吟了一会儿道：“她怎么说呢？”胡老太太用手遥指，这“她”是指胡太太。

“我还没有跟她谈到这上头。先要娘准了，我再跟她去说。”

胡老太太知道，媳妇贤惠而软弱，即使心里不愿，亦不会公然反对，但她作为一家之主，却不能不顾家规，所以一时不便轻许，只说：“我要好好儿想一想，总要在台面上说得过去才可以。”

“台面上是说得过去的。为啥呢？”胡雪岩正好谈“实权”，他说，

“目下这种场面，里头不能没有一个人来‘抓总’。媳妇太老实，身子又不好，以至于好些事，还要老太太来操劳，做儿子的心里不安。再说句老实话，外头的情形，老太太并不清楚，有时候想操心，也无从着力。我想来想去，只有把罗四姐讨了来当家。既然当家，不能没有名分，这是所谓‘从权办理’。台面上说得过去的。”

“你要她来当家，这件事，我就更加要好好想一想了。你总晓得，当家人是很难做的。”

“我晓得。罗四姐极能干，这个家一定当得下来。”

“不光是能干。”胡老太太说，“俗语说，不痴不聋，不做阿家翁。做当家人要吃得起哑巴亏。丫头老妈子、厨子轿班，都会在背后说闲话。她有没有这份肚量，人家明明‘当着和尚骂贼秃’，她也只当没有听见，脸上一点懊恼的神气都没有？”

“这一点——”胡雪岩说，“当然要跟她说清楚，她一定会答应的。”

胡老太太大摇其头。“说归说，答应归答应，到时候就不同了。”她说，“泥菩萨都有个土性，一个忍不住闹了起来，弄得家宅不和，那时候你懊悔嫌迟了。”

这是各人的看法不同。胡老太太以前也见过罗四姐，但事隔多年，是何面貌都记不清楚了，当然只就一般常情来推测。胡雪岩心想，这不是一下子可将老母说服的，唯有多谈一谈罗四姐的性情才具，渐渐地让母亲有了信心，自然水到渠成。

就在这时候，古应春陪着洋人到了杭州，谈妥公事，派人陪着洋人去逛六桥三竺，古应春才跟胡雪岩详谈罗四姐所托之事，以及乌先生代笔信中的内容，认为事机已成熟，可以谈嫁娶了。

“我们老太太还有顾虑。”胡雪岩说，“老太太是怕她只能任劳，不能任怨。”

“那么，小爷叔，你看呢？”

“这要先看我们怎样子待人家。”胡雪岩说，“罗四姐不肯拉倒，如果肯了，她总也知道，我不能拿元配休了，讨她做大太太，而只有做小。做小称太太，又让她掌权，她只要这样想一想，就算有闲言闲语难听，一口气咽得下去，自然心平气和了。”

“小爷叔的话很透彻。”古应春自告奋勇，“我来跟老太太说。”

说当然有个说法，古应春根本不提胡雪岩，只谈七姑奶奶跟罗四姐如何投缘，以及罗四姐如何识好歹，因为七姑奶奶待她好，所以言听计从，情如同胞姐妹。

胡老太太很尊重患难之交的古应春夫妇，对七姑奶奶更有份特殊的感情与信心，当时便说：“七姐中意的人，一定不会错的。这个媒要请七姐来做，我也要听了七姐的话才算数。”

一桩好事，急转直下，看来成功在望了。但古应春心思细密，行事谨慎，觉得乐观的话以少说为宜。

“老太太也不要太高兴，人家肯不肯，还在未知之数。”

古应春接下来细谈七姑奶奶陪罗四姐去算命，几乎与吴铁口吵架的趣事。当然，他决不会透露，这是他们夫妇事先跟吴铁口说通了的秘密。

胡老太太听得很仔细，而且越听笑意越浓。“原来她有这样一副好八字，看来真是命中注定了。”她接着又说，“这种人的脾气是这样的，要嘛不肯，要肯了，说的话，一定有一句算一句。”

“小爷叔，”古应春又想到一件事，“不知道婶娘的意思怎么样？”

“她肯的。”胡老太太接口，“我跟她谈过了，她要我作主。现在，七姐夫，这桩事情，我就拜托你了。”

“只要老太太作主，婶娘也不会埋怨，我同阿七当然要尽心尽力把这件事办圆满来。”

于是古应春为胡雪岩策划，男家的媒人是七姑奶奶，女家的媒人不妨请乌先生承乏。胡雪岩自然同意，便发了一份请帖，请乌先生吃饭。

这在乌先生自有受宠若惊之感，他准时到胡家来赴宴，做主人的介绍了古应春与其他的陪客，敬过一杯酒，托辞先离席了。

席间闲谈，不及正事，饭罢到客座喝茶，古应春才将乌先生邀到一边，笑着说道：“乌先生，你我神交已久。”

乌先生愕然，及至古应春提到彼此为罗四姐一家代笔的事，乌先生方始明白。人虽初识，笔迹早熟，这就是神交。因为如此，一切都好谈了。

“照此看来，事情已经定局了。”七姑奶奶很高兴地说，“这乌先生看起来很关心罗四姐，不晓得他看了她的新房子，心里是怎么想？”

乌先生等七姑奶奶一走，从房子看到摆饰，这些在他心目中无一不新，无一不精。乌先生想不到罗四姐如此阔气，只因有七姑奶奶这个初会面的堂客在，不便现于形色，怕人家笑话他没有见过世面，此时已不再需要任何矜持了，便毫不掩饰地显出艳羡惊异的神态。

“罗四姐，我真没有想到，你年纪轻轻的一个女人家，会闯出这样一个场面来！上海我也来过两回，说实话，这样漂亮的房子，我还是头一回见。”他紧接着又说，“古家当然是有身份的人家，房子虽比你的大，不过没有你的新，摆饰家具也比你多，可惜有细有粗，有好有坏，不比你的整齐。”

听他这样夸赞，罗四姐心里有种说不出的舒服。人生得意之事，无过于从小相亲的熟人，看到此人肯争气、有出息、青云直上，刮目相看。她此时的心情，亦大有衣锦还乡之感，不过紧接着而来的感觉，却是美中不足的空虚。

“房子、家具都不是我的，我哪里就到得了能这样子摆场面的地步？”

这话在乌先生并不觉得全然意外，他略想一想说道：“就算是胡大先生替你置的，既然用了，就算是你的了。”

“也不是他，是七姑奶奶的。”

“七姑奶奶？”乌先生诧异，“你们罗家哪里跑出来这样一位姑奶奶？”

“乌先生你缠到哪里去了？”罗四姐笑道，“就是古太太，娘家姓尤，行七，大家都叫她七姑奶奶，我叫她七姐。”

“啊，啊，原来是她。”乌先生眨着眼想，越想越糊涂，“那么，古家两夫妇，怎么叫胡大先生‘小爷叔’？上海人叫叔叔叫‘爷叔’，胡大先生怎么会是他们的小叔叔？”

“其中有个缘故，我也是前几天才听七姑奶奶谈起，她的哥哥行五——”

罗四姐告诉他说，尤五是松江漕帮的当家。尤五的师父跟胡雪岩是朋友，交情很厚。漕帮中人，极重家规，所以尤五年龄虽比胡雪岩大，但也尊胡雪岩为长辈，七姑奶奶和古应春亦都跟着尤五叫胡雪岩为小爷叔。

“照七姑奶奶说，松江漕帮称为‘疲帮’。他们这一帮的漕船很多，是大帮，不过是个空架子，所以当家的带帮很吃力，亏得胡大先生帮他们的忙。为此，胡大先生在杭州到上海的这条水路上很吃得开，就因为松江漕帮的缘故。”

乌先生听得很仔细，一面听，一面在心里想他自己的事。他虽受托来做媒，但仔细想想，不是什么明媒正娶，他这个媒人也没有什么面子，所以一路上抱定一个主张：如果罗四姐本人不甚愿意，或者胡雪岩的为人，在杭州以外的地方风评不佳，那就说不得打退堂鼓了。此刻看来，自己一路上的想法，似乎都不切实际了。

既然如此，就不妨谈正事了。“罗四姐，”他说，“你晓不晓得，我这趟为啥来的？”

这样问法，罗四姐不免有些发窘。不过这是自己的终身大事，不能因为羞于出口，以致弄成误会，所以很沉着地说：“是不是我娘有什么话，请乌先生来跟我说。”

“是的。我原来的意思，是你娘即使不能来，写信给你也是一样，但你娘不赞成。她的话也有道理，写信问你，等你的回信，一来一去个把月，倒不如我来一趟，直接问个明白。”

“娘要问我的是什么话？”

“问你对胡大先生怎么样？”

这一下，罗四姐的脸有些红了。“什么怎么样呢？”她用埋怨来遮掩羞涩，“乌先生你的话，说得不清不楚，叫我怎么说？”

乌先生在关帝庙设座卖茶，一天见过三教九流的人不知多少，阅历甚丰，不过做媒人却是第一次，因而有时不免困惑：大家都说“媒人的嘴”是最厉害的，成败往往在一句话上，可到底如何是一言丧邦、一言兴邦呢？不想，此时他自然而然就懂了。乌先生想，这时只要他答一句“胡大先生要讨你做小”，罗四姐必然既羞且恼，一怒回绝，好事就难谐了。

如果乌先生对胡雪岩的印象不佳，他就会那样说，但此刻他已决心来牵这根红线，便要拣最动听的话来说：“罗四姐，胡大先生要请你去当家。”

这话让罗四姐心里一跳，但却不大敢相信。“哪里有这回事？”她说，“大家都叫胡大先生是‘财神’，他家那样大的排场，我怎么当得了他的家？”

“罗四姐，我劝你不要客气。你的能干，从小就看得出来的。胡大先生向来最识人，他说要请你去当家，当然看准了你挑得起这副担子。”

看来不像是随口玩笑的话，罗四姐不由得回一句：“真的？”

“当然是真的。没有这句话，我根本不会来。”乌先生说，“名分上你已经吃亏了，没有别的东西来弥补，你想我肯不肯来做这个媒？”

乌先生的话说得很巧妙，用“名分上已经吃亏了”的说法，代替听者刺耳的“做小”二字，罗四姐不知不觉便在心里接受了。

“你的意思到底怎么样？”乌先生催问着，“如果你没有话，晚上我就要跟古太太去谈了。当然，我是女家的媒人，一定会替你争。”

“怎么？为啥要跟七姑奶奶去谈？”罗四姐问，“莫非她是——”

“她是男家的媒人。”

“我娘的意思呢？”

“你娘情愿结这门亲的。”

罗四姐心潮起伏，思前想后，觉得有些话是连在乌先生面前都难出口的，考虑了好一会儿说：“乌先生，你晓得的，七姑奶奶跟我像同胞姐妹一样，我看，我自己来问问她。”

“让我做个现成媒人，那再好都没有了。”乌先生说，“不过，罗四姐，你娘是托了我的，你自己跟古太太谈的辰光，不要忘记了替你娘留一条退路。”

何谓“退路”？罗四姐不明白，便即问说：“乌先生，我娘是怎么跟你说的？”

乌先生有些懊悔，“退路”的话是不应该说的。所谓“退路”是以罗四姐将来在胡家的身份，她母亲不会成为“亲家太太”，也就不会像亲戚那样往来，这样，便须为她筹一笔养老的款子，才是个“退路”。但看目前的情形，且不说罗四姐，即便是胡雪岩也一定会想到，他那句话便是多余的了。

因此，他就不肯再说实话，只是这样回答：“你娘没有说什么，是我想到的，养儿防老，积谷防饥，你要替你娘打算打算。”

“原来是这一层！”罗四姐很轻松地答说，“我当然有打算的。”

“那好，我也放心了。等下到了古家，你自己跟古太太去谈好了。”

为了替乌先生接风，古应春稍微用了些心思。乌先生既是生客，应该照通常的规矩，男女分席，但主客一共四个人，分做两处，把交情都拉远了，而且说话也不方便，因此古应春决定请乌先生“吃大菜”。

在人家家里“吃大菜”，乌先生还是第一回。幸好做主人的想得很周到；“吃大菜”的笑话见得多，刀子割破舌头虽是夸大其词，拿洗手指的水当冷开水喝，却非笑话，至于刀叉乱响，更是司空见惯之事。所以古应春除了刀叉以外，另备一双筷子。选的菜，第一，避免半生的牛排；第二，凡是肉类都先去骨头；第三，调味少用西洋的作料。不过酒是洋酒，也不分饭前酒、饭后酒，黄的、白的、红的，摆好了几瓶，请乌先生随意享用。

“乌先生！”七姑奶奶入座时就说，“自己人，我说老实话，用不惯刀叉，用筷子好了。”

“是！是！恭敬不如从命。我就老实了。”乌先生欣然举箸。

“乌先生看见罗四姐的新房子了？”

七姑奶奶有意将“子”字念得极轻，听去像“新房”。这在她是开玩笑，乌先生却误会了，以为将来罗四姐会长住上海，她目前的新居，将来便是双栖之处。乌先生心想，如果是这样子，又怎么让罗四姐去当家？

乌先生心里有此疑问，却不暇细思，因为要回答七姑奶奶的话。“好得很。”他说，“我听罗四姐说，是古太太一手经理的。”

“乌先生，”罗四姐不等他说完，便即说道，“你叫七姐，也叫七姑奶奶好了。”

“好！七姑奶奶，真是巾帼英雄！”

“怎么会想出这么一句话来？”罗四姐笑道，“恭维嘛，也要恭维得像才是。七姐又不是‘白相人嫂嫂’，怎么叫巾帼英雄？”

乌先生自己也觉得拟于不伦，便即说道：“我来之前，‘大书’说岳传，正说梁红玉擂鼓破金兵，‘巾帼英雄’这句话听得多了，才会脱口而出。”

“乌先生喜欢听大书，明天我陪你。”古应春爱好此道，兴致勃勃地说，“城隍庙的两档大书，一档‘英烈’，一档‘水浒’，都是响档。乌先生不可错过机会。”

“苏州话，”罗四姐说，“乌先生恐怕听不懂。”

“听得懂，听得懂。”乌先生接着用生硬的苏白说道，“阴立，白坐。”

大家都笑了。

“乌先生不但懂，”古应春说，“而且是内行。”

原来“阴立，白坐”是“英烈，白蛇”的谐音，是书场里挖苦刮皮客人的术语。有的人阴阴地站在角落，不花一文听完一回书，名为“阴立”；有的人大大方方坐在后面，看跑堂的要“打钱”了，悄悄起身溜走，名为“白坐”。

由于彼此同好，二人皆有喜遇知音之感，大谈“大书”，以及说书人的流派。罗四姐见此光景，轻轻向七姑奶奶说道：“乌先生这顿酒会吃到半夜，我们离桌吧！”

七姑奶奶亦正有此意，找个空隙，打断他们的谈锋，说了两句做女主人应有的门面话，与罗四姐双双离席。

七姑奶奶将她带到楼上卧室。这间卧室一直为罗四姐所欣赏，因为经过古应春设计，改成西式，有个很宽敞的阳台，装置了很大的玻璃门，门上加两层帷幕，一层薄纱、一层丝绒。白天拉开丝绒那一层，阳光透过薄纱，铺满整个房间，明亮华丽，令人精神一爽；晚上坐在阳台上看万家灯火，亦别有一番情趣，尤其是像这种夏天，在阳台上纳凉闲谈，是最舒服不过的一件事。

“你是喝中国茶，还是喝洋茶？”

所谓“喝洋茶”是英国式的奶茶。七姑奶奶有全套的银茶具，照英国规矩亲自调制，而且亲自为客人倒茶，颇为费事。罗四姐此刻要谈正事，无心欣赏“洋茶”，便即说道：“我想吃杯菊花茶。”

黄白“杭菊花”可以当茶叶泡来喝，有清心降火之功。七姑奶奶笑着问道：“你大概心里很乱？”

“也不晓得啥道理，心里一直烦躁。”

“我们到阳台上来坐。”

七姑奶奶挑到阳台上去密谈，是替罗四姐设想。若谈到自己的终身大事，罗四姐难免腼腆，阳台上光线幽暗，可以隐藏忸怩的表情，就比较能畅所欲言了。

* * *

等小大姐泡了菊花茶来，背光坐着的罗四姐幽幽地叹口气说：“七姐，只怕我真的是命中注定了。”

“喔，”七姑奶奶问道，“胡家托乌先生来做媒了，他怎么说？”

“他说的话也不晓得是真是假，说胡大先生的意思，要我去替他当家。”

“不错，这话应春也听见的。”

“这么说，看起来是真的！”罗四姐心里更加踏实，但心头的疑虑亦更浓重，“七姐，你说，我凭啥资格去替他当家？”

七姑奶奶心想，胡雪岩顾虑者在此，罗四姐要争者亦在此，足见二人都是厉害角色，不开口则已，一开口必中要害。不过，她虽然已从古应春口中摸透了“行情”，但不愿轻易松口，因为不知道罗四姐还会开什么条件，不能不谨慎行事。

于是她试探地问道：“四姐，你自己倒说呢？要啥资格，才好去替他当家。”

“当家人的身份。身份不高，下人看不起，你说的话他左耳进、右耳出。七姐，你说，这个家我怎么当？”

“是的。这话很实在。我想，我们小爷叔，不会不懂这个道理，他总有让下人敬重你的办法。”

“啥办法？”罗四姐紧接着问，“七姐夫怎么说？”

“他说，胡老太太托我来做媒。不过，我还不敢答应。”

罗四姐又惊又喜。“原来是胡老太太出面？”她问，“胡太太呢？”

“他们家一切都是老太太作主。胡太太最贤惠不过，老太太说啥就是啥，百依百顺的。”

听得这一说，罗四姐心头宽松了些，不过七姑奶奶何以不敢答应做媒？这话她却不好意思问。

“我为啥不敢答应呢？”七姑奶奶自问自答地说，“因为我们虽然一见如故，像同胞姐妹一样，但这到底这是你的终身大事，你没有跟我详详细细谈过，我不晓得你心里的想法。如果冒冒失失答应下来，万一做不成这个媒，反而伤了我们感情。”

“七姐，这一层你尽管放心。不管怎么样，你我的感情是不会伤的。”

“有你这句话，我的胆就大了。四姐，除了名分以外，还有啥？请你一样一样告诉我，看哪一样是我可以答应下来的，哪一样是我能替你争的，哪一样是怎么样也办不到的。”

“怎么样也办不到的事，我也不会说。”罗四姐想了一下说，“七姐，我顶为难的是我老娘。”

她老娘何以会成为难题？七姑奶奶想一想才明白，必是指的当亲戚来往这件事。以她的看法，这件事是否为难，主要的是要看罗四姐自己的态度，倘或她坚持要胡老太太叫一声“亲家太太”，这就为难了，否则胡家也容易处置。

谈到这里，话就要明说了。“四姐，你的意思我懂了。”她说，“还有啥，你一股脑儿说出来，我们一样一样来商量。”

“还有，你晓得的，我有个女儿。”

“你的女儿当然姓她老子的姓。”七姑奶奶说，“你总不见得肯带到胡家去吧？”

“当然，那算啥一出？”

“既然不带到胡家，那就是你自己的事，不管你怎么安排，胡家都不便过问的。这件事可以不必谈，还有啥？”

“还有，我只能给老太太一个人磕头。”

“是不是！”七姑奶奶马上接口，“我不敢答应，就是怕你有这样的话，叫我说都不便去说的。”

罗四姐自己也觉得要求过分了一些，不过话既已出口，亦不便自己收回，因而保持沉默。当然，在七姑奶奶看，这就是不再坚持的表示，能商量得通的。

“四姐，我现在把人家的意思告诉你。第一是称呼，下人都叫你太太；第二进门磕一个头，以后都是平礼；第三生了儿子着红裙。这三样，是老太太交代下来的。”

罗四姐考虑了一会儿，觉得就此三事而言，再争也争不出什么名堂来，不如放漂亮些，换取对方在他处的让步。

于是她说："七姐这么说，我听七姐的。不过，我进他家的门，不晓得是怎么个进法？"

七姑奶奶心想，这是明知故问。妾侍进门，无非一乘小轿抬进门，在红烛高烧之下，一一磕头定称呼。罗四姐问到这话，意思是不是想要坐花轿进门呢？

当然，照一般的办法，是太委屈了她，但亦决无坐花轿之理。七姑奶奶觉得这才真的遇见难题了。

想了又想，七姑奶奶只能这样回答："这件事我来想办法，总归要让你面子上看得过去。你明天倒问问乌先生，看他有啥好办法？"

正事谈到这里，实在也可以说是很顺利了。做媒本来就要往返磋商，一步一步将双方意见拉近来，罗四姐明白事缓则圆的道理，因而很泰然地答说："事情不急，七姐尽管慢慢想。"

"你是不急，小爷叔恐怕急着要想做新郎倌。"七姑奶奶笑着将她的脸扳向亮处，"不晓得你妆扮成新娘子，是个啥样子？"

这话说得罗四姐心里不知是何滋味，说一句："七姐真会寻开心。"她便一闪站起身来，"乌先生不知道吃好了没有？"

"我们一起下去看看。"

两人携着手复回楼下，只见古应春陪着乌先生在赏鉴那些西洋小摆设。七姑奶奶少不得问些"吃饱了没有"之类的客气话，然后问到乌先生下榻之处。

"客栈已经定好了。"古应春问道，"不知道罗四姐今天晚上，是不是还有事要跟乌先生谈？"

"今天太晚了。"罗四姐答说，"有事明天也可以谈。"

"那么，我送乌先生回客栈。明天一早我会派人到客栈陪了乌先生到罗四姐那里。下午我陪乌先生到各处逛逛。"

等古应春送客回来，七姑奶奶还没有睡，等着要将与罗四姐谈论的情形告诉他，最后谈到罗四姐如何“进胡家的门”。

“一顶小轿抬进门，东也磕头，西也磕头，且不说罗四姐委屈，我们做媒人的也没有面子。”

“为小爷叔，没有面子也就算了。”古应春说，“你不要把你的想法也摆进去，那一来事情就越发摆不平了。”

“好！那么罗四姐，总要让她的面子过得去。”

“这有点难办。又有里子，又要面子，世界上恐怕没有那么便宜的事。”七姑奶奶也觉得丈夫的话不错，不过已经答应罗四姐要让她“面子上过得去”，所以仍在苦苦思索。

“睡吧！我累了。”古应春旅途劳顿，一上床，鼾声即起。七姑奶奶却无法合眼，最后终于想到了一个办法，而且自己觉得很得意，很想唤醒古应春来谈，却又不忍，只好闷在心里。

第二天一早，古应春正在漱洗时，七姑奶奶醒了，掀开珠罗纱的帐子，探头说道：“不要紧了！我有法子了。”没头没脑一句话，说得古应春愣在那里，好一会儿才省悟。

“你是说罗四姐？”他问。

“对。”七姑奶奶起床，倦眼惺忪，但脸上别有一种兴奋的神情，“他们的喜事在上海办，照两头大的办法，一样可以坐花轿、着红裙。”她问，“你看呢？”

“小爷叔在杭州有大太太的，无人不知，人家问起来怎么说？”

“兼祧！”七姑奶奶脱口回答，“哪个去查他们的家谱？”

“这话倒也是。不知道小爷叔肯不肯？”

“肯不肯是他自己的事，我们做媒人的，是有交代了。”七姑奶奶又说，“我想他也不会不肯的。”

古应春考虑了一会儿，同意了她的办法，只问：“回到杭州呢？”

“照回门的办法，先到祖宗堂磕头，再见老太太磕头。”

“这不是啥回门的办法，是‘庙见’，这就抬举罗四姐的身份了。”古应春深深点头，“可以！”

“你说可以就定规了。下半天，你问问乌先生，看他怎么说。”

“能这样，乌先生有什么话说？至于你说‘定规’，这话是错了。要小爷叔答应了才能定规。”

“你这么说，那就快写信去问。”

古应春觉得不必如此匆促。不过，这一点他觉得也不必跟爱妻去争，反正是不是写了信，她也不会知道，所以答应着说：“我会写。”

乌先生上午去看了罗四姐，下午由古应春陪着他，坐了马车去观光。一圈兜下来，乌先生自己提出要求，想到古家来吃晚饭，为的是谈罗四姐的亲事。

“我跟她谈过了，她说她的意思，七姑奶奶都晓得。不过，既然我是媒人，她说有些话，要我跟七姑奶奶来商量。”

“是的。乌先生你说。”

“第一件，将来两家是不是当亲戚来往，现在暂且可以不管。不过，她的女儿，要胡太太认做干女儿，将来要到胡家来的，下人要叫她‘干小姐’。”

“胡太太的儿女，还要叫她妹妹。”七姑奶奶补充着，极有把握地说，“这件事包在我身上。”

“第二件比较麻烦，她说七姑奶奶答应了她的，要我请问七姑奶奶，不晓得是啥办法？”

“办法是想到一个，不过，还不敢作主。这个办法，一定要胡大先生点了头才能算数。”

“是的，做媒本来要双方自己愿意，像七姑奶奶这样爽快有担当，肯代胡大先生作主，真是难得。”乌先生说，“不过，先谈谈也不要紧。”

这件事很有关系，七姑奶奶心想，倘或自己说错了一句话，要收回或更改就不漂亮了，不如让她丈夫去谈，自己在一旁察言观色，适时加以纠正或者补充，比较妥当。

于是古应春便在她授意之下，讲他们夫妇这天清早商量好的办法。讲得一点不错，七姑奶奶认为无须作何修正。倒是乌先生的态度，让她奇怪，只见他一面听，一面锁紧眉头——她不知道这是乌先生在用心思索一件事时，惯有的样子，只当他对这样的办法还不满意，心里不免大起反感。

于是等古应春讲完了，她冷冷地问："乌先生觉得这个办法，还有啥欠缺的地方？"

"不是欠缺，我看很不妥当。"

这就连古应春都诧异了。"乌先生，请你说个道理看。"他问，"何以不妥当？"

"胡大先生现在是天下闻名的人，佩服他、赞成他的人很多，妒忌他、要他好看的人也不少。万一京里的御史老爷参上一本，不得了。"

"参上一本？参胡大先生？"

"这我就不懂。"七姑奶奶接着也说，"犯了啥错？御史要参他。"

"七姑奶奶，请你耐耐心，听我说——"

原来乌先生的先世是杭州府钱塘县的刑房书办，已历四代，现在由乌先生的长兄承袭，《大清律例》是他的家学，对《户婚律》当然亦很熟悉，所以能为古应春夫妇作一番很详细的解释。

他说，以"兼祧"为娶"两头大"的借口，是习俗如此，而律无明文，不过既然习俗相沿，官府亦承认的，只是兼祧亦有一定的规矩，如俗语所说的"两房合一子"，方准兼祧。这在胡雪岩的情形，显然不合。

"你们两位请想，既称'胡大先生'就有'胡二先生'。好比合肥李家，有'李大先生'李瀚章，就一定有'李二先生'李鸿章。胡大先生既然有兄弟，就可以承继给他无子的叔伯，何用他来兼祧？"

"这话说得有道理，'胡大先生'这个称呼，就摆明了他是有兄弟的。”古应春对他妻子说，“兼祧这两个字，无论如何用不上。用不上就不能娶两房正室。一定要这么办，且不说大清律上怎么样，论官常先就有亏了，这叫作‘宠妾灭妻’，御史老爷一本参上去，事实俱在，逃都逃不了的。”

一听这话，七姑奶奶吓出一身冷汗。“真是亏得乌先生指点，”她说，“差点做错了事情，害我们小爷叔栽个筋斗。”

“筋斗倒也栽不大，不过面子难看。”乌先生又说，“讲老实话，胡大先生还在其次，我先要替罗四姐想一想，倘或因为她想坐花轿、穿红裙，弄出来这场麻烦，胡老太太、胡大先生一定很不高兴，说风凉话的人就会说：‘一进门就出事，一定是个扫帚星。’七姑奶奶你倒想，罗四姐以后还好做人？”

“乌先生，你想得真周到，见识真正高人一等。”七姑奶奶由衷地佩服，“而且人家本来不知道罗四姐是啥身份，这一来‘妾’的名声就‘卖朝报’了。”

“卖朝报”是句杭州的俗话，还是南宋时候传下来的，老百姓的名字忽然在“朝报”上出现，一定出了新闻，“卖朝报”的人为扩招徕，必然大声吆喝，以至于大街小巷，无人不知。如果胡雪岩因为“宠妾灭妻”而奉旨申斥，上谕中就会有罗四姐的名字——清朝的“宫门钞”就是南宋的“朝报”，所以七姑奶奶的这个譬喻，十分贴切。

“是啊！”乌先生说，“那一来，不但杭州上海，到处都知道了，真正叫作‘求荣反辱’。我想我只要一说明白，罗四姐一定也懂的。”

“是，是！”古应春急忙接口，“那就拜托先生跟罗四姐婉言解释。只要这一层讲通了，我想我们的这个媒就做成功了。”

罗四姐自然能够体谅其中的苦衷，但总觉得怏怏有不足之意，不过对七姑奶奶极力帮她讲话出主意，非常感激，因而也就更觉得可以说知心话，所以反而拿乌先生向她解释的话，来跟七姑奶奶商量。

“四姐，我想劝你一句话，英雄不怕出身低，一个人要收缘结果好，才是真正的风光。你不是心胸不开阔的人，不要再在这上头计较了。”七姑奶奶又说，“我当你陪嫁的奶妈，送了你去，你看好不好？”

江浙风俗，富家小姐出阁时，贴身的侍女、哺育的乳母，往往都陪嫁到夫家，而且保留着原来的称呼。罗四姐听七姑奶奶用这样的说法，表示就算委屈，她亦愿意分担这份情意，求之于同胞姐妹，亦未见得必有，应该能够弥补一切了。

“七姐，”罗四姐眼圈红红地说，“我也不知道前世敲破了多少木鱼，今生才会认识你。”

“认识我没有啥了不得，倒是你嫁我们小爷叔，真是前世修来的。”七姑奶奶说，“做个女人家，无非走一步帮夫运，天大的本事，也是有限制的。丈夫是个阿斗太子，哪怕你是诸葛亮，也只好叹口气。我们小爷叔的本事，现在用出来的，不过十之二三，你能再把他那六七分挖出来，你就是女人家当中第一等人物。何必在乎名分上头？”

这一说，顿时激起罗四姐的万丈雄心，她很兴奋地说：“七姐，我同你说心里的话，我自己也常在想，我如果是个男的，一样有把握创一番名堂出来，只可惜是个女的。如今胡大先生虽说把个家交给我，但我看他倒也并非一定只限制我把家当好了就好了，在生意上头如何做法，他也会听我的，我倒很想下手试一试。”

“是的。”七姑奶奶很婉转地说，“不过，这到底在其次。你出了主意，是好的，他一定会听，那就等于你自己在做，并不一定要你亲自下手。照我看，你的顶大的一桩生意是开矿，开人矿！这话你懂不懂？”

“不懂。七姐，”罗四姐笑道，“你的花样真多。”

“我是实实在在的话，不是耍花样。我刚刚说道，你要把我们小爷叔没有用出来的六七分本事，把它挖出来。如果你做得到，你就是开着了一座金矿！别的都算小生意了。”

罗四姐先当七姑奶奶是说笑话，听完了细细思量，方始领悟，庄容说道：“七姐，你的这番道理我懂了。不过，以前我没有想到这一点，只想到要逞自己的本事，现在才晓得，我要逞本事，一定要从胡大先生身上去下功夫。”

“对啊！”七姑奶奶高兴地拍着手说，“你到底聪明，想得透，看得透。”

除了“亲迎”的花轿以外，其余尽量照“六礼”的规矩来办，先换庚帖，然后下聘。聘礼是两万现银，存在杭州阜康钱庄生息，供罗四姐为老娘养老之用，当然还有一座房子，仍旧置在螺蛳门外。罗四姐在上海的新居，亦已过户在她名下，七姑奶奶所垫的房价及其他费用，自然是由胡雪岩结算。

聘礼最重首饰，虽只得四样，不过较之寻常人家的八样，还更贵重。新穿的珠花、金刚钻的镯子、翡翠耳环、红玉簪子，其实是罗四姐自己挑的——胡雪岩关照古应春，请七姑奶奶陪罗四姐去选定了，叫珠宝店直接送到上海阜康钱庄，验货收款。

* * *

“四姐，应春昨天跟我说，你们情同姐妹，这一回等于我们嫁妹子，应该要备一份嫁妆。这话一点都不错。”七姑奶奶说，“我想，仍旧你自己去挑，大家的面子，你尽管拣好的挑，不要客气。说老实话，几千两银子，应春的力量还有。”

罗四姐心想，只要嫁到胡家，将来一定有许多机会帮古应春的忙，借为补报，所以不必说客气话。不过，也不好意思让他们多破费，因而这样答说：“七姐跟姐夫这番意思，我不能不领。不过，东西也不在乎贵重，只要欢喜就好，你说是不是？”

“正是。”七姑奶奶说，“先挑木器。明天你空不空？”

“空。”

“那就明天下半天。仍旧到昌发去好了。”

昌发在南市，是上海最大的一家木器行，罗四姐新居的家具，就是在那里买的。“好！就是昌发。”罗四姐说，“今天家里会有客人来，我要走了。”

等七姑奶奶用马车将她送到家，罗四姐立即关照老马，另雇一辆马车，要带小大姐到南市去办事。

到得南市在昌发下车，老板姓李，一见老主顾上门，急忙亲自迎了出来招呼：“罗四小姐，今天怎么有空？请里面坐，里面坐。”

“我来看堂木器。”

“喔，喔！”李老板满脸堆笑，“是哪里用的？”

“房间里。”

所谓“房间里”是指卧房，首要的就是一张床，但既称“一堂”，当然应该还有几椅桌凳之类。李老板便先问材料：“罗四小姐喜欢红木，还是紫檀？”

“当然是紫檀。”

“罗四小姐，你既然喜欢紫檀，我有一堂难得的木器，不可错过机会。”

“好！我来看看。”

李老板将她领入后进一个房间。罗四姐进门便觉目眩，原来这些堂檀木器，以螺甸嵌花，有耀眼的反光，以致炫目。

细细看去，华丽精巧，实在可爱。“这好像不是本地货色。”罗四姐说，“花样做法都不同。”

“罗四小姐，到底是顶呱呱的行家，”李老板说，“一眼就识透了。这堂木器是广东来的。广东叫酸枝，就是紫檀。光是广东来的不稀奇，另外还有来历，说出来，罗四小姐，你要吓一跳。”

“为啥？”

“这本来是进贡的……”

"进贡？"罗四姐打断他的话说，"你是说，原来是皇帝用的。"

"不错。"

"李老板，"罗四姐笑道，"你说大话不怕豁边？皇帝用的木器，怎么会在你店里？"

"喏，罗四小姐，你不相信是不是？其中当然有个道理，你请坐下来，等我讲给你听。"

李老板请罗四姐在一张交椅上坐了下来，自己在下首相陪。他很会做生意，用的伙伴、徒弟亦很灵活，等罗四姐刚刚坐定，现泡的盖碗茶与四个高脚果碟已经送了上来。罗四姐存心要来买木器，生意一定做得成，所以对昌发的款待，坦然接受，连道声谢都没有。

"罗四小姐，请你先仔细看看东西。"

她原有此意。因为所坐的那张交椅，小巧玲珑，高低正好，靠背适度，一坐下来双肘自然而然地搭在扶手上，非常舒服。她本就想仔细看一看，所以听得这话，便低头细细赏鉴，工料两精，毫无瑕疵。

看完交椅，再看椅旁的长方套几：一共三层，推拢了不占地位，拉开了颇为实用，一碗茶、四只果碟摆在上面，一点都不显得挤。

"东西是好的。"罗四姐说，"不过花样不像宫里用的，宫里用的应该是龙凤，不应该是'五福捧寿'。"

"罗四小姐，你驳得有道理，不过你如果晓得用在哪里，你就不会驳了。宫殿有各式各样的宫殿，何止三宫六院？看地方、看用场，陈设大不相同。若统统是龙凤的花样，千篇一律，看都看腻了。你说，是不是呢？"

"话倒也不错。那么，这堂木器是用在哪里的呢？"

"是要用在圆明园的——"

"李老板，你真当我乡下人了！哪个不晓得，洋鬼子把圆明园烧掉了。"

"烧掉了可以重造啊。当然，真的重造了，这堂木器也不会在我这里了。"

据李老板说，有班内务府的人与宫中管事的太监，因为洪、杨之乱已经平定，捻军亦都打败了，不足为患，因而怂恿慈禧太后说："再过三四年，皇帝成年，'大婚''亲政'两桩大典一过，两宫太后应该有个颐养天年的地方，大可以将颐和园恢复起来。太后'以天下养'，修个花园，不为过分。"

慈禧太后心动了，十二三岁的小皇帝更为起劲。风声一传，有个内务府出身、在广东干了好几任肥缺的知府，得风气之先，特制酸枝嵌螺甸的木器进贡。但在由海道北运途中，事情起了变化。

原来这件事，在私底下已经谈了好几个月，当政的恭亲王大不以为然，不过不便说破，只是在两宫太后每天例行召见时，不断表示，大乱初平，百废待举，财政困难，意思是希望慈禧太后自动打消这个念头。

哪知恭王正在下水磨工夫时，忽然听说有这样一个知府，居然进贡木器，准备在颐和园使用，不由得大为光火，授意一个满洲的御史，胪列这个知府贪污有据的劣迹，狠狠参了一本。恭王面请"革职查办"，慈禧太后不便庇护，准如所请，那知府就此下狱。贡品自然也就不必北运了，押运的是那知府的胞弟，将木器卸在上海变卖，是这样归于昌发的。

"木器一共三堂。一堂客厅、一堂书房都卖掉了，现在剩下这一堂。前天有个江西来的候补道来看过，东西是欢喜得不得了，但银子带得不够，叫我替他留十天。他没有下定洋，我就不管他了。罗四小姐，你要中意，我特别克己。"李老板又说，"我再说句老实话，这堂木器，也没有啥人用得起。你们想，房间里用这样子讲究的木器，大厅、花厅、书房应该用啥？这就是我这堂木器，不容易脱手的道理。"

罗四姐心想，照他的话看这堂木器似乎也只有胡雪岩家用得起。不想居然也还有那么一个阔气的江西候补道，她转念又想：胡雪岩也是江西候补道，莫非是他叫人来看过？

于是她问："那个江西候补道姓啥？看来他倒也是用得起的。"

"姓朱。"李老板又说，"朱道台想买这堂木器也不是自己用，是打算孝敬一位总督的老太太的。”罗四姐心中一动，随即问说，“你这堂木器啥价钱？”

“照本卖，一千五百两银子。其实照本卖，已经把利息亏在里头了。好在另外两堂，我已经赚着了，这一堂亏点本也无所谓。”

“李老板，我还你一个整数。”

“罗四小姐，”李老板苦笑着说，“三分天下去其一，你杀价也杀得太凶了。”

“本来漫天要价，就地还钱，‘对折拦腰掼’的生意还多的是。”

“罗四小姐，听你口音是杭州人？”

“不错。你问它作做啥？”

“你们杭州人杀价厉害，‘对折拦腰掼’四分天下去其三，世界上哪里有这种生意？罗四小姐，你总要高升高升吧？”

高升又高升，讲定一千二百两银子。罗四姐是带了银票来的，取了一张四百两的，捏在手中，却有一番话交代。

“李老板，你要照我的话，我们这笔交易才会成功，明天我带个人来看，问你啥价钱，你说八百两银子。”

“这为啥？”

“你不要管。”罗四姐说，“你要一千二百两，今天我付你四百，明天再付你八百，一文不少。”罗四姐又说，“你要在收条上写明白，一定照我的话，不照我的话，交易不成，加倍退定洋。”

“是，是！我照办。”

于是李老板收下定洋，打了收条。等罗四姐走后不久，又来了一个老主顾。

“唷，唷！古太太，我财神又临门了。今天想看点啥？”

“看了再说。”

李老板领着她一处一处看，看到那堂螺甸酸枝木器，站住脚问：“这堂木器啥价钱？”

“对不起，古太太，刚刚卖掉了……”

七姑奶奶大失所望，却未死心。“卖给哪个？”她说，“哪有这么巧的事？”

见此光景，李老板心里在转念头，他原来的话，还有一句：“就是罗四小姐买的。”哪知话未说完，让“古太太”截断了。看她的样子，有势在必得之意，如果说破“罗四小姐”，她一定会跟人家去商量情让，那一来事情就尴尬了。“罗四小姐”人很厉害，少惹她为妙。

打定了这个主意，便不搭腔，七姑奶奶却是越看越中意，就越不肯死心。“你卖给人家多少钱？”她问。

“既然卖掉了，古太太也就不必问了。”

“咦，咦！”七姑奶奶放下脸来，“当场开销，”她说，“问问怕啥，李老板你是生意做得大，架子也大呢？还是上了年纪，越老越糊涂？做生意哪有你这个做法的，问都问不得一句！”

“古太太你不要骂我。”李老板灵机一动，顿时将苦笑收起，平静地问道，“我先请教古太太两句话，可以不可以？”

“可以啊！有什么不可以？”

“古太太想买这堂木器，是自己用，还是送人？”

“送人。”

“送哪个？”

“你不要管。”

“古太太，你告诉我了，或许有个商量。”

“好。”七姑奶奶说，“喏，就是上回我同她来过的那位罗四小姐。”

这下，李老板会意了，“罗四小姐”所说要带个人来看，此人就在眼前。于是他笑着说道：“古太太，你说巧来真是巧！刚刚那个买主，就是罗四小姐。”

七姑奶奶大感意外：“她来过了？”

她急急问说：“买了你这堂木器？多少钱？”

“八百两。”

七姑奶奶点点头。“这个价钱也还公道。”她又问，“付了多少定洋？”

“没有付。”

“没有付？”七姑奶奶气又上来了，“没有付，你为啥不卖给我？”

“做生意一句话嘛！罗四小姐是你古太太的来头，我当然要相信她。”

七姑奶奶觉得他这两句话很中听，不由得就说了实话：“李老板，我老实跟你说了吧！罗四小姐要做新娘子了，我买这堂木器陪嫁她，她大概不愿意我花钱，所以自己来看定了。这样子，明天我陪她来，你不要收她的银子，要收我的。”

“是，是！”

“还有，你答应她八百两，当然还是八百两，不过我要杀你的价。杀价是假的，今天我先付你二百两，明天我杀价杀到六百两，你就说老主顾没办法，答应下来。这样做，为的是怕她替我心痛，你懂不懂？”

“懂啊！怎么不懂？罗四小姐交到你这种朋友，真正前世福气，买木器陪嫁她，还要体谅她的心。这样子厚道细心的人，除了你古太太，寻不出第二个。”

七姑奶奶买了这堂好木器，已觉踌躇满志，听了他这几句话，越发得意，高高兴兴付了定洋回家，将这桩称心如意的事，告诉了古应春。

第二天，罗四姐来了，七姑奶奶一开口就说：“你昨天到昌发去过了？”

罗四姐不知她何以得知，沉着地答说：“是的。”

“你看中了一堂木器，价钱都讲好了？”

“是的。讲定八百两银子。”

“那再好都没有。”七姑奶奶说，“你真有眼光！我们走。”

于是一车到了昌发，老板早已茶烟、水果、点心都预备好了，二人略坐一坐，去看木器。

“罗四小姐说，价钱跟你讲好了，是不是？”

“是的。”

“那是罗四小姐买，现在是我买。”七姑奶奶说，“李老板，我们多年往来，你应该格外克己，我出你六百两银子。”

“古太太，我已经亏本了。”

“我晓得你亏本，无非多年往来的交情，硬杀你二百两。”

“下回我一定讲交情。这一回。”李老板斩钉截铁地说，“我的价钱，讲出算数，决不能改。”

如此绝情，七姑奶奶气得脸色发白，真想狗血喷头骂他一顿，但一则是喜事，不宜吵架，二则也是舍不得这堂好木器，只好忍气吞声，连连冷笑着说：“好，好！算你狠。”说完，她取出八百两银子的银票，往桌上一摔。

“古太太，你请不要生气，我实在有苦衷，改天我到府上来赔罪。”

“哪个要你来赔罪。我告诉你，这回是一闷棍的生意。”说完掉头就走，李老板追上来要分辩，七姑奶奶不理他，与罗四姐坐上马车回家，一路气鼓鼓的，话都懒得说，罗四姐也觉得好生无趣。

一到家，在起坐间中遇见古应春。他一看爱妻神色不怡，便含笑问道：“高高兴兴出门，回来好像不大开心，为啥？”

“昌发的李老板不上路！”七姑奶奶的声音很大，“以后再也不要做成他生意了。你说要带洋人到他那里订家具，省省！挑别家。”

“怎么不上路？”

“他，”七姑奶奶想一想说，“硬要我八百两银子。”

“你照付了没有呢？”

“你倒想！”

七姑奶奶预先付过“差价”，是告诉过古应春的，他心里在想，李老板的生意做得很大，而且人虽精明，却很讲信用，似乎不至于硬吞二百两银子，其中或者另有缘故，只是当着罗四姐，不便深谈，只好沉默。

于是罗四姐便劝七姑奶奶：“七姐，东西实在是好的，八百两银子是真正不贵。你先消消气，我要好好跟你商量，这堂木器有个用法。”

七姑奶奶正要答话，让小大姐进来打断了。她是来通报，李老板来了，要见七姑奶奶。

“不见。”

“我见。”古应春接口，“等我来问他。”

去了不多片刻，古应春笑嘻嘻地回进来，手里拿着个红封套，七姑奶奶接过来一看，封套签条上写“贺仪”二字，下面是李老板具名，贺仪是一张二百四十两的银票。

“这算啥？”

“不是送你的。”古应春说，“你不是告诉他，罗四姐要做新娘子了，人家是送喜事的贺礼。”

听这一说，七姑奶奶与罗四姐相顾愕然，事出突兀，都用眼色催古应春说下去，但古应春却是一副忍俊不禁的神气。

“你笑啥？”七姑奶奶白了丈夫一眼，“快说啊！”

“怎么不要好笑？这种事也只有你们心思用得深的人，才做得出来。”古应春看了罗四姐一眼，向妻子说道，“你晓得这堂木器多少钱？一千二百两。”

“唷！”罗四姐叫了起来，“七姐夫，李老板告诉你了？”

“当然告诉我了，不然，他另外收了二百两银子的定洋，硬不认账，这话怎么交代呢？”

“啊？”罗四姐问说，“七姐，你已付过他二百两？”

七姑奶奶愣了一下，弄明白是怎么回事了，反问一句：“你先付过他四百两？”

“是的。”

“为啥？”

“我不愿意你太破费。”

“两个人走到一条路上来了。”七姑奶奶哈哈大笑，“我晓得你不愿意我太破费，所以预先付了他二百两。我道呢，哪里有这么便宜的东西！”

罗四姐也觉得好笑：“七姐夫说得不错，心思用得太深，才会做出这种事来。你瞒我，我瞒你，大家都钻到牛角尖里去了。不过，”她说，“李老板也不大对，当时他就让二百两好了，何苦害七姐白白生一场气。”

“他也有他的说法。”古应春接口答道，“我拿李老板的话照样说一遍，他说：‘那位罗四小姐，看起来是很厉害的角色，我不能不防她，收条上写明白，报价只能报八百两，改口的话，加倍退还定洋。万一我改了口，罗四小姐拿出收条，一记“翻天印”打过来，我没话说。所以我当时不松口，宁可得罪了古太太，事后来赔罪。’”

七姑奶奶前嫌尽释，高兴地笑道：“这个人还算上路，还多送了四十两贺礼。”说着将红封套递给罗四姐。

“我不要。”罗四姐不肯接，“不是我的。”

“莫非是我的？”七姑奶奶开玩笑，“又不是我做新娘子。”

罗四姐窘笑着，仍旧不肯接，七姑奶奶的手也缩不回去。古应春说：“交给我。二百两是退回来的定洋，四十两送的贺礼，我叫人记笔账在那里。”

于是七姑奶奶将红封套交了给古应春，接着便盛赞那堂酸枝嵌螺甸的家具，认为一千二百两银子，实在也不算贵。

由此便谈到这堂木器的来历，它之贵重，已经不能拿银子多寡来论了。罗四姐因此有个想法，觉得自己用这堂木器，虽说出于“陪嫁”，亦嫌过分，难免遭人议论，因而私下跟七姑奶奶商量，打算把这堂木器，孝敬胡老太太。

“我这个念头，是听了李老板的一句话才转到的。他说，有个江西的朱道台，想买这堂木器孝敬一位总督的老太太。我心里就在想，将来我用这堂木器，胡老太太用的不及我，我用了心里也不安，倒不如借花献佛，做个人情。七姐，你不会怪我吧？”

“哪里，哪里！”七姑奶奶异常欣慰地，“说实话，你这样子会做人，我就放心了。胡家人多口杂，我真怕你自己觉得行得正、坐得正，性子太直了，会得罪人。”

“得罪人是免不了的。只要有几个人不得罪就好了。譬如胡老太太，一定要伺候得好。”

七姑奶奶暗暗点头，心里在想，罗四姐一定懂“挟天子以令诸侯”的道理，不但会做人，还会做“官”，替她担心，实在是多余的。

第七章　帮夫运

自从罗四姐嫁到胡家，真是走了一步帮夫运，胡雪岩的事业，如《红楼梦》上所形容的“鲜花着锦”般兴旺。当然，兴旺的由来是他恃左宗棠为靠山。左宗棠视他为股肱，只要左宗棠西征，节节胜利，所请在朝廷无有不准，胡雪岩水涨船高，亦就事事顺手了。

原来从道光年间开始，君暗臣愚，激出内忧外患，西北的回乱，亦是贪官污吏激荡而成。其时所谓“甘回”共有西、南、北三大支，这三大头目，西面的叫马朵之，盘踞在青海的西宁；南面的叫马占鳌，以甘肃与青海的河州，也就是临夏为根据地；北面叫马化隆，是三大头目中最狠的一个，势力范围在宁夏、灵武一带，老巢名为金积堡——这个地方就是“黄河百害，惟富一套”的河套的起点，擅茶、马之利以外，东面有个盐池叫花马池，更是一大财源。

金积堡周围有五百多个寨子，众星拱月般环卫着马化隆的金积堡。此人狡诈百出，专门煽动善良的回民与汉人为敌，但表面却对宁夏将军穆图善很恭敬。左宗棠却看穿了此人的底蕴，所以西征的第一目标就是攻下金积堡。

在攻金积堡之前，先要隔断捻军与甘回的勾结。捻军分为两大股，称为

“东捻”“西捻”。曾国藩解释捻军之“捻”说：“捻纸燃脂，故谓之捻。凡是用薄纸搓成条状，如吸水烟用的纸煤儿等等，都叫作捻子。捻军的特性在于易聚易散，但看起来像乌合之众，而流窜不定，飘忽千里，令人疲于奔命，亦很厉害。”僧格林沁的黑龙江马队，追奔逐北，捻军见了就逃，但一停下来，周围不知如何，就会冒出无数捻军来，僧王就是这样阵亡的。僧王打的是东捻，西捻的头子叫张总愚，自河南至陕西，由河南横渡黄河，直上延安、米脂，南北战线拉长到一千多里，目的就是希望与马化隆由西往东，也有千把里的这条战线交会。

只要一接上头，西捻不复可制，回乱亦不知何时才能平定，所以左宗棠西征的初步战略就在隔离西捻与甘回，不让他们“会师”。罗四姐嫁到胡家时，正当西捻初平，两宫太后召见左宗棠，天语褒嘉，左宗棠自陈五年可以平定回乱之时。左宗棠最初驻军西安，然后往西北逐步推进，大营先移乾州，再移甘肃境内的泾川，然后往北打，克复镇原、庆阳，收容降众及饥民十七万人，行屯垦之法，种子、农具都由胡雪岩的转运局采办好了，运到甘肃。

及至左宗棠的前锋逼近灵武，马化隆看老巢有被剿之虞，于是又施狡计，“上书乞抚”。抚是安抚，表示愿意投降，但部众或者收编为官军、或者遣散、或者为他们谋个生计。戡乱剿匪，有此化干戈为玉帛的结果，本来是最理想的办法，但造反作乱的，狡诈者多，诚实者少，平洪、杨那几年，其他义军乘机窃起，就抚而又反复者，不知多少。左宗棠阅历极丰，而马化隆又有善于翻覆的名声，他可以玩弄穆图善，而左宗棠决不会受他的愚，所以置之不理，备妥三月行粮，进攻金积堡。

指挥此役的大将是刘松山。此人是曾国藩的小同乡，行伍出身，积功升至总兵。咸丰十年，英法内犯，僧格林沁提兵勤王，东南没有这一支剽悍的马队，战局大受影响。那时太平军李秀成刚开始为洪秀全所重用，在芜湖召集军事会议，分道进兵。李秀成本人自率大军，由芜湖南下，攻占皖南黟县，另外太平军悍将李世贤、黄文金、李继远等，相继陷宁国、下徽州，又占江西浮梁、都昌、饶州。驻节祁门的曾国藩，西面是来自湖北的接济，但因江西粮道中断而绝；东面则有二李亲领的骄兵相逼，重重围困，一筹莫展。最后曾国藩听从幕宾建议，反攻徽州以期打通浙江的运道，于是移军祁门以北、徽州以西的江宁。有一天太平军夜袭，诸营皆溃，只有刘松山在月下列队迎敌，太平军不敢相逼。其余溃散各营，因月夜看不真切，以为太平军拦截，掉头要逃，及至刘松山打出旗号，大家才知道大营未失，“老帅”无恙，惊魂始定。祁门一役，是曾国藩靖江兵败、投水遇救以后另一次的大危机，他连遗书都写好了，结果转危为安。此都由刘松山之功，从此曾国藩以国士之礼相待之。

及至左宗棠受命西征，这是一场大战役，非地方性的军务可比，各军理当协力，曾国藩将他最重视的刘松山一军交给左宗棠指挥。左宗棠本由曾国藩所提携，以后左宗棠由于争饷而存意见，复以曾国荃破金陵、纵容洪秀全之子逃遁，直言讦奏，因而失和，不通音问已久。到这时，左宗棠才知道，“谋国之忠，知人之明，自愧不如元辅”。左宗棠将刘松山一军交他节制比作曾国藩“嫁女”，对刘松山的重用，自不待言。

刘松山真亦不负曾国藩的知遇及左宗棠的期许，打西捻、平甘回，几乎战无不胜、攻无不克。他从军以前，在家乡就已定下亲事，但聘而未娶。他在军中十几年，只因招兵回过一次家乡，直到西捻既平，方在洛阳成婚，新郎新娘都三十多岁了。

蜜月只得十天，刘松山便即入陕，肃清榆、延、绥、鄜四州以后，进军灵武，一战而克。马化隆惊恐万状，一面再次求抚，一面四处求援，但西宁、河州、临洮、靖远各地的回民震于刘松山的威名，都坐视不顾，于是刘松山大举进攻。同治九年正月，刘松山攻金积堡外围一个寨子，中炮坠马，因而阵亡，所部由他的侄子刘锦棠率领，同年十一月终于克复了金积堡。

西征军能够胜多败少，着着进展，是因为器械利、士气旺、纪律好。胡雪岩得古应春之力，西洋凡有新式枪械以及其他精巧的军事装备，只要能用得上的，不必向左宗棠请示，先就办了来。加以补给适时，西征军从无粮饷不继之虞，士气自然就旺盛了。这也是西征军将士都佩服、感激胡雪岩的。但纪律好亦应归功于胡雪岩，就只有左宗棠最明白了。

从咸丰末年，同治皇后阿鲁特氏的祖父赛尚武丧师失律，浪掷了一笔发自部库的二百万两银子的军饷以后，仗都是地方上自己在打，因此有楚军、湘军、淮军、浙军、粤军等名号，都称之为“官军”。这些官军，来源不一，“回乡招募”的子弟兵固占多数，但也有不少是土匪或者太平军投过来的，出身不同，队官的作风各异，军纪大有区别。湘军中以彭玉麟部下纪律最严，鲍超一军最糟糕，这就是带兵的看法不同之故，不过鲍超骁勇善战，是曾国藩的“爱将”，所以诸事宽容。

左宗棠所部，亦是杂牌军队，但都能恪守纪律，一半是因左宗棠治军较严，一半亦由于将士心悦诚服，不忍违反纪律。论心悦诚服之所起，就不能不推服胡雪岩了。“湖湘子弟满天山”而无后顾之忧，原因在于胡雪岩广设钱庄、通汇便利，按时得能接济官兵家属。至于阵亡将士，恤死养生，不用左宗棠关照，胡雪岩就派人去做了。大家都道“侯爷”如此爱护部下，何忍犯他的军纪？却不知是胡雪岩在助“侯爷”维持纪律。

胡雪岩能够公私兼顾，钱庄、典当、丝号一家接一家开张，生意越做越大，“财神”的名气越来越响，胡家从胡老太太起始，都认为是“螺蛳太太”的功劳——原来为了避免用“二太太”之名，却又想不出更合适的称呼，有个通人说：“顺治年间‘江左三大家’之一的龚芝麓，娶了秦淮出身的顾眉生，龚芝麓的元配称她为‘顾太太’。仿照这个例子，拿‘罗四姐’的‘姐’字改为‘太太’，有何不可？”于是，“罗四太太”就此叫开了。下人不明其理，只当她娘家住在螺蛳门外的缘故，叫成“螺蛳太太”。

但最为乡党称道，而且使得胡雪岩自觉对螺蛳太太有愧，既爱且敬的是，她有个“大贤大德“的名声，为胡雪岩娶了十一房姨太太。

约莫嫁后一年，螺蛳太太向到杭州三天竺来烧香的七姑奶奶诉苦。原来胡雪岩精力过人，只她一个人“当夕”，有些力不从心，因而也就觉得乐不敌苦了，于是胡雪岩不免流连花丛。本来欢场中应酬，在胡雪岩几乎是每天的例课，以前仅止于“吃花酒”，渐渐地以勾栏为行馆，经常整夜不归，甚至在“堂子”里接见宾客，料理公事，这件事就可忧了。

“七姐，”螺蛳太太说，“他现在正在风头上，这步桃花运走不得，第一，伤身体；第二，耽误正事；第三，名声不好听；还有第四，伙伴们看东家的样，个个狂嫖滥赌，怎么得了？就算不学他的样，也会灰心：辛辛苦苦帮他创业，哪知道他是这样子不成材！”

七姑奶奶知道最后两句话，是她“夫子自道”的牢骚，不过，她也有些怀疑，因为小爷叔对这个“色”字看不破，是大家都晓得的。“不过，”她问，“又何至于‘好’到这个程度呢？”

“喏，”螺蛳太太不免有些怨言，“都是我们那位刘三叔！”

原来胡雪岩决定开办药店。他本早有此心，恰好又受了气。去年夏天胡老太太受暑发痧，土法子是拿铜钱刮痧，刮出一条条鲜红的血痕，病势顿去。胡老太太的痧刮得很透，本来已经不要紧了，只是胡雪岩不放心，请“郎中”来看了以后，开方打药，一再关照下人要快，但仍旧去了两个时辰才回来。胡雪岩对有关老母的事异常认真，当下大发了一场难得一见的脾气。

下人等他骂完，方始声诉。原来这年时疫流行，打药的人排着队等，一等等了个把时辰，他忍不住挤上前去，像看病“拔号”似的，要求先配他的方子。

“请你快点。我们老太太等在那里要吃呢！”

“哪家没有老太太？”药店伙伴答说，“你要快，不会自家去开一爿药店？”

挨了骂的下人，一股怨气发泄在药店伙伴头上，加油添酱地形容了一番，将胡雪岩的火气挑拨了起来，当时顿一顿足说：“好！我就开一爿给他看。”

于是刘不才受命筹备，即日北上到直隶去采办药材，顺便带回来几百帖“狗皮膏药”，供胡雪岩试用。

这“狗皮膏药”是“房中药”的一种。刘不才在采买药材时，由于他的豪爽风趣，结识了好些朋友，酒酣耳热之际，少不得谈谈风月。其中有个苏州人，谈起上一科的状元，现任河北学政的洪钧，说他最近写信回苏州，托人买妾，信中说得很坦率：娶妾无非及时行乐，用不着找什么理由。没有儿子，一定说是“不孝有三，无后为大”；单身在外，说是没有人照料起居，这些话，无非自欺欺人而已。他说，及时行乐，这句话，要分做两面来谈，一面是及时，娶妾就要娶得早，人到中年，渐形衰颓，美色当前，力不从心，不但自误，而且误人；一面是行乐，当然要娶美妾，才有乐趣可言。大家听他说得诚恳，亦以诚恳相待，终于替他觅到了一个上海的名妓，国色天香的赛金花做妾。

于是另有一人感叹，说少年创业，精力过人，就是没有钱，及至创业已成，钱是有了，精力却嫌不足，姬妾满眼，广田自荒，说不定还会戴上绿帽子，人生憾事，莫过于此。

这些话提醒了刘不才，想起胡雪岩或许亦有此憾，因而打听，有没有好春药，只壮阳，不伤身。当时便有人指点，北京鼓楼有一家小药店，可以买到外用的“狗皮膏药”，药性王道，不似内服的春药，竭泽而渔那样霸道。不过这家小药店的主人，颇以制售此药为耻，须有跟他交情很深的人介绍，而且只特制，不零售。刘不才的人缘不错，居然找到了适当的介绍人，出重金订制了一批。胡雪岩试用之下，床笫之间，便就此放纵了。

“这是没法子的事。”七姑奶奶说，“除非你想得开。”

这意思是，螺蛳太太可能容许胡雪岩另外纳妾来分她的宠？螺蛳太太心里在想，自己是半正半侧的身份，老太太固然宠信有加，大太太也能相安无事，但做当家人难免为下人憎厌，倘或娶进一房姨太太来，为人厉害，又为下人撺掇，联络大太太，不顾“先进门为大”这个规矩，明枪暗箭，处处作对，虽不见得怕她，但免不了常常生气，这却是不可不虑的事。

正在沉吟之时，七姑奶奶又开口了：“去年秋天，应春生了一场伤寒，病好调养，不能出门，在家也实在无聊不过，请了个说书的‘出堂会’来解闷，每天下半天两个钟头，说的一部书叫作《儿女英雄传》，讲女人家吃醋，实在有点道理。”

“喔！”螺蛳太太问道，“说书的怎么说？”

“他说，吃醋分会吃、不会吃两种，每种又分三等。不会吃醋的，吃得可笑、可怜、可怕，譬如……”

“七姐，”螺蛳太太打断她的话说，“不会吃的，就不要去谈它了。”

“好，讲会吃的，也分三等，叫作常品、能品、神品。常品，也不必谈，先说能品，譬如说像你，一等一的人才，小爷叔再娶了一个来，就算能胜过你，只要你宽宏大量，声色不动，而且照样处处关心小爷叔的饮食起居，他心里存了个亏欠你的心，依旧是你得宠。这就是会吃醋的能品。”

螺蛳太太在想，照此说来，大太太就是个能品，只不知神品又是如何？她心里转着念头，口中便问了出来。

“你问神品，说穿了也没有啥稀奇，像你这样能干，做起来也不费事，一句话，恩威并用！她安分守己，是好的，你比小爷叔还要宠她，她有不守规矩的地方，你尽管说她、管她。将来有了儿女，你比她生母还要知痛痒，还要会教训。那一来，上上下下哪个不服你？哪个不说你贤惠？这样子吃醋，真吃得神了！”

七姑奶奶的话，句句打入螺蛳太太心坎，而且她别有领会。如今一家的主人，第一是“老太太”，第二是“老爷”，第三是“太太”，第四才轮到她，除了下人，只有管她的，而没有她管的。倘或亲自经手挑选，替胡雪岩多娶几房姨太太，照七姑奶奶所说的，拿“恩威并用”四个字来调教，叫她们心服口服，那时才真正显得出当家人的威风气派。

她这样想着，不自觉地在脸上绽开了笑容，七姑奶奶便也笑道：“怎么样？四姐，你也想吃一吃这种看不出来是吃醋的醋？”

“只怕我不会吃。”螺蛳太太说，“七姐，你也帮我留意留意。”

一听这话，七姑奶奶知道她决心照她的话去做了。本来是闲谈，即令有为她策划的意思，亦须从长计议，不道她从善如流，立刻就听信了，实在出人意外。

转念到此，七姑奶奶顿感肩头沉重。俗语说的“若要家不和，娶个小老婆”，像螺蛳太太这样的情形，实在少而又少，再说罗四姐是胡雪岩自己看中的，即令进门以后不如意，也怪不到她头上。现在不同了，竟完全像是她出的主意，将来倘有风波，从胡老太太起，都会怨她。因而不能不好好替螺蛳太太想一想。

“四姐，”她想到就说，“凡事想得蛮好，做起来不太容易。小爷叔如果要讨堂子里的人，你不可以许他，堂子里的人有习气，难管。”

“是的。要讨总要讨好人家的女儿。”螺蛳太太又说，“我要先同大先生说明白，他尽管自己去物色，人一定要让我看过。”她紧接着又说，“其实用不着他自己去物色，我先托人替他去挑。”

螺蛳太太说到做到，三四年工夫，陆续物色，加上胡雪岩自己选中的，一共娶了十一房姨太太，连她自己在内，恰好凑成十二金钗之数。

眷属一多，又加上生意发达，不断添人，原有的房子虽然一再扩充，始终不敷所需，到后来基地所限，倘非彻底翻造，就得另辟新居。胡雪岩便与螺蛳太太商量，打算另外觅地建一所住宅，将他的两个胞弟，连同各式办事人等一起迁了出去，空出来的房子拆掉，改做花园，另外要造一座“走马楼”，将“十二金钗”集中一起。

螺蛳太太对造一座走马楼，倒颇赞成，但对另建新宅却有异议。

“请二老爷、三老爷搬出去，会伤老太太的心，亲戚也会说闲话。这件事，老爷还要斟酌。”

听说会伤老母之心，胡雪岩立即打消了原议，不过——“房子不够住，总要想法子。”他说，“你有啥好主意？”

“我听说间壁刘家的房子要卖。后门口米店老板死掉了，两个儿子分家争产，米店归哪个管，一直在吵，也想卖了房子分现款。不如拿这两家的地皮买过来，打通围墙，不是可以连在一起？”

这下又激起了胡雪岩好摆排场的意兴。恰好这年丝价大涨，胡雪岩操纵

"洋庄"，结算下来三个月的工夫，赚了四十万银子，他决定大治园林。

"譬如我没有挣到这笔款子，"他这样对螺蛳太太说，"我照你的意思来做，不过范围要做得大，前后左右都要临街，方方整整一大片，像王府的气派才好。"

这是有面子的事，螺蛳太太当然高兴。于是胡雪岩派人到周围人家去游说，动以厚利，其中除了两家，都愿意迁让。

这两家一家是酒栈，说存酒搬运不便，无法出让，态度虽然坚决，说话却很客气。另一家就不同了。

这一家是个极小的剃头店，位置恰好在元宝街与望仙桥直街转角之处，为出入所必经。整片房子，在此交通要道上缺了一块，而且是家破破烂烂的剃头店，就像绝色美人，瞎了一只眼那样令人难以忍受。

"她是啥意思？"胡雪岩说，"她如果想卖好价钱，尽管说，要多少就多少好了。"

她，是指剃头店的"崔老太婆"。老板是她的儿子，脾气虽然也很僵，但经不住胡家下人三天两头去说好话，又看在钱的分上，意思倒有些活动了，可是崔老太婆执意不允。原来她是年轻守寡，孤苦无依，好不容易将儿子抚养成人，也只是个剃头匠。她不怨自己当初不该叫儿子去学了这一行，只说老天无眼，慢慢养成了乖僻的脾气，最恨有钱人，越有钱越恨。因此，胡雪岩说到"要多少就多少"这句话，恰恰犯了她的忌。

"你同你们东家去说，他是财神，我们是穷鬼，打不上交道。他发财是他的，他又不是阎王、判官，我也用不着怕他。"

去打交道的是胡雪岩门下的一个清客，名叫张子洪，以脾气好出名，但此时也忍不住生气，说了一句："他虽不是阎王判官，不过是个道台。"

"道台莫非不讲王法？"崔老太婆答说，"我们娘儿两个两条命，随便他好了。"

这番话传到胡雪岩耳朵里，气得他一天没有吃饭。门下清客、账房、管事，还有听差打杂的，议论纷纷，而且出了好些主意。有的说请县里的差役来跟她说话，有的说放火烧掉她的房子再说，有的说造张假契约跟她打官司，但胡雪岩终觉不忍。螺蛳太太也怕逼出人命案子来，约束下人，不准胡来，以至于一直到巨宅落成，元宝街也重新翻修过，那家剃头店始终存在。

落成之日，大宴宾客，共分三日。第一天是“三大宪”，杭州府、仁和、钱塘两县，以及候补道，邀约在籍的绅士作陪。入席之前，主人亲自引导游园。曲曲折折，转过假山，只见东南方树木掩映之中，矗起一座高楼，华丽非凡。令人不解的是，四周雕栏，金光闪耀，远远望去，谁也猜不透是何缘故。

“雪翁，”巡抚杨昌浚问道，“那是个什么所在？”

“是内人所住的一座楼。”

听说是内眷住处，杨昌浚不便再问，私下打听，才知道那座楼名为“百狮楼”。栏杆柱子上，用紫檀打磨出一百个狮子，突出的狮目，是用黄金铸就，所以映日耀眼，令人不可逼视。

“太太们住的地方，怎么叫百狮楼，莫非‘河东狮吼’这句话他都不懂？”

“不是。因为那位太太称为螺蛳太太，所以胡大先生造了这座楼给她住。”

杨昌浚再问“螺蛳太太”之名如何而起，是何出身，打听清楚了觉得未免过分，便悄悄写了一封信给在肃州的左宗棠，颇有微词。

哪知左宗棠对他的看法，颇不以为然，只是不便明言。恰巧他的长子来信，亦批评了胡雪岩，他正好借题发挥，说一个人的享用，求其相称，胡雪岩的功劳，世人不尽了解，但他很清楚，西征军事之能有今日，全亏得有胡雪岩，享用稍过，自可无愧。他又提到他的儿女亲家，也是平生第一知己的陶澍。陶澍在两江总督任上时，他的女婿胡林翼，以翰林在江宁闲住，每天选歌征色，花的都是老丈人的“养廉银”，内账房有一次向陶澍表示，胡林翼挥霍无度，是否应该稍加节制？陶澍告诉他说：“尽管让他花！他将来要为国家出力，有钱亦没有工夫去花。”胡雪岩跟胡林翼的情形虽有不同，但个人的享用，比起为国家所谋的大利来，即令豪奢亦不足道。

这话辗转传到浙江，胡雪岩感激在心，对左宗棠自然越发尽忠竭力。但螺蛳太太却心生警惕，与七姑奶奶私下谈起来，都认为“树大招风”，应该要收敛了。可是胡雪岩只问一句：“怎么收法？”螺蛳太太却又无词以对。因为胡雪岩所凭借的是信用，信用是建立在大家对他的信心上面，而信心是由胡雪岩的场面造成的，场面只能大，不能小，否则只要有人无意间说一句：“胡大先生如今也不比从前了。”立刻就会惹起无数猜测，原来有仇恨的、无怨无仇只是由于妒嫉的，就会推波助澜，大放谣言，那一来信用就要动摇，后果不堪设想。

第八章　寿域宏开

因为如此，螺蛳太太的心境虽然跟胡雪岩一样，不同往年，但还是强打精神，扮出笑脸，热热闹闹地过了一个年。接着便又要为胡老太太的生日，大忙特忙了。

生日在三月初八，“洁治桃觞，恭请光临”的请帖却在年前就发出去了。到得二月中旬，京中及各省送礼的专差，络绎来到杭州，胡府上派有专人接待。送的礼都是物轻意重，因为胡雪岩既有“财神”之号，送任何贵重之物，都等于“白搭”，唯有具官衔的联幛寿序，才是可使寿堂生色的。

寿堂共设七处，最主要的一处，不在元宝街，而是在灵隐的云林寺。铺设这处寿堂时，胡雪岩带着清客，亲自主持，正中上方高悬一方红地金书的匾额“淑德彰闻”，上铭一方御玺“慈禧皇太后之宝”，款书“赐正一品封典布政使衔江西候补道胡光墉之母朱氏”。匾额之下，应该挂谁送的联幛，却费斟酌了。

原来京中除了王公亲贵，定制向不与品官士庶应酬往来以外，自大学士、军机大臣以下，六部九卿，都送了寿礼。李鸿章与左宗棠一样，也是一联一幛。论官位，武英殿大学士李鸿章，久居首辅，百僚之长，应该居中。

但胡雪岩却执意要推尊左宗棠，便有爱人以德的一个名叫张爱晖的清客，提出规劝。

“大先生，朝廷名器至重，李合肥是首辅，左湘阴是东阁大学士，入阁的资格很浅，不能不委屈。这样的大场面，次序弄错了，要受批评，如果再有好事的言官吹毛求疵，说大先生以私情乱纲纪，搞出啥不痛快的事来，也太无谓了。”

“你的话不错。不过‘花花轿儿人抬人’，湘阴这样看得起我，遇到这种场面，我不捧他一捧，拿他贬成第二，我自己都觉得良心上说不过去。”

“话不是这么说。大先生，你按规矩办事，湘阴一定也原谅的。”

“就算他原谅，我自己没法子原谅。张先生，你倒想个理由出来，怎么能拿湘阴居中。”

“没有理由。”张爱晖又说，“大先生，你也犯不着无缘无故得罪李合肥。”

胡雪岩不作声。局面看着要僵了，那常来走动的乌先生忽然说道：“有办法，只要把下款改一改好了。”

“怎么改法？”胡雪岩很高兴地问。

“加上爵位就可以了。”

原来左宗棠送的寿幛，上款是“胡老伯母六秩晋九荣庆”，下款是“秃头”的“左宗棠拜祝”。平辈论交，本来是极有面子的事。乌先生主张加上左宗棠的爵位，变成“恪靖侯左宗棠拜祝”，这一来就可居李之上了，因为李鸿章的下款上加全衔“武英殿大学士北洋大臣直隶总督部堂肃毅伯”，伯爵次侯爵一等，只好屈居左宗棠之次。

那乌先生是个庙祝，只为他是螺蛳太太的“娘家人”，胡雪岩爱屋及乌，将他侧于清客之列，但一直不大被看得起，此时出此高明的一着，大家不由得刮目相看了。

“不过大先生，我倒还要放肆，胡出一个主意。如果左湘阴居中，李合肥的联幛只好挂在东面板壁，未免贬之过甚，是不是中间挂一幅瑶池祝寿图，拿左、李的联幛分悬上下首，比较合适？”

胡雪岩看乌先生善持大体，便请他专管灵隐这个最主要的寿堂，而且关照他的一个外甥张安明，遇事常找乌先生来商量。张安明是胡府做寿，综揽全局的大总管。

张安明自然奉命唯谨，当天就请乌先生小酌，诚意请教。“有件事，不晓得乌先生有啥好主意？”他说，“寿堂虽有七处，贺客太多，身份不同，挤在一起，乱得一塌糊涂，一定要改良。”

“寿堂是七处，做寿是不是也做七天？”

“不错。大先生说，宫里的规矩‘前三后四’，要七天。”张安明轻声答说，“不过，这话对外面不便明说，只说老太太生日要‘打七’，所以开贺也是七天。”

“打七”便是设一坛水陆道场，是佛门中最隆重的法事，称为“水陆斋仪”，亦名“水陆道场”，俗称“打水陆”。斋仪又有繁简之分，讽经礼忏七七四十九日称为“打水陆”，为了祝厘延寿，通常只须七日，叫作“打七”。

“有七处寿堂，又分七天受贺，大可分门别类，拿贺客错开来，接待容易，而且酒席也不至于糟蹋。”

“这个主意好。我们来分他一分。”于是细细商量，决定第一天请官场，三品以上文武大员，五品以下文武职官，占了四个寿堂；此外是现奉差委的佐杂官，与文武候补人员各一，留下一处专供临时由外地赶到的官员祝寿之用。

第二天请商场，丝、茶、盐、典、钱、药、绸各行各业的伙友，分开七处。第三天是各衙门的司事，以及吏户礼兵刑工六科的书办。第四天是出家人的日子，第五天、第六天请亲戚朋友，一天“官客”一天“堂客”。第七天是寿辰正日，自然是自己人热闹热闹。

这样安排好了，去请示胡雪岩，胡雪岩不甚满意。“自己人热闹热闹，用不着七处寿堂，而且光是自己人，也热闹不起来。”他说，“我看还要斟酌。而且我的洋朋友很多，他们来了，到哪里去拜寿？”

“这样好了，专留一天给洋人。”乌先生说，“一到三四月里，来逛西湖的很多，大先生索性请个客，这一天的洋人，不论识与不识，只要来拜寿，一律请吃寿酒。”

“洋人捏不来筷子。”胡雪岩说，“要请就要请吃大菜。”

“这要请古先生来商量了。”

请了古应春来筹划。由于洋人语言不尽相同，饮食习惯，亦有差异，好在有七处寿堂，决定英、法、德、美、日、俄、比七国，各占一处。

“应春，”胡雪岩说，“这七处接待，归你总其成。大菜司务，归你到上海去请。”

“好。”古应春说，“要把日子定下来，我到上海，请《字林西报》的朋友登条新闻，到时候洋人自然会来。”

“妙极！”张安明笑道，“外婆生日，洋人拜寿，只怕从古以来的老太太，只有外婆有这份福气。”

果然，胡老太太听了也很高兴。胡家的至亲好友，更拿这件事当作新闻去传说，而且都兴致勃勃地要等看洋人拜寿。

这年杭州的春天，格外热闹，天气暖和，香客船自然就到得多。这还在其次，主要的是胡老太太做生日，传说如何如何豪华阔气，招引了好些人来看热闹。光算外地来拜寿的人，起码也增加了好几千人。

到得开贺的第一天，城里四处，城外三处，张灯结彩，“清音堂名”细吹细打的寿堂周围，车马喧阗，加上看热闹的闲人、卖熟食的小贩，挤得寸步难行。只有灵隐是例外，因为三大宪要来拜寿，除仁钱两县的差役以外，“抚标”亦派出穿了簇新号褂子的兵丁，自九里松开始，沿路布哨弹压，留下了极宽的一条路，直通灵隐山门。

从山门到寿堂，寿联寿幛，沿路挂满。寿堂上除了胡雪岩领着子侄等在那里，预备答谢以外，另外请了四位绅士“知宾”。一位是告假回籍养亲的内阁学士陈怡恭，专陪浙江巡抚刘秉璋；一位是做过山西臬司而告老回乡的汤仲思；另外两位都是候补道，三品服饰，华丽非凡，是张安明受命派了裁缝，量身现做奉赠的。

近午时分，刘秉璋鸣锣喝道，到了灵隐。藩臬两司，早就到了，在寿堂前面迎接，轿子一停，陈怡恭抢上前去，抱拳说道：“承宪台光临，主人家心感万分。请，请！”

肃客上堂，行完了礼，刘秉璋抬头先看他的一堂寿序，挂在西壁前端，与大学士宝鋆送的一副寿联，遥遥相对，这是很尊重的表示，他微微点头，表示满意。

这时率领子侄在一旁答礼的胡雪岩，从红毡条上站起身来，含笑称谢：“多谢老公祖劳步，真不敢当。”

这“老公祖”的称呼，也是乌先生想出来的。因为胡雪岩是布政使衔的道员，老母又是正一品的封典，自觉地位并不下于巡抚，要叫一声“大人”，于心不甘，如用平辈的称谓——刘秉璋字仲良，叫他“仲翁”，又嫌太亢。胡雪岩将这个小小的难题跟乌先生谈起，乌先生建议他索性用“老公祖”的称呼。地方官是所谓父母官，士绅对县官称“老父母”，藩臬两司及巡抚则称“老公祖”，这样以部民自居，一方面是尊重巡抚，一方面不亢不卑反而留了身份。

刘秉璋自然称他“雪翁”，说了些恭维胡老太太好福气的话，便由陈怡恭请到寿堂东面的客座中待茶。十六个簇新的高脚金果盘，映得刘秉璋的脸都黄了。

稍坐一坐，请去入席。寿筵设在方丈之西的青猊轩。这座敞轩高三丈六尺，一共六间，南面临时搭出极讲究的戏台，台前约两丈许，并排设下三席，巡抚居中，东西藩臬。大方桌前面系着平金绣花桌围，贵客面对戏台上坐，陈怡恭与胡雪岩左右相陪，后面另有四席，为有差使的候补道而设。偌大厅堂，只得七桌，连陪客都不超过三十个人，但捧着衣包的随从跟班，在后面却都站满了。

等安席既罢，戏台上正在唱着的《鸿鸾禧》暂时停了下来，小锣打上一个红袍乌纱、玉带围腰、口衔面具的“吏部天官”，一步三摆地，走到台前“跳加官”。这是颂祝贵客“指日高升”“一品当朝”，照例须由在座官位最高的人放赏，不过只要刘秉璋交代一声就行了，主人家早备着大量刚出炉的制钱，盛在竹筐中。听得一个“赏”字，便有四名健仆，抬着竹筐，疾步上前，合力举起来向台上一泼，只听“哗喇喇”满台钱响，声势惊人。

接下来便是戏班子的掌班，戴一顶红缨帽，走到筵前，一膝屈地，高举着戏折子说道：“请大人点戏。”

“点戏”颇有学问。因为戏名吉祥，戏实不祥，这种名实不符的戏文很多，不会点会闹笑话，或者戏中情节，恰恰犯了主人家或者哪一贵宾的忌讳，点到这样的戏，无异公然揭人隐私，因而成不解之仇者，亦时有所闻。刘秉璋对此外行，决定藏拙，好在另有内行在，当下吩咐：“请德大人点。”

他指的是坐在东面的藩司德馨。德馨是旗人，出身纨绔，最好戏曲，当下略略客气了两句，便当仁不让地点了四出不犯忌讳而又热闹的好戏。第一出是《战宛城》，饰邹氏的朱韵秋，外号“羊毛笔”，是德馨最赏识的花旦，演到“思春”那一段，真如用“羊毛笔”写赵孟頫字，柔媚婉转，令人意消。

正当德馨全神贯注在台上时，有个身穿行装的“戈什哈”悄悄走到他身旁，递上一封信说：“师爷派专人送来的。”

陈师爷是德馨的亲信，此时派专人送来函件，当然是极紧要的事，因而他当筵拆阅。只见他面现诧异之色，挥一挥手遣走“戈什哈”，双眼便不是专注在“羊毛笔”身上，而是不时朝刘秉璋那边望去。

德馨是在注意胡雪岩的动静，一看他暂时离席，随即走向刘秉璋，将那封信递了过去，轻声说道：“刚从上海来的消息。”

刘秉璋看完信，只是眨眼在思索，好一会儿才将原信递给陈怡恭：“年兄，你看，消息不巧，今天这个日子，似乎不宜张扬。”

“是！”陈怡恭看完信说，“这一来，政局恐不免有一番小小的变动。”

“是的。”刘秉璋转脸问德馨说，“请老兄在这里绷住场面，我得赶紧进城了。”

德馨也想回衙门，听刘秉璋如此交代，只能答应一声：“是。”

于是刘秉璋回身招一招手，唤来他的跟班吩咐：“提轿。”接着向陈怡恭拱一拱手，正待托他代向主人告辞时，胡雪岩回来了。

“怎么？”胡雪岩问，“老公祖是要更衣？”

“不是！”刘秉璋歉意地说，“雪翁，这么好的戏、这么好的席，我竟无福消受，实在是有急事，马上得回城料理。”

“呃、呃。”胡雪岩不便多问，只跟在刘秉璋后面，送上轿后方始问德馨，“刘中丞何以如此匆匆？到底是什么急事？”

“此处不便谈。”德馨与胡雪岩的交情极厚，以兄弟相称，“胡大哥，有个消息，不便在今天宣扬，不过，消息不坏。”

胡雪岩点点头不作声，回到筵前，直待曲终人散，才邀德馨到他借住的一间禅房中，细问究竟。

“为什么今天不便宣扬呢？”德馨说道，“李太夫人在武昌去世了。”

去世的是李瀚章、李鸿章兄弟的老母。胡老太太做生日，自然不便宣布这样一个不吉利的消息。但这一来，李氏兄弟丁忧守制，左宗棠暂时去了一个政敌，对胡雪岩来说，当然是有利的，亦可说是喜事，不过只能喜在心里而已。

“一下子两个总督出缺，封疆大吏要扳扳位了。不晓得哪个接直隶，哪个接湖广？”

这一问，恰恰说中德馨的心事。总督出缺，大致总是由巡抚调升，巡抚有缺，藩司便可竞争，刘秉璋与德馨，各有所图，所以都急着要赶进城去打听消息。不过德馨既有巡抚嘱咐，又有胡家交情在，不便就此告辞，心想何不就跟胡雪岩谈谈心事。

“湖广，我看十之八九是涂朗轩接，直隶就不知道了。”涂朗轩就是湖南巡抚涂宗瀛，他替曾国藩办过粮台，与李瀚章昔为同事，今为僚属，由他来接湖广总督，倒是顺理成章的事。

“那么湖南巡抚呢？”胡雪岩笑着掉了句文，“阁下甚有意乎？”

“只怕人家捷足先登了。”

“那也说不定。”胡雪岩想了一下说，“你先要把主意拿定了，才好想办法，倘或老大哥根本没有这个意思，也就不必去瞎费心思。”

“水往低处流，人往高处爬，岂能无意。不过鞭长莫及，徒唤奈何。”

“谋事在人，成事在天。”胡雪岩说，“等我来打个电报给汪惟贤，要他去寻森二爷探探‘盘口’。”此事不便假手于人，胡雪岩又拿不起笔，因而由他口述，让德馨执笔，电报中关照汪惟贤立即去觅宝森，托他向宝鋆探探口气，藩司想升巡抚，该送多重的礼。

德馨字斟句酌，用隐语写完，看了一遍说：“宝中堂他们兄弟不和，森二爷或许说不上话。是不是请汪掌柜再探探皮硝李的口气？”

“好！我赞成。”

于是德馨改好了电报稿子，胡雪岩叫进贴身小跟班阿喜来。阿喜专替主人保管一个一离家就要带着的西洋皮包，内中有个密码电报本。胡雪岩与德馨亲自动手，将密码译好，夕阳已经衔山了。

“我本来不打算进城，现在非回去一趟不可了。”胡雪岩说，“电报要送到上海去发，我派一个妥当的人去，叫他在上海等回电，如果是两三万银子，我先替你垫。多了就犯不上了。”

“是，是。一切拜托，承情不尽。”

于是胡雪岩与德馨一起进城。两人品秩相同，但胡雪岩曾赏穿黄马褂，所以仪从较现任藩司的德馨，更为显赫，只是他的“高脚牌”只作陈列之用，出行只是前面一匹顶马、后面四匹跟马，八抬大轿的轿班，一共三班，轮流换肩——胡雪岩的轿班，在家亦是“老爷”，一回家就会听见丫头在喊："老爷回来了，赶快打水洗脚。"不过替胡雪岩抬轿虽是好差使，却很难当，因为既要快，又要稳——快到能跟着顶马亦步亦趋，稳到轿中靠手板上的茶水不致泼出来。因此，两人虽是同时动身，胡雪岩的轿子起步就领先，很快地将德馨在身后抛得老远了。

回到元宝街，老远就看到张灯结彩，灯烛辉煌，但寿堂中却颇安静，因为既已排定贺寿的日期，除了极少数的至亲以外，不会有人贸然登堂。胡雪岩下了轿，在寿堂中略作寒暄，随即着手处理德馨谋官之事。

正唤来得力的家人在交代时，只见螺蛳太太扶着一个小丫头的肩悄然而至。她看到胡雪岩有事，便远远地在一张丝绒安乐椅上坐了下来。

"你明天一大早就动身，在上海等消息，等北京的回电一到，马上赶回来。越快越好。"

等家人答应着走了，螺蛳太太一面起身走近来，一面问道："你不在灵隐陪老太太，怎么回城来了？"

"出了两个总督的缺，连带就会出两个巡抚的缺，德晓峰想弄一个，我只好进城来替他料理。"说到这里，胡雪岩发觉螺蛳太太神色有异，定睛看了一下问道，"怎的，你哭过了？"

"不要乱说！老太太的好日子，我哭什么？"

螺蛳太太紧接着问："客人来得多不多？"

"该来的都来了。"胡雪岩说，"三品以上的官，本来没有多少，从明天起就要一天比一天忙了。我最担心后天，大家都说要去看热闹，不晓得会不会有啥笑话闹出来。"

原来贺寿的日期，已经重新安排，第三天轮到外宾。"洋人拜寿"这四个字听起来，就会逗人好奇，都说不知道洋人拜寿是怎么个样子，是磕头还是作揖？吃寿面会不会用筷子，不会用用啥？叉子叉不住，只怕要用手抓。诸如此类等着看笑话的议论，不免使胡雪岩不安，怕闹出笑话来失面子。

"喔，"螺蛳太太倒被提醒了，"有份礼在这里，你倒看看。"说着，便向窗外喊一声，"来人！"进来的是螺蛳太太的亲信大丫头瑞香，她已经听到了螺蛳太太的话，所以进门便说：“洋人送的那份礼，送到老爷书房里去了。”

胡雪岩心想，这个把月来，所收的寿礼，不知凡几，独独这份礼送到他书房，可知必有来历，便即问说：“是哪个送的？”

“我也不清楚。”螺蛳太太说，“是拱宸桥海关送来的，我想大概不是洋行里的人，是个洋官，所以叫他们送到书房里，等你来看。有份全帖在那里，你一看就晓得了。”

“好！我到书房里去看。”

“对！外面要开席了，我也要去照个面，敷衍敷衍。你呢？在哪里吃？”

“太累，吃不下什么，吃点粥吧。”

“老太太的寿面不能不吃。”螺蛳太太转脸吩咐，“瑞香，你关照小厨房下碗鸡汤银丝面，鸡汤太浓，要把浮油撇干净。”

于是主仆三人各散，胡雪岩一个人穿过平时就沿路置灯、明亮好走的长长的甬道，来到他的书房镜槛阁。

这镜槛阁是园中一胜，前临平池，后倚假山。拾级而上时，那扶手是以铁杆为芯，外套是在景德镇定烧的，朱翠相间，形如竹节的瓷筒。阁中有一面极大的镜砖，将阁外平池、池中鸳鸯、池上红桥、池畔垂杨，一齐吸入镜中。这是仿北京玄武门外，什刹海畔恭亲王的别墅鉴园的规模所造，而精巧过之。

胡雪岩进得阁来，在镜砖面前站了一会儿，看远处楼阁、近处回廊，都挂着寿庆的灯彩，倒影入池，复又重生于镜，镜中有镜，影中有影，疑真疑幻，全不分明了。正看得出神时，听得有个娇嫩的声音：“老爷，房门开了。”

胡雪岩抬头看时，这个小丫头仿佛见过，便问：“你叫什么名字？”

“我叫小梅。”

“噢，你是新派过来的吗？”

“不！我老早就在这里了。”

“老早在这里？为啥不常看到你？”胡雪岩一面说，一面踏进书房，触目一大堆礼物，便顾不得跟小梅说话，先找全帖来看。

全帖的具名是“教愚弟赫鹭宾”。原来是总税务司英国人赫德。此人在华二十多年，说得一口极好的京腔，也识汉文，仰慕中华文化，兼且是朝廷的有顶戴的客卿，所以他用他的英文名字的发音，自己起了一个中国名字叫作“赫鹭宾”。

全帖以外还有礼单。寿礼一共四样，全喜精瓷茶具、一个装糖果的大银碗、整匹的呢料，另外一个老年人用的紫貂袖筒。

“来啊！”

他心目中使唤的是专管镜槛阁的两个大丫头，巧珠、巧珍两姐妹，但来的却是小梅。

“两巧一巧都不巧。”小梅答说，“都跟老太太到灵隐去了。”

胡雪岩看她语言伶俐，料想也能办事，便即说道：“你也一样。你去寻两个人来，把这四样东西搬到外面，叫人马上送到灵隐给老太太看。说是——”

这要说赫鹭宾就是赫德，这位“洋大人”戴的也是红顶子，那就太啰唆了，怕传话的人说不清楚，所以停了下来。

“老爷要啥？”

“我要写字。”

小梅听说，立刻走到书桌前面，掀开砚盖，注了一小勺清水，细细研墨。胡雪岩便坐了下来，提笔蘸墨，很吃力地在全帖上批了六个字“即总税司赫德”。

小梅因为墨渖未干，便拿起全帖，嘟起小嘴朝字上吹气。正吹得起劲时，瑞香来了。

见此光景，她先是一愣，接着便呵斥小梅：“出去！这地方也是你来得的？”

原来胡家也学了一套豪门世家的规矩，下人亦分几等，像小梅这种“做粗生活”的小丫头，是走不到主子面前的，否则便是僭越。

这瑞香平日自恃是螺蛳太太的心腹，目中无余丫，人缘不好，小梅不大服她，此时无辜受责，大感委屈。她人小嘴利，当即反唇相讥：“巧珠、巧珍不在，老爷来了，莫非我就不伺候？这又不是我瞎巴结差使，何用你来吼我？”她说，“大家都是低三下四的人，摆你千金小姐的威风，摆给哪个看？”

“啊！”瑞香脸都气白了，“你在嚼什么嘴？”说着，奔上去就要打。

小梅毫不示弱，又快又急地说：“今天老太太的好日子，你敢打人？”

瑞香被吓阻住了，一只手好不容易放了下来，咬牙切齿地骂道：“不看老太太的好日子，看我不撕烂你的小×！你等在那里，看我不收拾你。”

这下小梅害怕了。瑞香的威风，她自然识得，情急之下，向胡雪岩双膝跪倒。“老爷，你看。”她说，“请老爷作主。”

“好了，好了！”胡雪岩劝解着，“原是我叫她磨墨的。不看僧面看佛面，不必告诉你太太。”

主人出面说情，瑞香总算扳回面子，出了口气，当下喝道：“你还跪在这里想讨赏是不是，赏你一顿‘毛笋炒腊肉’！滚！”看见小梅盈盈欲泪，瑞香便又警告，“今天是老太太的好日子，你敢哭出来！”

小梅果然不敢哭，噙着两泡眼泪，退了出去。胡雪岩好生不忍，却不便当着瑞香去抚慰小梅。不过，眼前恰有一条现成的调虎离山之计，便是安排那份寿礼送到灵隐。

等瑞香下阁子去唤人时，胡雪岩便走到廊上，轻声说道：“小梅，你不要怕，不要难过，明天我跟太太说，提拔你。”

胡雪岩对下人说太太，多半是指螺蛳太太。“我不要。”小梅答说，“在瑞香手下，哪有好日子过？”

胡雪岩正待再问时，不想瑞香来得好快。原来她一下阁子，就看到胡家四大管家婆之一，专管稽察花园出入的杨二太，亲自打一盏宫灯，领着古应春来见主人。于是瑞香便跟她换了差使，各自回头，一个去找人来料理赫德的礼，一个便领着古应春入阁。

“你怎么回来了？”胡雪岩问。

古应春原是预定留在灵隐，预备第二天接待来拜寿的英国人，只为得到赫德忽然到了杭州的消息，特为赶了来探问究竟。

“我也是刚刚看了拜帖才晓得是赫德，喏，”胡雪岩指着那四样礼物说，“正预备送到灵隐，请老太太去过目呢。”

于是古应春赏玩了礼物，点点头说：“照洋人来说，这份礼送得很重了。”

这自然是人家看重的缘故，胡雪岩不免得意，想了一下说：“他不晓得住在哪里？今天晚了，来不及了，明天一大早，我同你先去拜访。这也是我们做主人该尽的道理。”

“他住在梅藤更那里。”

梅藤更是个英国教士，也是医生，到杭州传教，在中城大方伯开了一家医院。大方伯这个地方有一座桥，在宋朝叫广济桥，因此这家医院题名就用了双关的“广济”二字。

梅藤更开设广济医院时，胡雪岩捐过一大笔钱，所以他跟梅藤更亦算是老朋友，当即说道：“既然是住在梅藤更那里，我派人去通知一声，请他转告赫德，说我们明天一早去看他，请他问一问赫德什么时候方便。”

“不必叫人去。好在晚上去看医生，不算冒昧，我自己去一趟，比较稳当。”

“也好！辛苦，辛苦。”胡雪岩问道，“你吃了饭没有？”

“忙得肚子饿都忘记了。实在也不饿。”

“我也不饿，我等你回来一起吃。”

“好！”

“瑞香，你送古老爷下去。”胡雪岩忽又问道，“这礼是啥辰光送来的？”

“未末申初。”瑞香答说，“梅院长派人送来的。”

“那个时候！”胡雪岩蹙着眉说，“照道理要送席。”

“席是没有送。”瑞香接口，“送了个一品锅、四样点心，还有一篓水蜜蟠桃。太太叫我包了一个赏封，打发来人，请他告诉梅院长，我们老爷在灵隐，所以不晓得这位洋大人的身份，不过总归是我们老爷的好朋友；梅院长是像自己人一样的，请他费心代为款待，明天我们老爷回来了，再当面同他道谢。”

瑞香咭咭呱呱一口气说下来，事情交代得清清楚楚，胡雪岩觉得螺蛳太太处置得颇为得体，很满意地说：“亏得我不叫她到灵隐去。不然，没有人料理得来。”

“也亏得强将手下无弱兵。”

瑞香听出来是在夸赞她，向古应春嫣然一笑，随即把头别了开去。古应春也笑，笑得眼角露出两条鱼尾纹。

等瑞香送了古应春回来，向胡雪岩说道：“面想来不要了。我已经关照小厨房，弄几样精致爽口的菜，请老爷的示，在哪里开饭？”

“就在这里好了。”胡雪岩又说，“我倒不晓得你这么凶！女人厉害，可以，凶，不可以，自己吃亏。”

“太太当家，总要有个人来替她做恶人。莫非倒是太太自己来做恶人，我们在旁边替人家说好话？”

胡雪岩觉得她的话竟无可驳，想了一下说：“就做恶人也犯不着撒蠢，什么小×不小×，难听不难听？”

瑞香涨红了脸，欲待分辩，却又实在没有理由，以至于僵在那里有些手足无措的模样。

胡雪岩便又掉了一句文：“人必自侮而后人侮之。”他说，“如果人家回你一句，我‘小’你‘大’！你一个大青娘，脸上挂得住、挂不住？”

杭州人叫妙年女郎为“大青娘”，是最多愁善感的时候，瑞香又羞又悔，眼圈红红的，要哭出来了。

“咦，咦，咦！”胡雪岩大为诧异，“你叫人家不准哭，自己倒要哭了，为啥？莫非我的话说得重了。”

一听这话，瑞香顿时收泪，抽出腋下的一方白纺绸绣一枝瑞香花的手绢，擤一擤鼻子答说：“哪个哭了？”

“不哭最好。你把牙牌拿来，再到前面看看，坐席坐到啥光景了。”

瑞香答应着，取出一盒牙牌，倒在红木方桌上，然后下了阁子。胡雪岩一个人拿牙牌“通五关”打发辰光，连着几副不通，便换了起数问前程。

于是照牙牌神数的歌诀“全副牙牌一字开，中间看有几多开，连排三次分明记，上下中平内取裁”，胡雪岩头一次得了十六开，第二次更多，竟有二十一开，第三次却只得一副对子，一副分相，共计六开。

胡雪岩是弄熟了的，一算是“上上、上上、中下”。诗句也还约略记得，但“解”与“断”，却须找书来看。

他找到《兰闺清玩》的《牙牌神数》，翻开来一看，那首诗是：“一帆风顺及时扬，稳度鲸川万里航。若到帆随湘转处，下坡骏马早收缰。”

一面念，一面心想：“有点意思。”再往下看，“解曰，谋为勿忧煎，成全在眼前，施为无不利，到处要周旋。”

看到最后一句，不由得蓦然里一拍桌子，大声自语：“今天这个数起得神了！”

语声刚终，有人接口：“你在做啥？”抬眼看时，前面螺蛳太太手扶小丫头的肩，正踏进门来，后面跟着瑞香。

“客散了？”

“还没有。不过每桌都有人陪。”螺蛳太太说，“我是听说七姐夫来了又出去了，不知道是不是有啥要紧的事，所以我特别来看看。”

“他到梅藤更那里去了，说一句话就回来的。”胡雪岩接着又往下看“解”了以后的“断”。

“断曰：黄节晚香，清节可贵，逝水回波，急流勇退。”最后这四个字，胡雪岩是懂的，而且这也正是内则老母，外则良友在一再劝他的。此刻他不自觉地便仔细想了下去。

螺蛳太太也常看他起数，但都不似此刻这么认真，而且是上了心事的模样，当然深感关切。

“瑞香，去调一杯玫瑰薄荷露来，我解解酒。”说着，在胡雪岩对面坐了下来问道，“你起的数，倒讲给我听听。”

“今天起的这个数，我越想越有道理。”胡雪岩说，“先说我一帆风顺，不过到时候要收篷。啥时候呢？‘帆随湘转处’，灵就灵在这个‘湘’字上，是指左大人，到左大人不当两江总督了，我就要‘下坡骏马早收缰’了。”

“还有呢？”

“还有这两句，也说得极准，‘施为无不利，到处要周旋。’拿银子铺路，自然无往不利路路通了。”

“还有呢？”

“那就是‘急流勇退’。”

螺蛳太太点点头，喝了一大口玫瑰薄荷露说：“我看只有‘急流勇退’四个字说得最好。又是‘下坡’又是‘骏马’，你想收缰都收不住。”

* * *

胡雪岩正要回答，只听外面人在报：“古老爷回来了。”

“瑞香，”螺蛳太太一面站起来，一面说，“带人来开饭。”

“讲妥当了？”胡雪岩也站了起来，迎上去问。

“讲好了。明天上午八点钟去看赫德。然后他料理公事完毕，中午到灵隐去拜寿。”

“吃饭呢？”螺蛳太太急忙问说。

“这就要好好商量了。”

“对，对，好好商量。”胡雪岩扬一扬手，“我们这面来谈。”古应春跟到书桌旁边坐定了说："我不但见了梅藤更，还见了赫德。他说他这一次一则来拜寿，二则还有事要跟小爷叔约谈。"

"什么事？汇丰的款子，应付的本息还早啊！"

"是茧子的事。"

"这个，"胡雪岩问，"怡和的大老板怎么不来呢？"

"已经来了，也住在梅藤更那里。"

"这样说，是有备而来的。我们倒要好好儿想个应付的办法。"

"当然。"古应春又说，"小爷叔，你哪天有空？"

"要说空，哪一天都不空。"胡雪岩答说，"他老远从北京到这里，当然主随客便，我们只有看他的意思。"

"既然小爷叔这么说，明天中午等他到灵隐拜了生日，请他到府上来吃饭，顺便带他逛逛园子。"

"我也是这么想。"胡雪岩问，"吃西餐，还是中国菜？"

"还是西餐吧。"古应春说，"我这回带来的六个厨子，其中有一个是法皇的御厨，做出来的东西，不会坍台的。"

"来，来！"螺蛳太太喊道，"来坐吧！"

"来了！"胡雪岩走过来说道，"明天中午总税务司赫德要来吃饭，吃西餐，厨子应春带来，席摆在哪里方便，要预备点啥，顶好趁早交代下去。"

"有多少人？"

"主客一共四位。"古应春答说。"应春，"胡雪岩问，"你是说，怡和的大老板也请？"一听这语气，古应春便即反问："小爷叔的意思呢？"

"我看'阳春面加重，免免'了！"

"我看预备还是要预备在那里。"螺蛳太太插进来说，"说不定赫德倒带了他来呢？"

洋人没有挟带不速之客的习惯。螺蛳太太对这方面的应酬规矩不算内行，不过多预备总不错，或许临时想起还有什么人该请，即不至于捉襟见肘。因此，胡雪岩点点头说：“对，多预备几份好了。”

说着，相将落座，喝的是红葡萄酒，古应春看着斟在水晶杯中、紫光泛彩的酒说：“这酒要冰了，味道才出得来。”

“那就拿冰来冰。”

原来胡家也跟大内一样，自己有冰窖。数九寒天，将热水倒在特制的方形木盒中，等表里晶莹，冻结实了，置于掘得极深、下铺草荐的地窖，到来年六月，方始开窖取用。此时胡雪岩交代，当然提前开窖。

这一来不免大费手脚，耽误工夫，古应春颇为不安，但已知胡雪岩的脾气越来越任性，劝阻无用，只好听其自然。

趁这工夫，胡雪岩与古应春将次日与赫德会谈，可能涉及的各方面，细细研究了一番。其时螺蛳太太已回到前面，等席散送客。镜槛阁中，凿冰冻酒，检点肴馔，都是瑞香主持，只见她来往俏影，翩翩如蝶，不时吸引着古应春的视线移转。

胡雪岩看在眼里，越发觉得刚才胸中所动的一念，应该从速实现。等入了座，他先看一看桌上的菜，问道：“还有啥？”

“还有锦绣长寿面、八仙上寿汤。”瑞香答说，“古老爷跟老爷还想吃点啥？我去交代。”

“够了，够了。”古应春说，“两个人吃八样菜，已经多了，再多，反而看饱了吃不下。”

“什么叫八仙上寿汤？”

“就是八珍汤。”瑞香笑道，“今天是老太太的好日子，所以我拿它改个名字。”

“好，晓得了。”胡雪岩答说，“我想吃点甜的，你到小厨房去看看，等弄好了带回来。”

这是胡雪岩故意遣开瑞香，因为他要跟古应春说的话，是一时不便让瑞香知道的。

“老太太说，这回生日样样都好，美中不足的，就是七姐没有来。”

“要美中不足才好。”古应春答说，“曾文正公别号叫‘求阙斋’，特为去求美中不足，那才是持盈保泰之道。醇亲王从儿子做了皇帝以后，置了一样古董，叫作‘欹器’，盛水不能满，一满就翻倒了。”

胡雪岩并未听出他话中的深意，管自己问道：“七姐现在身子怎么样？”

“无非带病延年。西医说，中风调养比吃药重要，调养第一要心静，她就是心静不下来。我怎么劝也没用。”

“为啥呢？”胡雪岩问，“为啥心静不下来？”

“小爷叔，你晓得她的，凡事好强。自从她病倒以后，家里当然不比从前那样子有条理了，她看不惯，自己要指挥，话又说不清楚，丫头老妈子弄来总不如她的意。你想，一个病人一天到晚操心，还要生气，糟糕不糟糕？”说到这里，古应春叹口气，将酒杯放了下来。

提起不愉快的事，害得他败了酒兴，胡雪岩不免歉然，但正因为如此，更要往深处去谈。

“还有呢？”

“还有，就是她总不放心我，常说她对不起我，因为她病在床上，没法子照料我的饮食起居。我说，你千万不要这样想，这是没法子的事，再说，有丫头老妈子，我自己会指挥。她说，没有体己的人，到底不一样。又说：‘中年丧妻大不幸，弄个半死不活的老婆在那里，你反而要为我操心，是加倍的大不幸。’当时谈得她也哭，我也哭。”说着，古应春又泫然欲涕了。

“应春，你说得我也想哭了。你们真正是所谓伉俪情深，来世也一定是恩爱夫妻。不过，既然七姐是这样子的情形，我的想法倒又改过了。”

“小爷叔，你有啥想法？”

“我在想，要替你弄个人。这个人当然要你中意，要七姐也中意。人，我已经有了，虽说有把握，你们都会中意，不过，女人家的事情，有时候是很难说的，尤其是讨小纳妾，更加要慎重，所以我想过些日子，叫罗四姐到上海去一趟，当面跟七姐商量。照现在看，我想这件事，可以定局了。”

一番话说得古应春心乱如麻，不知是喜是惧。他定定神，理出一个头绪，先要知道，胡雪岩心目中“已经有了”的那个人是谁？

等他一问出来，胡雪岩答道：“还有哪个，自然是瑞香。”

古应春又惊又喜，眼前浮起瑞香的影子，耳边响起瑞香的声音，顿时生出无限的遐思。

“应春，”胡雪岩问说，“你看怎样，七姐会不会中意她？”

“我想，应该会。”

“你呢？”

古应春笑笑不答，只顾自己从冰箱中取酒瓶来斟酒。

“我说得不错吧！这个人你们夫妻俩都会中意。”

“话也不能这么说。”古应春将七姑奶奶得病以来说过的话，细细搜索了一遍，有些悲伤地说，“小爷叔，有件事，我不能不提出来。阿七从来没有提过，要替我弄一个人的话。”

这使得胡雪岩一愣，心中寻思，七姑奶奶既然因为无法亲自照料丈夫的饮食起居而深感抱歉，同时也觉得没有一个得力的帮手替她治家，那么以她一向看得广、想得深的性情，一定会转过替古应春纳妾，兼做治家帮手的念头。有过这样的念头，而竟从未向古应春提过，这中间就大可玩味了。

“应春，”他问，“你自己有没有讨小的打算？”

古应春仔仔细细地回忆着，而且在重新体认自己曾经有过的感想以后，很慎重地答说：“如果说没有，我是说假话。不过，这种念头只要一起，我马上就会丢掉，自己告诉自己，不要自讨苦吃。”

“这种心境，你同七姐谈过没有？”

“没有。”

“从来没有谈过？”

“从没有。”

“有没有露过这样的口风呢？”

见他这样“打破砂锅问到底”，古应春倒不敢信口回答了，复又想了一下，方始开口：“没有。”

“好！我懂了。”胡雪岩说，“讨小讨得不好，是自讨苦吃，讨得好，另当别论。我料七姐的心事，不是不想替你弄个人，是这个人不容易去觅。又要能干，又要体贴，又要肯听她的话，还要相貌看得过去，所以心里虽有这样的念头，没有觅着中意的人之前，先不开口。七姐做事向来是这样的。我晓得。”

古应春觉得他的话也不无道理，倒不妨探探妻子的口气。旋即转念：此事决不能轻发！倘若妻子根本不愿，一说这话，岂非伤了感情？

“能干、体贴、听话、相貌过得去，这四个条件，顶要紧是听话。七姐人情世故熟透，世界上总是听话的老实无用，能干的调皮捣蛋，她一个病人，躺在床上，如果叫人到东，偏要到西，拿她有啥法子？那一来，不是把她活活气死？七姐顾虑来，顾虑去，就是顾虑这个。应春，你说对不对！”

“是的。”古应春不能不承认，“小爷叔把阿七的为人，看得很透。”

“闲话少说，我们来谈瑞香。四个条件，她贴了三个，体贴或许差一点，不过那也是将来你们感情上的事，感情深了，自然会体贴。”

“哪里就谈得到将来了？”古应春笑着喝了口酒说，“这件事要慢慢商量。”

“你说谈不到将来，我说喜事就在眼前。”胡雪岩略略放低了声音，“贤惠，瑞香当然还谈不到，不过，我同罗四姐两个人一起替你写包票，她一定听七姐的话。你信不信？”

古应春何能不信，亦何能不喜，但总顾虑着妻子如果真的有妒意，这件事就弄巧成拙了。

看他脸上忽喜忽忧的神情，胡雪岩当然也能约略猜到他的心事。但夫妻之间的这种情形，到底只有同床共枕的人，才能判断。所以他不再固劝，让它冷一冷，看古应春多想一想以后的态度，再作道理。

于是把话题扯了开去，海阔天空地聊了一阵，瑞香亲自提来一个细篾金漆圆笼，打开来看，青花瓷盘中，盛着现做的枣泥核桃桂花奶酥，是醇亲王府里的厨子传授的。

接着，小厨房另外送来寿面跟“八仙上寿汤”。寿面一大盘，炒得十分出色，但胡雪岩与古应春都是应应景，浅尝即止。

“多吃点嘛！”瑞香劝道，“这么好的寿面，不吃真可惜。”

“说得不错。”古应春答说，“我再来一点。”

于是她替他们各自盛了一小碗，古应春努力加餐，算是吃完了。胡雪岩尝了一口说道：“吃剩有余！”

“糟蹋了实在可惜。”瑞香向外喊道，“小梅，你们把这盘寿面拿去，分了吃掉，沾沾老太太的福气。”说着，亲自将一盘炒面捧了出去。

胡雪岩看在眼里，暗自点头。等饭罢喝茶时，螺蛳太太亦已客散稍闲，来到镜槛阁休息。当然，她还有许多杂务要料理，但走马换将，都交给瑞香了。

“我刚刚跟应春谈了一件大事，现在要同你商量了。”

商量的便是嫁瑞香之事，不等胡雪岩话毕，螺蛳太太便即说道：“我早就有这个意思了。七姐夫，只要七姐一句话，我马上来办。”

“就是这句话为难。”古应春答说，“我自己当然不便提，就是旁人去提，也不大妥当。”

“何以见得？”

“人家去说，她表面上说不出不愿意的话来，心里有了疙瘩，对她的病，大不相宜。”

“我看七姐不会的。”胡雪岩对螺蛳太太说，“下月我到上海，你同我一起去，当面跟七姐谈这件事。”

“那一来，她怎么样不愿意，也装得很高兴。”古应春大为摇头，“不妥，不妥！她决不肯说真心话的。”

“我倒有个办法，我要由七姐自己开口。”

此言一出，古应春、胡雪岩一齐倾身注目，倒要听听她是何好办法，能使得七姑奶奶自愿为丈夫纳妾。

“办法很容易。”螺蛳太太说，“我把瑞香带了去。只说我不放心她的病，特为叫瑞香去服侍她，帮她理家的。只要瑞香服侍得好，事事听她的话。她自然会想到，要留住瑞香只有一条路，让她也姓古。”

“此计大妙！”胡雪岩拍着手说，“准定这么办。”

古应春也觉得这是个很妥当的办法，但螺蛳太太却提出了警告：“七姐夫，不过我劝你不要心急，你最好先疏远瑞香一点。”

人逢喜事精神爽，古应春这一夜只睡了两个时辰，一觉醒来，天还没有亮透，看自鸣钟上一直线，恰好六点钟响。他住的是胡家花园中的一处客房，名叫锁春院，花木甚盛，揭开重帘，推出窗去，花香鸟语，令人精神一振。他心里寻思，这天洋人拜寿，是他的“重头戏”，宁可赶早去巡查，看有什么不妥的地方，须先改正，庶几不负至交所托。

于是古应春漱洗早餐，随即带了跟班，坐着胡家替他预备的轿子，先巡视了设在城里的六处寿堂。一一检点妥当，然后出钱塘门到灵隐，不过九点刚过。

这灵隐的寿堂，原规定了是英国人来拜寿的地方，只是洋人闹不清这些细节，有的逛了天竺、灵隐，顺便就来拜寿，人数不多，倒是看的人多，指指点点，嘻嘻哈哈，乱得很热闹。

不久，胡雪岩到了，拉着古应春到一边说道：“我看原来请到我那里吃西餐的办法行不通了。”

“怎么呢？”

“赫德到杭州来的消息，不知道怎么传出去了。德方伯派人通知我，说要来作陪。他是好意，我怎么好挡驾？”胡雪岩又说，“这一来，邀赫德到家，似乎不太方便。”

古应春想了一下说：“不要紧，中午在这里开席，晚上请他到府上好了。”

“只好这样。”

刚说完，已隐隐传来鸣锣喝道之声，料想是德馨到了。胡雪岩迎出去一看，方知来的是赫德。原来此人极其醉心中国官场的气派，特为借了巡抚的绿呢大轿，全副“导子”，前呼后拥，趁机会大过了一番官瘾。

他穿的自然是二品补服。红顶花翎的大帽子后面，还装了根乌油油的大辫子。胡雪岩是见过的，不足为奇，但其他游客闲人，何曾见过洋人有这样的打扮？顿时都围了上来，好在胡家的下人多，两面推排，留出一条路来，由胡雪岩陪着，直驱寿堂。

于是“清音堂名”，哩呜啦地吹打了起来。赫德甩一甩马蹄袖，有模有样地在红毡条上跪了下去，磕完头起身，与陪礼的胡雪岩相互一揖，方始交谈。

“恭喜，恭喜。”赫德说得极好的一口京片子，“老太太在哪里，应该当面拜寿。”

胡雪岩略有些踌躇，有这么一个戴红顶子的洋大人去见老母，实在是件很有趣的事，但一进去了，女眷就得回避，不免会有屏风后面，窃窃私议，失礼闹笑话就不妙了，因而答说：“不敢当，我说到就是了。”

赫德点点头，回身看见古应春说：“昨天拜托转达雪翁的话，想必已经说过。”

“是的。”古应春开门见山地答说，“雪翁的意思，今天晚上想请阁下到他府上便饭，饭后细谈。”

“那就叨扰了。”赫德向胡雪岩说，“谢谢。”

于是让到一边待茶。二人正在谈着，德馨到了，他是有意结纳赫德，很敷衍了一阵，中午一起坐了面席，方始回城。

这天原是比较清闲的一天，因此来拜寿洋人，毕竟有限。到得下午三点钟，古应春便已进城，略息一息亲自去接赫德，顺便邀梅藤更作陪。这是胡雪岩决定的。

到时天还未黑，但萃锦堂上的煤油打汽灯，已点得一片烨烨白光。那萃锦堂是五开间的西式洋楼，楼前一个大天井，东面有座喷水池，西面用朱漆杉木，围成一个圆形栅栏，里面养着雌雄一对孔雀。孔雀一见赫德进来，冉冉开屏，不由得把他吸引住了。

“这只孔雀戴的是‘三眼花翎’。”赫德指着雀屏笑道，“李中堂都没有它阔。”于是入座以后，便谈李鸿章了。赫德带来最新的消息，直隶总督是调两广总督张树声署理，湖广总督果然是由湖南巡抚涂宗瀛升任。

“那么，两广呢？”

“现在还不知道。”赫德答说，“听说曾九帅很有意思谋这个缺。”

“湖南，”胡雪岩又问，“湖南巡抚不晓得放的哪个？”

“这倒没有听说。”

就这时候，瑞香翩然出现，进门先福一福，拢总请了一个安，然后向胡雪岩说道：“太太要我来说，小小姐有点发烧，怕是出痧子，想请梅先生去看一看。”

“喔，”胡雪岩皱着眉说，“梅先生是来作客的，皮包听筒也不晓得带了没有？”

“带了，带了。”梅藤更是一口杭州话，“听筒是我的吃饭家伙，随身法宝，哪里会不带。”说着，从口袋中掏出一副听筒，向瑞香扬一扬说，“我们走。”

“小小姐”是螺蛳太太的小女儿，今年七岁，胡雪岩爱如掌珠，听说她病了，不免有神思不属的模样。幸而有古应春陪着赫德闲谈，未曾慢客。

“怎么样？”一见梅藤更回来，胡雪岩迎上去问，“不要紧吧？”

“不要紧，不要紧。”

当梅藤更在开药方，交代胡家的管家到广济医院去取药时，赫德已开始与古应春谈到正事，刚开了一个头，因为入席而将话题打断了。

进餐当然是照西洋规矩。桃花心木的长餐桌，通称“大餐桌”，胡雪岩与古应春分坐两端主位，胡雪岩的右手方是赫德，左手方是梅藤更。菜当然很讲究，而酒更讲究，古应春有意为主人炫耀，命侍者一瓶一瓶地将香槟酒与红葡萄酒取了来，为客人介绍哪一瓶为法国哪一位君王所御用，哪一瓶已有多少年陈，当然还有英国人所喜爱的威士忌，亦都是英国也很珍贵的名牌。

这顿饭吃了有一个钟头，先是海阔天空地随意闲谈，以后便分成两对。梅藤更跟胡雪岩谈他的医院，说诊务越来越盛，医院想要扩充，苦于基地不足，胡雪岩便答应替他想想办法。梅藤更又说门前的路太狭，而且高低不平，轿马纷纷，加以摊贩众多，交通不便，向胡雪岩诉了许多苦，胡雪岩许了替他修路，但梅藤更请他向杭州府及钱塘县请一张告示，驱逐摊贩，胡雪岩却婉言谢绝了。

另一对是赫德与古应春，继续入席以前的话题，而且是用英语交谈，谈的是广东丝业的巨头陈启沅。

这陈启沅是广州府南海县人，一直在南洋一带经商，同治末年回到家乡，开了一家缫丝厂，招牌叫继昌隆，用了六七百女工，规模很大，丝的品质亦很好，行销欧美，很受欢迎。

“他的丝好，是因为用机器，比用手工好。”赫德说，“机器代替人工，是世界潮流。我在中国二十年，对中国的感情，跟对英国一样，甚至更为关切，因为中国更需要帮助。所以，我这一回来，想跟胡先生谈怡和丝厂开工一事，实在也为中国富强着眼。”

“是的。我们都知道你对中国的爱护，不过，英国讲民主，中国亦讲顺应民情，就像继昌隆的情形，不能不引以为鉴。”

原来陈启沅前两年改用机器，曾经引起很大的风潮，陈启沅不能不设法改良，制造一种小型的缫丝机，推广到农村，将机器之利，与人共享。赫德在宣扬机器的好处，古应春承认这一点，但隐然指出，想用机器替代人手，独占厚利是行不通的。

及至席散，梅藤更告辞先行，赫德留下来，与胡雪岩正式商谈时，赫德的话又不同了。

“雪翁！”他用中国官场的称呼，“你能不能跟怡和合伙？”

胡雪岩颇为诧异，怡和洋行是英国资本，亦等于是英国官方的事业，何以会邀中国人来合伙？事情没有弄清楚以前，他不愿表示态度，只是含蓄地微笑着。

“我是说怡和洋行所办的丝厂。”赫德接下来说，“他们愿意跟你订一张合同，丝都由你供应，市价以外，另送佣金。”

还是为了原料！原来怡和丝厂早在光绪元年便已开设，自以为财大势雄，派人到乡下收购茧子，价钱虽出得不坏，但挑剔得也很厉害，软的不要，湿的不要，每每与客户发生争执，甚至大起纠纷，恼了自浙江嘉兴与苏州一带丝产旺地的几家大户，相约有丝不卖与怡和。怡和有机器、无原料，被迫停工；闲置的机器，又因保养不善，损坏的损坏，生锈的生锈，只好闭歇。

但就这两三年，日本的机器缫丝业大为发达，怡和丝厂在去年重整旗鼓，新修厂房，买了意大利造的新机器，准备复业。此外，有个澄州人叫黄佐卿，开一家公和永丝厂，向法国买的机器，亦已运到。另有公平洋行，亦打算在这方面投资。这三家丝厂一开工，需要大量原料，丝价必定上涨，胡雪岩早就看准了。

可是，他是站在反对丝厂这方面的，因为有陈启沅的例子在，机器马达一响，不知道有多少养蚕做丝的人心惊肉跳。

第九章　千丝万缕

江浙的养蚕人家，大部分是产销合一的。茧子固然亦可卖给领有“部帖”的茧行，但茧行估价不高，而且同行公议，价格划一，不卖茧则已，卖茧子一定受剥削。再则收茧有一定的日子，或者人等不及，急于要钱用，或者茧子等不及，时间一长蚕蛾会咬破茧子。所以除非万不得已，或者别有盘算，总是自家养蚕、自家做丝。这就要养活许多人了，因为做丝从煮茧开始，手续繁多，缫丝以后“捻丝”“拍丝”，进练染房练染，纬丝捻成经丝，还有“掉经”“牵经”等等名目，最后是“接头”，到此方可上机织绸。

一旦出现了机器缫丝厂，茧子由机器这头进去，丝由那头出来，什么“拍丝”“牵经”都用不着了，这一行的工人，亦都敲破饭碗了。更为严重的是，江浙农村，几乎家家户户都有缫丝的纺车，妇女无分老幼，大都恃此为副业。孤寒寡妇的“棺材本”，小家碧玉的“嫁时装”，出在一部纺车上的，比比皆是，如果这部纺车一旦成为废物，那就真要出现“一路哭”的场面了。

因此，早就不断有人向胡雪岩陈情，要求他出面控制机器缫丝厂。就因为胡雪岩的力量太大，手头经常握有价值三百万两银子的一万包丝在手里，可以垄断市场，所以怡和洋行竟搬动了“二品大员”的赫德来谈条件。

条件是很好。所谓“市价以外，另送佣金”，便是两笔收入，因为“市价”中照例每包有二两五钱的佣金，由介绍洋行买丝的中间人与红纵栈对分，如果“另送佣金”，每包至少亦有一两，坐享厚利。这在他人求之不得，而胡雪岩却只好放弃。

麻烦的是，赫德的情面不能不顾，至少要想个虽拒绝而不伤赫德面子，让他能向怡和洋行交代的说法。胡雪岩转了转念头，决定采取拖延的手段。

“鹭翁，”他从从容容地答道，“中国人有句话，叫作‘在商言商’，怡和这样好的条件，在我求之不得。不过，鹭翁总也晓得广东的情形，缫丝的机器都打坏了，如果我同怡和订了合同，起了风潮，不是我一个人的损失，地方上亦要受害。鹭翁，请你想一想，外到我们浙江巡抚，内到军机处、总理衙门，岂不都要怪我？‘都老爷’的厉害，鹭翁在京多年，总也晓得，他们会饶得了我？”看着是水都泼不进去了，不道胡雪岩突然一转，“不过，”他的语声很重，“鹭翁，你不是替怡和做说客，你是为了我们中国富强。这件事情，一定要弄它成功。等我同各方面筹划出一个妥当办法出来，只要不起风潮，不弄坏市面，原来靠养蚕缫丝的人家有条生路，我一定遵鹭翁的吩咐，只跟怡和一家订约。至于额外的佣金，是鹭翁的面子，决不敢领。”

这番话说得很漂亮，但赫德是有名的老奸巨猾，对中国的人情世故，摸得透熟，心想：不起风潮，不坏市面，还要养蚕人家有生路，要避免这三点的“妥当办法”，花十年的工夫也未见得能筹划得出来。然则什么“只跟怡和一家订约”，额外佣金“不敢领”，无非是有名无实的“口惠”而已。

话虽如此，但他仍能体谅胡雪岩的苦心。明明是办不到，或者说他不肯抹杀良心、不顾利害去做的事，有他刚才前半段的话，也就够了。而还有后半段“不过”以下的补充，是一种很尊重客人的表现，其意还是可感的。

因此，赫德深深点头。“雪翁真是明理的人，比京中那几位大老，高明得太多了。”他说，“我总算也是不虚此行。”

“哪里，哪里！”胡雪岩答说，“都像鹭翁这么样体谅，什么都好谈。”侍者上菜，暂时隔断了谈话。这道菜是古应春发明的，名为“炸虾饼”，外表看来像炸板鱼，上口才知味道大不相同，是用虾仁捣烂，和上鸡胸肉切碎的鸡绒，用豆腐衣包成长方块，蘸了面包粉油炸。做法仿佛杭州菜中的“炸响铃”，只是材料讲究得太多了。

赫德的牙齿不太好，所以特别赞赏这道菜。这就有了个闲谈的话题，赫德很坦率地说，他舍不得离开中国，口腹之欲是很大的一个原因。

“董大人常常请我吃饭。”他不胜神往地说，“他家的厨子，在我看全世界第一！”

“董大人”是指户部尚书董恂，在总理衙门“当家”。他是扬州人，善于应酬，用了两个出身于扬州“八大盐商”家的厨子，都有能做“全羊席”“全鳝席”的本事。董恂应酬洋人，还有一套扬州盐商附庸风雅的花样，经常来个“投壶”“射虎”的雅集。有时他会拿荷马、拜伦的诗，译成“古风”或“近体”。醉心中国文化的赫德，跟他特别投缘。

“白乐天在贵处杭州做的诗，‘未能抛得杭州去，一半勾留为此湖’，我倒想改一改，‘未能抛得中华去，一半勾留是此，此——”赫德有点抓瞎，搔着花白头发“此”了好一会儿，突然双眉一掀，“肴！一半勾留是此肴。”

胡雪岩暗中惭愧，不知道他说的什么。古应春倒听懂了一半，便即问道：“听说赫大人常跟董大人一起做诗唱和，真是了不起！”

“唱和还谈不到，不过常在一起谈诗、谈词。”赫德又说，“小犬是从小读汉文，老师也是董大人荐来的，现在已经开手做八股了，将来想在科场里面讨个出身，董大人答应替我代奏，不知道能准不能准。”

这番话，胡雪岩是听明白了。“洋娃娃”读汉文、做八股，已经是奇事，居然还想赴考，真是闻所未闻了。

“一定会准。”古应春在回答，“难得贤乔梓这样子仰慕中华，皇上一定恩出格外。”

“但愿能准。”赫德忽然说道，“我想起一件，趁现在谈，免得回头忘记。雪翁，有件事，想请你帮忙。怡和洋行派人到湖州去买丝，定洋已经付出去了，现在有个消息，说到新丝上市，不打算交货了。将来真的这样子，恐怕彼此要破脸了。”

胡雪岩隐约听说过这回事，其中还牵涉到一个姓赵的“教民”，但不知其详，更不知谁是谁。不过赫德话中的分量，却是心里已经掂到了。

“鹭翁，”他问，“你要我怎么帮怡和的忙，请你先说明了，我来想想办法。”

“雪翁一言九鼎。既然怡和付了定洋，想请雪翁交代一声，能够如期交货。”

胡雪岩心想，赫德真是奸猾无比。他说这话，可能是个陷阱，自己如果一口应承，他回到京里说一句，养蚕做丝的人家，都只凭胡某人一句话，他们的丝，说能卖就卖，说不能卖，谁也不敢卖。那一来总理衙门就可能责成他为了敦睦邦交，一定要让怡和在乡下能直接买丝。这可是很大的难题。

于是胡雪岩答说：“一言九鼎这句话，万万不敢当。丝卖不卖，是人家的事，我姓胡的，不能干预，干预了他们亦未必肯听。不过交易总要讲公道，收了定洋不交货，说不过去，再有困难，至少要还定洋。鹭翁特为交代的事，我不能不尽心尽力去办。这样，”他沉吟了一下说，“听说其中牵涉到一个姓赵的，在教堂做事，我请应春兄下去，专门为鹭翁料理这件事。”

“承情之至。”赫德拱拱手道谢。

“请问赫大人，”古应春开口问道，“能不能让怡和派个人跟我来接头？”

“怡和的东主艾力克就在杭州。”赫德用英语问道，“你们不是很熟吗？”

“是的，很熟。而且听说他也到杭州来了，不知道什么地方可以找得到他。”

“你到我这里来好了。”梅藤更插进来说。

“好。”古应春答说，“我明天上午到广济医院去。”

送走了客人，胡雪岩跟古应春还有话要谈。酒阑人散，加以胡家的内眷都在灵隐陪侍老太太，少了二三十个丫头，那份清静简直就有点寂寞了。

“难得，难得！今天倒真是我们弟兄挖挖心里话的辰光。应春！今天很暖和，我们在外面坐。”

“外面”指的镜槛阁的前廊。因为要反映阁外的景致，前廊造得格外宽大，不过二人凭栏设座，却在西面一角。三月十一的月亮也很大了，清光斜照，两人脸上都是幽幽的一种肃散的神色。

“应春，”胡雪岩说，“我这几天有个很怪的念头，俗语说‘人在福中不知福’，这句话不晓得对不对？”

古应春无从回答，因为根本不知道他为什么有这样一个“很怪的念头”。

“我们老太太常说要惜福，福是怎么个惜法？”

“这——”古应春一面想，一面说，“无非不要太过分的意思，福不要享尽。”

“对，不过那一来就根本谈不到享福了。你只要有这样子一个念头在心里，喝口茶，吃口饭都要想一想，是不是太过分？做人做到这个地步，还有啥味道？”

古应春觉得他多少是诡辩，但驳不倒他，只好发问：“那么，小爷叔，你说应该怎么样呢？”

“照我想，反倒是‘人在福中不知福’，才真是在享福。”

“小爷叔，你的意思是一个人不必惜福？”

“不是，我不是这个意思。我是说，享福归享福，发财归发财，两桩事情不要混在一起，想发财要动脑，要享福就不必去管怎么样发财。”

“小爷叔，”古应春笑道，“你老人家的话，我越听越不懂。”

胡雪岩付之一笑。“不但你越听越不懂，我也越想越不懂。”他急转直下地说，“我们来想个发财的法子——不对，想个又能发财，又要享福的法子。”古应春想了一会儿，笑了，“小爷叔，”他说，“法子倒有一个，只怕做不到，不过，就算能够做到了，恐怕小爷叔，你我也决不肯去做。”

“说来听听，啥法子？”

“‘嫖能倒贴，天下营生无双。’那就是又发财、又享福的法子。”

“这也不见得！”胡雪岩欲语不语，“好了，我们还是实实惠惠谈生意。今天我冒冒失失答应赫德了，你总要把这个面子绷起来。”

“那还要说！小爷叔说出去了，我当然要做到。好在过了今天就没有我的事，明天上半天去看艾力克，下半天来开销我带来的那班人，几天就可以动身。”

“要带什么人？”

古应春沉吟一会儿说：“带一个丝行里的伙计就够了。要人，好在湖州钱庄典当、丝行里都可以调动，倒是有一样东西不可不带。”

“是啥？”

“藩司衙门的公事……”

“为啥？”胡雪岩迫不及待地追问。

“这道公事给湖州府，要这样说：风闻湖州教民赵某某，仗势欺人，所作所为都是王法所不容，特派古某某下去密查，湖州府应该格外予以方便。”

“古某某”是古应春自称。他捐了个候补通判的职衔，又在吏部花了钱，分发到浙江。但实际上他不想做官，又不想当差，只是有了这样一个衔头，有许多方便，甚至于还可以捡便宜，这时候就是用得到的时候了。

“我有了这个奉宪命查案的身份，就可以跟赵某人讲斤头了，斤头谈不拢，我再到湖府去报文，也还不迟。”

“这个法子不坏！”胡雪岩说，“明天上午我们一起去见德晓峰。”

“上午我约好要去看艾力克，是不是下午看德藩台？”

“只怕公事当天赶不及。”胡雪岩紧接着，“晚一天动身也不要紧。”

“好，那就准定后天动身。”

“应春，”胡雪岩换了个话题，“你明天见了艾力克，要问他要账，他到底放出去多少定洋，放给什么人，数目多少，一定要他开个花名册。”

“这——”，古应春迟疑着，“只怕他开不出来，账都在他洋行里。”

“不要紧，等他回上海再开。你告诉他，只要花名册开来，查过没有花账，一定如数照付，叫他放心好了。”

“小爷叔，”古应春郑重警告，“这样做法很危险。”

“你是说风险？”胡雪岩问，“我们不背风险，叫哪个来背？”

古应春想了一想说：“既然如此，何不索性先把款子付了给他，也买个漂亮。”

“我正是这个意思，也不光是买个漂亮，我是要叫他知难而退，而且这一来，他的那班客户都转到我手里来了。”

“还是小爷叔厉害。”古应春笑道，“我是一点都没有想到。”

谈到这里，只见瑞香翩然而至，问消夜的点心开在何处。胡雪岩交代：“就开到这里来！”古应春根本就吃不下消夜，而且也有些疲累，很想早早归寝，但仿佛这一下会辜负瑞香的一番殷勤之意，怕她会觉得扫兴，所以仍旧留了下来。

不过一开了来，他倒又有食欲了。因为消夜的只是极薄的香粳米粥，六样粥菜，除了醉蟹以外，其他都是凉拌笋尖之类的素肴。连日饱沃肥甘，正思清淡食物，所以停滞的胃口又开了。

盛粥之先，瑞香问道：“古老爷要不要来杯酒？”

“好啊！”古应春欣然答说，“我要杯白兰地。”

“有我们太太用人参泡的白兰地，我去拿。”说着，她先盛了两碗粥，然后取来浸泡在水晶瓶里的药酒。她取来的水晶杯也不错，是巨腹矮脚，用来喝白兰地的酒杯。

这就使得古应春想到上个月在家请客，请的法国的一个家有酒窖的巨商，饭前酒、饭后酒，什么菜配红酒，什么菜配白酒，都有讲究。古应春原有全套的酒杯，但女仆不懂这套规矩，预备得不周全，七姑奶奶不知道怎么知道了，在床上空着急。如果有瑞香在，她便可以不必操心了。

这样想着，他不自觉抬头去看瑞香，脸上自然是含着笑意。瑞香正在斟酒，不曾发觉，胡雪岩冷眼旁观，却看得很清楚。

“湘阴四月里要出巡，上海的制造局是一定要去看的，那时候我当然要去等他。应春，我想等老太太的生日一过，让罗四姐先去看七姐，到时候我再跟他换班，那就两头都顾到了。你看好不好？”

“怎么不好？”古应春答说，“这回罗四姐去，就住在我那里好了。”

“当然，当然，非住你那里不可的，不然就不方便了。”

古应春觉得他话中有话，却无从猜测，不过由左宗棠出巡到上海，却想到了好些事。

“湘阴到上海，我们该怎么预备？”

“喔，这件事我早想到了，因为老太太生日，没有工夫谈。”胡雪岩答说，“湘阴两样毛病，你晓得的，一样是好虚面子，一样是总想打倒李二先生。所以我在想，先打听打听李二先生当年以两江总督的身份到上海是啥场面。这一回湘阴去了，场面盖罩李二先生，他就高兴了。”

“我记得李二先生是同治四年放江督的，十几年的工夫，情形不大同了。当年是‘常胜军’，算是他的部下，当然要请他去看操，现在各国有兵舰派在上海，是人家自己的事，不见得会请他上船去看。”

“提起这一层，我倒想到了。兵舰上可以放礼炮，等他坐船到高昌庙的时候，黄浦江里十几条外国兵舰一齐放礼炮，远到昆山、松江都听得到，湘阴这个面子就足了。”

“这倒可以办得到，外国人这种空头人情是肯做的。不过，俄国兵舰，恐怕不肯。”

这是顾虑到伊犁事件中，左宗棠对俄国采取敌对态度之故。但胡雪岩以为事过境迁，俄国兵舰的指挥官，不见得还会记着这段旧怨。

“应春，这件事你要早点去办，都要讲好。俄国人那里，可以转托人去疏通，俄国同德国不是蛮接近的吗？”

“好。我会去找路子。”

“我想，来得及的话，罗四姐跟你一起去，倒也蛮好。”

胡雪岩说了这一句，眼尖瞥见瑞香留心在听，便招招手将她唤了过来，有话问她。

“瑞香，”他说，“太太要到上海去看七姑奶奶，你要跟了去。”

“是。”

“我再问你一句话，太太有这个意思，想叫你留在上海，帮七姑奶奶管家，你愿意不愿意？”

“要说管家，我不敢当。七姑奶奶原有管家的。”

“那么，照应七姑奶奶的病呢？”

“这，当然是应该的。”瑞香答说，“只要老爷、太太交代，我当然伺候。”

“伺候不敢当。”古应春插进来说，“不过她病在床上，没有个人跟她谈得来的，心里难免闷气，病也不容易好了。我先谢谢你。”说着，站了起来。

“不敢当，不敢当。”瑞香想按他的肩，不让他起立，手伸了出去，才想到要避嫌疑，顿时脸一红往后退了两步，把头低着。

“好！这就算说定规了。”胡雪岩一语双关地说，“应春，你放心到湖州去吧！”

* * *

胡家自己有十二条船，最好的两条官船，一大一小，古应春一行只得四个人，坐了小的那一条，由小火轮拖带，当天便到了湖州以北的南浔。

这个位于太湖南岸的市镇，为东南财赋之区的精华所聚，名气不大而富庶过于有名的江西景德镇、广东佛山镇，就因为这里出全中国最好的“七里丝”。古应春对南浔并不陌生，随同胡雪岩来过一回，自己来过两回，这一次是一年之中，再度重临，不过去年是红叶乌桕的深秋，今年是草长莺飞的暮春。

船是停在西市梢。踏上石埠头，是一条青石板铺的“纤路”，却有一条很宽的死巷子，去到尽头才看到左首有两扇黑油铜环。那是很气派的大门，门楣上嵌着一方水磨砖嵌字的匾额，篆书四字：莲池精舍。

“这里就是了。”古应春向跟在身后的同伴雷桂卿说，“如果我一个人来，每回都住在这里。”

说着，他找到门上有个扣环，拉了两下，只听门内琅琅铃响。不久门开，应门的是位二十来岁的女子，穿着淡青竹布僧袍，却留着一头披到肩下的长发。

雷桂卿在船上就听古应春谈过“莲池精舍”这座家庵与众不同。他处家庵大多是官宦人家老主人的姬妾，年纪有比“少爷”“少奶奶”还轻的，老主人下世，既不能下堂求去，又嫌在家拘束，往往由小主人斥资造一座家庵，置百十亩良田，供她长斋礼佛，带发修行。唯独这座莲池精舍的“住持”原是苏州自立门户的一个名妓，只为先后结过两个已论嫁娶的恩客，一个病故，一个横死，勘透情关，造了这座莲池精舍，奉莲池大师的“净土宗”，忏悔宿业。

这法名悟心的住持，在家时便以豪爽善应酬驰名于十里山塘，出了家，本性难改，有谈得来的男客，一样接待在庵里住，但不能动绮念。倘不知趣，她有王熙凤收拾贾瑞的手段，叫人吃了哑巴亏而无可奈何。

古应春是当她在风尘中时，便曾有一面之缘，第一回到南浔来，听人谈起，特地来访。古应春文雅而风趣，肚子里的“杂货”很多，谈什么都能谈出个名堂来，加以他善于体贴，在花丛中是到处受欢迎的客人，到了“方外”，亦复如是。悟心跟他很投缘，在他第一次作客莲池以后，坚约以后到南浔来，一定要以她这里为居停。不过这一回却有负悟心的好意了。

“小玉，”古应春向应门的女子说，“这位是雷三爷。”

“雷三爷请。”小玉一面关门，一面问道，“古老爷，怎么不先写封信来？”

“临时有事才决定到湖州来一趟。”古应春问道，“你师父呢？那只哈巴狗怎么不见？”

悟心有条善解人意的哈巴狗，每回听到古应春的声音——哪怕是脚步声，都会摇着颈下的金铃，蹒蹒跚跚地跑来向他摇尾巴大吠，此时声息全无，所以他诧异地问。

“师父让黄太太请了去了。”小玉答说，“大概也快回来了，请到师父的禅房里坐。”

悟心的禅房是一座五开间的敞轩，正中铺着佛堂，东首是两间打通的客座，收拾得纤尘不染。小玉肃客落座，随即便有一个十二三岁，与小玉一般打扮的小姑娘，走来奉茶。

“是你的师弟？”古应春说，“去年没有见过。”

“今年正月里来的。”接着便叫，“阿文，这位古老爷，这位雷三爷。”

阿文腼腼腆腆地叫了人，向小玉说道：“三师兄，老佛婆说师父今天在黄家，总要吃了斋才回来，她也要回家看孙子去了。”

古应春知道这里的情形，所以懂她的意思。老佛婆烧得一手好素菜，这天不在庵里，回头款客的素斋便无着落，她是特意提醒小玉。

因此，古应春不等小玉开口，先抢着说道：“我们不在这里吃饭。船菜还多得很，天气热了，不吃坏掉也可惜。喔，还有，这一回我不能住在你们这里，我同雷三爷回船去睡。”

“古老爷，”小玉微笑答道，“都等我师父回来了再说。”

古应春点头，问些庵中近况。不一会儿阿文来上点心。家庵中的小吃，一向讲究质地，不重形式，端出来的枣泥方糕，不甚起眼，但上口才知道香甜无比。本以初次作客，打算浅尝即止的雷桂卿忍不住一连吃了三块。

吃得一饱，正待告辞，悟心翩然而归，一见便有惊喜之色，等古应春引见了雷桂卿，少不得有一番客套。雷桂卿看她三十五六年纪，丰神淡雅，但偶尔秋波一转，光如闪电，别有一股摄人的魔力，不由得心旌摇摇。

及至悟心与古应春说话时，悟心开出口来，让雷桂卿大感惊异。悟心竟是直呼其名："应春！"她问，"你不说二月里会来吗？何以迟到现在？"

"原来是想给胡老太太拜寿以前，先来看看你，哪知道一到杭州就脱不了身。"

"这话离奇。"悟心说道，"胡老太太做生日，前后七天，我早就听说了。今天还在七天当中，你怎么倒脱身了呢？"

"那是因为有点要紧事要办。"古应春问道，"有个人，不知道你听说过没有？赵宝禄。"

"你跟我来打听他，不是问道于盲吗？"

"听你这么说，我大概是打听对了。"古应春笑道，"你们虽然道不同，不过都是名人，不应该不知道。"

"我算什么'名人'？应春，你不要瞎说！让雷先生误会我这莲池精舍，六根不净。"

"不，不！"雷桂卿急忙分辩，"哪里会误会。"

"我是说笑话的，误会我也不怕。雷先生，你不必介意。"悟心转脸问道，"应春，你打听赵宝禄为点啥？"

"我也是受人之托。为生意上的事。"古应春说，"这话说起来很长，你如果对此人熟悉，跟我谈谈他的为人。"

"谈到他的为人，最好不要问我。"接着便向外喊道，"小玉，小玉！"等把小玉唤了来，她说，"你倒讲讲，你家婶娘信教的故事。"

小玉一时愣住了，不知如何回答，古应春便提了一个头："我是想打听打听赵宝禄。"

"喔，这个吃教的！"小玉鄙夷不屑地说，"开口耶稣，闭口耶稣，骗杀人，不偿命。"

“骗过你婶娘？”

“是啊。说起来丢丑——”

看小玉有不愿细谈的模样，古应春很知趣地说：“丑事不必说了。小玉，我想问你，他是不是放定洋，买了好些丝？”

“定洋是有，没有放下来。”

“这话是怎么个说法？”

“他说，上海洋行里托他买丝，价钱也不错，先付三成定洋，叫人家先打收条，第二天去收款子。”小玉愤愤地说，“到第二天去了，他说要修教堂，劝人家奉献。软的硬的磨了半天，老实的认了，厉害的说‘没有定洋没有丝，到时候打官司好了’。话是这么说，可笔据在他手里，到时候还不知道怎么样呢。”

“那应该早跟他办交涉啊！夜长梦多，将来都是他的理了。”

“古老爷，要伺候‘蚕宝宝’啊。”

其实，不必她说，古应春便已发觉，话问错了。环绕太湖的农家，三四月间称为“蚕月”，家家红纸粘门，不相往来，而且有许多禁忌。因为养蚕是件极辛苦的事，一个照料不到，生了“蚕瘟”或者其他疾病，一年衣食就要落空了。所以明知该早办交涉，也只好暂且抛开。

“应春，”悟心问道，“你问这件事，总有缘故吧？”

“当然，我就是为此而来的。他受上海怡和洋行之托，在这里收丝，放出风声去，说到时候怕不能交丝，说不定有场官司好打，闹成‘教案’。人家规规矩矩做生意的外国人，不喜欢闹教案，想把定洋收回，利息也不必算了。我就是代怡和来办这件事的。”

“难！人家预备闹教案了，存心要赖，恐怕你弄他不过。”

“他不能不讲道理吧？”

悟心沉吟了一会儿说道：“你先去试试看。谈不拢再说。”

看这情形，悟心似乎可以帮得上忙，古应春心便宽了，向雷桂卿说：“我们明天一早进城，谈得好最好，如果他不上路，我们回来再商量。”

“好！”悟心接口，“今天老佛婆不在庵里，明天我叫她好好弄几样素菜，请雷先生。”

话虽如此，由小玉下厨整治的一顿素斋，亦颇精致入味，加以有自酿的百果酒，色香俱佳。雷桂卿陶然引杯，兴致极好，古应春怕他失态，不让他多喝，匆匆吃完，告辞回船。

到了第二天清晨，正待解缆进城时，只见两乘小轿在跳板前面停住，轿中出来两个书生。仔细看时，才知是悟心跟小玉。

她们是易装而来的，自以不公然招呼为宜，只古应春担心她们穿了内里塞满棉花的靴子，步履维艰，通过晃荡起伏的跳板会出事，所以亲自帮着船夫，把住伸到岸上作为扶手之用的竹篙，同时不断警告：“慢慢走，慢慢走，把稳了！”

等她们师徒战战兢兢地上了船，迎入舱中，古应春方始问道：“你们也要进城？”

“对！”悟心流波四转，“这只船真漂亮，坐一回也是福气。小玉，你把纱窗帘拉起来。”

船窗有两层窗帘，一层是白色带花纹的外国纱，一层是紫红丝绒，拉起纱帘，舱中仍很明亮，但岸上及别的船却看不清舱中的情形了。

于是悟心将那顶帽后缀着一条假辫子的青缎质皮帽摘了下来，头晃了两下，原来藏在帽中的长发便都披散下来。然后她坐了下来，脱去靴子，轻轻捏着脚趾。

这样的行径，不免予人以风流放诞的感觉。古应春不以为奇，雷桂卿却是初见，心中不免兴起若干绮想。

“你知道我进城去做甚？”悟心问说。

“我也正要问你这话。”古应春答说，“看你要到哪里，我叫船老大先送你。”

“我哪里也不去。等下，我在船上等你们。”悟心答说，“你们跟赵宝禄谈妥当了最好。不然，我替你们找个朋友。”

原来是特为来帮忙的，雷桂卿越发觉得悟心不同凡俗，不由得说道：“悟心师太，你一个出家人，这样子热心，真是难得。”

“我也不算出家人。就算出了家，人情世故总还是一样的。”

“是，是。”雷桂卿合十说道，“我佛慈悲！”

那样子有点滑稽，大家都笑了。

说笑过了，古应春问道：“你要替我找个怎么样的朋友？”

“还不一定。看哪个朋友对你们有用，我就去找哪个。”

此言一出，不但雷桂卿，连古应春亦不免惊奇，看来悟心交游广阔，而且神通广大。但这份关系是如何来的呢？

雷桂卿心里也存着同样的疑问，只是不便出口，悟心却很大方，从他们脸上，看到他们心里，笑笑说道：“你们一定在奇怪，我又不是湖州人，何以会认识各式各样的人？说穿了不足为奇，我认识好些太太，都跟我很谈得来，连带也就认识她们的老爷了。”

“喔，我倒想起来了。”古应春问，“昨天你就是到黄太太那里去了？”

“是啊。”悟心答说，“这黄老爷或许就能够帮你的忙。这黄老爷是——”

这黄老爷单名一个毅字，是个候补知县，派了在湖州收竹木税的差使。同治初年曾国藩派遣幼童赴美时，他是随行照料的庶务，在美国住过半年，亦算深通洋务，所以湖州府遇到有跟洋人打交道的事，不管知府还是知县都要找他，在湖州城里亦算是响当当的一个人物。

“那太好了。”古应春很高兴地说，“既然替湖州府帮忙办洋务，教会里的情形一定熟悉，赵宝禄不能不买他的账。悟心，你这个忙帮得大了。”

到了湖州城里，问清楚赵宝禄的教堂在何处，就在附近挑个清静之处泊舟。古应春与雷桂卿带着一个跟班上岸，悟心在船上等。悟心带来一个食盒，现成的素菜，在船上热一下便可食用。她正整治好了尚未动箸，不道古应春一行已经回船了。

“怎么这么快？”

“事情很顺利。不过太顺利了。”

“这是怎么说？”悟心又说，“我总当你们办完事下馆子，我管我自己吃饭了，现在看样子，你们也还没有吃，要不要先将就将就？”

“我们也还有点船菜，不必再上岸了。我要把经过情形告诉你，看有什么法子，不让赵宝禄要花样。”

原来古应春到得教堂，见到赵宝禄，道明来意，原以为他必有一番支吾，哪知他绝口否认有任何要赖的企图。

“做人要讲信用，对洋人尤其重要，我吃了多年的教，当然很明白这层道理。两位请放心，我收了怡和洋行的定洋，丝也定好了，到时候大家照约行事，决无差错。”

“可是，”古应春探询似的说，“听说赵先生跟教友之间，有些瓜葛？”

“什么瓜葛？”赵宝禄不待古应春回答，自己又说，“无非说我逼教友捐献。那要自愿，他不肯我不好抢他的，总而言之，到时候如果出了差错，两位再来问我。现在时候还早。”

明知道他是敷衍，也明知他将来会要赖，但却什么劲都用不上，直叫无可奈何。古应春从未遇到过这样的对手，所以神色之间，颇为沮丧。

“你不要烦恼！”悟心劝慰着说，“一定有办法，你先吃完了饭再说。”

古应春胃口不开，但经不住悟心殷殷相劝，便拿茶泡了饭，就着悟心带来的麻辣油焖笋，匆匆吞了一碗，雷桂卿吃得也不多，两个都搁下筷子，看悟心捏着三宝镶乌木筷，慢慢在饭中拣稗子，拣好半天才吃一口。

“这米不好，是船老大在这里买的。”古应春歉意地说，“早知道，自己带米来了。”

悟心也省悟了。“对不起，对不起。”她说，“我吃得慢，两位不必陪我，请宽坐用茶。”

雷桂卿却舍不得走，尤其是悟心垂着眼皮注视碗中时，是个恣意贪看的好机会，所以接口说道：“不要紧，不要紧，你尽管慢用。”

悟心嫣然一笑，对她的饭不再多挑剔，吃得就快了。

等小玉来收拾了桌子，水也开了，沏上一壶茶来，扑鼻一股杏子香，雷桂卿少不得又要动问了。

“那没有什么诀窍。”悟心答说，“挑没有熟的杏子，摘下来拿皮纸包好，放在茶叶罐里，隔两天便有香味了。不但杏子，别的果子，也可以如法炮制。”

“悟心师太，”雷桂卿笑道，“你真会享清福。”

悟心笑笑不作声，转脸问古应春：“你的心事想得怎么样了？”

古应春确是在想心事，自己带着藩司衙门的公文，可以去看湖州知府，请求协助，但如传了赵宝禄到案，他仍旧是这套说法，那就不但于事无补，而且还落一个仗势欺人的名声，太划不来了。

等他说了心事，悟心把脸又转了过去：“雷先生，要托你办件事。”

“是，是。”雷桂卿一迭连声地答应，“你说，你说。”

“我写个地址，请你去找一位杨师爷，见了面，说我请他来一趟，有事求他。”悟心又加了一句，“他是乌程县的刑名师爷。”

做州县官，至少要请两个幕友，一个管刑名、一个管钱谷，权柄极大。请乌程县的刑名师爷来料理此案，不怕赵宝禄不就范。雷桂卿很高兴地说：“悟心师太，你真有办法！把这位杨师爷请了来对付赵宝禄，比什么都管用。”

“也不见得。等请来了再商量。”

于是悟心口述地址，请古应春写了下来，船老大上岸雇来一顶轿子，将欣欣然的雷桂卿抬走了。

“你要不要去睡个午觉？”悟心说道，“雷先生要好半天才会回来。”

“怎么？那杨师爷住得很远，是不是？”

“不但住得远，而且要去两个地方。”

“为什么？”

悟心诡秘地一笑说道：“这位雷先生，心思有点歪，我要他吃点小苦头。”

“什么苦头？”古应春有点不安，“是我的朋友，弄得他惨兮兮，他会骂我。”

“他根本不会晓得，是我故意罚他。”

原来这杨师爷住在县衙门，但另外租了一处房子，作为私下接头讼事之用，为了避人耳目，房子租在很荒僻的地方，又因为荒僻之故，养了一条很凶的狗。雷桂卿找上门去，一定会扑空，而且会受惊。

“怎么会扑空呢？”悟心解释，“除非杨师爷自己关照，约在那里见面，不然，他就是在那里，下人也会说不在，有事到衙门去接头。”

“扑空倒在其次，让狗咬了怎么办？”

“不会！那条狗是教好了的，来势汹汹把人吓走了就好，从不咬人。”

听这一说，古应春才放下心来。他知道悟心有午睡的习惯，便即说道：“我倒不困，你去打个中觉。”

“好！”悟心问说，“哪张是你的铺？”

“跟我来。”

后舱一张大铺，中间用红木槅子隔成两个铺位。上铺洋式床垫，软硬适度，悟心用手揿一揿床垫，又看一看周围的陈设，不由得赞叹：“财神家的东西，到底不同。”

“这面是我的铺。”古应春指着右面说，“你睡吧，我在外面。有事拉这根绳子。”

悟心将一根红弦绳一拉，前舱的银铃琅琅作响，小玉恰好进前舱，闻声寻来，一看亦有惊异之色。

“真讲究！”小玉抚摸着红木槅子说，“是可以移动的。”

“索性把它推了过去。”古应春说，“一个人睡也宽敞些。”

小玉便依言将红木槅子推到一边。古应春也退了出去，在中舱喝茶闲眺。他心里在盘算，等杨师爷来了，如果谈得顺利，还来得及回庵；但倘或需要从长计议，是回庵去谈呢，还是一直谈下去？若夜深了，他们可上岸觅客栈投宿，让悟心师徒住在船上。

古应春转念未定，听得帘挂钩响动，是小玉出来了。“古老爷，”她说，“你请进去吧，我师父有事情商量。”

他到得后舱，只见悟心在他的铺位上和衣侧卧，身上半盖着一条绣花丝被，长发纷披，遮盖了大半个枕头。她一手支颐，袖子褪落到肘弯，奇南香手串的香味，越发馥郁了。

“你有事？”古应春在这一面铺前的一张红木骨牌凳上坐了下来。

“杨师爷很晚才回来。”悟心说道，“恐怕要留他吃饭，似乎要预备预备。”

“菜倒是有。”古应春说，“船家一早就上岸去买了菜，只以为中午是在城里吃了，你又带了素菜来，所以没有弄出来。你闻！”

悟心闻到了，是火腿炖鸡的香味。“你引我动凡心了。”她笑着又说，“酒呢？”

“那更是现成，一坛花雕是上船以后才开的。我还有白葡萄酒，你也可以喝。”古应春又说，“倒是有件事得早早预备，今晚上你跟小玉睡在船上，我跟雷桂卿住客栈，得早一点去定妥当了它。”

“不！”悟心说道，“睡在船上不妥当，我还是回庵，不过船家多吃一趟辛苦。”

“那没有什么。好了，说妥当了，你睡吧！”

“我还不困，陪我谈谈。”说着，悟心拍拍空铺位，示意他睡下来。

古应春有些踌躇，但终于决定考验自己的定力，在雷桂卿的铺位横倒，脸对脸不到一尺的距离。

“古太太的病怎么样？好点了没有？”

“还是那样子。总归是带病延年了。”

“那么，你呢？”悟心幽幽地说，“没有一个人在身边，也不方便。”

古应春想把瑞香的事告诉她，但转念一想，这一来悟心一定寻根究底，追问不休，不如不提为妙。

“也没有什么不便。多一事不如少一事。”

“什么事都好省，这件事省不得，除非——”悟心忽然笑了起来。

这一笑实在诡秘，古应春忍不住问：“话说半句，无缘无故发笑，是什么花样？除非什么？”

“除非你也看破红尘，出家当了和尚，那件事才可以省，不然是省不了的。”

“这话也没有啥好笑啊！”

“我笑是笑我自己。”

“在谈我，何以忽然笑你自己。”古应春口滑，想不说的话，还是说了，“总与我有关吧？”

“不错，与你有关。我在想，你如果出家做了和尚，不晓得是怎么个样子？想想就好笑了。”

“我要出家，也做头陀，同你一样。”

“啥叫头陀？”

“亏你还算出家，连头陀都不懂。”古应春答说，“出家而没有剃发，带发修行的叫作头陀，岂不是跟你一样。”

“喔，我懂了，就是满头乱七八糟的头发，弄个铜环，把它箍住，像武松的那种打扮？”

“就是。”

“那叫‘行者’！不叫头陀，我那里有本《释氏要贤》说得清清楚楚。”

原来她是懂的，有意相谑，这正是悟心的本性。古应春苦笑着叹了口气，无话可说。

“应春，我倒真希望你是出家的行者。”

“为什么？”

“那一来，你不是一个人了吗？”

古应春心一跳，故意问说：“一个人又怎么样了呢？”

“你不懂？”

“我真不懂。”

“不跟你说了。”悟心突然一翻身，背着古应春。

古应春心想，这就是考验自己定力的时候了。他心猿意马地几次想伸手去扳她的身子，却始终迟疑不定。

终于忍不住要伸手了，而且手已快碰到悟心的身子了，突然听得扑通一声，是重物落水的声音。古应春一惊缩手，随即听见有人大喊：“有人掉到河里去了！”

悟心也吓得坐了起来，推着古应春说：“你去看看。”

等他出去一看，失足落水的是一个半大孩子，已经被救了起来，是一场虚惊。

回到后舱，略说经过，只见悟心眼神湛然，脸色恬静，从容说道：“刚才‘扑通’那一声，好比当头棒喝。”

绮念全消的古应春，亦有这样的感觉，不过当悟心“面壁”而卧时，居然亦跟他一样意马心猿，却使他感到意外。

“我在想一个人能不做坏事，也要看看运气。”悟心一翻身拉开丝绒窗帘，指着透过纱窗，影绰绰看得到的一座贞节牌坊说，“我不相信守寡守了几十年的人，真正是自始至终，冰清玉洁，没有动过不正经的念头，不过没有机会，或者临时有什么意外，打断了‘好事’而已。如果因为这样子，自己就以为怎样了不起，依我说，是问心有愧的。”

这番话说得古应春自惭不如，笑笑答道：“你睡吧！我不陪你‘参禅’了。”

雷桂卿直到黄昏日落，方始回船，样子显得有些狼狈，一双靴子溅了许多烂泥。古应春心知其故，也有些好笑，但不敢现于形色，只是慰劳地说：“辛苦，辛苦。”

“还好，还好！”雷桂卿举起脚说，“路好难走，下了轿，过一座独木桥，又是一段烂泥路，好不容易找到那里，说杨师爷在县衙门。”

“那么，你又到县衙门？”

“当然。”雷桂卿说，“还好，这一回没有扑空。人倒很客气，问我悟心是不是有什么事找他。我说，“请你来了就知道了”。他说还有件公事，料理完了就来。大概也快到了。”

正在谈着，悟心翩然出现，脸上刚睡醒的红晕犹在，星眼微饧，别具一种媚态。雷桂卿一看，神情又不同了。

“交差，交差。”他很起劲地，但却有些埋怨地，“悟心师太，你应该早告诉我，杨家有条大狗——”

“怎么？”悟心装得吃惊地，“你让狗咬了？”

“咬倒没有咬，不过性命吓掉半条。”雷桂卿面有余悸，指手画脚地说，“我正在叫门，忽然发现后面好像有两只手搭在我肩膀上，回头一看，乖乖，好大一条狗，拖长了舌头，朝我喘气。这一吓，真正魂灵要出窍了。”

“唷，唷，对不起，对不起！”悟心满脸歉意，“我是晓得他家有条狗，不晓得这么厉害。后来呢？”

“后来赶出来一个人，不住口跟我道歉。问我吓到了没有？我只好装‘大好佬’，我说：‘没有什么，我从前养过一条狗，比你们的狗还大。’”

“好！”古应春大笑，“这牛吹得好。”

悟心也笑得伏在桌上，抬不起头来。雷桂卿颇为得意，觉得受一场虚惊，能替他们带来一场欢乐，也还值得。

“你看！”他指着远远而来的一顶轿子，“大概杨师爷来了。”

果然，轿子停了下来，一个跟班正在打听时，雷桂卿出舱走到船头上去答话。

“是不是杨师爷？”

于是杨师爷下轿，古应春亦到船头上去迎接，进入舱内，由悟心正式引见。那杨师爷是绍兴人，年纪不大，只有三十四五岁，不过绍兴师爷一向古貌古心，显得很老成的样子，所以骤看竟似半百老翁了。

彼此请教名字，那杨师爷号叫莲坡，古应春便以“莲翁”相称，寒暄了一会儿，悟心说道：“你们喝酒吧！一面喝，一面谈。”

于是摆设杯盘，请杨莲坡上坐。悟心不上桌，坐在一旁相陪。

话题当然也要她开头。“老杨！”她说，“雷老爷我是初识，应春是多年的熟人，他有事请你帮忙。他的事就是我的事。”

“我晓得。”杨莲坡答说，“四海之内皆兄弟，你就不说，我也要尽心尽力，交个朋友。”

“多谢，多谢！”古应春敬了一杯酒，细谈此行的来意，以及跟赵宝禄见面的经过。

杨莲坡喝着酒，静静听完，开口问道：“应翁现在打算怎么办？”

“这要问你啊！”悟心在一旁插嘴，“人家无非要有个着落。”

“所谓着落有两种，一是将来要他依约行事，一是现在就有个了断。不知道应翁要哪一样？”

“这个人很难弄，将来一定会有麻烦，不如现在就来个了断。”古应春说，“此刻要他退钱，不知道办得到，办不到？”

“不怕讨债的凶，只怕欠债的穷。如果他钱已经用掉了，想退也没法子。”

这是实话，不过古应春亦并不是要赵宝禄即时退钱不可。怡和洋行那方面，只要将与赵宝禄所订的契约转过来，胡雪岩已承诺先如数退款，但将来要有保障。赵宝禄有丝交丝，无丝退还定洋。只是要如何才有保障，他就不知道了。

“最麻烦的是，他手里有好些做丝人家写给他的收据，一个说付过钱了，一个说没有收到，打起官司来，似乎对赵宝禄有利。”

“不然。”杨师爷说，“打官司一个对一个，当然重在证据，就是上了当，也只好怪自己不好。如果赵宝禄成了众矢之的，众口一词说他骗人，那时候情形就不同了。不过上当的人，官司要早打，现在就要递状子进来。”

“你也是。”悟心插嘴说道，“这是啥辰光，家家户户都在服侍蚕宝宝！哪里来的工夫打官司？”

杨师爷沉吟了一会儿说道：“办法是有，不过要按部就班，一步一步都要走到。赵宝禄有没有‘牙帖’？”

交易的介绍人，古称“驵侩”。后汉与四夷通商，在边境设立“互市”；到唐朝，“互市”扩大，且由边境延伸到长安，特设“互市监”，掌理其事。“互市”中有些“互郎”，即是“驵侩”，互市之物，孰贵孰贱，孰重孰轻，只凭互郎一句话，因而得以操纵其间。互郎是个很容易发财的行业，不过第一，须通番语；第二，要跟互市监拉得上关系。所以胡人当互郎的很多，如安禄山就是。不过胡人写汉字，笔画不真切，互字不知如何写成“牙”字，以讹传讹，称为“牙郎”，后世简称为“牙”，一个字叫起来不便，就加一个字，名之为“牙行”。

“牙行”是没本钱生意，黑道中人手里握一杆秤，在他的地盘上强买强卖，两面抽佣，甚至于右手买进、左手卖出，大“戴帽子”。所以有句南北通行的谚语：“车船店脚牙，无罪也该杀”，车夫、船老大、店小二、脚夫，无非欺侮过往的陌生旅客，只有牙行欺侮的不是旅客而是本地人。

当然也有适应需要，为买卖双方促成交易、收取定额佣金的正式牙行。那要官府立案，取得户部或者本省藩司衙门所发的执照，称为“牙帖”，方能从事这个行当。赵宝禄不过凭借教会势力，私下在做牙行，古应春推测他是不可能领有牙帖的。

“我想他大概也不会有。”杨师爷说，“怡和洋行想要有保障，要写个禀帖来。县衙门把赵宝禄传来，问他有没有这回事，他说‘有’，好，叫他拿牙帖出来看看。没有牙帖，先就罚他。”

“罚过以后呢？”

“要他具结，将来照约行事。”杨师爷说，“这是怡和跟他的事，将来要打官司，怡和一定赢。”

“赢是赢了，就是留下刚才所说的，不怕讨债的凶，只怕欠债的穷，他如果既交不出丝，又还不出定洋，莫非封他的教堂？”

“虽不能封他的教堂，但可以要他交保。那时如果受骗上当的人，进状子告他，就可以办他个‘诈伪取财’的罪名。”杨师爷又说，“总而言之，办法有的是。不过‘凡事预则立’，刑名上有所谓‘抢原告’，就是要抢先一步，防患未然。你老兄照我的话去做，先叫怡和洋行写禀帖来，这是最要紧的一着。”

“是，是！多承指点，以后还要请多帮忙。”

正事谈得告一段落，酒也差不多了。杨师爷知道悟心还要赶回庵去，所以不耽误她的工夫，吃完饭立即告辞。古应春包了个大红包犒赏他的仆从，看着杨师爷上了轿，吩附解缆回南浔。

归寝已是三更时分，雷桂卿头一着枕，突然猛吸鼻子，发出“嗤、嗤”的响声，古应春不由得诧异。

“怎么？”他问，“有什么不对？”

“我枕头上有气味。”

“气味？”古应春更觉不解，“什么气味？”

“是香气。”雷桂卿说，“好像悟心头发上的香气。你没有闻见？”

“我的鼻子没有你灵。”

古应春心想，这件事实在奇怪，悟心并没有用他的枕头，何以会沾染香味？这样想着，他不免侧脸去看，一看看出蹊跷来了。雷桂卿的枕头上，有一根长长的青丝，可以断定是悟心的头发，然则她真的用过雷桂卿的枕头？

“不对！”雷桂卿突然又喊，“这不是我的枕头，是你的。”他仰起身子说，“我记得很清楚，这对鸳鸯枕，你的绣的花样是鸳，我的是鸯，现在换过了。”

古应春恍然大悟，点点头说：“不错，换过了。你知道不知道，是哪个换的？”

“莫非是悟心？”

“不错，一定是她。她有打中觉的习惯，原来睡的是我的枕头，现在换到你那里了。”

“这——”雷桂卿惊喜交集，“这，这是啥意思？”说着将脸伏下去，细嗅枕上的香气。

古应春本来不想“煞风景”，见此光景不能不扫他的兴了。“贾氏窥帘韩掾少，宓妃留枕魏王才。桂卿，”他说，“你要想一想，两样资格，你有一样没有？”

“我不懂你的意思。”

古应春的意思是说，除非雷桂卿觉得他自己在年轻英俊或者博学多才这两个条件占有一个，否则就难望获得悟心的青睐。而悟心一向好恶作剧，他去请杨师爷所吃的苦头，就是悟心对他的轻佻所予的惩罚。如今将留有香泽的枕头换给他，是一个陷阱，也是一种考验，雷桂卿倘或再动绮念，后面就还有苦头吃。

雷桂卿倒抽一口冷气，对悟心的感觉当然受过了，不过那只是片刻之间的事，古应春所说的话，到底不及他脑中“美目盼兮，巧笑倩兮”的印象来得深刻，所以仍为枕上那种非兰非麝，似有似无的香味，搅得大半夜六神不安。

第二天雷桂卿醒来，已是阳光耀眼，看表上是九点钟，比平时起身起码晚了两个钟头。他出舱一看，古应春静静地在看书喝茶。

“昨晚上失眠了？”他问。

雷桂卿不好意思地笑一笑，顾而言他地问：“我们怎么办？”

“你先洗脸。”古应春说，“悟心一早派人来请我们去吃点心，我在等你。”

雷桂卿有点迟疑，很想不去，但这似乎显得自己心存芥蒂，气量太小；

可他又怕自己沉不住气，脸上现出悻悻之色，因而不置可否。他慢慢地漱洗完了，只见小玉又来催请了。

那就容不得他再多作考虑，相将上岸，到了莲池精舍，仍旧到了悟心禅房中的东间坐落。那只小哈巴狗只往雷桂卿身上扑，他把它抱了起来，居然不吠不动，哈巴狗乖乖地躺在他怀里。

“它倒跟你投缘。”

雷桂卿抬头一看，悟心含笑站在门口。哈巴狗看见主人，从雷桂卿身上跳了下来，转入悟心怀中，用舌头去舐主人的脸。

“不要闹！”悟心将狗放了下来，“到外面去玩。”

狗通人性，响着颈下的小金铃，摇摇摆摆地往外走去。雷桂卿笑道：“这只狗真好玩。”

“你喜欢，送了给你好不好？”

雷桂卿大感意外，不知道她这话是真是假，更不知道她说这话的用意。由于存着戒心之故，就算她是真话，他亦不敢领受这份好意。

“谢谢，谢谢！君子不夺人之所好。”

“我是真的要送你。”

“真的我也不敢领。”雷桂卿说，“而且狗也对你有感情了。”

这时点心已经端出来，有甜有咸，颇为丰盛。一直未曾开口的古应春便说：“悟心，我想赶回去办事，中午的素斋，下次来叨扰。好在吃这顿点心，中饭也可以不必吃了。”

“喔，”悟心问道，“你总还要回来，哪一天？”

这就问到古应春为难之处了。原来他在来到湖州之前就筹划好了的，在湖州的交涉办得有了眉目，未了事宜由雷桂卿接下来办，以便他能脱身赶到上海，安排迎接左宗棠出巡。如今照原定计划，应该由雷桂卿在怡和洋行与杨师爷之间任联络之责，可是这一来少不得还是要托悟心居间，他怕雷桂卿绮念未断，与悟心之间发生纠纷，因而不知如何回答。

“咦！”悟心问道，“你怎么不开口？”

“我在想。”

“怎么到这时候你才来想？”

这样咄咄逼人的姿态，使得古应春有些发窘，只好再想话来搪塞。

“这件事很麻烦，我要跟桂卿回去以后，跟怡和商量以后再说。”

“依我说也不必这么费事。”

“你有什么好办法？”

“依我说，你回去办怡和洋行的禀帖，雷老爷不妨留下来。‘蚕禁’马上要过了，做丝虽忙，但说几句话的工夫总有。哪个收了赵宝禄多少定洋，大家算算清楚，说说明白，如果要进状子告赵宝禄，里面有杨师爷，外面有雷老爷，事情就好办了。”悟心又说，“这是昨天晚上我跟小玉商量出来的办法。她有好几家亲戚，我也有几个熟人都跟赵宝禄有纠葛，难得你们替怡和来出面，大家是一条线上的。”

这个意外的变化，不但古应春想不到，雷桂卿更感意外。他心里有好些话要说，但照理应该由古应春先表示意见，所以默然等待。

古应春是完全赞成悟心的办法，但先要说好一个条件。“不错，内有杨师爷，外有雷老爷。”他说，“不过，你也不要忘记，中有悟心师太，都要靠你联络。”

“那当然。”

“你怎么联络法？”古应春说，“雷老爷在这里人生地不熟，再遇到那么一条吓坏人的狗，不是生意经。”

“不会了。”悟心答说，“我保险不会再遇到。”说罢嫣然一笑。

这一笑又让雷桂卿神魂飘荡了，不过这一回古应春却不再担心。他原担心的是悟心会出花样，既然她如此保证，而且要靠雷桂卿办事，也不敢再恶作剧。至于雷桂卿这面，已经对他下过警告，倘或执迷不悟，那是他自己的事。

转念到此，便向雷桂卿笑道：“这一来我也放心了。你虽不是曹植、韩寿，不过做了鲁仲连，反而更吃香了。”

悟心不知道他为雷桂卿讲过“贾氏窥帘韩掾少，宓妃留枕魏王才”这两句诗的典故，便叩问说：“你在打什么哑谜？”

“不错，是个哑谜，你要想知道，等我不在的时候，你问他好了。”

悟心这下大致可以猜到了，这个哑谜与她有关，此时当然不必再问，一笑置之。

“我们谈谈正事。”古应春说，“悟心，我准定照你的办法，今天吃过中饭，我就回杭州，桂卿一半帮你们的忙，照应他的责任，都在你身上。”

“那当然。我庵里不便住，我另外替雷老爷找个好地方借住，一定称心如意。”

刚谈到这里，小玉来报，说船老大带了个陌生人来觅古应春，此刻人在大殿上，请去相见。

出去一看，才知道是胡雪岩特遣的急足来投信。信上说，左宗棠已自江宁起程，一路视察防务、水利，在镇江、常州、苏州都将逗留，大概十天以后，可到上海；在杭州所谈之事，希望古应春即速办理，可由湖州径赴上海，省事得多。

这一来，计划就要重新安排了。古应春吩咐来人回船待命，随即拿着信报找悟心与雷桂卿去商量。

“左大人出巡到上海，胡大先生要替他摆摆威风，这件事我要赶紧到上海托洋人去办。桂卿，我看，你要先回一趟杭州，把情形跟胡先生说清楚了再回来。”

“怡和的禀帖呢？”雷桂卿问，“你在上海办妥了，不如直接寄湖州，似乎比寄到杭州多一个周折来得妥当。”

“好！湖州寄到哪里，是……”

古应春的话犹未完，悟心抢着说道：“寄给杨师爷，请他代呈好了。”

“可是信里说些什么，桂卿不知道啊！”

“杨师爷知道，莫非不能问他。你如果再不放心，抄个底子寄我这里转，也可以。不过，光寄封信，你自己也不好意思吧？”

"你说，你说！你要啥，我给你寄了来。"

"敲你一个小竹杠，到洋行里买一包洋糖给我寄来。"

"还有呢？"

"就这一样。"

"好了。我知道了。"古应春对雷桂卿说，"你坐一会儿，我回船去写了信再来。"

"何必回船上去写？我这里莫非连纸墨笔砚都没有？"说着，悟心抬一抬手，将古应春带到后轩，是她抄经做功课的所在。

"到上海往东走，回杭州往南走，船你坐了回去。"古应春向悟心说道，"能不能请你派人打听一下，往上海的船是啥辰光有？"

"每天都有。几点钟开，我就不晓得了。我去问。"

等悟心一走，古应春向雷桂卿笑道："这是意外的机缘。悟心似乎有还俗的意思，你断弦也有两年了，好自为之。"雷桂卿笑笑不作声，不过看得出来，他心里非常高兴。

"我只劝你一句，要顺其自然，千万不可心急，更不可强求。"

"我明白，你放心好了。"

* * *

胡雪岩替老母做过了生日，第二天就赶往上海。那是在古应春回家的第六天。

胡雪岩一到当然先去看七姑奶奶，絮絮不断地谈了好久，直到吃晚饭时，才能和古应春谈正事。

"左大人已经到苏州了，预定后天到上海，小爷叔来得正是时候。"

"他来了当然住天后宫。转运局是一定要来的，你看应该怎么接待？"

"左大人算是自己人，来看转运局是视察属下，我看不必弄得太客气，倒好像疏远了。"

“太客气虽不必，让他高兴高兴是一定要的。”胡雪岩说，“我想挑个日子，请他吃饭。陪客除了我们自己官面上的人以外，看能不能把洋人的总领事、司令官都请来。”

“这要先说好。照道理，请他们没有不来的道理。”古应春又说，“放礼炮的事，已经谈妥当了，不过，日子不晓得哪一天。”

“何不到道台衙门去问一问？”

古应春不作声，胡雪岩看出其中别有蹊跷，便即追问是怎么回事。

“‘排单’是早已来了，哪天到，哪天看哪个地方，哪天什么人请客，都规定好了，就是我们转运局去要排单，推说没有。”

胡雪岩不由得生气。“他们是什么意思呢？”他问，“我们转运局一向也敬重他们的。明天我倒要去看看邵小村，听他怎么跟我说。”

古应春始而默然，继而低声说道：“小爷叔，你不要动意气。我听到一个说法，不晓得是真是假。据说李合肥已经派人通知邵小村，关照他跟盛杏荪联络，不许左湘阴的势力伸到上海。有人在邵小村面前献计，说左湘阴容易对付，就是胡某人不大好惹。要防左，先要防胡。”

胡雪岩听完，不大在意这话。“他们防我也不止今天一天了。”他说，“见怪不怪，其怪自败，你不必把这件事看得太认真。”

看他这种掉以轻心的态度，古应春不免兴起一种隐忧，但此时不便再多说什么，自己私下打了一个主意，要为胡雪岩做耳目，多方注意李鸿章与左宗棠在两江明争暗斗，倘或有牵涉及于胡雪岩的可能时，更要预先防备，弭祸于无形。

由于古应春的极力活动，同时也由于左宗棠本身的威望，左宗棠经过租界时，上海英、法两租界的工部局以及各国驻沪海军都以很隆重的礼节致敬，派出巡捕站岗、仪队前导。尤其是出吴淞口阅兵时，黄浦江上的各国兵舰，都升起大清朝的黄龙旗，鸣放十三响礼炮，声彻云霄，震动了整个上海——都知道左宗棠到上海来了。

行馆设在天后宫。先是上海道邵友濂率领松江知府及所属各县庭参，接着是江海关税务司及工部局的董事拜会，然后是在上海的文武官员谒见，最后是邵友濂联合在上海有差使的道员，包括胡雪岩、盛宣怀在内，“恭宴爵相”。散席时，已经起更了。

胡雪岩与古应春当然留在最后。“大人今天很累了，”胡雪岩说，“请早早安置，再来请安。”

“不、不！”左宗棠摇着手说，“我明天看了制造局，后天就回江宁了。有好些事情跟你谈谈，不忙走。”

胡雪岩原是门面话，但既然左宗棠精神很好，愿意留他相谈，自是求之不得，答应一声，坐了下来。

“陆防、海防争了半天，临到头来，还是由我来办，真是造化弄人。”说罢，左宗棠仰空大笑，声震屋瓦。

这一笑只有胡雪岩明白，是笑李鸿章。同治十一年五月，俄国见新疆回乱，有机可乘，出兵伊犁；又有同治十三年三月，日本借口琉球难民事件派军入侵台湾，一时陆防、海防，相继告警，因而出现了陆防与海防孰重的争论。相争两方的主角，正就是左宗棠与李鸿章。

左宗棠经营西北，李鸿章指挥北洋，因此各有所司，亦各有所持。朝廷认为兹事体大，命各省督抚各抒所见。其时湖南巡抚王文韶，正好回杭州扫墓，胡雪岩便问他：“赞成陆防，还是海防？”

王文韶反问一句：“你看呢？”

“你当湖南巡抚，自然应该帮湖南人讲话。”

“不错。为政不得罪巨室。”王文韶说，“我为这件事，一直踌躇不决，现在听老兄一句话，算是定了主意。李大先生的交情，暂时要搁一搁了。”

原来王文韶跟李鸿章的关系很深，为了在湖南做官顺利，王文韶决定赞成陆防，复奏说道：“江海两防，亟宜筹备，然海疆之患，不能无因而至，其关键则在西陲军务。俄人据我伊犁，强有久假不归之势，我师迟一日，则俄人进一日，事机之急，莫此为甚。”

就因为这个奏折，陆防论占了上风。不久同治驾崩，争端暂息。光绪元年，争议复起，慈禧太后命亲郡王、大学士、六部九卿，会议海防事宜。李鸿章上折请罢西征，左宗棠当然反对，最后是由于文祥的支持，派左宗棠以钦差大臣督办新疆军务。显然，海防论又落了下风。

不过陆防之议，实际上是由伊犁事件而来，及至曾纪泽使俄，解决了中俄纠纷，陆防论就不再有人提起。到得左宗棠西征收功，内召入军机，不久又外放两江，李鸿章旧事重提，这回大获全胜。海防的计划，朝廷完全同意，首先要办的是三件事：一是在营口设营，编练新式海军；二是筹款续造“钢面铁甲”兵轮，招商局原应归还的官款，暂缓归还，拨作购铁甲船之用；三是南北洋各紧要海口修船坞，修炮台，同时并举。

哪知正干得如火如荼之时，李太夫人病殁汉口，李鸿章丁忧回籍，调两广总督张树声署理直督。筹设海防一事，便暂时搁下来了。

“海防，北洋可管，南洋又何尝不可管？而且经费大部分出在两江，南洋来管，更觉名正言顺。我现在想先从船坞、炮台这两件事着手，已经派人去邀彭宫保了。我要赶回江宁，就因为他从长江上游巡阅下来，日内可到江宁。客临主不在，未免失礼。”左宗棠一口气说到这里，突然叫一声，“雪岩！”

“大人有什么吩咐？”

“福克在不在上海？”

“在。”胡雪岩答说，“他本来要回国了，因为听说大人巡视上海，特为迟一班轮船走。明天一定会来见大人。”

“喔，他回德国以后，还来不来？”

“来，来。”

“那好。正好趁他回国之便，我们再商量商量，看有什么新出的利器，托他采办。”

胡雪岩正待回答，只见一名戈什哈掀帘而入。戈什哈手里持着一个卷夹走到左宗棠面前，一言不发，只将卷夹打了开来。里面有张纸，左宗棠拿起来看完，随手便递了给胡雪岩。

接过来一看，是一份密电的译文：申局探呈左爵相，（亨密）沅帅督粤，即明发。署名是一个“云”字。胡雪岩知道，是徐用仪发来的密电。

这“沅帅”当然是指号沅甫的曾国荃，胡雪岩笑道：“两广是好地方。曾九帅这回不会像去年那样，陕甘总督当不到半年，就因为太苦而一定要求去了。”

左宗棠点点头，沉吟了一会儿，抬起头来，徐徐说道：“叫曾老九到两广，可见张振仙是不会回任，要真除直督了。雪岩，我要乘此机会，大加整顿，南洋的归南洋，北洋的归北洋，把李少荃那只看不见的‘三只手’消除出去。”

“是。”胡雪岩心想李鸿章在南洋的势力，已有根深蒂固之势，要清除不容易，但真的办到了，将来另有一番局面，这件事值得出一番大气力。

“明天我去看制造局，你最好跟我一起去，看看有什么可以改良的地方。”

“是。我明天一早来伺候。”

辞出行辕，不过九点多钟，十里洋场正是热闹的时候。上车时，古应春的车夫悄悄说道：“老爷，七小姐那里的约会是今天。”

“你倒比我记得还清楚。”古应春说道，“是不是七小姐特为关照，要你到时候提醒我？”

那车夫笑嘻嘻地不作声，只扬鞭驱车，往南而去。

“七小姐是哪个？”胡雪岩问。

“爱月楼老七。”古应春答说，“刚从苏州来的。”

“人长得怎么样？”

“不过大方而已。应酬功夫可是一等。”

“看样子不止于应酬功夫。”胡雪岩笑道，“扎客人的功夫也是一等。”

“小爷叔看了就知道了。”

转眼之间，马车在宝善街兆荣里停了下来。爱月楼老七家就在进弄堂右首第二家，相帮高喊一声：“后厢房。”即时便有一名娘姨迎了出来。

古、胡二人便站在天井中等，只见那名娘姨插了满头红花，搽一脸白粉，丑而且怪，真是所谓鸠盘荼，但开出口来，那一口娇滴滴的吴侬软语，恰如十七八女郎。这就是苏州人所说的“隔壁西施”。

“喔唷，古老爷，耐那哼故歇才来介？七小姐等是等得来。”及至发现胡雪岩，越发大惊小怪，“喔唷唷唷，难末事体大格哉！啥叫财神老爷还请得来哉介？”

她这一喊不打紧，楼上纷纷开窗，探出好几张俊俏面庞，往天井中探望，其中有一个大声喊道：“胡老爷，胡老爷，耐阿记得我介？奴是湘云老四，晏歇到倪搭来坐。”

胡雪岩涉历花丛，阅人甚多，记不得有这么一个湘云老四，只连声答应：“好！好！”

二人当下随着娘姨上楼，只见后厢房门口，有个花信年华的女子，打起门帘，含笑等待。等一进门，古应春说道：“老七，你大概没有见过胡老爷？”

“啥叫勠见过歇？奴见过格。”说着敛衽见礼，口中说道，“胡老爷，耐发福哉。”

“喔，”胡雪岩问道，“七小姐，我们在哪里见过？”

“山塘畹！是大前年年脚边浪格事体哉。格日子是勒抚台格大少爷请客。胡老爷还转过奴一个局，耐末贵人多忘事，奴是一直记好勒心里浪问。”说着，便上前来替胡雪岩解钮扣，卸马褂。

胡雪岩闻到她头发上的香味，记起有这么一回事。那年年底他路过苏州，江苏巡抚勒方锜的长子，在上海便是稔友，特地在虎丘一家书寓中请客，仿佛是在席间转过局，面貌依稀，但名字却记不起，但绝不是三个字。

“那时候你不叫爱月楼吧？”

“伊个辰光叫惜芳。”

“怪不得了。”胡雪岩笑笑寒暄，“这几年还好吧？”

“为仔好嘞，混到上海滩来格。”爱月楼老七向古应春瞟了一眼，“自从古老爷来捧仔场，慢慢叫好起来格哉。”

“今朝日脚，勿壳张财神菩萨驾到，格末加二要好格哉畹！”

插嘴的是那鸠盘茶，胡雪岩与古应春是听惯了这种奉承话，不以为意，倒是爱月楼老七听得刺耳，当即说道：“耐闲话那哼介多介？”说着，又使个眼色，让她退了出去。

这时果盘已经摆上来了，等胡雪岩与古应春坐了下来，爱月楼老七一面敬瓜子、敬茶，一面寒暄。

“胡老爷是落里一日到格介？”

“来是来了两三天了。”古应春代为回答，“不过今天头一回出来吃花酒。”

“啊唷！头一转就到奴搭，格是看得起奴畹！多谢、多谢。”

“早知道你们是老相好，我昨天就请我们小爷叔来了。”

“那哼叫小爷叔？古老爷，耐姓半个胡畹，啥叫是叔侄辈子？”

“妙！”胡雪岩笑道，“应春，我还是头一回听说，你姓半个胡。”

古应春也笑了，回顾一班小大姐说：“你们以后就叫我半胡老爷好了。”

“格就呒趣哉！”爱月楼老七接口道，“吃酒末吃半壶，碰麻雀末一和还勿和。阿要作孽？”

胡雪岩看她心思灵活、口齿伶俐，颇有好感，古应春看出他的心思，便即说道：“小爷叔，今天这个客，你来请了吧？”

胡雪岩跟他走马章台，已历多年，间或也有这种“让贤”之举，正在考虑是否接受此番美意时，爱月楼老七却开口了。

“勿作兴格！古老爷，耐今朝格台酒那哼好赖？停吃得有兴末，翻台到前厢房，胡老爷耐看阿好？”

“前厢房？”胡雪岩问，“是湘云老四那里。”

“蛮准！”

既然人家都已划好道了，逢场作戏惯了的胡雪岩毫无异议，只问古应春：“请哪些人？”

“小爷叔想看哪些人？”

于是胡雪岩随口报了四五个名字，都是青楼中善会凑趣的人物。古应春下笔如飞，写好了请柬，点一点主客一共七人，便即说道：“我们来个八仙过海。”说着，又写一张请柬，“飞请三马路长发栈，沙大爷印一心，惠临一叙。”赘上名字以后，另外又用小字注了一行：“有贵客介见，千请勿却。”

巧得很，偏偏就是这个特邀的客人，因病未能赴约。不过今雨不来旧雨来，有个胡雪岩与古应春都认识的兵部司官林茂先，外放福建的知府，路过上海也住在那家客栈，得知古应春请吃花酒。这是照例可以闯席的，逆旅无聊，他便做了不速之客。

“好极，好极！”古应春颇为欢迎，因为这林茂先也是很有趣的人，谈锋极健，肚子里掌故很多。声色场中宴饮，必得要有这样一个人，席面上才不会冷落。

台面铺设好了，名为“双台”，其实仍是一张圆桌。爱月楼老七拿一方簇新的白洋布，裹着一把镶银象牙筷，走到古应春面前问道：“客人可曾齐？”

“还差一位。不过开席吧！”

这时胡雪岩便发话了。勾栏虽非官场，但席次也讲身份地位，胡雪岩名正言顺是首座，但他不等人家来请，抢着前面逊谢。

“今天这个首座，林茂翁推都推不掉的——”

“雪翁，雪翁！”

“足下听我说完，如果不在道理上，你再驳我。”胡雪岩挥手拦住他说，“第一，你是远客；第二，你有喜事；第三，除我跟应春以外，其余跟足下都是初会，理当客气。”

话一完，大家都说道理很通，林茂先便拱拱手说道：“有僭，有僭。”等爱月楼老七安了席，他首先落座。

次席当然胡雪岩，其余都是稔友，不分上下，只留了主位给古应春，等他一坐下，小大姐立即捧上一个黑木盘，内中笔砚以外，便是一叠局票。

“茂翁，你叫哪位？”

“这里我是外行，而且昨天刚到，今天是第一回来观光，请你举贤吧！”

“叫湘云老四好了。”胡雪岩说，“我记得她那张嘴很能说，跟茂翁的谈锋倒相配。”

古应春略想一想，写了下来，便又问道：“小爷叔你自己呢？”

胡雪岩的相识可是太多了，笑笑说道：“你替我作主好了。”

古应春点点头说：“我替小爷叫两个，一个是好媛老九，一个是——”

“不，不！我想起来。”胡雪岩说，“另外一个叫娇凤老五。”

“何必叫她呢？”古应春皱着眉说。

“你不要管，我找她有事。”

于是古应春一一写好局票，发了出去。首先来的是近在前厢房的湘云老四，她小足伶仃，扶着一个十三四岁的小大姐的肩膀，进门问道：“落里一位是林老爷？”

“喏、喏！”胡雪岩指着说道，“就是这位京里来的林老爷，现任的知府大人。老四，我特为给你做这个媒！”

湘云老四因为胡雪岩没有叫她，心里老大不悦，现在才知道是有意把她推给别人，越发生气。“谢谢耐！”她说得极快，同时将一双杏儿眼往旁边一瞟。谁都看得出来，她是生气了。

其实这也是胡雪岩待客的一番苦心。这林茂先在京中亦是一个嫖客，但喜欢逛“茶室”。因为“八大胡同”的“清吟小班”，犹如上海的“长三”，而“茶室”则相当于“幺二”，前者号称“卖嘴不卖身”，非花钱花到相当程度，不能为入幕之宾；后者则比较干脆，哪怕第一次“开盘子”，只要条件谈拢了，便可灭烛留髡。林茂先走马章台，喜欢图个痛快，这就是他常逛茶室的缘故。

正因为如此，胡雪岩举荐湘云老四，因为她在长三中以“裤带松”出名。胡雪岩心想：难得与林茂先客途相逢，要为他谋一夕之欢，所以作此安排，但湘云老四未必明白其中的委曲，索性向她说明了吧。

打定主意，自以趁好媛、娇凤未来以前，速办为宜。因此，等湘云老四照例一一敬酒、交代门面话，绕圈子下来最后到次席的胡雪岩时，他便含笑问道：“我转你一个局好不好？”

“随便耐！奴是啥人介？高兴来，招招手就来，不高兴来，一脚踢到仔东洋大海。”

胡雪岩笑一笑，向林茂先说道：“茂翁，对不起，老四跟我为了别人的事，有点误会，我转个局跟她说清楚了，完璧归赵。如何？”

“啊唷唷！”有个惯在花丛中混，除非大年三十不回家的“洋行小鬼”江罗勃，学着苏白说道：“格是出新闻哉！啥叫我倪湘云老四是清倌人畹！”

大家都知道他这是故意曲解“完璧”，以取笑湘云老四。湘云老四不懂这个典故，但知道是在开她的玩笑，索性老一老面皮，学四马路“野鸡”的口吻，回敬江罗勃：“不错，阿拉是的的刮刮的清水货。‘酱萝卜’，你来啥！”

就在满座哄笑声中，胡雪岩将湘云老四拉到一边，促膝密语。“老四，”他说，“我替你做这个媒，你看怎么样？”

“奴那哼好说弗好？耐胡老爷又看我弗起，吃仔格碗把势饭来，有啥办法？”

胡雪岩原来欠了她一个情——有一回答应捧她的场，结果忘掉了，这天恰有机会补这个情，也应酬了林茂先，所以此时开门见山地问：“林老爷要到福建去上任，只怕没有工夫到你那里‘做花头’，你能不能陪陪他？”

“那哼陪法？”

“这还要说吗？”

湘云老四脸一红。“呒拨格号规矩格！”她说，“传仔出去末，奴落里还有面孔见人介？”

“当然也不是一个花头都不做，等下翻台过去，是我做主人。明天下午，他到你那里碰和，晚上摆个双台，下来‘借干铺’。你看好不好？”

“借干铺”是长三中对恩客的一种掩耳盗铃的手法，意思只是客人喝醉了，或者路太远，天时突变，临时借宿一宵，规矩是开销六两银子。当然，到底是干是湿，是没有人问的。

湘云不作声，看意思是有点活动了，胡雪岩便趁机补情。“老四，”他说，“林老爷是我的朋友，你就算委屈一回。林老爷人很爽快的，出手不会太小气。另外，你到大马路方九霞去挑一副金镯头，算是我送你的。”

声色场中，向来黄金能买美人心，湘云老四想一想说道：“胡老爷，耐为朋友，格能操心法子，实头少见笃。不过格是胡老爷的想法，你兴俚到看奴不入眼呐？我啊弗能搲上去畹。”

她是怕万一好事不成，金镯落空。胡雪岩懂她的意思，当即答说：“总归我是心尽到了，只要林老爷今天上船到福建，明天你就到方九霞去挑镯头。好了，就这样说定。”话完，胡雪岩先站起来回席。

其时莺莺燕燕，陆续来到，而且都带了“乌师先生”，笙歌嗷嘈，热闹非凡。就在这时候，听得楼下“相声”高喊：“后厢房客人。”

“必是沙一心赶来了。”古应春连忙起身，迎出门外，果然就是沙一心。

“应春兄，”沙一心在楼梯口拉住他说，“我的行李已经下长江轮船了，天亮就要上船，因为你说要替我引见一位朋友，所以特为赶了来。不知道是什么朋友？倘或本来是住在上海的，等我半个月以后，从广州回来再见面，好不好？”略停一停，他接着又说，“实不相瞒，我还要回去过瘾。”

古应春考虑了一下说道：“我要替你引见的这位朋友，就是胡雪岩胡大先生。这样，你进去先见个面，跟大家招呼一下，然后，我替你说明缘故，放你回长发栈。等你从广州回来，如果胡大先生还在上海，我们再畅叙如何？”

“这倒行。”

于是古应春将他引到筵席，一一介绍，其中一大半是初识。这沙一心年纪三十多，丰神俊朗，说一口带川音的京腔，音吐清亮，颇予人好感。胡雪岩很喜欢这个新朋友。

他是候补同知的班子，所以彼此以官衔相称。“胡观察名满天下，今天才能识荆，可见孤陋。不过，到底也拜见了一尊大菩萨，幸何如之。”他举杯说道，“借花献佛。”说完，一饮而尽照一照杯。

“不敢，不敢。”胡雪岩声明，“第一回，我不能不干。”

“胡观察吃花酒是有规矩，向不干杯。”江罗勃说道，“今天是沙司马的面子。来，来，大家都干一杯。”

沙一心人本谦和，看面子十足，赶紧站起来说：“承各位抬爱，实在不敢当，理当我来奉敬。”说着，自己满斟一杯，干了酒不断地说，“谢谢！”

这时写局票的木盘又端上来了，古应春便看着沙一心问：“仍旧是小金铃老三，如何？”

“不，不！应春兄，我今天豁免了吧！你知道的，我今天的情形不一样。”沙一心又说，“而且偷此片刻之暇，不向胡观察好好讨教一番，虚耗辰光，也太可惜。”

“也好。”古应春点点头，“回头我另作安排。”

“我已经有安排了。”胡雪岩接口说道，“等一等我们翻到前厢房，替林太尊、沙司马饯行。”

“不敢当，不敢当。”林茂先、沙一心异口同声地说。

古应春已经知道胡雪岩要为林茂先与湘云老四拉拢的本意，而他的另作安排是看胡雪岩与沙一心颇为投缘，要匀出工夫来让他们能作一次深谈，这一下正好合在一起来办，当即说道："各位听见了。我代胡大先生做主人。老四，你现在就回去预备吧。"

湘云老四喜孜孜地站起身来，先含笑向胡雪岩说："格末奴先转去，拨台面先端整起来。"接着，提高了声音说，"各位老爷，晏歇才要请过来，勿作兴溜格噢！江大少，格桩事体末，我拜托仔耐哉畹！"

"包拉我身浪，一个覅缺。不过，老四，耐那哼谢谢我呐？"

"耐讲！"

"香个面孔阿好？"

"瞎三话四，讲讲就呒淘成哉！"说着白了江罗勃一眼，翩然而去。

林茂先久居北方，见惯了亢爽有余、不解蕴藉的北地胭脂，这天领略了娇俏柔媚、妖娆多变的南朝金粉，大为着迷。大家都知道，这天的主客的是林、沙二人，同时也从古应春"代做主人"的宣布中，意会到胡雪岩与沙一心或许有事要谈，便趁机起哄，都道不如此刻就翻台过去。

"这样吧！"古应春正好重新安排，"一心兄，你就请在这里过瘾，胡大先生陪你谈谈。我先陪大家过去，回头过足了瘾再请过来。"说着，站起身来，客人因为就在前厢房，倒省了一番穿马褂、点灯笼，出门进门的麻烦。

爱月楼老七却仍守着她送客的规矩，站在房门口一一招呼。等该走的客人都走了，她回身向胡雪岩说道："胡老爷搭沙老爷请过来吧！"

后面是爱月楼老七的卧室，靠里一张大铜床，床中间已经横置了一个烟盘，两条绣花湖绉面的被子，叠成长条，上面摆了两只洋式枕头。胡雪岩虽不抽鸦片，却知道抽烟的人向左侧卧，为的是右手在上，动作方便，因而道声"请"，让沙一心躺了下来，自己在烟盘对面相陪。

"沙老爷！"爱月楼老七手上持着一只明角烟盒，走来说道，"呒拨啥好个烟膏请耐，只有'云土'，覅晓得阿好迁就？"说着，她拖张小凳子在床前坐了下来。

"蛮好、蛮好。七小姐，我自己来，不敢劳动。"

“呒拨格号规矩格畹！”

“老七，”胡雪岩便说，“你就不必客气了。我晓得你打烟也不怎么在行。既然沙老爷这么说，你就让沙老爷自己来。”

“格末奴也只好恭敬勿如从命哉。”说着，将烟盒放下，检点了煮热茶、糖果，又去削了一盘水果来，然后说道，“有啥事体末，招呼一声末哉。奴就来浪前头。”

等她放下门帘离去时，沙一心已揭开盒盖，自己拿烟扦子在水晶“太谷灯”上开始打烟泡了。他右手烟扦、左手象牙小砧，一面打，一面卷，手法干净利落，不一会儿打成一个“黄、高、松”三字俱全的大烟泡。他把烟泡装在斗门上，又转过来，转过去，一面烘，一面捏，再用热烟扦在烟泡中间打个到底的眼子，然后侧过来将烟枪伸向胡雪岩。

“请，请。”胡雪岩急忙摇手，“我没有享‘福寿膏’的福气。”

听此一说，沙一心便不再客套，对准了火“沙、沙、沙”地一口气抽完，再拿起烫手的茶壶嘴对嘴喝一口热茶，眼睛闭了一下，鼻孔中才喷出淡白色的烟雾来。

这一筒烟下去，沙一心才有谈话的精神——实在是兴致。他谈起胡雪岩很熟的一个人，为人骂作“汉奸”的龚孝拱。

此人是道光年间大名士龚定庵的儿子。龚家是杭州世家，龚定庵的父祖都是显宦，他本人才气纵横，做得极好的诗。不仅是辞章，他幼年时受外祖父金坛段玉裁之教，于“小学”——文字之学，亦有极深的造诣。但中举以后，他会试不利，几番落第。原来宣宗的资质性情，很像明朝的末代皇帝思宗，他倒是有心做个英主，但才具甚短，而又缺乏知人之明。宣宗信任的宰相曹振镛，是个嫉贤妒能、瞒上欺下的庸才，专门劝宣宗吹毛求疵，察察为明，所以政风文风，两皆不振。试卷中的文章好坏在其次，最要紧的是格式不能错，错了就是违犯“功令”，文章再好，亦遭摒弃。龚定庵几次名落孙山，都是为此。

好不容易会试中了，大家都说他必点“翰林院庶吉士”，哪知殿试卷子因为书法不佳，不与翰林之选。龚定庵牢骚满腹，无可发泄，便叫他的姨太太、丫头都用“大卷子”练书法，真有写得“黑、大、光、圆”四字俱全，极好的“馆阁体”的，每每向人夸耀，说“此举如能赴试，必点翰林。”

其时有个满洲才女，叫“西林太清春”，做的词与纳兰性德齐名。她是贝勒奕绘的侧福晋，住宅在京城西南角的太平湖，就是后来的醇王府，也就是光绪皇帝出生的“潜邸”。龚定庵因为在宗人府当差，又因为深通文字音韵之学，会说满洲话及蒙古话，所以不但为了“回公事”，经常出入亲贵府邸，而且亦颇得若干亲贵的赏识。奕绘人很开通，不禁西林太清春与朝贵名士唱和，龚定庵就是与西林太清春诗笺往还最密的一个人。

龚定庵因为科名晚，到了四十多岁，还只是一个“司官”，前程有限，俸禄微薄，便动了解官之念。那时江淮的盐商还很阔，而盐商又多喜附庸风雅，像龚定庵这样名动公卿的人，“打秋风”亦可以过很舒服的日子。他主意一定，毅然而行，不道京城里已起了谣言，说他解官是迫不得已。因为他与西林太清春之间有一段不可告人的秘密，倘不辞官出京，便有不测之祸。不幸的是，他辞官不久，就了一个书院的山长后，一夕暴毙。实在他是中风，但传说他是被毒死的。

龚孝拱是龚定庵的长子，名字别号甚多，晚年自号“半伦”。据说他自己以为君臣、父子、夫妇、兄弟、朋友这五伦之中，无一可取，不过有一个爱妾，勉强好说尚存“半伦”。由这个别号，可以想见是个狂士。

龚孝拱天资甚高，由于遗传及家学，亦精通满洲、蒙古文字。比他父亲更胜一筹的是，他还会英文。咸丰年间，龚孝拱住在上海，由一个姓曾的广东人介绍，得识英国公使威妥玛。英法联军之役，威妥玛北上，带了龚孝拱一同治文书、备顾问。及至英法联军破京城，火烧圆明园，传说是龚孝拱领的头，而且趁火打劫，盗取了一批珍宝，在上海租界上做寓公，挥霍无度，穷困而死。这就是他为人骂作“汉奸”的由来。

“这是冤枉他的。”胡雪岩答说，“我同他很熟。狂是有的，不过还不至于做汉奸。”

“说得是。此人很可惜！”沙一心说，“现在讲究洋务，真正能够摸透洋人性情的并不多，龚孝拱是其中之一。他如果不是自暴自弃，在现在可以替那班有心学洋人长处，或者真想做一番事业的督抚，帮许多忙。”

“那么照一翁看，当今督抚之中，哪几位是真想做一番事业的？”胡雪岩随口问说。

“像张振轩就是。”

第十章　力争上游

张振轩便是现署直隶总督的张树声。提到此人，胡雪岩不能不关心，因为左宗棠既然有意要驱逐李鸿章在两江的势力，眼前就会跟张树声直接发生利害冲突，有机会倒要打听打听这个人。

“听说张制军是秀才的底子，由军功起家。现在京里一班清流，架子大得不得了，行伍出身的老粗，能吃得消他们？”胡雪岩又说，“以前在广东，还可说是天高皇帝远，现在驻扎天津，南来北往由海道经过那里的翰林不知多少，他这个总督恐怕很头痛吧！”

“张振轩倒不算老粗。他是廪生出身……”

“原来是廪生。”胡雪岩觉得说张树声是行伍出身的老粗，未免失言，因为他知道廪生在秀才之中，仅仅次于拔贡的，一县之中只有几个。廪生在县衙门里可以领一份钱粮，童生进学，亦须廪生作保，照例亦须送一份谢礼。所以资深的秀才，不但要有真才实学，而且品行也要端正，否则学政是不肯将这个名额有限而有丰富收入的廪生，轻易畀予的。

“张振轩这个廪生出身，后来占了很大的便宜。”沙一心继续谈张树声的经历，“他起先在李合肥的淮军中，名气不但比不上程学启、刘秉璋、郭松林、刘铭传，甚至还不及潘鼎新。可是他由军功保到五品，改了同组，由武人文，这就占便宜了。同治四年夏天署理淮海道，刘六麻子是直隶总督，官拜一品，可是他情愿不要这个一品官员，回合肥老家去吃闲饭。雪翁，你知道不知道，这是什么道理？”

这道理胡雪岩懂。“刘六麻子”是刘铭传的外号，他的故事，胡雪岩也听人谈过。原来一省绿营兵的最高武官是提督，通称“军门”，在军队里很神气，但一遇见督抚就矮了半截。因为总督挂兵部尚书衔，巡抚挂兵部侍郎衔，都算是兵部的“堂官”，也都是提督的上司，一品的提督要受二品的巡抚的节制，而且正式见礼时，要用“堂参”的大礼。刘铭传自命为儒将，刻过一部《大潜山房诗集》，认为武官即使一品亦不值钱，所以告病开缺，潜居在他的“山房”中。

“是的，武官不值钱。张振轩那时虽只是一个道员，可是一升直隶臬司，一帆风顺，同治十年就以漕运总督署理两江总督。他之得意，李合肥自然很提携他，关系交情不同泛泛，所以这回李合肥丁忧开缺，特保张振轩署理，自然是有作用的。”

“啊，啊，我懂了。”胡雪岩恍然大悟，“原来他是替李合肥暂且看家。”

“正是。不过，李合肥不知道，昔日部属，已非吴下阿蒙，张振轩跟清流结交上了，那是大前年——”

大前年，光绪五年十一月，两江总督沈葆桢病殁在任上，朝命以两广总督刘坤一调任两江，留下来的缺，由张树声以广西巡抚升任。

广州是八旗驻防之地，广州将军叫长善，出身满洲八大贵族之一的他他拉氏。此人很风雅，乐于奖掖后进，尤其是他没有满汉的畛域之见。将军署的后花园，颇有花木之胜，长善常常邀请广州的一班少年名士做文酒之会。前年庚辰科会试，闱中由工部尚书翁同龢主持，实学真才多能脱颖而出，其中广东的梁鼎芬，广西的于式枚，便常常做长善座上客，而且都点了翰林。

在广州时，张树声的儿子张华奎，亦常受长善的招邀，所以跟于式枚、梁鼎芬，还有一个文名盛于于、梁，但廪生会试不幸落第的江西人文廷式，都是极熟的朋友。这时张华奎随父到直隶总督任上，便经常进京，与于、梁、文等三人盘桓。虽说他乡遇故，旧雨情深，但张华奎却是另有企图。

原来这几年言路的势力极大，尤其是一班兼讲官的翰林，一言九鼎，连慈禧太后及恭王都不能不听。这班人就是“清流”，其中最有名的四个人，号为“翰林四谏”。于式枚、梁鼎芬虽是翰林后辈，但文名久著，所以亦常与清流有往还，而张华奎便是凭借了于、梁的关系，得以上交张佩纶、盛昱这一班响当当大清流。

这张华奎是个举人，年纪虽轻，但人很能干，而且赋性谦和可亲，加以“北洋公所”积存的“公款”很多，凡是应酬京官，无不可以报销，使得张华奎越发长袖善舞。清流们集会，不论是在松筠庵，还是“畿辅先哲寺”，或者陶然亭、崇效寺这些名胜之处，乃至于八大胡同“相公”的下处，筵宴所需，都是他来备办。若有事需要奔走联络，张华奎更是义不容辞，因而得了个“青牛腿”的外号。

“青牛”是清流的谐音。民间家家有“青牛图”，“春为东，东为木，木色青”，所以“青牛”也就是春牛。画春牛图时，头、身、角、耳、腹、尾、胫、蹄，部位分明，因而好事者，用青牛的各部分，来形容清流中人，牛头是同治皇帝的师傅李鸿藻，他门下两张——张之洞、张佩纶是牛身、牛腹。也有人说，李鸿藻是驱牛的勾芒神，张佩纶才是牛头，因为他头上的一对角厉害不过，凡被触及，必受巨创。

张华奎因为替清流效奔走之劳，所以名之为“腿”，但也有人说，他连“清流腿”都不够资格，只是“清流靴子”为“清流腿”服务而已。

不管是“清流腿”还是“清流靴子”，张华奎很受人瞩目是事实。不过，他因此而引起了李鸿章门下的敌视，认为他“图谋不轨”。第一是因为他常巴结翁同龢，而翁同龢一向是与李鸿章不睦，同时清流多为北派领袖李鸿藻门下，而翁同龢是南派巨擘，对政事的见解，一向是有差异的；第二，张华奎拼命拉拢清流，显然是在为他父亲培养声名，目的是想取李鸿章而代之。

这些加油添酱的谗言，不断传到合肥，在“闭门读礼”的李鸿章不由得也动了疑心。他的一班徒党，因而开始谋画逐张迎李之计，不久便找到了可乘之机。

原来张佩纶满腹经纶，颇有用世之志，张华奎便向他父献计，仿照当年左宗棠奏调袁葆恒来提高本人声望的办法，不妨奏调张佩纶“帮办北洋事务”，专门督办水师。张树声同意以后，张华奎极力向张佩纶游说。那时北洋的水师，已拥有好几艘铁甲兵轮，规模壮阔，前程无量，张佩纶怦然心动，终于同意了。

于是天津、保定等处，很快地传出消息，还说张佩纶帮办北洋军务后，将大加整顿，“四道八镇”，一律要参。直隶总督属下，有四名道员，八名总兵，总兵驻防之地称为“镇”，四道八镇便是直隶文武官员的经制，当然全部都是李鸿章所派的。

不道在此要紧关头，张树声父子一则操之过急，二则不明京朝掌故，以至于走错了一步。原来封疆大吏虽准许奏调京官到省任职，但不准奏调翰林，这个禁例在乾隆年间更为严格。因为翰林如兼日讲起居注官，随侍在皇帝身边，一言一动，无不深知，而且有机会看到各种奏章，参与国家机密，如为疆吏所奏调，便有泄密之虞，因而有此厉禁。

到得洪、杨以后，禁例虽不如以前之严，但第一要看请奏调的人，够不够分量；第二，要看奏调的时机，是否确有需要。当年左宗棠是封侯拜相的勋臣，奏调袁葆恒总理粮台，又有正当大举西征，用兵深资倚赖的理由，自然容易照准。如今张树声的资格远不如左宗棠，且亦非军务所必需，因而请奏调张佩纶的折子一到军机处，竟奏旨驳斥。这一下不但张树声以封疆大吏碰这个硬钉子，大伤威望，张佩纶的面子更加难看。

照张佩纶的想法，他应该是“诸侯之上客”，张树声应该北面以师礼相事。如今答应帮办北洋军务，已嫌委屈，张树声果然有心延揽，应该设法疏通军机，用“特旨”派他到北洋，才够面子。如今上谕中责备张树声“冒昧”，确是太冒昧了。

李鸿章一系的北洋官僚，看到张树声碰钉子，自然高兴，又听说张佩纶对张家父子有不满的表示，更是大喜过望，认为此是挑拨离间的良机，决不可失。恰好张树声上奏的那天有“考差”——两榜出身的京官，须经考试合格，才能放出去当乡试主考，一任考官，所得可以维持一两年的生活，所以绝少有人放弃考差，但张佩纶因为有丧服在身，不能派任考官，考差自然不必参加。这个缘故，外人不会知道，因而别有用心者，就可以造他一个谣言，说他故意避考，在家等待准为张树声所请的上谕，以便走马上任。这个中伤的谣言，传布很快也很广，张佩纶的清誉大损，不免恼羞成怒，自然是迁怒到张家父子身上。

“丰润学士的气量小是大家都知道的，他一定会复仇，张振轩弄巧成拙，直督一定保不住。”沙一心说，“现在只是在找一个可以让李合肥夺情回任的理由，这个理由一找到，张振轩就要交卸。”

这段内幕，对胡雪岩很有用，原以为李鸿章即会回任，也是父母之丧二十七个月以后的事。不过只要有理由，随时可以回任。照此看来，左宗棠想驱逐李鸿章在两江的势力，应该加速推行才是。

其时沙一心的瘾已过足，便由胡雪岩陪着到湘云老四妆阁中，飞觞醉月地闹了一回酒。待沙一心起身告辞，余客亦知胡雪岩与古应春第二天一早要陪左宗棠巡视制造局，都说要走。只有林茂先在湘云老四那里“借干铺”。

“沙一心这个人很有用，”在归途中，胡雪岩对古应春说，“你以后不妨跟他多联络联络，他对淮军及北洋的情形很熟，有事可以请他打听。”

“我的原意就是如此。小爷叔放心好了，我会安排。”

* * *

江南制造局在上海县城外，濒临黄浦江的高昌庙，本来是一片荒地，但自从曾国藩奏请设制造局以后，人烟日起，造一条石子马路，东通县城南门。不过左宗棠这天仍旧是在天后宫行辕前面下船，沿黄浦江直达制造局的专用码头。制造局的总办、候补道李勉林用他的绿呢大轿，将左宗棠接到大堂，然后引见属员，一一参谒。接下来李勉林请示左宗棠："先看哪一处？"

"先看船坞吧！"左宗棠说，"我去年陛辞出京，上头特别交代，洋防要紧，要我分外留意。制造局的船坞，规模虽不及福建，到底是中国第二个造船厂，能人尽其用、地尽其用、物尽其用，对洋防亦颇有裨益。"

这一段开场白，便有些教训的意义，李勉林听入耳中，当然不很舒服，脸上不免有尴尬之色。见此光景，胡雪岩便在一旁替李勉林说好话，总算将场面圆过来了。

船坞中乱糟糟一片，看不出一个名堂来，左宗棠只好问了："彭宫保整年巡阅长江海口，江防、洋防的形势，周览无遗，写信给我，以兵船不敷调度为虑，说至少要添造小火轮十号，照我看，十号亦还不够，最好再能仿造新式快船五艘，你看你这里能不能造？"

"小火轮能造，新式快船，限于机器，力所不逮。"

"那么，造小火轮每一号要多少钱呢？"

"这要估起来看。"

话又有些碰僵了，幸好左宗棠没有在意，只问："要多少日子才能估得出来？"

"估价欲求精确，还得找福建船政局，他们那里图说全备，材料的行情也比较准。大人如果决意要造，局里马上派人到福建，大概有一个月的工夫，细账就可以出来了。"

"好！请你马上就办。"

船坞旁边就是枪炮厂。左宗棠对这里很感兴趣，因为西征得力就在器械精良。他已经很内行了，尤其是对洋枪。虽看得多，用得多，但洋枪如何制成，他还是初次见识，所以从炼钢厂看起，每一部门都看得很仔细。

最后看到了检验处。这附设有个靶场，乒乓乒乓地声音很热闹。左宗棠一踏了进去，坐在高凳上的一个老头子跳了下来，躲到一边，李勉林便喊：“姚司务，见见左大人！”

这姚司务面红似火，发白如银，一双眼一大一小，大的那只右眼，炯炯有神，手臂亦是一粗一细，侔不相伦。左宗棠平生阅历甚富，看过不少异人，一看这姚司务形相古怪，不由得便加了几分注意。

等姚司务磕过一个头起身，李勉林便看着左宗棠说：“这姚司务是制造局一宝，不管什么枪，经他手里出去的，‘准头’一定好。”

“喔，”左宗棠对军械的兴趣最浓，当下抬起头来，看了一下问，“这就是你验枪的所在？”

“是。”李勉林代为回答。

“怎么验法？”

“说起来大人恐怕不信，他只是瞄一眼、开一枪就知道了。”

“这倒是神乎其技了。”左宗棠欣然说道，“我倒要见识见识。”

“是。”李勉林转脸对姚司务说，“你演练演练给大人看。”

姚司务似乎很木讷，连一声“是”都不会答应，只点一点头去掇开那张高凳，意思是站着验枪。

“不，不！”左宗棠急忙阻止，“你照平常一样。平常坐着，现在还是坐着。”

姚司务不敢答应，仍旧须李勉林说一声：“你照大人的吩咐。”

姚司务这才又将高凳搬回原处，踩着凳上所附的踏级，坐了上去。他面前是用墙砌出来的，狭长的一条弄堂，尽头处是个六个同心圆的靶子，中心弹痕累累，姚司务便大声喊道：“换个靶！”

枪靶后面有人在照料，顿时换了新靶。左宗棠看他左面摆着两个长木箱，右面又有两个大箩筐，里面乱堆着枪支。长木箱中是刚修好的枪，有个人在照管。

“来！”

听得姚司务这一声，那人便取一支枪，抛了上去，姚司务左手接住，交到右手，眯起眼睛看了一下，便即听得“砰”的一声，接着又听得“嘭”的一声，那支枪已为他扔在前面那个箩筐里了。

左宗棠根本没有看清楚他是如何单手在扣扳机的，不过新靶上正中红心有个小洞，却看得很清楚。

听这时又是“砰砰砰砰”好一阵，有的枪丢在外面箩筐，有的枪丢在里面箩筐，不过外面少，里面多。

“是这样，”李勉林为左宗棠解释，“丢在外面的，没有修好，拿回去重修，丢在里面的，是修好了的。”

左宗棠有些不大相信，“就这么看一眼、放一枪，就能听得出来？”他说，“似乎有点不可思议。”

“是！是有点不可思议。不过确实如此。”

“我倒有点不明白。”左宗棠便趁空隙喊道，“姚司务！姚司务！”

那姚司务纹风不动，恍若未闻，李勉林赶紧又解释：“他重听，耳鼓让枪声震坏。平时说话，只看人的嘴。”接着，他走上前去，拍一拍姚司务的身后，让他下来。

“姚司务，”左宗棠问，“你今年多大？”

“六十六岁。”

“你玩枪玩了多少年了？”

姚司务屈指算了一下：“四十八年。”

左宗棠也在心里略为算了一下说：“这么说，你在道光年就干这一行了？”

“是。”

“你跟谁学的？”

“先是德国人，后来是英国人。”

“噢！”左宗棠问，“你说德国的枪好，还是英国枪好？”

“德国。”

听这一说，左宗棠便回身去看，胡雪岩知道是找他，便从一大堆官员中挤上前去。

“雪岩，”左宗棠问道，“福克来了没有？”

“没有。”胡雪岩问，“大人有什么吩咐？我马上告诉他。”

“我是要找一支‘温者斯得’的枪。”

“呃，”胡雪岩答说，“我已经分派给新兵，在用了。”

“好，好！拿一支来。”

左宗棠这支枪交到姚司务手里，问他见过没有。姚司务答说没有。不过他只略为看了一下，便转开一个螺丝，接着一样一样拆了下来，不过几分钟的工夫，一支新枪成了一堆零件。

这显出真功夫来了，左宗棠不能不服他，当下问道：“这枪好不好？”

那姚司务竟不回答，只看着李勉林。左宗棠不知是怎么回事，胡雪岩却看出来了。姚司务一说好，左宗棠说不定马上就会交代，购买那一支。那一来，岂不断了采购委员的财路?

因此，胡雪岩便说一句：“只怕不见得好。”

谁知李勉林恰好相反，连连说道：“好，好，好得很。”

表面上彼此客气，实际上已等于短兵相接，也是彼此猜忌。本来江南制造局是李鸿章的禁脔，不管自造也好，外购也好，都轮不到胡雪岩来插手，所以他之说“怕不见得好”，便有不愿跟制造局“抢生意”的意味在内；反过来说，他如果要“抢生意”，唾手可得。这就使李勉林深深感到劲敌当前，必须小心了。

这笔买“温者斯得”来复枪的生意，自然还是归了胡雪岩，但大发利市的却是福克。

原来这种枪的在华代理权，属于福克洋行。福克第一批进了五百支，四处兜销，只卖去一百多。起初他亦并未想到左宗棠，因为他知道西征军中来复枪极多，左宗棠甚至还送了一批给醇王，供神机营使用。及至听说胡雪岩要到上海，他心想左宗棠的“小队”也许要用这种比较精良的新枪，便送了二十支当样品。他估量着，即使能做到这笔生意，充其量也不过百把支，库存还有一半，不知销场何在。

哪知由胡雪岩转来的消息，说要买两千五百支，预备分发江南各防营使用。福克喜出望外，却又发愁，因为能够供应的现货，连个零头都不足。

“胡先生，”福克透过古应春的翻译，向胡雪岩说，“我拿库中存货先交，其余的，准备三个月内交齐。我回国去一趟，专门办这件事。”

胡雪岩便跟古应春商量。胡雪岩亦看出李勉林对他深具戒心，认为不宜一开始就树敌，免得以后的障碍越来越多。但这笔军火是左宗棠亲自交代，不能不办，他正愁着李勉林会“吃味”，难得福克供应不足，恰好打消了这笔生意，避免得罪李勉林。

胡雪岩将他的意思告诉给了古应春，又说：“我看就此推掉为妙。你跟他说，马上要用，要现货，没有现货就免谈了。”

“这话他不会相信的。”古应春说，“小爷叔在左大人面前讲话的分量，他不是不知道，哪一次买军火都是先送样品，看中意了再下定单，如今说全部都要现货，不是明明为难他？”

“这话倒也是。”胡雪岩踌躇了一会儿说，“这样，你叫他自己去看左大人。而且我们要避嫌疑，你叫他先到制造局去看李观察，请李观察带他去见左大人。生意成不成，看他自己的运气。”

“这办法！行得通吗？”古应春不免怀疑，“我们犯不着把自己的路子，交给人家。”

“不！现在他们怕我们，防得厉害。犯不着为这点小事，做成个死对头。不如现在大方一点，以后办事，反而顺手。”

古应春心想，这是欲取姑与的手法，亦未尝不可用。两千五百支枪的佣金，至少有五千佣金，别人看来是个大数目，但在胡雪岩眼中，却是小事。既然他要“大方”，就照他的意思办好了。

但胡雪岩的顾虑与打算，福克是怎么样也无从知道的，因此他一听古应春的话，大感困惑。多年合作得好好的，何以有这种见拒的态度？莫非胡雪岩在左宗棠面前，说话已经没有力量了，还是另有其他原因？

当下他便率直向古应春发问。古应春当然不能跟他说实话，只说胡雪岩是尊重江南制造局。这话在福克半信半疑。他在华多年，官场中的情形，亦相当了解，向来是谁有办法，谁就可以争权夺利，权责并不分明，尊重更是假话。

福克做事很老练，先去打听胡雪岩在左宗棠那里的“行情”，所得到的答复是绝未失宠。这一来，他就不能不怀疑，另有人在钻军火生意的路子，想取他而代之，胡雪岩是一种让他知难而退的态度。

去问古应春，古应春绝口否认。这一下，福克释然了，中国官场不足跟外人道的花样很多，不必去多打听。反正自己仍旧抱定利益均沾的宗旨，将胡雪岩拉紧了，保持多年合作的关系，总是不错的。

于是福克便带了一名翻译到制造局求见李勉林。那时的官场，对洋人都是另眼看待，何况福克是上海洋商领袖之一，所以名刺一报进去，正在花厅中会客的李勉林，丢下他人，在签押房接见福克。

动问来意，福克透过翻译说道：“左大人要买两千五百支温者斯得来复枪，可是我现货只有三百多支，其余准三个月内交足。胡观察说不行，要我来见李观察，请你带我去见左大人当面谈。”

听得这话，李勉林不免诧异。订购西洋军火，向来都是期货，目前内外无事，又不是打仗遇到劲敌，急需精良武器才足以克制，何必一定非现货不可？

仔细想一想，显然是胡雪岩不愿意经手这件事。但又为什么不愿意呢？唯一的缘故是左宗棠已非西征统帅，而是两江总督、南洋大臣。两个头衔中的一“江”、一“南”，就彰明较著地表明了，这一案应该由江南制造局主办。

对于胡雪岩的能守分际，李勉林颇为佩服。胡雪岩的手腕虽厉害，但还是“上路的”。当下他欣然答应：“可以，可以！左大人明天动身回江宁，我本来就要去见他，我们一起去好了。”

于是约定当天下午三点钟，在天后宫行辕见面。到时候会齐李勉林先递奏本谒见，然后找个谈话的空隙，说福克在外，等候接见，有事面禀。

左宗棠已经接到胡雪岩的报告，认为胡雪岩所说“此案由江南制造局承办，一切签约、付款等等手续都比较方便”的看法不错，所以他听得李勉林的话，立即接见福克。

他跟福克很熟，也很欣赏福克的有条理，温言相接，颇假以辞色。谈到买枪一事，他也很爽快地答应了，先交若干现货，余数立定期限，陆续解交。价格方面，由福克与李勉林细谈。

“这两千五百支枪是交绿营用的。”左宗棠交代李勉林，“你收到枪，马上交给李朝斌好了。”李朝斌的官衔是江南提督，绿营的最高长官。

“是。”

“听说你要回国。”左宗棠转脸问福克，“什么时候动身，什么时候回来？”

“十天以后动身，两个月就回来。”

“我现在要整顿水师，水师的利器，是鱼雷不是？”

“是的。”

“我想买一批鱼雷，你有没有？”

“有，有。”福克答说，“左大人知道的，东西洋各国凡有新出的利器，一定把样品跟说明书，送到我洋行里来的。尤其是这趟我回德国，可以亲自打听到最新式的运了来。”

“能不能连技师一起请了来？”

“当然。凡是采购中国从前所没有的新式武器，一定有技师派来，教导如何演放。这是必有的规矩，不会错的。”

“喔，你没有弄清我的意思，我是说能制造鱼雷的技师。”

“那也有。”福克答说，“不过要先看制造局有没有能造鱼雷的机械。”

“你跟李观察商量。”左宗棠又问，“还有种‘碰雷’，作何用处？”

“是——”福克向翻译弄清楚了“碰雷”二字的意思，方始回答，“那叫水雷，是专门为了防备对方兵舰用的。譬如一个港口，不愿意对方兵舰闯进来，就可以在港口海面上布下水雷，船一碰到就会爆炸。”

“自己的船呢？”

“自己的船，一样也会爆炸。”福克又说，“水雷的威力很大，麻烦是不长眼睛，所以非遇到与外国交锋，打算断绝水路交通，不用水雷。”

“事后呢？”

“事后要清理。专门有种船叫扫雷艇。”

“照此说来，这件事牵涉很广，暂作罢论，你只管替中国采购最新式的鱼雷好了。细节你跟李观察去商议。”

“是！”

看看没有话了，福克在翻译示意之下，起身告辞。李勉林虽被留了下来，但从头到底没有能容他说一句话，他内心万分不悦。

至于左宗棠将李勉林留了下来，是要谈半公半私的事。不过私事倒也不是他的个人之私，是为了曾国藩的小女婿聂规缉。

曾国藩的欧阳夫人，共生三子六女，长子及五女，自幼夭折，在的有两子五女。长子纪泽，文章政事俱是第一流，而且由自修而通英文，为曾国藩所看重，后来袭封侯爵，以钦差大臣出使西洋，与郭嵩焘都是真正懂洋务的大才。

次子纪鸿中举以后，会试一直不利。曾国藩也知道“场中莫论文”，考试要碰运气，但功名之念，横亘胸中，期望亦未免过切，总说他的次子不用功。偏偏纪鸿的运气也真坏，直到曾国藩去世，始终是个举人，以后也一直没有能够中进士。与长兄相较，他的境遇大不相同，以至于在京郁郁以终，身后还是左宗棠替他料理的。

比起曾纪鸿来，他的姐妹们的境遇，又更不如他了，有的婆婆太凶，有的丈夫没出息。曾国藩持家极严，他说他见过许多名门之女，贪恋母家富贵，往往不肯在夫家尽子妇之道，到后来都无好结果，因此他的女儿们虽都遇人不淑，但因曾国藩不许她们归宁，她们只好在夫家受罪，个个都是终日以泪洗面。其中四小姐嫁得不错，偏又青年守寡，所以曾国藩生前常说，他的“坦运不佳”。

六小姐是最小的女儿，湖南人称为“满小姐”，名叫曾纪芬。她是曾国藩去世后才嫁的。本来由她叔叔“九帅”做媒，许婚于衡山聂家，定在同治十一年出阁，不意就在这年二月初，曾国藩中风殁于两江总督任上，到得服满已是光绪年间。

曾纪芬的女婿聂规缉，字芸台，出身是衡山世家，先世以行善出名。但聂规缉却连个举人都没有考上，以至于只能混个小差使。他有个姐夫为先前的两江总督刘坤一委为“筹防局总办“，聂规缉单身跟到江宁，在筹防局当差，只得八两银子的车马费，但却要接眷。原来聂规缉到了江宁，才知道曾国藩真是门生故吏满天下，将他妻子以“曾文正的满小姐”这个“头衔”搬出来，在裙带上着实能拖出来一点好处，这就是他接眷的打算。

果然，曾纪芬照她丈夫的嘱咐，由湖南坐船经武昌时，特为去拜见湖广总督李瀚章的夫人，稍为谈一谈丈夫的境况，聂规缉立即被委为湖南督运局驻江宁的委员，月支津贴五十两，日子过得很舒服了。

及至左宗棠接刘坤一的手，到了江宁不久，便将曾纪芬接到总督衙门叙旧。曾国藩生在嘉庆十六年辛未，左宗棠生在壬申，小一岁，因而以叔父自居。左宗棠在曾国荃克江宁后，与曾国藩失和，有三四年不通音问。但当左宗棠奉命西征，曾国藩命湘军刘松山相助，大为得力，使得左宗棠大为感动。而况左宗棠的平生功名，关键所在是曾国藩知道他的才具，派他独当一面，收复浙江，与曾氏兄弟同时封爵。拜相封侯，位极人臣，饮水思源，亦不能不感激曾国藩，所以左宗棠表面上倔强如昔，仍旧处处要批评曾国藩，但私底下的态度，已大为改变。曾国藩殁后，他致送的挽联，道是“谋国之忠，知人之明，自愧不如元辅”。这等于认输，以左宗棠的性情来说，是很难得的事。

至于照应曾国藩的后人，是为了要证实他的挽联中的下一句“同心若金，攻错若石，相期无负平生”——他与曾国藩是为国事而争，私交丝毫无损。特别是老年人，往往有一种将朋友的女儿看作自己掌上珠的通性，因此左宗棠爱屋及乌，对聂规缉亦就另眼相看，派了他营务处的差使。每天中午会食，左宗棠一定找聂规缉，对他的肯说实话、留心西学颇为赞许，有心要培植他。

这回左宗棠出省阅兵，聂规缉做随员。李勉林跟聂规缉是熟人，左宗棠故意相问：“勉林，你跟聂粮台熟不熟？”

李勉林早年曾替曾国藩办过粮台，当即答道：“他是曾文正的满女婿，我当然很熟。”

“那就再好没有。我看你也很忙，我想派他来当你的会办。”

“大人眷念故人，要调剂调剂聂仲芳，这番至意，我们当然要体仰。我想，每个月送他五十两银子薪水，仍旧在大人那里当差好了。”

左宗棠一听愕然。“怎么，勉林，”他问，“你不欢迎聂仲芳？”

“不敢欺大人，聂仲芳在大人那里，由大人亲自教导督责，他不敢越轨；但到了我这里，也许会故态复萌。他是曾文正的满女婿，我不便说他，耽误了公事，大家不好。”

这一说，原来有些生气的左宗棠，心平气和地问说：“你说他‘故态复萌’，请问，是什么故态？”

“聂仲芳是纨绔，他比满小姐小三岁，光绪元年成婚，到光绪四年，才二十四岁，已经娶了姨太太。”

“这件事我知道，他的那个早就遣走了。”左宗棠问，“还有呢？”

“还有，曾劼刚那年奉派出使英、法两国，二小姐的姑爷陈松生跟聂仲芳都想跟去当随员，结果劼刚带了陈松生，没有带聂仲芳。劼刚路过上海的时候，我问他同为妹婿，何以厚此薄彼。劼刚说，我带了他去是个累。又说，你看了我的日记就知道了。”李勉林又说，“他们郎舅至亲，尚且如此，大人倒想，我怎么敢用他？”

“喔，”左宗棠问，“你看了劼刚的日记没有呢？”

“看了。”

“日记中怎么说？”

“我录得有副本，回头送来给大人看。”

“好！请你送来我看看。”

李勉林答应着，一回去马上将曾劼刚日记的副本，专程送到天后宫行辕。左宗棠灯下无事，细细看了一遍，其中有两条对聂规缉的批评不好，一条记于光绪四年二月十三日：“接家报，知聂仲芳乖张已甚，季妹横被凌折，忧闷之至。”

这是家务，清官难断。另外有一条记于当年九月十五日，说他不用聂仲芳的原因：“午饭后，写一函答妹婿聂仲芳，阻其出洋之请。同为妹婿，挈松生而阻仲芳，将来必招怨恨，然而万里远行，又非余之私事，势不能徇亲戚之情面，苟且迁就也。松生德器学识，朋友中实罕其匹，同行必于使事有益。仲芳年轻而纨绔习气太重，除应酬外，乃无一长，又性根无定，喜怒无常，何可携以自累，是以毅然辞之。”

左宗棠心想，这不是什么不可救药的毛病。如果当时聂规缉如曾纪泽所言，现在看来却无此毛病，正好说明此人三四年以来，力矫前失，肯求上进。李勉林在制造局有许多毛病，怕落在聂规缉眼中，故而拿曾劼刚作挡箭牌，不必理他。

主意虽定，但因第二天他便须启程江宁，无法与李勉林面谈，因而亲自执笔写了一封信说：“曾文正尝自笑坦运不佳，于诸婿中少所许可，即纪鸿亦不甚得其欢心，其所许可者，只劼刚一人，而又颇忧其聪明太露，此必有所见而云然。然吾辈待其后昆，不敢以此稍形轩轾。上年弟在京寓，目睹纪鸿苦窘情状，不觉慨然，为谋药饵之资，殡殓衣棺及还丧乡里之费，亦未尝有所歧视也。劼刚在伦敦致书言谢，却极拳拳，是于骨肉间不敢妄生爱憎厚薄之念，亦概可想。兹于仲芳，何独不然。日记云云，是劼刚一时失检，未可据为定评。”

写到这里，左宗棠自觉有些强词夺理，以他的地位，这便是仗势欺人。所以他凝神细想了一会儿，想出一番说得过去的道理。

“传曰‘思其人犹爱其树，君子用情，惟其厚焉’。以此言之，阁下之处仲芳不难，局员非官僚之比，局务非政事之比，仲芳能则进之，不能则撤之，其幸而无过也容之，不幸而有过则攻之讦之，俾有感奋激励之心，以生其鼓欣鼓舞、激励震惧之念，庶仲芳有所成就，不致弃为废材，而阁下有以处仲芳，即有以对曾文正矣。”

左宗棠自觉这段话说得光明正大，情理周至，但意思还不足，因而又添了一段：“弟与文正论交最早，彼此推诚相与，天下所共知；晚岁凶终隙末，亦天下所共见。然文正逝后，待文正之子若弟，及其亲友，无异文正之生存也。阁下以为然耶否耶？”

送走了左宗棠，李勉林刚回制造局，便收到了左宗棠的信及送还的曾纪泽的日记。信上一篇大道理，不但坚持原意，而且隐隐责备他不肯照顾聂规缉，反而离间人家郎舅至亲的感情，对不起曾国藩生前栽培之德。李勉林自然很不高兴。

没有法子！李勉林心里在想：不怕官，只怕管！左宗棠要派聂规缉来当会办，是他的职权，写信解释，还是客气的做法。李勉林接下来又想，左宗棠赏识聂规缉，是因为他肯说实话，而且肯留心“西学”——不用说，制造局造船造枪械，他不会是外行；不是外行又肯说实话，制造局的许多见不得人的内幕，就瞒不住了。左宗棠派此人来当会办，说不定就是专门来捉他的毛病的。

李勉林这样转着念头，不免心事重重，但还是得强打精神来应付。他当即将亲信的文案、庶务都找了来，宣布聂规缉即将来当会办，关照文案备禀请派任的公事，措词要客气、要夸奖。然后他又交代庶务两件事：第一，替会办找个宽敞的公馆，陈设布置，务求华美；第二，派专人携带三个月的薪水，到江宁去接“聂会办”夫妇来上任。

这个庶务叫王伯炎，是李勉林的心腹，名为庶务，并不只管制造局的冗杂小事。他不但可以干预工程及购料，甚至还是李勉林的智囊，随时可以提出建议。当然，他也是李勉林的耳目，外界对制造局的批评，他一直很注意的。

将李勉林交代的事，办妥了来复命时，王伯炎提到福克。“跟福克的那张合约，”他问，“总办是打算自己跟他谈呢，还是等聂会办来谈？”

“你看呢？”

“这要看总办的意思。”王伯炎说，“各有各的好处。等聂会办来谈，好处是左大人的面子十足，聂会办也很高兴，而且，聂会办如果弄了好处，就有个把柄在总办手里，以后不怕他不就范。”

“嗯，嗯！”李勉林问，“坏处呢？”

“坏处就是他不要好处。公事上是开了个例，以后这种合约都归他来谈，总办的大权旁落了。”

李勉林想了一下答说：“他刚刚来，决不敢弄好处，不会有把柄在我们手里，反而开了个恶例。”

“说得是。总办的做法也很高明，尽量跟他客气，敷衍得他舒舒服服，就是不给他实权，叫他少管公事。”

“对！怎么把他敷衍得舒舒服服，就交给你办了，大不了多花几两银子，不要紧。”

“是！”王伯炎答说，“福克昨天来问道，什么时候谈合约，我说这两天左大人在这里，总办没有工夫，等左大人走了再说。现在，我就通知他了，叫他马上来谈。”

“好！你跟他谈。”

福克是早就预备好了的：品类、价格、交易期限，合约底稿。价格是照数量多寡决定的，买得越多越便宜，但佣金却照比例实足计算。

军火的佣金，高低不等，但最少也得一个二八扣，不过福克开的佣金，只得一个折扣。王伯炎便向翻译笑道：“福克先生在中国多年，怎么说外行话？”

“是，是佣金的折扣不对？”

“不是佣金的折扣不对。”王伯炎又换了一个说法，“是拿我们当外行看。”

翻译跟福克叽里咕噜谈了一阵，转脸向王伯炎说道：“福克的意思是，这笔生意因为是面奉左大人交代，价钱格外克己，所以他是照成本开的，等于白当差，要请王老爷原谅。”

“言重，言重！”王伯炎说，“我们要请他原谅。这个数目，我怎么向上头交代？莫非他跟胡大先生做交易，也是这个折扣？”

“是的，”福克居然透过翻译，这样回答，不过他也有解释，“以前如果跟胡先生自己谈，什么话都好说，倘或是跟左大人自己谈，胡先生是连一个回扣都不要的。”

“唏唷！”王伯炎大惊小怪地，“照这样说，他还算特为照应我们的？”

“话也不是这么说。”翻译答说，“据我们所知，回扣有多有少，看情形而定，好在以后还有生意，总有补报的时候。”

“我是头一回，总要让我有个面子。你跟他说，我下一回补报他。”

翻译跟福克又是谈了好半天，最后无可奈何地回复王伯炎。“王老爷，”他说，“福克的意思，回扣多少都行，不过价钱要提高。”

“提高到多少呢？”

“这要看王老爷，要多少就是多少。”

“喔，他的意思是‘戴帽子’？”

“是的。”

“那么戴了帽子他承认不承认呢？”

“当然承认。不过——”那翻译吞吞吐吐地没有再说下去。

王伯炎当然要追问。“不过什么？”他说，“大家头一回做交易，要以诚相待。”

“那么，我说老实话，价目表早就开出去了。”

“开给哪个？”

“胡大先生。”翻译赶紧又补了一句，“不是这两天的事。”

王伯炎一听这话，大为光火，脸色青一阵红一阵地，最后吐出一句话来：“原来是个圈套！”

当下弄得不欢而散，王伯炎愤愤不平，再一打听，还有气人的事。原来福克决意跟胡雪岩保持良好的关系，所以在这笔军火的佣金中，为他保留了一个折扣。虽然胡雪岩表示，不愿不劳而获，但福克还是照原来的计划进行。买军火两成回扣，是最起码的行情，还要平白为人分去一半，王伯炎觉得这件事对总办实在很难交代。

李勉林本来就有上当的感觉。在他的判断，胡雪岩将福克带到左宗棠那里，是以西征转运局委员的身份，干预江南的军火采办事宜，若京中的“都老爵”参上一本，连左宗棠的面子都不好看，因而叫福克来请他引见，但事实上他们暗底下都谈好了，只是利用他来摆个渡而已。因此，听到王伯炎的报告以后，李勉林认为事态很严重，特意去找上海道邵友濂商量。

“李合肥这趟丁忧，实在不凑巧。北洋是张振轩大有取而代之的意思，这里左湘阴招招进逼，里面一个聂仲芳卧底，外面一个胡雪岩花样百出。制造局是北洋的基础，看来要保不住了。”李勉林忧心忡忡地说，“小村兄，你一向足智多谋，总要看在大家都是曾文正一脉相传这一点的情分上，帮帮我的忙才好。”

“言重，言重。”号“小村”的邵友濂说，“彼此休戚相关，我决无坐视之理。胡雪岩在左湘阴面前的分量也大不如前了。你先咬咬牙撑住，等我找个机会，好好来打他一闷棍，叫他爬不起来。”

“百足之虫，死而不僵……”

“即使不僵也不能有什么作为了。”邵友濂打断他的话说，“勉林兄，目前最要紧的一件事，你要把聂仲芳敷衍好。”

“我明白。”

“至于福克的合约，你最好还是让胡雪岩跟他去订。”

“喔，这，这有什么讲究吗？”

“自然有讲究。这笔经费，将来少不得要在江海关的收入之中开支，如果我这里调度不开，不是害你受人家的逼？”

李勉林沉吟了一会儿，恍然大悟。江海关的税收归邵友濂管，将来该付福克的款子，他可以借故拖延，如果是胡雪岩跟福克签的约，福克自然只能找胡雪岩去办交涉，所以邵友濂的刁难福克，实际上便是与胡雪岩为难。

“好，好！”等想通了，李勉林满口应承，“我回去就办。”

李勉林的办法是，命王伯炎备公事禀报左宗棠，说福克索价过高，合约谈不拢；福克以前承办西征军火，只有胡雪岩能使他就范，所以为了大局着想，请左宗棠径饬胡雪岩与福克签订合约；同时，福克原拟致送回扣一成，江南制造局决不敢领这笔回扣，请在价款中扣除，庶符涓滴归公之议。

这一份“禀帖”说得冠冕堂皇，到得两江总督衙门，左宗棠认为言之有理，便将原禀录了一个副本，一并寄交胡雪岩办理。这样由上海而江宁，由江宁而杭州，再由杭州而上海一个大圈子兜下来，函电往来，两个月很快就过去了。然而事情尚无结果，局势却有了重大变化。

* * *

原来东邻朝鲜发生内乱，国王李熙暗弱，王妃闵氏当权。李熙的本生父叫李昰应，称号是“大院君”，他与王妃争权，已非一日。这一次的内乱是大院君的党羽进攻王宫，伤及王妃，并杀大臣闵谦镐等人。日本见有机可乘，出兵朝鲜，驻日公使黎庶昌急电署直隶总督张树声，建议北洋立派兵舰，与日军抗衡。

张树声本就想有声有色地大干一番，接到黎庶昌告警的电报，决定一面出兵观变，一面奏报朝廷。

朝廷对张树声能够迅速应变，颇为嘉许，但因法国其时正在图谋越南，朝鲜又有警报，怕张树声无法应付，所以决定命在籍守制的李鸿章，夺情复起，即日回津。

因而便有人劝张树声说："朝中既已命令他主持此事，出兵似以等合肥回任后再办为宜。"张树声不听，说兵贵神速，时机一误，让日本军着了先鞭，中国要落下风；他既负北洋重任，不能因循自误。

于是当第二道催李鸿章动身的电报刚到合肥，李鸿章已复奏即行就道，由上海转天津时，张树声所派的军队，已经在"跨海征东"途中了。

张树声所派水陆两员大将，一个是北洋水师记名提督丁汝昌，一个是广东水师提督吴长庆。吴长庆虽名在水师，但实在是陆军。他是淮军宿将，驻扎山东登州，随带淮军六营，由登州坐招商局的轮船出海。幕府中人才济济，总理前敌营务处的，是一个年方二十四岁的江淮世家子弟，就是翰林出身、官至户部侍郎、曾为左宗棠办过粮台的袁保恒的侄子：袁世凯。

袁世凯从小不喜读书，他虽是世家子弟，但行为无赖，不齿于乡党。他在家乡存不住身，便异想天开，召集了无业少年十余人，由河南项城到山东烟台。他将同伴留在旅舍中，只身去见吴长庆。

吴长庆当时以广东水师提督办理山东军务，他跟袁世凯的嗣父袁保庆是八拜之交。对故人之子，他当然要照应，首先动问来意。

袁世凯答说："身为将门之子，投笔从戎。"又说他带来的十几个少年，都是难得的将才，"请老伯全数录用。"

吴长庆大为诧异，不好骂他荒唐，斥之为冒昧。当下他派了一名军官携带银票，到旅舍里，将袁世凯的同伴好言资遣。当然，袁世凯是被留下来了。

"你进了学没有？"

"没有。"

袁世凯连秀才都不是，不过捐了个监生，照例可应北闱——顺天乡试，吴长庆便叫他在营读书，拜张謇为师。此人号季直，是南通的名士，他在吴长庆幕府中参赞军务，同时也是吴长庆次子吴保初的业师。

既然要应考，张謇当然教他做八股文。袁世凯兴趣缺缺，但陪着张謇谈谈时事，以及用人驭士的手段，却头头是道，很得张謇的赏识。吴长庆幕府中，还有个朱铭盘，也是南通人，与张謇及另一个诗做得极好的范肯堂，号称为“通州三生”。这朱铭盘对袁世凯亦颇有好感，因此，当张謇保荐袁世凯时，朱铭盘在一旁帮腔。这之后，吴长庆便委袁为营务处帮办，而且派了两名勤务兵给他。这是前年，即光绪六年四月间的事。

及至朝鲜发生内乱，张树声派丁汝昌特召吴长庆议事。吴长庆带同张謇，在天津密商三日，定策平乱。这年壬午，“子午卯酉，大比之年”，袁世凯奉命入京乡试，恰好也在天津。他听说要出兵朝鲜，便去见张謇，想弃文就武，不赴乡试而赴朝鲜。张謇答应了，为他向吴长庆要求，如愿以偿。

到了烟台以后，吴长庆回登州去调兵遣将，在烟台派船征粮、预备辎重则由张謇负责。事多且杂，张謇顺理成章地找了袁世凯做帮手。袁世凯由吴长庆下札子委为“前敌营务处”，居然独当一面。

七月十二日黄昏，吴长庆带领大队人马，由烟台抵达朝鲜仁川，可是日本海陆军已经早一小时到达。只是天色已晚，中日两军都住在船上，预备天亮登陆。

哪知就在夜色苍茫中，闵妃所遣的密使到了。原来朝鲜国王李熙，也像光绪皇帝一样，是旁支入继。李熙的生父“大院君”李昰应，便等于醇亲王，和光绪情况不同的是，“大院君”摄政。李熙成年以后，“大院君”归政，而李熙懦弱，大权落入王妃闵氏手中，“大院君”自然看不过去，便与闵妃争权。那闵妃像慈禧太后一样，非常能干，心想朝鲜是中国的藩属，只要倾心结交中国官吏，自然就占上风。此时日本的野心日炽，看朝鲜两派对立，各不相下，便蓄心要找机会，作为入侵的借口。

机会终于来了。朝鲜内政不修，人民困苦，士兵的饷欠了好几个月，一再“闹饷”，发又发得不足数，于是便常有造反作乱之事。日本人便买通乱党，故意让他们抢劫日本领事馆，日本便以保护领事馆为名，酝酿出兵朝鲜。

闵妃得到消息，向中国官吏告密，驻日公使亦有急电到北洋。中日双方军队都想抢个先着，但同时到达，不分先后。不过闵妃的密使一来，情势就不同了。

这个密使谒见吴长庆、丁汝昌，说日本与李昰应已有勾结。哪一个的军队先到朝鲜京城汉城，哪一国便控制了整个局势。这就像楚汉相争，先入咸阳为胜是一样的道理。

“为今之计，我们劝天朝大军，乘黑夜登陆，由间道入汉城，一昼夜可以抵达。这条间道捷径是日本人所不知道的。”

“主意是很好，可是这一昼夜的供应呢？士兵不能不吃饭啊！”

“请放心。”闵妃的密使说，“沿途都准备好了。”

吴长庆大喜，立即召集张謇及马建忠密议，决定接受闵妃的计划，先派五百人连夜登陆，另派一千人在黎明下船，其余守在船上待命。

密议既定，吴长庆在招商局轮船的大餐间点兵发令。

这本来应该是士气昂扬，踊跃争先的一个场面，不过吴长庆下达了命令，肃静无声，约有五分钟之久，这一下气氛便显得很僵硬了。

终于有个姓刘的帮带，凑到吴长庆面前低声说道：“本营都是陆军，从来没有出过海，现在轮船刚停下来，弟兄晕船的很多，能不能请大帅体谅，让大家休息一夜，到天亮再上岸？”

此言一出，吴长庆即时变色，偏偏另外还有同样的请求，吴长庆勃然大怒，拍桌骂道：“这是什么时候，什么地方，你敢不遵我的命令，莫非不知道军法？”说着，要拔令箭斩那个刘帮带。

张謇在旁，不等他再开口，抢着说道：“大帅，刘帮带不宜再带兵了，另外派人吧！”

“派谁呢？”

“我看袁世凯可以接替。”

“好！”吴长庆向左右说道：“把姓刘的先看管起来，等我办完了大事再来处置。”

这时袁世凯已得到通知，进来行了礼。张謇说道：“大帅有差使派给你，你仔细听着。”

吴长庆接口下令："刘帮带不遵命令，我已把他革职看管，现在派你为帮带，接管他的队伍，即刻预备，半点钟以后，先领一营人，坐朝鲜派来的船登陆，由朝鲜向导带领，连夜行军。袁世凯，这个差使，你担当得下来，担当不下来?"

"能担当。"

"好！你部下如有人不遵命，违反军法，准你先斩后报。"说着，吴长庆将手中的令箭，往前一递。

袁世凯接令在手，高声答道："遵大帅将令。"

半点钟不到，袁世凯已扎束停当，草鞋短裤，干净利落，进来向吴长庆禀报："已经跟朝鲜的译官商量决定，登陆后连夜行军，天明到果山早饭，在那里恭候大帅驾临。"

辞行既毕，立即下船。到得天亮，吴长庆亲统两营，接续前进，中午抵达果山，袁世凯下马迎谒，说已派先锋五百人，由营官率领先走，他特为在此候驾。

"路上怎么样?"

"一路平安，朝鲜的供应很完备，一切请大帅放心。"

"好！"吴长庆又问，"还有什么事要报告的？"

"士兵的纪律不大好，抢民间的东西，还有对妇女无礼。王师戡乱，这样子会让人家看不起，世凯已遵大帅将令，就地正法了七个人。"

一听这话，吴长庆放心了。原以为他不会带兵，现在看来，倒真不愧将门之后，当下慰勉了一番，关照袁世凯继续前进。

当天深夜，先锋五百人到了汉城，在南门扎营。第二天上午十点多钟，吴长庆亲统的一千人，亦复疾驰而至，在距汉城七里的屯子山扎下大营。其时"大院君"李昰应已经得到消息，派了他的儿子大将军李载冕来见吴长庆，表示慰劳。吴长庆亦很客气地敷衍了一番，等李载冕一走，立刻进城去拜访李昰应，作礼貌上的周旋。

出城回大营以后，吴长庆立即召集高级将领及幕僚密商。马建忠建议，擒贼擒王，等李昰应来回拜时，设法扣留，送往天津，以寒乱党之胆。倘或乱党不受安抚，再行进剿。

吴长庆认为此计大妙，其余的人众都同意，于是秘密部署，设下了陷阱只等李昰应来自投。

李昰应来回拜时，是在下午四点钟，他带的卫队有数十名之多。接入帐内，由张謇与马建忠二人与李昰应笔谈。这样交换意见，即令是泛泛的寒暄，一来一往，亦很费事。等营外李昰应的卫队，被隔离开来，看看时候差不多了，吴长庆便即说道："本人奉朝廷之命传旨，着贵藩亲自到北京，面陈乱党的一切。"

说完，也不管李昰应听得懂听不懂，马建忠扶起李昰应便出营。营外有一顶轿子，马建忠将他塞入轿内，抬起便走，健卒百余人前后夹护，连夜冒雨急驰一百二十里。直到第二天一早到南阳港口，登上威远兵轮，李昰应才知道是怎么回事。

下一个目标是李昰应的长子，亦即韩王李熙的胞兄李载冕。据说，乱党是由他指挥的。吴长庆派袁世凯领兵入城，逮捕了李载冕，而乱党却已逃散了。

当天晚上，吴长庆接到李熙的密报，乱党屯驻在两个地方，一个叫利泰院，一个叫枉寻里。枉寻里就在吴长庆大营附近，便由他亲自出马。利泰院的任务派了袁世凯，他乘黑夜奇袭，抓了一百多人，其余的乌合之众，纷纷走避。枉寻里的情形亦差不多。等日军三千人，沿大路开到汉城，局势已经平定了。

这一来，日军便没有再进城的理由。为了避免与清军冲突，日军驻扎在城外。日本驻韩公使花房义质亦回汉城，向朝鲜提出赔偿的交涉。这不是吴长庆的事，他将大营移驻东门外关帝庙以后，随即行文北洋，奏请论功行赏。

第十一章　移花接木

这本来是件好事，可袁世凯却怀着鬼胎。但他亦无法，只好等纰漏出来以后再来想办法。终于有一天，为吴长庆办文案的幕僚，而且也教袁世凯读过书的周家禄，将袁世凯找了去有话问。

“慰亭，”他问，“你是中书科中书？”

“怎么样？”袁世凯不置可否，先打听出了什么事。

“你看！”

是北洋来的公事，说庆军保奖一案，中书科中书袁世凯，保升同知，业已奉旨允准。惟本部遍查档册，中书科中书并无袁世凯其人，请饬该员申复云云。

袁世凯一则以喜，一则以忧。他喜的是平地起楼台，搞了个五品同知，这个职务是武职，故别称“司马”，但官却是文官，前程无量，比二三品的副将、参将还值钱；忧的是资历上的中书科中书原是假冒的，这个底缺如果不存在，升同知的美梦也就落空了。

他心里七上八下，表面却很沉着。“周先生，”他笑嘻嘻地说，“你倒猜上一猜。”

“用不着猜，你当初拿来的那张捐官的‘部照’，姓不错，是袁，名字不是，当然是借来的。”

“是，是，周先生明见万里。这件事，”他打了个千说，“请周先生成全。”

“成全不用说，据实呈复，连庆公都要担个失察的处分。”周家禄紧接着说，“现在有两个办法，一个容易，一个麻烦，要你自己挑。”

“那请周先生指教，是怎么样的两个办法。”

“先说容易的，你改用部照上的名字。”周家禄说，“这个办法，不但容易，而且方便。你方便，我也方便，只要一角公文，袁世凯为袁某某的改名，恢复原名即可。”

袁世凯不愿用这个容易方便的法子，因为他在朝鲜已是知名人物。尤其有关系的是，朝中自慈禧太后、恭王到总理衙门章京，都知道有个在朝鲜立了功的袁世凯，一改名字，区区同知，有谁知道？

不过他拒绝的理由，却不是这么说。“周先生，实不相瞒，”他说，“原来的部照，是我一个堂侄子的，此人业已去世，恢复原名，有许多意外的纠葛。请说难的那个办法吧！”

“难的那个办法，就是你自己托人到吏部去活动。吏部那些书办，花样之多，意想不到，他们一定有办法。不过‘火到猪头烂，钱到公事办’，你这件事，只怕非千金莫办。”

“是、是。我照周先生的意思去办。”

“好！我暂且把公事压下来，等你到吏部活动，看结果如何，再作道理。”

“是。多谢，多谢。”

“慰亭！”周家禄笑道，“我有一首打油诗送你。”

说完，他拈起笔来，就桌上拿起公文的稿纸，一挥而就。袁世凯接过来念道：“本是中州歪秀才，中书借得不须猜。一时大展经纶手，杀得人头七个来。”

等他念完，周家禄哈哈大笑，袁世凯也只好陪着干笑几声，以示洒脱。

回到自己营帐，袁世凯自然而然想起了一个人。此人名叫徐世昌，是个举人，办事很扎实，托他去活动，万无一失。只是照周家禄说，花费须一千两银子，款从何出，却费思量。

想来想去，只好去找张謇。他兼管着支应所、粮饷出入，大权在握，只要他点头，一千两银子就有着落了。

见面招呼，袁世凯一声“张先生！”，张謇便是一愣。原来袁世凯称周家禄是“周先生”，叫张謇一向只“老师”二字。如今不但改了“先生”，而且还加了姓，此又何故？

张謇一时不便责问，只冷冷地答一声：“有何见教？”

袁世凯也发觉自己错了，但亦不愿再改口，只婉转地说明了自己的困难，请张謇“成全”。

“成全不敢当，不过既然是朋友，理当相助。支应所的款子是公款，我不便私下借给你，如今只有一个办法：你的公费每月二百两，你写五张‘印结’来，我把你的五个月公费先发给你。”

“好！请问印结如何写法？”

本来“印结”之结，当作承认事情已经结束来解释，即便辞句上不大好听，也没有人去理会，只是袁世凯心里有病，将张謇所开的印结式样拿回去一看，上面写的大意是：领到某月份公费银二百两，当面点清，成色分两，均未短缺，嗣后倘有短缺，决不致提出任何补偿的要求。

这倒像防他会要赖似的！袁世凯心里已经不大舒服，再翻一翻一部他当作做官秘诀来用的《六部成语》，其中“吏部”有一条常用的词语，叫作“甘结”，注解为“凡官府断案既定，或将财物令事主领回者，均命本人作一‘情甘遵命’之据，上画花押，谓之甘结”，顿时大为光火。原来所谓印结是这么一种做低服小的表示，不过画花押改为钤印而已，他觉得支应所欺人太甚了。

他再一想到，这回的保案中，张謇不过是以县丞保用为七品的知县，自已是同知，所谓的“五品黄堂”，凭什么要向支应所具印结？

当时他大发了一顿牢骚，但不具印结，领不到银子，只好忍气吞声照办。可是张謇虽然听说他背后大骂“何物支应所”，觉得小人得志的那副脸嘴令人齿冷，但还是很帮他的忙。

“慰亭，”他问，“你这银子是要在京里用？”

“是的。”

“那么你要寄给谁呢？”

“我的一个总角之交。”袁世凯答说，“姓徐，大概已经是新科举人了。”

张謇懂他的意思。他这姓徐的朋友应北闱乡试，如今已经发榜，可能榜上有名，不过他远在异国，未得京师消息，所以用了“大概”二字。

“好！”张謇说道，“我当然不能发你现银，用银票呢，又怕寄递中途失落了，也很麻烦。我有一个办法，不知道你愿意不愿意。”

“喔，请张先生说。”

又是“张先生”！听惯了他口口声声叫“老师”，现在第二回听见这个称呼，实在有些刺耳。不过张謇还是很耐心地说：“本军的饷银，都是由天津‘北洋公所’发的，我现在给你一张领据，你寄给你的朋友，由他直接到北洋公所去领，岂不方便。”

“好，好！张先生费心了。”

“你贵友的大名是哪两个字？”张謇又说，“领据上指明由某人去领，比较保险。”

袁世凯觉得这话也不错，点点头说：“叫徐世昌。五世其昌的世昌。”

“哪里人？”

“这也要写在领据上？”

“不是这意思，我要写明他的身份。赴北闱当然不是监生就是生员，生员就要写明那一县的生员，所以我问他是哪里人。”

“他是生员。”袁世凯说，“他原来是浙江宁波人，乾隆年间迁居天津，他高祖是河南南阳知县，殁在任上，葬在河南汲县，他家以后就一直寄居在那里，所以他又算浙江人，也算直隶人，或者河南人。”

“这样说，他还是天津的生员，如果是汲县进的学，就得在河南乡试。”

张謇开了领据，指明由“原天津生员徐世昌”具领。等这张领据寄到徐世昌手里时，他已经是新科举人了。

徐世昌是与他的胞弟徐世光，一起下科场的。三场考毕，在等候发榜的那一个月之中，徐世昌功名心热，得失之念梗在胸中，有些食不甘味、寝不安枕。因此，常常往来的一个好朋友，便劝他去求一支签。

他这个朋友叫柯绍忞，字凤笙，山东胶州人。柯绍忞告诉徐世昌说：“琉璃厂的吕祖祠，那里的签，最灵验不过，有求必应，有应必中。你何妨去求一求看。”

徐世昌欣然乐从。等到了琉璃厂吕祖祠，看它的香火比西面的火神庙还盛，信心便又添了几分。当下他虔诚祷祝，抽了一支签出来，上面写的一首诗是：“八九玄功已有基，频添火候莫差池。待看十二重楼透，便是丹成鹤到时。”

“这好像功夫还不到。”徐世昌说，“今科恐怕无望。”

“不然。”柯绍忞说，“照我看，这是指春闱而言。第二句‘频添火候莫差池’，是说你秋闱得意以后，要加紧用功，多写写‘大卷子’，明年会试中式、殿试得鼎甲，那岂非‘十二重楼透’出？”

徐世昌听这一解，大为高兴。再看诗后的“断曰”为“光前裕后，昌大其门庭”，益发满心欢悦了。

到得登榜那天，徐世昌由半夜等到天亮，由天亮等到日中。捷报来了，不过他却格外难堪。原来他的胞弟徐世光中了第九十五名举人。

当下开发了喜封，在会馆中乱过一阵，等静下来不由得凄然下泪。

“大哥，我看你的闱墨比我强。”徐世光安慰他说，“一定是五经魁，报来还早呢！”

原来乡试发榜，弥封卷子拆一名，写一名，从前一天半夜，一直要写到第二天晚上。向例写榜从第六名开始，前五名称为“五经魁”，留到最后揭晓。等到那时已是第二天晚上，到拆五经魁的卷子时，闱中仆役杂工，人手一支红蜡烛，光耀如白昼，称为“闹榜”。其时黄昏未到，所以徐世光说是“报来还早呢。”

“报！”外面又热闹了，徐世昌侧耳静听，报的是：“贵府徐大少爷世昌，高中壬午科顺天乡试第一百四十五名举人。”

这是真的吗？当然是真的，泥金报条上所写的，还怕会眼花看错？报子“连三元”来讨赏，赏了二十两还不肯，说是：“大少爷、二少爷，双喜临门，起码得赏个一百两银子。”这总不是假的吧！

争多论少，终于以四十两银子打发了“连三元”。不过这是“头报”，接下来还有“二报”“三报”，少不得还要破费几两银子。这一夜会馆中很热闹，徐氏兄弟棠棣联辉，他们所住的那个院子，更是贺客接踵不断，直到午夜过后，才得清静下来。虽然人已经非常困倦了，但徐世昌的精神亢奋，一点睡意都没有。

“二弟，好灵啊！”徐世昌突然跳起来，大声嚷着，倒把徐世光吓一大跳。

“大哥，什么东西好灵？”

“嗐，二弟，你不能用‘东西’这种字眼，我是说吕祖的签好灵。你看，”徐世昌指着签词，“‘光前裕后’，不明明道破，你的名次在前吗？”

“呃！”徐世光也觉得有点道理，“真的，吕祖已经明示，我要沾大哥的光。”

“不过，二弟，你也别太得意。你将来的成就不及我。”

他以兄长的身份，用这样的口吻说话，徐世光自然只有保持沉默。

“怎么，”徐世昌说，“你不相信？”

“不是我不相信。我将来的成就不及大哥，也是可想而知的，不过刚刚是在谈吕祖的签，大哥一定在签上有所领悟，而没有说出一个究竟来，我就不便置喙了。”

“当然！当然是签上透露的玄机，你看，‘昌大其门庭’，不就是我徐世昌才能荣宗耀祖吗？”

徐世光无话可答，只有连声应说是。

“只有大哥才能昌大咱们徐家的门庭。”

“二弟，”徐世昌神情肃穆地说，“明天到吕祖祠去磕个头，一则谢谢他老人家的指点，再则今后的行止，也要请他老人家指点。”

徐世光听兄长的话，第二天又一起到吕祖祠告求签。这回是各求一支，叩问行止。徐世光求得的签，意思是不如回家读书，明年春天会试再来。而徐世昌的那一支是：“出门何所图，胜如家里坐。虽无上天梯，一步高一步。”

“二弟，你回去，我不能回去。”徐世昌说，“签上说得很明白，出门胜似在家。我在京用功为妙。”

徐世光自是听他作主，一个人先回家乡，徐世昌却寻得一个馆地住下。那是兵部尚书张之万家，他们是世交，张之万将徐世昌请了去陪他的儿子张瑞荫一起读书，附带办办笔墨，住在张家后院。

后院很宽敞，徐世昌布置了卧室、书房以外，还有余屋，便打算着设一个神龛，供奉吕祖。在他主意将定未定之际，夜得一梦，梦见吕祖，告诉他说：“你果真有心供奉我的香火，事须秘密。我云游稍倦，需要小憩时，自会降临，把你这里作为一个避嚣的静室，不宜有人打搅。”

平时做梦，刚醒来时还记得，稍停一停，便忘得精光，只有这个梦，在他第二天起身漱洗时，还清清楚楚地记得。徐世昌认为吕祖托梦，非同小可，不过一定得遵照神灵指示办事，所以一切亲自动手，找一间最隐密的房间，悄悄置了一座神龛。白天门户紧闭，晚上直到院门关紧闩住，方开密室，在神前烧香膜拜，同时置了一副“吕祖神签”，以便疑难不决时，得以请吕祖指点。

这天他接到袁世凯的来信，少不得也要求支签，问一问这件事能不能办。签上指示，不但可办，而且要速办，迟则不及。当下他便向张瑞荫打听，吏部有没有熟人。

“什么事？”

“是一个朋友袁慰亭，有点麻烦——”徐世昌细说了缘由。

“这事吏部文选司该管。”张瑞荫说，“这种事找司官，不如找书办。”

“正是，袁慰亭信中关照，也是要找书办，我问有没有熟人，就是说吏部书办之中有没有够交情的？”

“我们这种人家，怎么会跟胥吏有交情？”张瑞荫说，“等我来问问门上老牛。”

徐世昌知道失言了，脸一红说：“是，是，我说错了。就拜托你找老牛问一问吧。”

将老牛找了来一问，他说：“我们熟识一个姓何的，在吏部文选司很吃得开。不过不知道在不在京。”

“怎么？吏部的书办不在京里会在什么地方呢？”

“老何原籍山西蒲州，前一阵子我听说他要请假回老家去上坟，不知道走了没有。”

“你赶快去一趟。”张瑞荫说，“看看何书办在不在？在呢，就跟他说，有这么一件事——”

这件事的始末，由徐世昌告诉了老牛，请老牛去谈。这是有回扣的事，老牛很巴结他，当时便去找何书办接头。

老牛到晚来回话。“好险！”老牛说道，“只差一步，行李都上车了，明儿一大早就走。”

“喔，你跟他谈了？”

“他们怎么会没办法？”老牛笑道，“就怕‘盘子’谈不拢。”

“他开的‘盘口’是多少？”张瑞荫问。

“何书办说，这件事一进一出，关系极大，如果袁老爷的中书还不出娘家，不但升同知不必谈，还要追究他何以资历不符，那就不是吏部的事了。”

“不是吏部的事，”徐世昌问，“是哪一部的事呢？”

“刑部。”

“好家伙！”徐世昌大吃一惊，“还要治罪啊！”

“人家是这么说，咱们也不能全听他的。不过，袁老爷正好有这个短处非求他不可，那就只好听他狮子大开口了。”

“要多少？”

“两千。”

正好差了一半，徐世昌面有难色，将袁世凯的信，递给了张瑞荫看。

看完信，张瑞荫问道：“老牛，他跟你说了没有，是怎么个办法？”

“大少爷，你倒想，他肯跟我说吗？我倒是盯着问了好半天，他只跟我说了一句：‘事不难办，不过就告诉了你，你也办不到。’”

“好吧，跟他讲盘子吧，最多给他一个八数。”张瑞荫又说，“徐老爷的朋友，不是外人。”

这时是暗示老牛别从中乱戴帽子。“是！既然大少爷交代，我尽力去办就是。”老牛又说，“我得连夜跟何书办去谈，不然，人家天一亮就走人了。”

连夜折冲，以一千二百两银子成交，先交一半，等办妥了再交一半。徐世昌第二天到天津，去北洋公所将一千两银子领了出来，存在阜康钱庄，先打了一张六百两的票子，交给张瑞荫。

张瑞荫办事也很周到，将老牛唤了来说道：“你最好把何书办约出来，大家当面锣对面鼓说明白。怕的万一出了什么差错，徐老爷对袁老爷也有个交代。”

“是。”

老牛便去约好何书办，在一家饭馆见面。部中胥吏的身份甚低，尽管衣着比纨绔子弟还讲究，但见了张瑞荫称“大少爷”，对徐世昌叫“徐老爷”，站着说话，执礼甚恭。

等把银票递了过去，何书办接到手中，摆在桌上，然后请个安说：“跟大少爷、徐老爷回，事情呢，一举手之劳，不过要经过十三道关口，一关过不去就不成。银票我暂时收着，也不会去兑，等事情办妥了再说。”

“是的，你多费心。”

张瑞荫问：“徐老爷应该怎么回复袁老爷？”

“请徐老爷告诉袁老爷，说当初捐中书的名字不假，只为将门之后，投效戎行，所以改名‘世凯’。只要北洋这么咨复吏部，一准改名，袁老爷的同知就升定了。”

这个诀窍说穿了不稀奇，但如果不是在吏部打通了关节，一改名字就可能会把整个前程断送掉，因为要刁难的话，随便找个理由就可以折磨个一年半载，及至一关通过，又有另一关，非把钱花够了数，不能领一张俗称为“部照”的任官“文凭”，而在更名未确定以前，不能分发，不能赴任，只有闲等，先就是一大损失。所以考试发榜，吏部铨选，如果姓名弄错，往往情甘委屈，将错就错，像袁世凯这样顺利的假“更名”，实在很少。

* * *

即令如此，公文往返，也得半年工夫，其时局势又已有变化，李鸿章的回任已经定局了。从张树声父子无意间得罪了张佩纶以后，李鸿章发觉张树声对北洋有“久假不归”之势，便利用时机，极力拉拢张佩纶，走李鸿藻的路子，搞出来一个与张树声各回本任的结果。但李鸿章母丧尚不满一年，而朝鲜的内乱已经平定，不必再动用武力，就没有“墨经从军”而且“夺情”的理由，好在洋务上棘手之事甚多，以需要李鸿章与各国公使折冲的借口，将李鸿章留了下来，等待适当的时机再颁回任之谕。

李鸿章自合肥老家入京时，在上海住了好些日子，对左宗棠打算驱逐李鸿章势力出两江的情形，印象深刻。同时，李鸿章对洋务、军务的见解，与左宗棠大相径庭。像中国与法国在越南的纠纷，李鸿章认为“彼欲难餍，我饷难支”，应该和平了解，决不可用武；而左宗棠主张支持助越拒法的“黑旗军”刘永福，不但以军火接济云贵总督岑毓英转以援刘，而且正式致书总理衙门，认为“主战主和，不难一言而决”，目前的情势，“不但泰西诸邦多以法为不然，逆料其与中国不协，必致事无结束，悔不可追”；就是法国亦何尝不顾虑，真要与中国开战，危险甚大，不过势成骑虎，不能不虚张声势，如果中国动摇，适中其计。他说他“默察时局，惟主战于正义有合，而于时势攸宜，即中外人情亦无不顺。”

就因为他一直有这种论调，所以朝廷特派李鸿章前赴广东督办越南事宜。这是一个名义，实际上李鸿章并不必赴广东，在上海、在天津都可以跟法国公使宝海谈和。但如左宗棠不断鼓吹武力干预，到最后李鸿章恐终不免要到广东去指挥对法战事，那一来只怕非身败名裂不可。

当然，总署亦很持重，不会轻信左宗棠的“正义”说，只是李鸿章跟宝海的交涉，因此而愈感困难。

对法如此，对英亦常使李鸿章伤脑筋。英商的海洋电报线希望由吴淞接一条旱线到上海，左宗棠坚持不许；英商希望减轻茧捐，左宗棠亦表反对。而最使李鸿章为难的是，左宗棠倡议洋药土烟加厘一事。

“洋药土烟”皆指鸦片，“加厘”便是加“通行税”。左宗棠认为鸦片流毒无穷，主张寓禁于征，奉旨允准后，会同李鸿章与英国公使威妥玛交涉。

威妥玛提出洋药进口增加税，行销内地在各关卡所征厘捐不增加，左宗棠也同意了，但每箱的进口税，中国要一百五十两，英国只愿缴八十两。相差太巨，一直没有成议。

以后左宗棠外放，交涉由李鸿章接办，而威妥玛奉调回国，希望此一交涉能如英国的条件谈成功，增添他回国以后的面子。李鸿章有心帮忙，却以左宗棠的不肯妥协，以江督的地位表示反对，搞得事成僵局。

但在事业上最大的冲突是，李鸿章原主“海防”，而张佩纶有个专设“水师衙门”创办新式海军之议，大为李鸿章所欣赏。但左宗棠一到两江，巡阅过海口及长江以后，改变了他原来“陆防”的主张，特意将水师出身的彭玉麟请了来，商量造新式兵舰，而且已经开始在办了。左宗棠首创福建船政，对此道不能说他是外行，因此可以预见的是，将来创办新式海军，左宗棠决不容北洋单独掌权。“海防”“陆防”之争，只要打倒了他的理论，便无他虑。如今左宗棠亦主张海防，那就变成彼此竞争着办一件事，权不能独专、事不能由心，是李鸿章最不能容忍的一件事。

因此，无论看眼前，算将来，李鸿章认为左宗棠是非拔除不可的眼中钉。

这得从剪除左宗棠的羽翼着手。李鸿章手下的谋士，都有这样一种见解，且认为第一个目标，应该是胡雪岩。

于是上海道邵友濂，便与盛宣怀等人，秘密商定了一个打击胡雪岩的办法，在洋债还款这件事上，造成胡雪岩的困窘。

其时胡雪岩经手，尚未清结的借款，还有两笔。一笔是光绪四年八月所借的商款，华洋各计，总计六百五十万两，洋款不借商款，其中别有衷曲。原来光绪三年，由胡雪岩经手，向汇丰银行借款五百万两，借还均用实银，条件是月息一分二厘五，期限七年，连本带利分十四期拔还。

每期六个月，仍由浙、粤、江海、江汉四关出票，按期偿还。此外有个附带条件，即商定此项条件后，如果借方作罢，三个月内关票不到，则胡雪岩罚银十五万两；汇丰如果三个月内不交银，罚款相同。

这笔借款由于两江总督沈葆桢的介入，一波三折，拖延甚久。其时西征军事颇为顺手，刘锦棠率军自乌鲁木齐南进，并分兵与陕西提督张曜会师吐鲁番，一举克复，回乱首脑之一的白彦虎仓皇西遁，刘锦棠亦推进至吐鲁番盆地西端的托克逊，回众投降者两万余人。但回部首脑经和硕、焉耆，出铁门关在库尔勒地方，跟俄国军方搭上了线，而西征军却因粮饷困难，无法西进，左宗棠着急得不得了。好不容易在五月里谈成功了这笔洋债，至少望梅止渴，军心先是一振，同时在上海、湖北、陕西的三处粮台，借商款应急，亦比较容易措手了。

哪知在办手续时，起了波折，原来英商汇丰银行贷款，照例要由总理衙门出面，致英国公使一个照会，叙明借款条件等等，由英国公使再转行总税务司及驻上海领事，转知汇丰银行照办。

这一来，如果贷款放出去收不回，便可由英国向中国交涉。这通照会实际上是中国政府所出的保证书，所以由汇丰银行拟好稿子，交给胡雪岩，再经左宗棠咨请总理衙门办理。汇丰的稿子中，说明“息银不得过一分”，然则左宗棠的奏折中，何以说是月息一分二厘五？为此，其中处于关键地位的总税务司赫德，表示这笔借款不能成立。

这当然要查。左宗棠根据胡雪岩的答复回奏，说汇丰的息银，只有一分，诚然不错，但付款办法是以先令计算，折付银元，这种银元，一向在东南各省通用，称之为“烂番银”，西北向不通用，所以仍旧须借以两为单位的现银。

但先令的市价，根据伦敦挂牌，早晚不同，到时候如果汇价上涨，胡雪岩便要吃赔账，所以接洽德商泰来洋行，“包认先令”，这要承担相当风险，泰来洋行得息二厘五，并不为多。

左宗棠表示，此案“首尾本属一贯”，只是前次“未经声叙明析”，又力言胡雪岩“息借洋款，实无别故”。很显然的，这是左宗棠硬顶下来的，朝廷不能不买他的老面子，左宗棠心里却觉得很不是味道，从此对胡雪岩的信用，便打了一个折扣，可是却不能不用胡雪岩。

胡雪岩当然亦想力盖前愆，于是而有借商款的办法。这年，光绪三年年底，左宗棠写给胡雪岩的复信说：“今岁饷事，拮据殊常，非枢邸严催协饷，筹部款，大局已不可问。洋款枝节横生，非阁下苦心孤诣，竭力维持，无从说起。现在年关满饷，仍待洋款头批速到，始够支销，除清还鄂欠外，尚须匀拨陕赈及甘属灾黎，所余洋款，除清还沪局借款外，核计敷至明年夏秋之交而止，此后又不知何以为计。尊意以为兵事可慰，饷事则殊可忧，不得不先一年预为之地，洵切实确凿之论，弟心中所欲奉商者，阁下已代为计之，非设身处地，通盘熟筹，不能道其只字，万里同心，不言而喻。”

原来胡雪岩早替左宗棠算过了，年底本应发饷，陕甘两省旱灾要赈济，再还了湖北、上海两处借款，到得明年夏秋之间，便又是青黄不接的时期了。借款筹饷要早一年便须着手。

可是洋款已不能借。借洋款是国家的责任，虽说由各省协饷，但灾荒连年，各省情形都不好，欠解西征协饷，无法归还欠款，仍须政府设法，所以根本不能再提洋款。而且左宗棠因为借洋款，要受赫德的气，自己亦不大愿意借洋款，尤其是英商的款子。

胡雪岩想到左宗棠说过：“息耗太重，如果是商款，楚弓楚得，倒还罢了。洋人赚了我们重利，还要多方挑剔，实在不甘。”同时又一再表示，“何必海关及各省出票？倒像是各省替陕甘来还债，其实还的还是陕甘应得的协饷。我主持西征，筹饷我有全权，协饷不到，先借款子来接济，这就是所谓调度。商人如果相信陕甘相信我，由陕甘出票就可以了，何必劳动总署？”

因此他设计了一套借商款的办法，往返磋商，终于定议，由胡雪岩邀集商股一百七十五万两，另由汇丰“认股”一百七十五万两，合共三百五十万，组织一个乾泰公司负责借出。照左宗棠的计算，在七年之中，陕甘可得协饷一千八百八十万以上。除还洋款以外，至少尚有千万之多，所以借几百万商款，一定能够清偿，但协饷收到的日期不一，多寡不定，所以提出来一个“机圆法活”的要求：第一，不出关票；第二，不定年限，可以早还，亦可以迟还；第三，有钱就还，无钱暂欠，利息照算，不必定为几个月一期。

这是他一厢情愿的想法，胡雪岩只能替他办到不出关票，此外年限定为六年，期次仍是半年一期，利息是一分二。当然借商款亦须奏准，左宗棠于光绪四年八月十六日出奏，一个月以后奉到廷寄：“借用商款，息银既重、各省关每年除划还本息外，京协各饷，更属无从筹措，本系万不得已之计。此次姑念左宗棠筹办各务，事在垂成，准照所议办理。嗣后无论何项急需，不得动辄息借商款，致贻后累。”

所谓“京饷”，即是在京的各项开支，包括文武百官的俸给、八旗士兵的饷项以及一年三次送入宫内供两宫太后及皇帝私人开支的“交进银”在内，是最重要的一笔预算。由于左宗棠动辄借款之累，连京饷都“无从筹措”，这话说得很重了。

为此，一直到上年左宗棠奉召入京，为了替刘锦棠筹划西征善后，才迫不得已，在近乎独断独行的情况下，借了汇丰银行招股所贷的四百万两。

这两笔款子的风险，都在胡雪岩一个人身上。三百五十万的商款，自光绪五年起分期拔还，几乎已还了一半，而且每期本息约十来万银子。邵友濂亦知道，这难不倒胡雪岩，要刁难他，只有在光绪七年所借的那一笔上。

这笔款子实收于光绪七年四月，年息九厘九毫五，前两年只付息，不还本，第三年起每年拔本一百万两，分两期给付，光绪九年四月付第一期、十月付第二期，每期各五十万两。

以前各次洋债，虽由胡雪岩经手，但如何偿还，不用他来操心，因为各省督抚加了印的“关票”，汇集于江海关后，税务司还要签押负连带责任，如果各省的“关票”不能兑现、税务司可以截留税款，代为抵付。可是这最后一次的四百万两，在借款时为了替刘锦棠解除后顾之忧，左宗棠近乎独断独行，只以为未来数年协饷尚多，不愁无法偿还，所以大包大揽地说，本银“如期由上海采运局经手交还，如上海无银，应准其向户部如期兑取”。

这一唯恐总理衙门及李鸿章策动赫德阻挠，但求成功不惜迁就的承诺，无形之中便将全部风险都加了在胡雪岩的肩头上。因为各省如果不解，汇丰银行一定找胡雪岩，他们不必多费周折，请英国公使出面跟户部打交道，以胡雪岩的财力、信用与担当，每期五十万两银子的本银，亦一定挑得起来。

话虽如此，五十万两银子到底不是一个小数目。邵友濂与盛宣怀秘密商定，到时候“挤他一挤”，虽未必能挤倒，至少可以打击打击他的信用。

其时，光绪九年春天，中法的关系复又恶化了。本来前一年十一月间，李鸿章与法国公使在上海谈判，已经达成了和平解决在越南的纠纷的三点协议。但法国海军部及殖民部，分别向他们的外交部表示，不满宝海与李鸿章的协议，海军方面且已增兵越南北部的海防。而又恰好法国发生政潮，新内阁的外交部长沙美拉库，支持军部的主张，推翻前议，而且将宝海撤任，另派特使德理固专程来华谈判。

妙的是法国公使宝海，特为自上海到天津去看李鸿章，他劝李鸿章坚持前议，不妨指责法国政府违约。有了这种反对他们政府的法国公使，李鸿章觉得谈和又有把握了，所以仍旧照原定计划，奏请准予给假回籍葬亲。李还不肯回任，但为了开始建设旅顺军港，北洋大臣的差使是接下来了，既然请假，北洋大臣自然由张树声暂署。

但就在二月里李鸿章在合肥原籍时，法军在越南复又动武，不但攻占越南南定，而且直接侵犯中国在越南权益。招商局运米的船，在海防为法军扣押；设在海防及顺安的两处仓库，为法军占领，其中的存粮及其他物品，当然也被没收了。加以越南政府除行文礼部乞援外，并特派“刑部尚书”范慎遹来华，效“申包胥哭秦庭”，因此，朝中震动，清议昂扬，都主张采取强硬的对策，甚至驻英兼驻法公使一等毅勇侯曾纪泽，亦打电报回来，建议派军援越，不可对法国让步。

当时疆臣亦多主战，云贵总督岑毓英，备战已有多时，但署理两广总督的曾国荃却不愿轻启战端，清议深为不满。因而主持总署的恭王一面循外交途径向法国抗议，一面奏准命李鸿章迅回直隶总督本任。接着降谕，派李鸿章以直隶总督的身份迅往广东督办越南事宜，所有广东、广西、云南防军，均归节制。同时命左宗棠筹划江南防军，待命南调援越。

这时胡雪岩恰好在江宁，便跟左宗棠说：“好像应该还有张制军回两广本任的上谕，不然，李合肥一到天津，不就是有了两位直隶总署？”

“妙就妙在没有张振轩回本任的上谕。”左宗棠答说，“总署也知道李少荃决不会到广东，恐怕也不会回天津。”

“这，大人多指点指点，让我们也开开茅塞。”

“李少荃看在曾文正分上，对曾老九一向是很客气的。当年江宁之围，劳师无功，李少荃已经克复了常州，朝命赴援江宁，他按兵不动，为的是不愿分曾老九的功。你想，如今他如果一到广东，曾老九怎么办？”

“是，是。”胡雪岩想了一下说，“大人说李合肥也不会到天津，是怕一到了，张制军就得回广东，那一来不是又要把曾九帅挤走的吗？”

“正是如此。”

“照此说来，京里只说叫李某某回任，对于张曾两位没有交代，意思也就是要李合肥只领虚衔，暂时不必回任。”

“不错，举一反三，你明白了。”

“那么，李合肥怎么办呢？”

左宗棠沉吟了好一会儿问说：“你看呢？”

“我看，他仍旧会到上海。”

左宗棠点点头，“我想他也只能先驻上海。”他说，“而且他也不能忘情上海。”胡雪岩当即说道：“我本来想跟大人辞了行，回杭州，以后再到上海，照现在看，似乎应该直接到上海的好。”原来各省关应解陕甘，以便还本的协款，都交由江海关代转，所以各省解缴的情况如何，非要胡雪岩到上海去查了才知道。

“好，你到上海首先办这件事，看情形如何赶紧写信来。看哪里还没有解到，好及早去催。”

胡雪岩的估计很正确，李鸿章果然奏请暂驻上海，统筹全局，察酌南北军情，再取进止。这意思是江南防军如果力量不足，无法南调，那就不一定用武，以求和为宜。恭王懂他的用意，奏请准如所请，于是李鸿章在三月底专轮到了上海，驻节天后宫行辕。

第十二章　萧瑟洋场

一见古应春的面，胡雪岩吓一跳，他人都瘦得落形了。

“应春，你，你怎么弄成这个样子？”

“唉！”古应春长长地叹口气，“小爷叔，我的运气太坏！也怪我自己大意。”

“你出了什么事？快告诉我。”

“我要倾家荡产了。”古应春说，“都是听信了徐雨之的话——”

这徐雨之是广东籍的富商，胡雪岩跟他也很熟。此人单名一个润字，人很能干，运气也很好，在上海一家洋行学生意，深得洋人的器重，从二十二岁开始与人合伙开钱庄，开丝号，开茶栈，无不大发利市。同治二年二十六岁，他已经积资十来万，在江南粮台报捐员外郎，加捐花翎，俨然是上海洋场上有名的绅士了。

因此，同治十年他得了个差使。那时两江总督南洋大臣曾国藩，决定挑选幼童出洋留学。事先研究，这批幼童以在广东挑选为宜。因为美国的华侨绝大部分是广东人，且广东风气开通，做父兄的固不以子弟幼年，在万里重洋之外而不放心；而此辈幼童在美国常有乡音亲切的长辈去看他们，亦可以稍慰思乡之苦。

由于徐润是上海“广东帮”商人的领袖，所以曾国藩把这个差使交了给他。徐润策划得很周到，挑选了一百二十个资质很不错的幼童，分四批出洋，每批三十人。第一批在同治十一年七月初上船，由容闳带队，大部分是广东籍，广东籍中又以香山为最多，因为徐润就是香山人。

当然，也有其他省份的人，但为数极少，只得五个：两个江苏、一个山东、一个福建，还有一个是徽州人，不过是广东招来的。这个十二岁，生在辛酉政变那一年的徽州幼童，叫作詹天佑。他的父亲叫詹作屏，在福建船政局当机器匠，家眷寄居广州。詹天佑应募时，有人劝詹作屏让他的儿子学法律，学成回国，可以做官，但詹作屏坚持他的儿子要学技艺，而且要学最新的技艺。

第二批是在同治十二年五月放洋的，由徐润的亲家黄平甫领队。这回在挑选的官费生三十名以外，另有七名广东少年，由他们的家长自备资斧，请黄平甫带到美国——风气到底大开了，已经有自费留学的了。

第三批是在同治十三年八月间派遣。这回与以前不同的是，除了两个学技艺、一个学机器以外，其余的都念普通学校，年长的念“中馆”，年幼的念“小馆”，但所谓年长，亦不过十三岁，如广东香山的唐绍仪、江苏常州的朱宝奎，而最年幼的，至少也要十岁。

第四批放洋在光绪元年九月，增加了十个名额，一共是四十名，这回一律念普通学校，到中学毕业，再视他们性之所近，决定学什么。同时外省籍的幼童也多了，但仍不脱江苏、浙江、安徽三省。

幼童放洋是曾国藩所创议，但他不及见第一批幼童放洋，同治十一年二月殁于任上，以后便由李鸿章主持这件事，徐润亦由此获得李鸿章的赏识，由北洋札委为招商局的会办，与盛宣怀同事。

在这七八年中，徐润的事业蒸蒸日上，当然还远不及胡雪岩，但亦算是上海“夷场”上的殷商。胡雪岩跟他除了做善举以外，别无生意上的往来，而古应春因为原籍广东，又以跟洋商打交道时，常会聚在一起，所以跟徐润走得很近，也有好些合伙的事业，其中之一是做房地产生意。

徐润的房地产很多，地皮有两千九百多亩，建成的洋房有五十一所，市房更多，不下两千间，照账面上算，值到两百二十几万，但积压的资本太重，空地毫无收入，还要付税，市房则只是收租金，为数有限。于是，他有一个英国朋友，名叫顾林，此人在英国是个爵士，本人热心运动，交游很广，亦很懂生意经，他向徐润建议，彼此合作。

顾林亦是古应春的朋友，因此，徐润邀他跟顾林一起谈合作。“我们组织一个大公司，投入资金，在空地上都盖起房子来。”顾林说道，“造一批，卖一批，卖来的款子造第二批。空地用完了，把旧房子再来翻造，不断更新。外国的大都市，尤其是美国，都是这样建造起来的。”

这个周而复始盖房子的诀窍，徐润也懂。“可是，”他问，“这要大批现金，你能不能投资？”

“当然，我没有这个意思，不会跟你谈合作。不过，我也是要回国去招股。我们把合作的办法，商量好了，拿章程在伦敦市场上传了出去，相信不到三个月，就能把股本募足。”

“股本算多少呢？”

“这要看你的意思。你拿你的地产作价——当然是实价，看值多少，我就募多少股本。”

徐润点点头问古应春：“你看呢？”

“他这个法子可行，也很公平。不过，我认为我们这方面股份要多占些。”

徐润想了一下，提出很明确的办法，这中英合资的公司股本定为四百万两，华方占五成半，英方占四成半，华方以房地产核实作价，英方四成半计一百八十万两，由英国汇来现金。

于是，请律师撰文签订了草约，徐润还送了一万两银子给顾林，让他回国去招股。但是徐润的房地产，照实价只值一百五十万两，还要再买价值七十万两的地皮，才能凑足二百二十万两，合足五成半之数。

“应春兄，好朋友利益均沾，这七十万两，你来入股如何？”

古应春筹划了一下，愿意出五十万银子。这是去年年底的话，到这年二月里，地皮买足数了，可是顾林却出了事。

原来顾林回到伦敦不久，在一次皇室邀请的狩猎会中，马失前蹄，人从马上倒栽出去，头先着地，脑子受了重伤，请了两个名医诊治，性命虽已保住，但得了个癫痫症，合作设大公司的事，就此无疾而终。

这一来徐润跟古应春大受打击，因为中法在越南的纠纷，法国政府不惜推翻已经达成和解的协议，准备动武，且已派水师提督孤拔，率舰东来，同时国会通过，拨款五百万法郎，作为战费。因此上海谣言纷纷，流传最盛的一个说法是，法国军舰不断巡弋在吴淞口外，决定要攻制造局。胆小的人已经开始逃难，在这种风声鹤唳的情况之下房地产根本无人问津。

“我那五十万银子，其中三十五万是借来的，现在银根紧到极点，上海三十几家钱庄，催得心惊肉跳，只怕再来一个风潮，大家提存挤兑，一倒就是多少家。我借的款子，催得很急，实在是急！每天都有钱庄里的伙计上门坐讨，只好不断同人家说好话。”古应春又说，“还有一层，我怕阿七晓得了着急，还要时时刻刻留心瞒住她。小爷叔，你想，我过的是啥日子？”

胡雪岩听了他这番话，再看到他憔悴的形容，恻然心伤，“应春，你放心！”他拍一拍胸脯说，“我来替你了，都在我身上。”

古应春迟疑未答。胡雪岩倒奇怪了，照情理说，现有人替他一肩担承，他应该高兴才是，何以有此显得困惑的神情？

“应春，”他问，“还有啥难处？我们这样的交情，你还有啥在我面前说不出口的话？”

“小爷叔，”古应春顿了一下问道，“莫非上海的市面，你真的一点都不晓得？”

“怎么？市面有好有坏，这也是常有的事。”

古应春愣住了，好一会儿方始开口：“看起来你老人家真的不晓得。我现在说实话吧，来催讨欠款，催得最厉害的，就是老宓。”

此言一出，胡雪岩脸上火辣辣地发烧，真像上海人所说的“吃耳光”一样，一时心里七上八下，竟开不得口了。

原来古应春口中的“老宓”，就是他阜康钱庄的档手宓本常。“自己人催欠款催得这么厉害！岂有此理！”胡雪岩非常生气，但转念一想，连自己人的欠款都催得这么厉害，可见得阜康的境况也很窘。

这一转念间，惊出一身汗，定一定神说道：“应春，你晓得的，这几年，阜康的事，我都交给老宓，难得问一问，照现在看，阜康的银根好像比哪一家都紧，你倒同我说一说，到底是怎么个情形？”

“小爷叔，你从江宁来，莫非没有听左大人跟你谈上海的市面？”

“怎么？上海市面，莫非——”

“从来没有这么坏过。小爷叔，你晓得现在上海的现银有多少？”

“有多少？”

“这个。”古应春伸一指相示。

“一千万？”

“一百万。”

胡雪岩大吃一惊，“真的？”他问。

“你问老宓就晓得了。”

胡雪岩仍旧有点不大相信，“市面这么坏，应该有人告诉左大人啊！”他说，“我在江宁，跟左大人谈起上海。他说因为法国兴兵，上海市面多少受点影响，不过不要紧。”

“哼！”古应春冷笑一声，“现在做官的，哪个不是瞒上欺下，只会做喜鹊，不肯当乌鸦。”

“走！”胡雪岩说，“我们一起到集贤里去。”

阜康钱庄设在英租界集贤里，与胡雪岩的公馆，只隔一条马路，他经常是安步当车走了去的。正要出门时，女管家陈嫂赶出来问道：“老爷，啥辰光回来？”

“现在还不晓得。”

“刚刚宓先生派徒弟来通知，他说晓得老爷已经来了，吃夜饭辰光他会来。”陈嫂又说，“今夜难得买到一条很新鲜的鲥鱼，老爷回来吃夜饭吧！”

一听宓本常要来，胡雪岩倒有些踌躇了，古应春便即说道：“既然如此，不如等老宓来，有些话也是在家里谈，比较方便。”

胡雪岩听这一说，便从纱背心口袋中，掏出打簧表来看，已经四点半了，便点点头说：“那就叫人去说一声，请宓先生早一点来。”

于是重回客厅去密谈。胡雪岩此时最关心的是要还汇丰银行第一期的本银五十万两。陕甘总督衙门出的“印票”，不过是摆个样子，还款来源是各省交上海道衙门代收的协饷，数目如果不够，他可以代垫，但银根如此之紧，代垫恐有不能，需要及早筹划。

“应春，”他问，“汇丰的款子，月底要交，你晓不晓得，邵小村那里已经收到多少了？”

“前十来天我听说，已经收到半数了。这几天，总还有款子进来。差也不过差个十几万，不过，现在全上海的现银只有一百万，”古应春吸着气说，“这件事恐怕也是个麻烦。”

胡雪岩的心一沉，“我的信用，伤不得一点点。应春，”他说，“只有半个月的工夫了。你有没有啥好主意？”

“一时倒还没有。”古应春答说，“且等老宓来了再说。”

宓本常一直到天黑才来。据他说，一接到通知，本来马上就要赶来，只为有几个大客户提存，调度费时，所以耽误了工夫。

胡雪岩知道，所谓调度，无非先开出银票，问客户到何处提款，然后通知兑付的联号。譬如客户要提五万银子的存款，说要到江宁去提，便用最快的方法通知江宁的阜康。如果江宁“头寸”不足，再查何处有多余的“头寸”——上海阜康是总号，各联号存款进出的情形，都有账可查，查清楚了，透过同行的汇划，以有余补不足。

不过这是近来的情形，早些日子说要提现银，还要照付，胡雪岩便查问那些现银都到哪里去了？

“都分散到内地去了。”宓本常说，“不靠水路码头的联号，存款都增加了。不过照我计算，转到别处只占十之六七，还有十之三四，是摆在家里了。这些现银，要到市面平空了，才会派到市面上。”

“喔，”胡雪岩沉吟了好一会儿说道，“这十之三四的现银，也要想个法子，早点让它回到市面上。你开个单子给我，看哪几处地方，存款增加了。”

“我说过了，只要不是水路上的大码头，存款都比以前多。”

“那是怕中法一开仗，法国兵轮会到水路大码头。”胡雪岩问，“京里怎么样？”

“加了很多，而且都是大数目。”宓本常说，“文中堂的三十万都提走了。不过，北京存了四十六万。”

文中堂便是前年升了协办大学士的刑部尚书文煜，提三十万存四十六万，表示他对阜康的信心十足，胡雪岩自然深感安慰。

“难怪大家都想做官。”胡雪岩说，“他调到京里，也不过三四年的工夫，倒又积了十六万银子了。”

“不！”宓本常说，“其中十万两是他的本家的。”

“不管他了，总是他的来头。”胡雪岩又问，“上海几十家钱庄，现银只有一百万，大家是怎么应付的呢？”

“全靠同心协力，在汇划上要把戏。”

“喔，”胡雪岩从受知于左宗棠开始，一面要办西征粮台，一面又创办了好些事业，而且做生意的兴趣，集中在丝上，对于钱庄的经营，差不多完全交给宓本常主持，钱庄的制度，有所改变，亦很隔膜，“汇划”上能够“要把戏”，却不甚明白。在过去，他可以不求甚解，现在出现了危机，他就非问问清楚不可了。

“说穿了，一句话，等于常在一起打牌的朋友一样，赌得再大，不过赌筹码，今天我输他赢，明天你赢他输，听起来很热闹，无非数数筹码，记一笔账，到时候结一结就轧平了。不过，这只好常常在一起的朋友这么办，夹一个外头人进来，赢了一票，要拿现款走，这个把戏就要不下去了。所以——”

所以上海的钱庄，由阜康领头，联络了十来家“大同行”，成立了一个“汇划总会”，仿照日本在明治十二年所设立的“手形交换所”的办法，用交换票据来代替现银收解。

票据交换，不能私下办理，一定要送总会。凡是汇划钱庄，到期的银票，一律先送总会，分门别类理齐，派老司务送到各钱庄“照票”。如果不误，这家钱庄便将银票收了下来，另外打出一张收据，名为“公单”，规定以五百两为基数，不足五百两，或用现金找补，或者记账另外再算。

这些“公单”大概在下午三四点钟，都已集中到总会，算盘一打，立刻可以算出哪家该收多少，该付多少。譬如，阜康应收各庄银票共计一百万，本号开出的银票只有八十四万，有十六万头寸多。

有多就有少，由总会开出“划条”交阜康向欠头寸的钱庄先收现银。时间规定是在第二天下午两点钟以前。

那么，缺头寸的钱庄怎么办呢？不要紧，第二天上午可以到公会，向有头寸多的同行去拆进，利息以日计，称为“银拆”，这种一两天的同业借款，不必打收据，由公会记一笔账就可以了。

至于利息的计算，又分两种，不打收据的拆借，称为“活拆”，利息高低视银根松紧而定。另外一种同业长期的拆借，称为“呆拆”，要立票据，议定利息，在此期间，不受每天挂牌的“银拆”的影响。

“这种打‘公单’的法子，就好像赌钱发筹码，所不同的是，第一，赌场的筹码，只有头家可以管，公单只要是汇划钱庄，家家可开；第二，赌场的筹码，不能拿到外面去用，公单可以化成本号的银票，到处可用。说实了，无非无中生有，凭空生出几千万银子来，所以现银不过一百万，市面上的大生意照样在做。这就是耍汇划的把戏。”

接下来便谈到丝茧的情形。丝茧业下乡收值，多仰赖钱庄放款，胡雪岩也就因为有钱庄在手里，所以成为丝业领袖，这两年因为抵制新式缫丝厂，收的茧子与丝更多。宓本常虽非胡雪岩经营丝业方面的档手，但从各联号存放款进出的总账中，看出存货有多少。

“大先生，”宓本常神情严肃地说，“现在存丝总有六七千包，茧子更多，我看用不着这么多存货。”

“你是说吃本太重？”

“是啊。”宓本常说，“粗估一估差不多有三百万银子的本钱压在那里。不是因为这样子，古先生的十万银子，我也不好意思来讨。”

“呃！”胡雪岩立即接口，“这十万银子转到我名下。”他紧接着又转脸对古应春说，“另外的，再想办法。好在你有地皮在那里，不过现金一时周转不开而已。”

古应春满怀忧虑一扫而空，但自己虽不愁了，又为胡雪岩发愁，“小爷叔，”他说，“现在三家缫丝厂都缺货，你何妨放几千包茧子出去，新式机器，做丝快得很，一做出来，不愁外洋没有买主，那一来不就活络了？”

“古先生这话一点不错。”宓本常也说，“今年‘洋庄’不大动，是外国人都在等，等机器做的丝，凭良心说，机器做的丝，比脚踏手摇土法子做的丝，不知道要高明多少。”

“我也晓得。”胡雪岩用低沉的声音说，“不过，做人总要讲宗旨，更要讲信用，说一句算一句，我答应过的，不准新式缫丝厂来抢乡下养蚕做丝人家的饭碗，我就不能卖茧子给他们。现在我手里再紧一紧，这三家机器缫丝厂一倒，外国人没有想头了，自然会买我的丝，那时候价钱就由我开了。”

古应春与宓本常，都认为他打的是如意算盘。不过，古应春是好朋友的身份，而宓本常是伙计，所以只有古应春还可以劝他。

“小爷叔，如果那三家新式缫丝厂倒闭了，洋商当然只好仍旧买我们土法子做的丝，可是那三家厂不倒呢？”

“不倒而没有货色，跟倒了有啥两样？”

"还有一层，小爷叔要想到，茧子虽然烘干了，到底也还是摆不长的。一发黄就卖不起价钱了。"

"这话是不错。不过，你说上海现银不到一百万，我就放茧子出去，也换不出现银。"

"有英镑、有花旗票就可以了。"宓本常接口来的快，"譬如说，现在要还汇丰五十万，如果大先生有卖茧子的外国钱在汇丰，就可以折算给他，收进五十万现银，周转不就活络了？"

胡雪岩沉吟了好一会儿说："为了维持我的信用，只好抛茧子，这话我说得响的。明天我去看邵小村，看看这五十万两银子，到底收得齐收不齐？如果银数不够，决定照你们的办法，卖茧子来拿它补足。不然，我另有主意。"

"小爷叔，你是啥主意？"

胡雪岩笑笑。"天机不可泄露。"他说，"是蛮狠的一着。"

吃完了饭，宓本常告辞，古应春却留了下来，因为胡雪岩刚到上海，尚未露面，到第二天消息一传，应酬就会忙不过来，那时候就没有工夫去细谈了。

当然胡雪岩也要跟他谈谈近况，第一个关切的是七姑奶奶，"怎么样？"他问，"七姐好点了？"

"好得多了。"古应春的神气不同了，显得很有生气的模样，"本来右半身完全瘫了，现在有点知觉了。"

"那好！说不定还会复原呢！"

这一说，使得古应春很不安，只好老实说了，"小爷叔，我心里有个疙瘩，从瑞香一进门，没有几天就有消息。顾林在英国女皇的行宫外面，从马上摔下来，把脑子摔坏了。"他迟疑着说，"我怕她跟我八字上不大相配。"

"嗐！"胡雪岩大不以为然，"你满洋派的人，怎么也相信这个。要不然，你拿你们两个人的八字，叫吴铁口去合一合看。”

提到吴铁口，不免令人失笑，当初罗四姐去合八字，原是七姑奶奶跟他串好的一出双簧。胡雪岩也知道其中的奥妙，竟真的相信吴铁口是真的铁口，岂非自欺欺人？

“你笑点啥？”胡雪岩说，“你当我荒唐？实在说一句，假的说成真的，‘真的’真的是真的，那就是不折不扣的铁口。”

听他说得像绕口令似的，古应春不由得好笑：“好，好！我听小爷叔的话，叫吴铁口去合她的八字，不过，”他说，“她的八字我不晓得。”

“我来问她。”

“慢慢，总要等阿七有了表示以后。”

“当然。”胡雪岩说，“我明天去看了七姐，包你当天就有好消息。”

“怎么？”古应春问，“小爷叔是打算当面跟她明说？”

“当面是当面，不是明说。你到明天就晓得了。”

“复原是办不到，只望她能够起床就好了。”古应春又说，“谈到这一点，实在要谢谢瑞香。”

“对了！”胡雪岩谈到他第二件关心的事，“七姐对瑞香怎么样？”

“那没有话说，当她自己妹子一样。当然这也一半是看罗四姐的面子。”

“照这样说，应该是照她的锦囊妙计，一步一步走拢来，七姐对你有没有表示？”

“有。不过我没有搭腔。”

“咦！”胡雪岩大为诧异，“为啥？”

“小爷叔，你看我现在弄得这样焦头烂额，哪里还有讨小的意思。”

“这倒也是实话。”胡雪岩问，“阜康的十万是不必再提了，你还差多少头寸？”

古应春想了一下答说：“还差十二三万。”

“差的是现款，能够变现就好。”胡雪岩说，“我再借五百包丝给你，你洋行里的朋友多，总可以卖得掉。”

古应春打的正是这个主意，踌躇好久，难于启齿，不想胡雪岩自己说了出来，心里的那份感激与痛快，难以形容了。

“小爷叔，你真是杭州人说的，是我的‘救命王菩萨’。”他说，“我把道契都抵给你——”

“不必，不必，我们弟兄何在乎此？不过应春，你开价不能太低，不然，有个盘口在那里，以后我就抬不高了。”

“是的。”古应春凝神想了一下说，“这样，小爷叔，你索性再借两百包给我，七百包丝抵押十四万银子，一定可以，那就什么都摆平了。”

“好！光押不卖，就不算把行情压低。准定如此。”胡雪岩紧接着说，“你现在有心思想瑞香了吧？”

这一点，古应春还是不能爽爽快快地答复，沉吟未答之际，胡雪岩少不得要追问了。

“这件事老太太都蛮关心的。罗四姐更不用说，应春，你要晓得，不光是你，她对瑞香也要有个交代。”

第二天一大早，胡雪岩就到了古家。七姑奶奶已知道胡雪岩要来，叫瑞香替她栉发梳妆，又关照预备菜留胡雪岩吃饭，大为兴奋。

胡雪岩一来，当然请到病榻前面，“七姐，”他很高兴地说，“看起来精神是好得多了。”

“是啊，都要谢谢四姐。”

“为啥？”

“不是四姐派了瑞香来帮我的忙，我不会好起来，小爷叔你看！”七姑奶奶将右手提高了数寸，“现在手能够动了，都是瑞香，一天给按摩多少遍。”

“噢！”胡雪岩看一看瑞香，想要说话，却又住口，仿佛有难言之隐似的。

七姑奶奶虽在病中，仍旧神志清明，察言辨色的本事，一点也不差，殷殷地从胡老太太起，将胡雪岩全家大小都问到了。

直到瑞香离去，她才问道："小爷叔，刚才提到瑞香，你好像有话没有说出来。"

"是的。我有句话，实在不想说，不过又非说不可。"

"那么，小爷叔，我们两家是一家，你说嘛！"

"这句话是罗四姐要我带来的。"胡雪岩说，"瑞香是好人家出身，他哥哥现在生意做得还不错，想把他妹子赎回去。"

"赎回去？"七姑奶奶脸色都变了，"当初不是一百两银子卖到胡家的？"

"不是。罗四姐弄不清楚，我也记不起来，拣出老契来一看，才知道当初是典的一百两银子，规定八年回赎，今年正好是第八年。"

"那，四姐的意思呢？"

"四姐当然不肯，尤其听说在你这里还不错，更加不肯了。"

"四姐待我好。"七姑奶奶用殷切盼望的眼色，看着胡雪岩说，"她晓得我离不开瑞香，应该替我想想办法。"

"办法何尝不想。不过，她哥哥说出一句话来，四姐就说不下去了。"

"喔，一句什么话？"

"她哥哥说，要为她妹子的终身着想。意思是把瑞香赎回去，要替她好好寻个婆家。"

"真的？"

看七姑奶奶是不信的语气，胡雪岩也就正好说活络话，"哪晓得他是真是假？不过，"他又把话说回来，"男大当婚，女大当嫁，就算他是假话，也驳不倒他。三个人抬不过去一个理字。七姐，你说呢？"

"依我说，"七姑奶奶微微冷笑，"小爷叔，你手下那么多人，莫非就不能派一个能干的，去打听打听他哥哥的情形，是真的为瑞香着想呢，还是说好听话，拿他妹子赎回去，另打主意？"

“打啥主意？”

“知人知面不知心。照瑞香这份人才，在她身上好打的主意多得很。”

胡雪岩不作声，这是故意做出盘马弯弓的姿态，好逼七姑奶奶往深处去谈。

七姑奶奶此时心事如麻，是为瑞香在着急，盘算了好一会儿，方又开口说道：“小爷叔，你同四姐决不可以让瑞香的哥哥把她赎回去。不然会造孽。”

“造孽？”胡雪岩故意装出吃惊的神气，“怎么会造孽？”

“如果瑞香落了火坑，不就是造孽？”

“七姐，”胡雪岩急急问说，“你是说，她哥哥会把她卖到堂子里？”

“说不定。”

胡雪岩想了一下说：“不会的。第一，瑞香不肯；第二，她哥哥也不敢。如说我胡某某家的丫头，会落到堂子里，他不怕我办他一个‘逼良为娼’的罪？”

“到那时候就来不及了。小爷叔，你既然想到你的面子，何不早点想办法？”

“对！”胡雪岩很快地接口，“大姐，你倒替我想个法子看。”

“法子多得很。第一，同他哥哥去商量，再补他多少银子，重新立个卖断的契——”

“不，不！这点没有用。”胡雪岩说，“如果有用，罗四姐早就办了。我不是说过，人家生意做得蛮好，赎瑞香不是打钱的主意。”

“好！就算他不是打钱的主意，诚心诚意是为瑞香的终身，不过，他替他妹子到底挑的是什么人家？男家好不好要看一看，瑞香愿不愿意也要问一问。如果是低三下四的人家，瑞香又不愿意，小爷叔，那就尽有理由不让他赎回去了。”

“这话——”胡雪岩不便驳她太武断，急转直下地说，“我看，只有一个办法，他为瑞香好，我们也是为瑞香好，替瑞香好好找份人家，只要瑞香自己愿意，他哥哥也就没话说了。”

七姑奶奶想了一下说：“小爷叔，我想请四姐来一趟，请她来劝一劝瑞香。”

“劝啥？”胡雪岩答说，“莫非我就不能劝她？”

“我怕小爷叔说话欠婉转，瑞香是怕你，就肯答应，也是很勉强的。这种事，一勉强就没有意思了。”

“什么事要瑞香答应？而且要心里情愿？七姐，你何妨同我实说，你晓得的，我们家的丫头都不怕我的，倒是对四姐，她们还有忌惮。”

“既然如此，我就实说吧！小爷叔，我在瑞香来的第二天，心里就在转念头了，我一直想替应春弄个人，要他看得上眼，要我也投缘。像瑞香这样一个拿灯笼都寻不着的人，四姐替我送了来，我心里好高兴。本想等小爷叔你，或者四姐来了，当面求你们，哪知道其中还有这么一层曲折，真叫好事多磨了。”

“七姐，你说实话，我也说实话。”胡雪岩很恳切地答道，“我们也想到，你要有个好帮手，凡事能够放心不管，病才好得起来。不过你们夫妻的感情，大家都晓得的，这件事只有你自己来发动，我们决不好多说。如今七姐你既然这样说了，我同四姐没有不赞成的。不过，这件事要三方面都愿意——”

“哪三方面？”七姑奶奶抢着问说。

“你，应春，还有瑞香。”胡雪岩紧接着说，“瑞香我来劝她，我想，她一定也肯的。”

“小爷叔，你怎么晓得她一定肯？”

“我们家常常来往的女太太，不管是亲戚，还是朋友，少说也有二三十位，一谈起缘，瑞香总说‘要算七姑奶奶’。从这句话上，不就可以晓得了？”

胡雪岩编出来这套话，使得七姑奶奶面露微笑，双眼发亮，显然大为高兴。

“七姐，”胡雪岩问说，“现在我要提醒你了，你应该问一问应春愿意不愿意。”

“他不愿也要愿。”七姑奶奶极有把握地，“小爷叔你不必操心。”

“不见得。”胡雪岩摇摇头，“去年他去拜生日，老太太问过他，他说他决不想，好好一个家，何苦生出许多是非？看来他作兴不肯讨小。”

七姑奶奶“哈”一声笑了出来，“世界上哪个男人不喜欢讨小？”她说，“小爷叔，你真当我阿木林？”“阿木林”是洋场上新兴起来的一句俗语，傻瓜之意。胡雪岩听她语涉讥嘲，只好报以窘笑。

“倒是瑞香家里，小爷叔怎么把它摆平来。”

“我想——”胡雪岩边想边说，“只有叫瑞香咬定了，不肯回去。他哥哥也就没法子了。”

“一点不错。小爷叔，请你去探探瑞香的口气，只要她肯了，我会教她一套话，去应付他哥哥。”

于是，胡雪岩正好找个僻静的地方，先去交代瑞香，原是一套无中生有的假话，只要瑞香承认有这么一个哥哥，谎就圆起来了。

至于为古应春做妾，是罗四姐早就跟她说通了的，就不必费辞了。

等吃完了饭，胡雪岩与古应春一起出门，七姑奶奶便将瑞香找了来，握着她的手悄悄问说：“你们老爷跟你说过了？”

瑞香想了一下才明白，顿时脸红了，将头扭了过去说：“说过了。”

“那么，你的意思怎么样呢？”

瑞香很为难，一则是害羞，再则是为自己留点身份，“愿意”二字怎么样也说不出口，迟疑了好一会儿才想起一句很含蓄，也很巧妙的话：“就怕我哥哥作梗。”

七姑奶奶大喜。“这么说，你是肯了。”她说，“瑞香，我老早就当你妹子一样了，将来决不会薄待你。”

“我晓得。”瑞香的声音低得几乎听不见。

七姑奶奶是真的怕瑞香觉得做妾委屈，在胡雪岩跟她谈过此事以后，便叫小大姐把她的首饰箱取了来，拣了一只翡翠镯子、一只金刚钻戒藏在枕下，此时便将头一侧说道：“我枕头下面有个纸包，你把它拿出来。”

枕下果然有个棉纸包，一打开来，宝光耀眼，瑞香自然知道是怎么回事了。当然，她要将首饰交到七姑奶奶手里。“来！”七姑奶奶说，“你把手伸过来。”瑞香不肯，七姑奶奶便用另一只不甚方便的手，挣扎着要来拉她的手，看那力不从心的模样，瑞香于心不忍，终于将手伸过去了。

帮七姑奶奶的忙，翠镯套上左腕，钻戒套入右手无名指，瑞香忍不住端详了一下，心头泛起一阵无可形容的兴奋。

“妹妹！现在真是一家人了——”

“七姑奶奶，这个称呼不敢当。”

“有啥不敢当，我本来就一直拿你当妹子看待。”七姑奶奶又说，“你对我的称呼也要改一改了。”

“我，”瑞香窘笑道，“我还不知道怎么改呢？”

“一时不改也不要紧。”七姑奶奶接下来说，“我们谈正经。将来你哥哥、嫂嫂来，我们当然也拿他们夫妇当亲戚看待。眼前，你有没有想一想，怎么样应付他？”

“我还没有想过。”瑞香迟疑地说，“我想只有好好跟他商量。”

“商量不通呢？”

“那，我就不晓得怎么说了。”

“我教你。”七姑奶奶问道，“《红楼梦》你看过没有？”

瑞香脸一红。“我也不认识多少字。”她说，“哪里能够看书？”

“听总听人说过？”

“是的。”瑞香答说，“有一回听人说我们胡家的老太太，好比贾太君，我问我们大小姐贾太君是什么人，才知道出在《红楼梦》上。”

“那么贾宝玉你总也知道？”

“贾宝玉、林黛玉、薛宝钗、王凤姐都听说过的。”

“袭人呢？”

“不是怡红院里的丫头？”

“不错。袭人姓花，她的哥哥叫花自芳，也是要来赎他妹妹。袭人就说，当初是家里穷，把我卖到贾家，既然如此，何苦现在又要把我赎回去？我想，你也可以这样跟你哥哥说。如果他说，现在把你弄回去，是为你着想，你就问他当初又何以不为你着想！看他有什么话说？”

“嗯，嗯！”瑞香答应着，“我就这样子同他说。”

“当然。我们还要送聘金……”

“这一层，”瑞香抢着说，“奶奶同我们老爷谈好了。”

无意中改了口，名分就算从此而定了。

* * *

胡雪岩去看邵友濂扑了个空，原来这天李鸿章从合肥到了上海，以天后宫为行馆，邵友濂必须终日陪侍在侧，听候驱遣。

非常意外地，胡雪岩并未打算去看李鸿章，而李鸿章却派人送了一封信到转运局去邀胡雪岩，请他第二天上午相晤，信中并且说明，是为了“洋药”进口加税一事，有些意见想请他转达左宗棠。

“洋药进口加税，左大人去年跟我提过。我还弄不清其中的来龙去脉。李合肥明天跟我谈起来，一问三不知，似乎不大好。”胡雪岩问古应春，“我记得你有个亲戚是土行大老板，他总清楚吧？”

他所说的是古应春的远房表叔，广东潮州人，姓曾，开一家烟土行，牌号就叫“曾记”，规模极大，曾老板是名副其实的“土财主”。古应春跟他不大有来往，但为了胡雪岩，特地到南市九亩地去向他请教。

“实不相瞒，你问我，我还要问人。我们账房吴先生最清楚。”曾老板说，“胡大先生，我久已仰慕了，不过高攀不上，应春，你晓得的，我一个月吃三回鱼翅，今天碰得巧，能不能请胡大先生来吃饭，由吴先生当面讲给他听，岂不省事？”

“不晓得他今天晚上有没有应酬？”古应春因为胡雪岩不大愿意跟这些人来往，不敢代为答应，只说，“我去试试看。”

于是曾老板备了个“全帖”交古应春带回。胡雪岩有求于人，加以古应春的交情，自无拒绝之理，欣然许诺，而且带了一份相当重的礼去，是一支极大的吉林老山人参。

曾老板自是奉如上宾，寒暄恭维了好一阵，将账房吴先生请了来相见，是个文质彬彬的中年人，谈起来才知道是秀才，在这烟土行当账房，似乎太委屈了。

“鸦片是罂粟熬炼出来的。罂粟，中国从古就有的，出在四川，苏东坡四川人，他做的诗：‘道人劝饮鸡苏水，童子能煎罂粟汤’，汤里加蜜，是当调肺养胃的补药服的。”

“到底是秀才。”胡雪岩说道，“一开口就是诗。”

“吴先生，”古应春说，“我们不必谈得这样远，光说进口的鸦片好了。”

鸦片进口，最早在明朝成化年间，到万历年间，规定要收税，是当药材用的，鸦片治痢疾，万试万灵。

不过明末清初，吸食鸦片是犯禁的，而且当时海禁甚严，鸦片亦很少进口。到了康熙二十三年，放宽海禁，鸦片仍准当作药材进口，收税不多，每十斤征税两钱银子。以后吸鸦片的人慢慢多了，雍正年间，曾下禁令。有句俗语：“私盐越禁越好卖。”鸦片亦是如此，越禁得严，走私的越多。从乾隆三十八年起，英国设立东印度公司，将鸦片出口贸易，当作国家的收入，走私的情形就更严重了。

走私的结果是“白的换黑的”，鸦片进口，白银出口。

乾隆三十年前，进口的鸦片，不过两三百箱，末年加到一千箱，道光初年是四千箱，十年工夫加到两万三千多箱。至于私运白银出口，道光三年以前，不过数百万两，到道光十八年增加到三千万两，这还是就广东而言，此外，浙江、山东、天津各海口亦有数千万两，国家命脉所关，终于引起了鸦片战争。

“至于正式开禁抽税，是在咸丰七年。”吴秀才说，“当时是闽浙总督王懿德，说军需紧要，暂时从权，朝廷为了洪、杨造反，只好允许。第二年跟法国定约，每百斤收进口税三十两。鸦片既然当作药材进口，所以称作‘洋药’，在云南、四川出产的，就叫‘土药’。不论洋药、土药，在内地运销，都要收厘捐，那跟进口税无关。”

但左宗棠却认为“税”跟“厘”实际上是一回事，主张寓禁于征，每百斤共收一百五十两。胡雪岩拿这一点向吴秀才请教，是分开征收的好，还是合并为宜。

“以合并为宜。”吴秀才说，“厘捐是从价征税，土药便宜洋药贵，如果拿洋药冒充土药，税收就减少了。”

“不错，不错。这个道理很浅，也很透彻，不过不懂的人就想不到。”胡雪岩很高兴地说，“多谢，多谢，今天掉句文真叫‘获益良多’。”

胡雪岩有个习惯，每到上海，一定要到宝善街一家叫滑园的茶馆去吃一次茶，而且一定带足了十两六十两的银票——这是他本性仁厚、不忘老朋友的一点心意。他有许多老朋友，境况好的在长三堂子吃花酒见面，在滑园见到的，大致境况并不太好，问问近况，量人所需，捏两张银票在手里，悄悄塞了过去，见不到的他会问，一样也托人带钱去接济。所以他有好几个老朋友，经常会到阜康或者转运局去打听：“胡大先生来了没有？”

这天到滑园来的老朋友很多，大多是已经打听好了来的，一一周旋，不知不觉到了十点钟，古应春提醒他说：“小爷叔，你的辰光快到了，这个约会不能耽误。”

李鸿章的约会怎好误时？胡雪岩算好了的，约会是十一点钟，从滑园到天后宫，不过一刻钟的工夫，尽来得及。

“还早，还早！”

“不，小爷叔，我们先到转运局坐一坐。”古应春说，“刚才我在这里遇见一个朋友，打听到一个蛮要紧的消息，要先跟你谈一谈。”

“好！我本来要到转运局去换衣服。”胡雪岩不再逗留，相偕先到转运局，在他的“签押房”中密谈。

“我在渭园遇见海关上的一个朋友，据他告诉我，各省的款子大致都到了，就少也极有限。不过，听说邵小村打算把这笔现银压一压，因这一阵‘银拆’大涨，他想套点利息。”

胡雪岩点点头，沉吟了一会儿说：“套利息也有限，邵小村还不至于贪这点小利，说不定另外有花样在内。”

“不管他什么花样，这件事要早点跟他去接头。”

“不！”胡雪岩说，“他如果要耍花样，迟早都一样，我就索性不跟他谈了。”

“那！”古应春诧异，“小爷叔你预备怎么办呢？”

“我主意还没有定。”胡雪岩说，“到天后宫回来再商量。”

换了公服，到天后宫递上手本。李鸿章关照先换便衣相见，他本人服丧，穿一件淡蓝布长衫，上套黑布马褂，形容颇为憔悴。

胡雪岩自然有一番慰问，李鸿章还记得他送了一千两银子的奠仪，特地道谢，又说礼太重，但又不便退回，只好捐了给善堂。寒暄了好一阵，方始谈入正题。

“鸦片害人，由来已久。不过洋药进口税是部库收入的大宗，要说寓禁于征，不如说老实话，还是着眼在增加税收上面，来得实惠。”

一开口便与左宗棠的宗旨相悖，胡雪岩无话可说，只能答应一声：“是。”

“增加税收，加税不是好办法，要拿偷漏的地方塞住，才是正本清源之计。”李鸿章又说，“同治十一年上海新行洋药税章程，普鲁士的领事反对，说加厘有碍在华洋商贸易。这话是说不通，加厘是我们自己的事，与缴纳进口税的洋商何干？当时总署驳了他，不过赫德说过，厘捐愈重，走漏愈甚，私货的来路不明，正当的洋商生意也少了。所谓加厘有碍在华洋商贸易，倒也是实话。”

“是。”胡雪岩答说，“听说私货都是香港来的。”

“一点不错。”李鸿章说，“我这里有张单子，你可以看看。”说着，从桌上随手拿起一张纸，递了过来。胡雪岩急忙站起，双手将单子接了过来，回到座位上去看。

单子上写明：从同治十三年至光绪四年，到香港的洋药，每年自八万四千箱至九万六千箱不等，但运销各口，有税的只有六万五千箱到七万一千箱。光绪五年到港十万七千箱，有税的只有八万六千箱，每年走私进口的，总在两万箱以上。

“洋药进口税每箱收税三十两，厘捐额定二十两，地方私收的不算，合起来大概每箱八十两。私货有两万箱，税收就减少一百六十万。”李鸿章急转直下地说，“赫德现在答应税厘一起加，正税三十两以外，另加八十两，而且帮中国防止走私，这个交涉也算办得很圆满了。”

“大人办洋务，当今中国第一。”胡雪岩恭维着说，“赫德一向是服大人的。”

“洋人总还好办，他们很厉害，不过讲道理。最怕自己人闹意气，我今天请你来就是为此。”

显然的这所谓自己人闹意气，是指左宗棠而言，胡雪岩只好含含糊糊地答应一声，不表示任何意见。

“我想请你转达左爵帅，他主张税厘合征，每箱一百五十两。赫德答复我说，如果中国一定要照这个数目征，他也可以承认，不过他不能担保不走私。雪岩，就算每年十万箱，其中私货两万五千箱，你倒算算这笔账看。”

胡雪岩心算极快。十万箱乘一百十两，应征一千一百万两银子，照一百五十两征税，七万五千箱应征一千一百二十五万两，仍旧多出二十五万两银子。

“二十五万两银子是小事，防止走私，关系甚大，有赫德保证，我们的主权才算完整。不然以后走私越来越多，你跟他交涉，他说早已言明在先，歉难照办，你又奈他何。所以请你劝劝左爵帅，不必再争。”李鸿章又说，“目前局势不好，强敌压境，我们但求交涉办得顺利，好把精力工夫，用到该用的地方。雪岩，你觉得我的话怎么样？”

“大人为国家打算真是至矣尽矣，左大人那里我一定切切实实去劝，他也一定体谅大人的苦心的。”

“这就仰仗大力了。”

“言重，言重！”胡雪岩掌握机会，转到自己身上的事，“不过，说到对外交涉上头，尤其是现在我们要拉拢英国对付法国，有件事要请大人作主。”

“喔！”李鸿章问，“什么事？”

“汇丰的借款，转眼就到期，听说各省应解的协饷，差不多都汇到了，即使相差也有限。我想求大人交付小村，把这笔款子早点拨出来，如果稍为差一点，亦请小村那里补足。现在上海市面上现银短缺，只有请海关拿库存现银放出来调剂调剂。小村能帮这个忙，左大人一定也领情的。”

“我来问问小村。”李鸿章的话说得很漂亮，“都是公事，都是为国家，理当不分彼此。”

话漂亮，而且言行相符，当天下午，胡雪岩就接到邵友濂的信，说各省应解款项只收到四十七万，不足之数奉谕暂垫，请他派人去办理提款手续。

“还款是在月底。”宓本常很高兴地说，“这笔头寸有几天可以用，这几天的‘银拆’很高，小小赚一笔。”

“不必贪小。”胡雪岩另有打算，“你明天去办个转账的手续，请他们打汇丰的票子，原票转账，掉回印票，做得漂亮点。”

宓本常是俗语说，“铜钱眼里翻筋斗”的人物，觉得胡雪岩白白牺牲了利息，未免太傻。不过东家交代，唯有遵命。第二天一早就把转账的手续办妥当，领回了盖有陕甘总督衙门关防的印票。胡雪岩便将印票注销，交代转运局的文案朱师爷，写信给左宗棠，报告还款经过以外，将李鸿章所托之事，切切实实叙明，最后特别指到，李鸿章很够意思，请左宗棠务必也卖他一个面子。

这封信很要紧，胡雪岩亲自看着，到下午四点多钟写完，正要到古家去看七姑奶奶，哪知古应春却先来了。

“小爷叔，”他手里持着一份请柬，“汇丰的‘康白度’曾友生，亲自送帖子来，托我转交，今天晚上请小爷叔吃饭，特别关照，请小爷叔务必赏光。”

“喔！”胡雪岩智珠在握，首先问说，“他还请了哪个？”

“除了邀我作陪，没有别人。”

“地方呢？”

“在虹口泰利。”

“那不是只有外国人去的馆子？”

“不错。”古应春说，“我想他为的是说话方便，特为挑这家中国人不去的法国菜馆。”

“喔！”胡雪岩沉吟了一会儿，捻一捻八字胡子微笑道，“看样子不必我开口了。”

“小爷叔，”古应春说，“你本来想跟他开口谈啥？”

“你想呢？”

古应春仔细想了想说：“我懂了。”

（未完待续）

《红顶商人胡雪岩 6》精彩看点：

胡雪岩不愿看到洋商长期霸占中国生丝出口的市场，动员国内丝商团结起来，要求洋商提高收购价格。他带头囤积了价值六百万两白银的生丝（超过了上海生丝全年交易量的三分之二），欲逼洋商就范，百年企业史上第一次中外大商战打响了。但新式缫丝技术的潮流不可遏制；中法战局又使得上海人人自危、交通阻断、贸易停顿，胡雪岩吃本太重，资金周转不灵，被逼入全面崩溃的边缘。此时李鸿章与左宗棠的政治斗争也已进入白热化阶段，政敌暗中散布胡雪岩资金不足的消息，储户纷纷到胡雪岩钱庄提现，挤兑风潮暴起，几天的时间内，胡雪岩一手经营的商业帝国轰然倒塌。一代巨商胡雪岩，最终无力回天，破产抄家，其凄凉晚景令世人唏嘘不已。

敬请阅读《红顶商人胡雪岩 6》。